当年的“昆山之路”，走出了今天的昆山景象。

这就是中国式现代化的“昆山经验”。

——题记

昆山景象

中国式现代化区域样本·

何建明 著

MARVELLOUS
KUNSHAN

人民文学出版社
江蘇鳳凰教育出版社
Phoenix Education Publishing, Ltd

图书在版编目(CIP)数据

昆山景象/何建明著. —南京:江苏凤凰教育出版社,2024. 10. —ISBN 978-7-5743-1188-6
Ⅰ. I25
中国国家版本馆 CIP 数据核字第 2024P3L713 号

昆山景象

何建明　著

出 版 人　樊　明
策划编辑　周敬芝
责任编辑　牟盛洁　王　岚
特约编辑　陈　悦
装帧设计　薛顾璨
责任监制　石贤权

出版发行　江苏凤凰教育出版社　人民文学出版社
苏教网址　http://www.1088.com.cn
照　　排　南京前锦排版服务有限公司
印　　刷　南京爱德印刷有限公司(电话 025-57928000)
厂　　址　南京市江宁区东善桥秣周中路 99 号
开　　本　787 毫米×1092 毫米　1/16
印　　张　24.75
插　　页　24
版　　次　2024 年 10 月第 1 版
印　　次　2024 年 10 月第 1 次印刷
书　　号　ISBN 978-7-5743-1188-6
定　　价　78.00 元
网店地址　http://jsfhjycbs.tmall.com
公 众 号　江苏凤凰教育出版社(微信号:jsfhjy)
邮购电话　025-85406265,025-85400774
盗版举报　025-83658579

写昆山，我瞬间想到了另一座山——
它叫『昆仑山』，是万山之祖
也是中华民族风骨的象征
它横空出世，亘古不变……

昆山是个县级小市
她却昂首独立
傲居于当代中国经济的万仞之巅
如一面猎猎飘扬的旗帜

昆仑和昆山
皆是中华民族威武雄壮的风骨
与实力的象征

日出昆冈

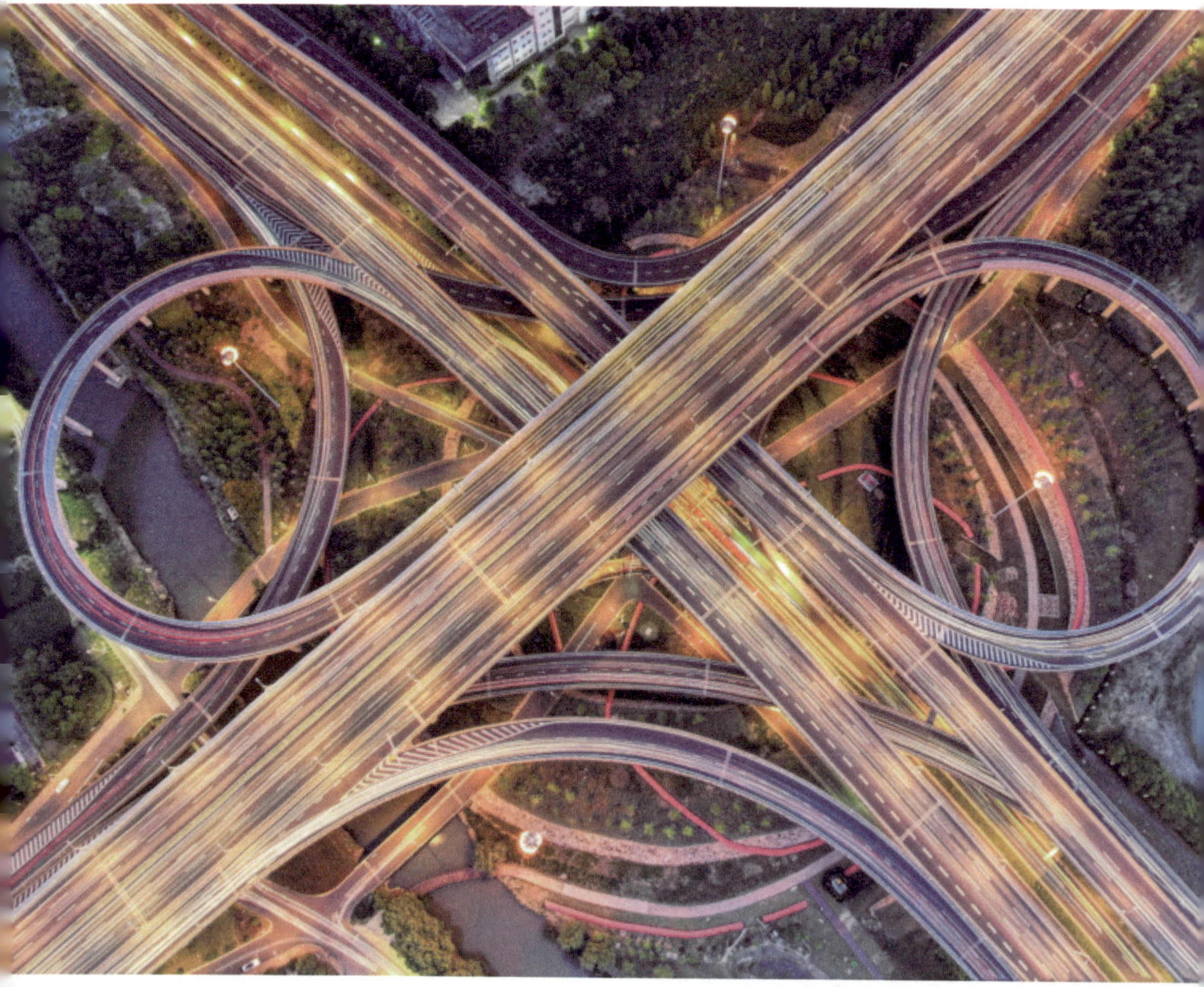

中环快速路枢纽

京沪高铁大动脉

夏驾河科创走廊

国显光电 G5.5 AMOLED 生产车间

三一重机全球研发中心

星巴克中国咖啡创新产业园

长三角(昆山)国际低碳产业创新区先导区碳 12 坊

“童趣小镇”好孩子生态馆

一代大儒顾炎武

昆山杜克大学

昆山西部医疗中心

城市生态森林公园

昆山西部文体中心

昆山戏曲百戏博物馆

昆山奥体中心夜景

大渔湾湖滨风情商业街

华灯璀璨

花桥国际商务区

美丽乡村 淞南画卷

昆曲小镇 大雅巴城

何以慢生活　自在歇马桥

淀湖夕照　遇“尚”美好

“中国第一水乡”周庄

“一桥美景 皆是江南”锦溪古莲桥

目录

序：何谓『大』？

实力说话

昆山有山？连我这个老邻居都不相信。六七岁时，父亲带我从苏州来到昆山，说一起“爬山”。我抬头仰望了一眼，随后一溜烟地爬到了老人们称之为“马鞍山”的玉峰顶上。再往下一看，最醒目的便是昆山县城的一条街。

父亲说：“再带你去昆山县城逛逛街。”

我又是一溜烟地跑完了那条昆山当时最宽、最长的，现名为“人民路”的大街。

这是我小时候对昆山的印象。

昆山确实很小，那座所谓的山，只有 80.8 米高。是山吗？确实是，而且还产窍孔遍体、玲珑如玉的昆山石，故称“玉峰山”，于是昆山的山，便有了“真山似假山”之说。我故乡苏州的东面就是昆山和上海，再往东就是大海了。昆山这片大地，是站在高处一眼可望见大海的冲积平原。约 80 米高的“山”在此出现，本身就很奇。

昆山确实很小，昆山市总面积 931 平方公里，约为新疆若羌县（中国辖区总面积最大的县，行政面积 20.23 万平方公里）的 1/200，全市面积不足全国陆地总面积的 0.01%。

在我的记忆中，我小时候同属苏州的其他县（市）的人都叫昆山是“小昆山”，因为它在当年苏州所辖的 6 个县（市）中面积最小，也最穷，人们习惯称其为“小六子”。昆山人在很长一段时间里，也一直很羞愧地默认这称呼。

现在，我的父亲早已不在。

而今的我，再来爬这座玉峰山，在攀登通往山顶的 168 级台阶时，中途却不得不歇两次。

这是我现在所看到的昆山——

地，还是那么小。

山，还是那么矮。

但它完全变了，变得我根本认不出了：俯瞰昆山，县城主街早已不再“一枝独秀”，人民路被纵横交错的宽阔大街、高铁线、高速路和城际轨道包围着，像一条短短的细线……今日在昆山境内所有的道路上，车流涌动，勾勒着一幅蕴含无限生机与青春活力的画卷。

站在玉峰顶上，眺望四周，满眼都是海浪般高低起伏的楼宇和蛛网般四通八达的道路。无数摩天大厦，已经超过玉峰山的高度。现在可开发部分早已被厂房、街道和绿荫所填充，所以根本分不清哪里是昆山，哪里是上海……

眼前的昆山，是一座繁华而辉煌的现代化新城！

龙年（2024年）春节时，我来到昆山，在与昆山籍的中国航天英雄费俊龙欢聚时，加了一位当地朋友的微信。很快，这位朋友给我发了一则当地政府平台上发布的新闻《2023，昆山向您汇报！》。文章不足千字，但令我读后热血沸腾、感慨万千，因为文中的一串串数字，叫人心跳加快，当然是幸福和兴奋的节奏。

你哪里是“小昆山”嘛！明明是大昆山，如巍巍昆仑一般的中国大昆山——

> 过去的一年，我们过得很充实，走得很坚定。
>
> ……
>
> 时光不语，却镌刻奋斗与努力。回眸2023，我们透过一

串数字来看一个“奋进的昆山”——

规上工业总产值再上一个千亿元级台阶，总量实现11433亿元，连续三年突破万亿元……

这一数据是什么概念？就是将它放进全国各省（自治区、直辖市）中比较，至少也超过个别省或自治区。上海是中国工业大市，昆山2023年的工业总产值相当于2003年的大上海水平。而与上海2023年的工业总产值相比，今天的4个昆山就已接近一个大上海。不敢设想，今天的中国，少了一个上海会是怎样。然而谁也没有从另一个角度去认识昆山：假如中国多三五个昆山，又会是怎样呢？

昆山大吗？它只是区区一个县级市！

新增2家千亿元级企业；

高新技术企业总量突破3000家；

昆山开发区在国家级经开区综合评比中再进一位，位列全国第4……

这又是一个什么概念？根据商务部2023年公布的数据，全国有国家级经济技术开发区230个，它们通常都是各省（自治区、直辖市）和大中城市所管理的经济技术开发区，昆山经济技术开发区能在如此强大的行列中排第4名，将许多省（自治区、直辖市）的国家级经济技术开发区甩在后面，何其不易！

昆山不大吗？有的省（自治区、直辖市）尽管也有国家级经济技术开发区，但可能还没有形成千亿元级规模的大企业。而昆山，仅 2023 年就新增 2 家千亿元级企业。注意，是“新增”哟！

昆山 2023 年“一般公共预算收入达 456.59 亿元，较上年增长 6.1%”。一般公共预算收入也就是我们常说的“财政收入”。这个数据是衡量一个地方经济实力的重要指标，即一个地方实实在在有多少钱。一个昆山市，它的财政收入超过中西部地区的省市。这就是实力！

要知道，像昆山这样的县（市），截至 2022 年，全国有 2844 个。2022 年有关部门统计的数据显示，在全国财政收入排名百强县（市）中，财政收入达 100 亿元的实际上只有 20 个。而昆山一直遥遥领先于百强县（市）中的其他县（市），其强大可见一斑……

新冠疫情的出现，使全世界的经济形势出现前所未有的变局，在中国尤其体现为严峻的外贸形势。2023 年，全国货物进出口总额同比增幅为 0.2%，而昆山的外贸业绩依然显赫，年增长率高达 10.3%，进出口总额首次突破 7000 亿元！

可以告知读者的是，就在这部书稿即将完成时，昆山又传来喜报——2024 年上半年，全市外贸进出口总额达 3644.6 亿元，同比增长 17.9%。

呵，真的是强劲之势！

在中国外贸版图上，仍有一些县（市）的外贸进出口额是“零字头”，而昆山以其 7600 亿元的年进出口总额，占到全国总量的近 2%，在全国所有城市中排名前 15。

初入 2024 年，昆山市委市政府又为昆山设定了一个更高的新目标，并将其归纳为力争用 3 年时间实现“12345”的具体目标：“1”，新增地区生产总值 1000 亿元，总量迈上 6000 亿元新台阶；“2”，新增规上工业总产值 2000 亿元，总量超 1.3 万亿元；

“3”, 规上工业企业突破 3000 家;“4”, 高新技术企业突破 4000 家;“5”, 打造 50 个特色专业创新园区, 总产值超 5000 亿元……

呵, 如此“强富美高”!

这就是昆山——傲立于群山, 雄居于巅峰, 至今已整 20 载! 而今年—— 2024 年, 又逢昆山撤县设市 35 周年、“自费开发区”成立 40 周年……

1989 年 10 月, “大邻居”费孝通先生来到昆山。这位吴江大才子在年轻时对自己的家乡江村进行了一次田野调查, 研究成果在 20 世纪 40 年代后期结集出版, 名为《乡土中国》, 费孝通也因此名扬天下。在费孝通先生的笔下, 那时与昆山一水之隔的江村, 正处于一个完完全全的小农经济社会发展阶段, 封闭且守旧。然而这并不影响它的“差序格局”对周边乡村产生“波澜效应”。

“我们的格局不是一捆一捆扎清楚的柴, 而是好像把一块石头丢在水面上所发生的一圈圈推出去的波纹。每个人都是他社会影响所推出去的圈子的中心。被圈子的波纹所推及的就发生联系。每个人在某一时间某一地点所动用的圈子是不一定相同的。”费孝通先生这段颇为经典的话, 阐述了一个道理, 一个“点”所波及的“圈圈”, 就是它对社会所产生的影响力。

或许同样有感于此, 费孝通先生只身来到老家的“邻居”昆山走了一圈, 尤其是看了昆山经济技术开发区后, 他心潮起伏, 久久不能平静, 奋然挥毫, 写下“昆山有玉, 玉在其人”。

“其人”是谁? 当然是昆山人——那些创造奇迹的昆山人。

这样的人, 有昆仑之风骨, 有大海般的雄浑气质和撑天拄地的胆魄。

只有这样的人, 方可让“数字说话”。

用“数字说话”是当今世界衡量社会进步的新方式。“数字说话”的背后，便是实力。

“飞起玉龙三百万，拂云何须登天梯。”——敬昆仑者如此说。

“玉在其人。”“实力说话。”——仰昆山者如此说。

昆仑苍莽。昆山玉出。

凡伟岸者，天下景仰。

此刻，我的耳畔响起了习近平总书记2009年4月在江苏调研时说过的一句话：“像昆山这样的地方，包括苏州，现代化应该是一个可以去勾画的目标。”

这话如山峦间回荡的洪钟巨声，激越而响亮……引人畅想，催人奋发。

第一章

巅峰上的风景

不立于巅峰远眺，难以见无限风光。昆山的风景，代表着这个伟大时代最前沿、最巅峰的景致……

1990年，我的乡友、昆山籍作家杨守松的《昆山之路》出版，轰动一时。那时昆山的发展，如在田埂间修建起一条柏油马路，指向一个美好的未来。如今又过了30余年，今天的昆山，早已宛若奔驰在最先进的高速铁路上的列车，其情其景，令我万般激动与感慨。

这也源于我自己相隔半个多世纪的两次“昆山印象”——

我至今记忆犹新的是，第一次到昆山坐着帆船，在湖面上驶向苏州的那一段旅程……

那湖就是大名鼎鼎的阳澄湖。因为一出《沙家浜》的戏，外地人只知阳澄湖在常熟，其实阳澄湖在常熟境内只有一个角，其大部分水面在昆山和苏州城区。

那一次在昆山境内的阳澄湖之旅，成了我一辈子无法忘却的一段童年记忆：夕阳下的阳澄湖，微波荡漾，望不到边的湖面，如一面透明的巨大的镜子……鼓足风的帆船，不用人力即像一匹奔驰在草原上的骏马，船头犹如一把利斧，劈开镜子般的水面，船沿两侧泛起的水花在夕阳照耀下七彩纷呈，煞是好看。

才六七岁的我，挽着父亲粗壮的臂膀，站在船尾的甲板上。掌舵的父亲，脸上颇有几分得意的神情，一边抽着卷烟，一边举目望着前方，像一个即将去远方征服世界的大将军，偶尔不动声色地对我说一声：“快看船尾后面，鱼儿们在追我们哩！”

真的哟，成百上千条鱼儿，排列整齐地跟在我们船的后面……它们时而像射出的箭一样穿梭在那些摇曳的绿色水草之中，如流动着的水墨；它们时而如欢腾长嘶的马群跃动在船的左右两侧，如天穹长河中闪烁的银星繁花。偶尔还有几条调皮的小鱼儿跳到船头板上，引来船上人的一片惊喜与欢呼！

这是我人生中第一次感受到的昆山美景，之后虽然走遍了神州大地，甚至去过40多个国家和地区，但仍然感觉没有哪一幅景可以比日落时乘坐帆船穿行于阳澄湖更美、更令人心动和陶醉。

昆山在我们苏州人的口中俗称“低乡”，即地势很低，贴近江湖水平面之地，所以水应该是老昆山的底色。农耕时代的昆山，不仅穷而且多灾，水涝多，病害多——过去昆山的血吸虫病就很是吓人，这也使得它在富饶的苏州地区被贴上“小六子”的标签……

昆山阳澄湖之美景给少年时的我留下撼动心魄的记忆。但，我不曾想到的是：时间流转过一甲子，当我再次来到这座“低乡小城”时，昆山彻彻底底变了——

它，变成如昆仑一般的擎天巨峰。

它，稳而坚实地屹立在中国县域经济的万峦之巅……

01. 转眼又是一座城

在上海通往昆山的公路上，曾经出现过这样一幕：3 万余辆车子驶往巴城，形成一条长龙，车上的人们都是去阳澄湖吃大闸蟹的……

昆山的阳澄湖大闸蟹，天下闻名，美味馋人。

现在，每天往返于上海虹桥国际机场、浦东国际机场、洋山港和昆山之间的车辆比前些年多了好几倍，它们是为了向世界各地运送昆山制造的显示屏、中国“芯”……

现在的昆山，这般风景每天、每时都在发生着——

每 1 分钟，就有数台显示屏发往全球……

每 90 秒，就有一台全新的高端服务器组装完毕，随后马不停蹄地被拉出车间，送上高速公路，搭上直航飞机，运达天南海北……

每 10 分钟，就有一台三一重工产的智能挖掘机下线，被非洲或者美洲的已经等待许久的客户提走……

1 天里，有时有三五个新项目开工。

这就是今天的昆山，是全球先进制造版图上展现的壮丽风景线。

它美得出奇，令你眼花缭乱，甚至惊心动魄，因为有些千百年来都没有发生过的事，甚至今天全世界其他任何一个地方都不可能办到的事，在昆山就可能变成现实。

2022 年 10 月，一座 220 千伏立臻变电站在昆山市巴城镇立臻智能科技产业园悄然投运。这种等级的企业专用变电站在昆山已有 7 座。这是第 8 座。

一年前这个产业园才正式奠基，自动化的生产线需要稳定可靠的双电源供电。现场勘探、线路设计、通道疏通、负荷调整、设备器材调运……一种“专班”机制打通了政企联动服务的“绿色通道”，使得变电站建设的多项施工作业可以先行一步实施。

“同等规格的变电站、同等规模的建设工程，从审批到投运，常规周期一般要 36 个月，而立臻变电站仅用了 9 个月。”国家电网昆山供电分公司副总经理卜凡荣说。

全球电子信息产业重要研发制造基地在昆山的版图，不是一蹴而就的，更非一成不变的。从 20 年前的数字视听产品到今天的智能穿戴产品、智能通信、智能终端，立臻智能科技产业园是立讯集团在昆山布局研发制造基地的“第三步”。昆山电子信息研发制造基地“一南一中一北”新版图正在规划构建中。立讯集团在南部片区的锦溪镇、中部片区的昆山综合保税区（以下简称“综保区”）、北部片区的巴城镇的 3 个园区 3 大基地落成，与昆山的前瞻、敏锐与果敢合拍共振。

织入全球产业链，立臻智能制造在国际市场的响应周期以月计算。为抢占市场先机，一个新的项目需求放到了昆山人面前：“生产线从开工建设到投产不能超过 9 个月，最多只能是 9 个月，或者少于 9 个月！”

“昆山能？”

“昆山能！”

不仅仅是一座 220 千伏的变电站！立臻智能的这个基地非常大！大到什么程度？用资金量来衡量，就是 1000 亿元的规模。用占地面积来衡量，基地两期工程占地50多公顷，加上周边配套用地和8万—10万工人的生活用地、社会设施用地，共需近100公顷。

这难道不是建一座城吗？

一座城，几个月内就要建成？

“9个月！1000亿元的产业项目，9个月正式投产……”昆山人的眼里满是兴奋。“9个月要建一座超大型生产基地，建筑面积近80万平方米，此外还要招录8万—10万工人……前所未有的事呀！”兴奋之余，昆山人也意识到时间相当紧，不过他们仍从容不迫。

“马上启动‘昆如意’！”市领导迅速发出指令。

“昆如意”是昆山招商引资和全程服务于企业的一整套营商服务系统的代名词，它代表的是昆山市的办事系统。“如意”二字，可不是说说而已，它至少包含了“马上办”“包满意”两层意思。“昆如意”同样也是昆山经济发展和成功的重要载体甚至是法宝之一，“要说到做到，而且要做得令客户满意”。在改革开放以来的几十年中，每一届昆山领导，无一例外地要求各部门、各条线的工作都按照这一标准和要求去做，推动营商环境从BEST（投资昆山万事如意）向FIRST（投资创业首选地）提升。也正是由于他们始终如一地做到了这一点，“昆如意”才成了“昆山形象”“昆山精神”的一部分。

发改委、行政审批局、工信局、资规局、住建局……昆山二十几个相关委办局立马行动起来。

夜幕下，市相关委办局和开发区的数十个办公室灯火通明，近百部办公电脑全速运转……拂晓时分，昆山给苏州市委市政府和江苏省委省政府的报告，便传送了出去。

“新的基地建在开发区和高新区已经不太可能，我们需要马上获得政府的指示，确定新基地建在哪里……”立讯方面需要确认这一关键性的细节，否则项目将无法在昆山落地。

立讯算是昆山的“老伙计”了，从2004年注册落户昆山起便在这片土地上生根发芽、开枝散叶，拥有立臻科技等多家企业，并且通过近年的数次兼并，成为昆山这片土地上的“巨无霸”企业。

毫无疑问，立讯不仅在昆山，而且在中国都是智能视听、智能通信和智能终端产业的超级“巨无霸”。此次立讯再度扩张，给了昆山又一个巨大的机会，但同时也是对昆山一次极大的挑战：9个月建一座城，且这座城与立讯目前所在的昆山经济技术开发区的距离必须不能超过半小时车程——整机生产、运输和外发是个巨大的系统，“超过半小时就不是我们新基地的理想选择地……”他们颇有些担心地对昆山人说。

9个月建成一座可容纳8万—10万人的“新城”，同时必须限定在离“我”不能太远的地方（半小时车程之内）。就这么个“条件”！

这“条件”？还“就这么个‘条件’”？我想，假如不是在昆山，谁说这样的话，估计都会吓倒一大片人！

那么，昆山人是如何反应的呢？

“能成吗？”立讯人友善且关切地问昆山人。

“能成！你们只管放心好了！”昆山人坚定并自信地回答，而且不讲任何条件。

“OK！先谢谢了！”立讯人内心非常感动。

“要说谢谢的是我们昆山。昆山感谢你们，是你们把这么大的项目落在昆山。”

双方的手握在一起，沸腾的热血连接着彼此。一场新的“巅峰之战”拉开了序幕——

一周之内，昆山市正式确定立臻精密智造（立臻是为新项目而确定的厂名）的地址。在距开发区不到30分钟车程的巴城镇石牌，插上了项目的标杆旗子……

“就这儿，归你们立臻精密了！”立讯集团董事会高管一行到现场考察时，昆山市委领导指着一片开阔的土地说。

“好的，好的！这里太美了！”笑容绽放在他们的脸上。

“为了确保你们分期投入生产，我们已经同另一家公司进行了谈判，对方已经同意将20万平方米的老厂房腾出来，供贵公司先期使用……”这时，昆山人又及时送来一个“大蛋糕”！

“我的心都高兴得要跳出来了啊！”立臻人激动得热泪盈眶。

然而，立臻精密要建的是一个千亩级的巨型生产基地，还有配套的职工宿舍等，时间只有9个月，谁能干得动，谁能干得成呀？

“放心，我们一定干得成！干得好！”昆山人说。

“这话可是你们说的啊！”立臻精密负责工程的人听后开心地较真起来。

“绝对不是吹牛，你去问问，我们啥时候说话不算数过？”昆山人硬气地说。

在昆山刚刚起步引入外资时，有一回县领导好不容易拉来一位日商，他们就把一块当时离县城近的好地块给日商看，说：“你要来投资，这块地就是你的了！”那日商看着面前的这块地，问：“就这里？”昆山人说：“是啊，这块地好啊，你看看，它平平整整，而且旁边还有河道，取水也方便，距离县城又近，还有柏油马路，运输也不是问题。”日商哭笑不得，说：“我不是来投资种田的，是来办厂的。”昆山人拍着胸脯道：“这个我们知道。你放心，3个月后你再来看，我们保证把你要的厂房全部盖好，把路也修好，你看了如果满意，就把钱投到这里。”几个月后日商真的又来了。昆山人将他带到原来的那块地旁，指着一片新盖的厂房，说：“先生你看看满意不满意？”日商惊叹不已，因为眼前的一切完全是他理想中的厂区……惊诧之余，他问道：“你们怎么做到的？短短3个月就把这天地变了样？”昆山人笑笑，说："我们就是按你的要求完成的，说话要算数嘛！"

说话算数，说到做到。这是昆山成功的一个基本经验，几十年来他们从未在这个问题上含糊过，而且越做越好。

今天的昆山与昨天的昆山大不一样，他们所承担的任务和使命也已今非昔比。立臻精密的项目就是一个巨大的挑战，要知道，从立臻精密智造项目立项的那天起，每一个环节都是一个非同寻常的挑战，如此规模、如此体量的建设，用地、规划、用电以及对环境、生态和土地等的影响，国家都有相应的政策与规范。

在带着暖意的习习春风中，我听到昆山人跟我说——

"按照常理来说，这样体量的项目，单是拿'证'就至少要一两年……"项目所在地的副镇长施元君，是协助这个项目建设的属地负责人，也是"专班"服务机制中的一颗"螺丝钉"。

在立臻与昆山市政府签订项目合同和明确项目于巴城落地的同时，市委市政府就特意为这个项目成立了一个以书记、市长为双组长的工作"专班"。几十年来，凡是有重大项目，昆山都要成立一个"专班"，全面负责协调项目落地及所有相关工作，比如腾退土地上原来的单位和企业，安置原有居民与工厂员工等。

"'专班'的任务，就是为立臻项目的顺利推进扫清一切障碍，而且还要为这样一个'巨无霸'千亿元级企业的未来创造更好的发展条件与空间。""螺丝钉"兴奋地告诉我，他这是在执行一个具有深远意义的任务：以立臻项目为底版，打造一座美丽的"梧桐小城"。

"这是市里贯彻习近平总书记对江苏、苏州工作重要讲话精神，按照江苏省委和苏州市委工作要求，深入践行'产城人'融合发展理念、全面提升发展能级、强化要素供给，高标准高质量推进昆山发展的一个新的战略举措。也就是说，这是在打造一个'产城人'融合的未来新城……"施元君拿出梧桐小城规划图向我介绍。新城取名“梧桐”，是因为立臻精密智造项目恰巧建在原来的凤凰村土地上。《诗经·大雅》中有“凤凰鸣矣，于彼高冈。梧桐生矣，于彼朝阳”之句，意思是梧桐生长茂盛，会引得凤凰来此鸣唱。

“凤凰村铺就金凤凰路，今天的每一位产业人才到昆山后都会被当成凤凰一样来呵护。”巴城镇党委书记朱叶华说起梧桐小城的未来，满怀豪情，“我们要打造服务于整个工业区、辐射整个巴城的城市空间，通过基础设施提升、景观风貌提升、产城服务提升三大行动，栽好梧桐树，引聚更多金凤凰。”我听了也深受鼓舞。

“看，这就是立臻精密生产基地……它的外围是员工宿舍区！”顺着他手指的方向，我看到一片望不见边际的生产用房和一排排楼房。

“太了不得！这么大的基地……9 个月便建成了？”我不由深深地感叹。

“9 个月！现在这里的老百姓常会这样说：我们昨天才听市里说要在这里建一座城，第二天醒来这城就建起来了……”施元君颇为得意，“这就是我们的昆山速度！昆山样子！”

“2021 年 5 月立臻与市里签约后，10 月 29 日就正式开工了。开工当日，政府就把‘建设用地规划许可证’‘不动产权证’‘建设工程规划许可证’和‘建筑工程施工许可证’这 4 个证，当场交给了企业方和建设方。实际上我们只用了 3 天就办齐了这 4 证，也刷新了昆山行政审批重大项目最快速度的纪录。”另一颗“螺丝钉”潘翔，曾在昆山综保区、昆山开发区台服办服务企业 25 年，见证过昆山许多重大项目的建设进程。为了巴城立臻的这一项目，市里调他到巴城镇任职，在市工作“专班”领导下，具体负责巴城镇石牌综合服务管理中心的工作，其主要任务就是为立臻项目排忧解难，做好所有的服务性工作。

潘翔的办公地距立臻精密智造生产基地只隔一片空地，抬头就能看到基地。巴城镇石牌综合服务管理中心看上去就像个“前线指挥所”，四周空荡荡的。房子也是临时性的建筑，但墙上的三行字却十分醒目：“沟通零距离，服务无止境，永远在路上。”

经验与干劲，淬砺成昆山人的一种情怀与自觉。每一个字都是实实在在的行动与工作标准。

“与企业打交道，你不能绕弯子，人家每一天都在计算生产成本与产品价值，政府同他们的联系与沟通，就必须是零距离。一旦有了距离，企业的成本就会大大增加，产品利润就会大打折扣。这乍看起来是企业受了损失，实际上呢？政府和当地同样跟着受损失。

“我们昆山人向来能够通过这些表象看到实质。政府的职能既然是服务，那么就要无止境地服务好，也就是说企业的任何需要，都是我们的工作内容，不能讲任何条件和代价。这也是多少年来我们昆山市委市政府及所有办事机构与所有企业之间能够形成强大凝聚力的根本所在。‘永远在路上’的概念是：政府的所有工作，都是只有开始而没有尽头。一个企业，你帮助它落地和投产，其实这才是它真正发展的开始而已。当地政府的服务工作，当然也才刚刚开始，路还远着呢！企业发展的路走多远，我们就得跟着它走多远。很多时候，企业由于种种原因，在某个阶段可能会遭遇困境。这个时候，作为政府职能部门的干部，我们更要想方设法帮助它走出困境，开启新的征程。

“我们这个服务中心当时是个临时机构，十来个人要服务这个梧桐小城建设，立臻在这里能干到什么程度，怎么干的，效率怎么样，他们还需要政府提供哪些帮助，等等，都是我们随时要掌握的信息。在这个基础上，我们需要代表政府提供相应的服务，为企业健康稳定发展，甚至长远发展保驾护航……”

听潘翔朴素地介绍墙上的三句话，听其他的“螺丝钉”补充解释，他们的一番话折射出的，正是“昆山服务”的丰富内容与可以感受到的时代节奏。

立臻项目建设期间，疫情影响反复。如何确保工程建设顺利进行，包括正式投产之后几万员工到位，都是难以想象的难题。然而在市委市政府领导下，昆山人发扬传统服务精神，企业没有因此而耽搁一天建设时间，没有影响投产时限……全市经济口、建设口各单位和巴城镇，都聚焦这个项目，拧成一股绳跟企业共进退。也正是这种决不含糊的精神和精准到位的服务，让立臻这样的企业在昆山这片土地上从小做到大，再从大做到强。它的发展壮大，同样也给昆山开辟了一片新天地！

2024 年 4 月，服务中心临时机构被一个正式机构——江苏昆山软件科技园管理办公室替代。有着昆山市台办工作经历的朱其昆是镇党委委员，受命担任这个办公室的主任。“除了管理服务梧桐小城，办公室的职责还包括以梧桐小镇为依托，打造巴城镇 3 大主导产业基地，构建产业升级、创新驱动、社会治理、绿色安全发展的新格局。”他说。

“见证一座新城的诞生，让我们感受到工作的价值！”几乎所有的“螺丝钉”都无比骄傲。

我深情而庄严地凝望着这些骄傲的面庞，一批又一批这样的昆山人让我肃然起敬。

昆山从一个小城，到今天全国著名、走在两千多个县（市）前列，甚至超过多数地级市，这就是现实的昆山，你不可能不敬佩与敬仰它。

一夜之间建设一个新天地，转眼间又见一座新城崛起，这是昆山今非昔比的风景。

在昆山的日子里，我看到一座座像巴城梧桐小城一样茁壮成长的新城。这些新城都是以一个或者数个将要成为千亿元级的企业为产业支柱打造而成的，并以高速的产值增长，形成昆山全域经济强大的“拳头效应”。

昆山作为当今县域经济的“万山之首”，所展现的巅峰之上的风光，堪称绝妙，同时也为他人攀登高峰闯出了一条可学可行的道路。

在昆山，一位领导说过如此一番肺腑之言：“在平地行走，并不会感觉太累，但在山顶和巅峰上站着，需要勇气和毅力，需要目光和胸怀，更需要决断和行动，因为有些机会转瞬即逝，更多时候是风云变幻。今天的世界，科技革命推进的历史进程，不再是潮流，更多时候如狂澜一般，你不是进不进的问题，你需要考虑的是会不会被吞没与覆盖。昆山 20 年来始终位于县域经济的百强之首，不断在巅峰之上创造奇妙的新风景，靠的就是始终牢记习近平总书记‘勾画现代化目标’的殷殷嘱托，敢闯敢试、唯实唯干、奋斗奋进、创新创优，不断抢占发展先机，所以才有了今天多条新赛道上的成功‘登顶’……”

“敢创新，重实干，懂感恩——我们昆山人一如既往。”他的话中，充满了真诚与坚定。

这，就是为什么我们今天能在昆山看到“转眼又是一座新城”的壮丽景象……

第一次采访，我在昆山待了整整 6 天时间，总感觉今天昆山 930 多平方公里的土地上，是满满的现代化建筑，遍地皆是令人心动的风景和勃勃生机，怎么也转不完，看不够……

昆山很小，昆山城却很大、很美，每一寸土地仿佛都散发着财富的金光和昆山人的骄傲。它的每一栋楼宇里都有一个需要你用相当长的时间才能摸清的奇妙，每一片园区都放射着五光十色的异彩，更不用说每一条纵横交错的道路间会珍藏多少你已知和未知的世界……

它似乎可以带给你永远看不完、体验不够的新鲜与惊喜。

它就是一个无限大的天地。

02. 元宇宙的虚实世界

今天的世界，完全超越了传统的概念：你身处的大城市，未必就是美好生活和你所热爱事业的中心。科技的发展，无论在时间上还是在空间上，已很大程度地打破了地域、区域等传统概念，每个人都可能在自己的一方天地里成为“中心”，与世界任何一个角落、任何一种最先进的技术或最前沿的学问衔接并创造奇迹。

在昆山的感觉便是如此。

这些年一直在北京和上海生活的我，深切地感受到昆山这片热土之所以能如此迅猛地发展是有其根本原因的。它的面积虽赶不上几个超级大城市，但没有任何不便之处：离上海虹桥国际机场比上海市中心还要近；尽管中国最核心的高科技人群并不在昆山，但单论人才在人口中的占比，它比任何一个城市都要高！高科技企业更不用说，其密度同样超过了国内一些一线城市。

昆山虽小，但它如一个有着巨大能量的拳头，能拔地倚天，与同等体量的县（市）级区域比拼，根本不在话下；即使与身边的经济“巨人”比拼，昆山依然强大，毫不逊色。

昆山的成功，领导者和决策者的格局之大、情怀之炽、智慧之超群，是其关键。

昆山之风景，早已不是30多年前《昆山之路》中描绘的那般模样！那个时候，“十亿产值十亿粮，全县人民喜洋洋”。昆山从1984年全县工农业总产值超10亿元，粮食总产量超10亿斤，到成立“自费开发区”，再到21世纪初实现1000亿元地区生产总值，用了20多年的时间。如今的昆山，每三四年就能上一个“千亿元级”台阶！

成为地区生产总值千亿元县，对中国2800多个县（市）中的半数以上县（市）来说，都是一个难以企及的梦想。而今天的昆山，只需轻轻一跃，便可实现。在这般风采的背后是什么呢？

毫无疑问是科技力量，是科技力量支撑下的“中国制造”在昆山这片土地获得淋漓尽致的展现……

曾经的我，自以为很了解当今世界以及中国社会之科技前沿，而到了昆山我才发现自己真的很“土老帽”！

那天是周六，昆山的同志带我去看他们的元宇宙产业园区，那是一对并立的“双子楼”模样的建筑，它有一个令人充满想象的名字——云昆大厦。主人解释：“云，是互联网、大数据、云世界……也就是现在比较热闹的元宇宙的主要形态。”

“你一定要看看我们的元宇宙产业园，那里将是我们昆山产业发展的又一道风景线……”第一次见昆山市委书记时，他就对我提起过此事。这也让我清晰地知道了在今天昆山的发展蓝图上，已经有了元宇宙这片天地！云昆大厦便是昆山元宇宙产业园的所在地，是元宇宙产业的“前沿阵地”……

“云昆”这名字起得既气派又浪漫。人在“云”上，浮想联翩；“云”上之昆山，是一片超凡的天地……而“云”又代表着无限空间、广袤疆域。

之前，我在媒体上多次听过“元宇宙”这个名词，但实际上并不知晓它的内涵，甚至偶尔听人说它似乎有些不适时了。到了一趟昆山，我才知道经济领域中的“元宇宙”并非如此。

“它可是源于你们作家的发明呀！”展示大厅里女讲解员眨着美丽的眼睛告诉我，“1992 年美国小说家创作了第一部以网络人格和虚拟现实为特色的作品《雪崩》。故事的主人公是一位具有超凡本领的黑客，是元宇宙的创始人之一，更是元宇宙世界排名第一的刀客。他和一群超凡的黑客同类，在真实与虚拟世界里不断创造，不断毁灭，并试图控制整个世界和宇宙，他几乎无所不能……”

“作家的一个灵感被科学家转化为现实的一种可能，这便是元宇宙突然在这些年火爆的原因。”美丽的女讲解员用悦耳动听的话语给我作了生动形象的解释。

随即，她让我站在展示厅的第一个屏幕前，听一段钱学森先生关于“元宇宙”的话：

> 大家好，好久不见了。1990 年我曾将 VR（虚拟现实）翻译成“灵境”。今天“元宇宙”概念兴起，我觉得“灵境”较之“元宇宙”表达的意境更为广阔深远，也更有中国味。

我可是见过钱学森先生本人的，对他的那次采访给我留下了深刻的印象。但这屏幕上出现的“他”真的是他吗？

“这是钱先生的虚拟形象。”女讲解员忙解释，并说，“这也是元宇宙的一种直观形态……”

“技术已经到了可以以假乱真的地步了啊！”我不由感叹。

“是的。在我们园区，已经有多家公司掌握这样的技术了。”讲解员自豪地朝我笑笑。

令人振奋！我一下变得情绪高涨，欲探个究竟。事实上，在这两栋楼里，有太多平常人“想象不出”的奇妙世界。

在其中的一栋楼里，上海来的亮风台信息科技有限公司的小伙子将我领入他们的元宇宙世界。他告诉我，他的顶头上司——石富义先生本来要接待我的，因为有项业务急需去谈，所以只能由他代为介绍企业的情况。

小伙子姓陈，他打开石富义办公室的门请我入座。我侧过头，朝窗外望去，正对着的是一座铁路高架桥，疾速奔驰的高铁列车时不时地从眼前呼啸而过。据说这里距离昆山市中心也就 2 公里左右，坐高铁去上海虹桥站仅需 17 分钟。

亮风台的名字起得很“元宇宙”。小伙子笑了，说他们公司去年在昆山注册了这家子公司，石富义是这里的总经理。

陪同我参观、采访的是园区的负责人，他让我注意一个细节：亮风台公司所在的这幢 24 层写字楼的楼顶上，挂着两个巨大的英文字母——AI，而对面那幢 33 层的写字楼楼顶则挂着另一组字母—— META。

“它们有什么讲究和差异？”我好奇地问。

“AI，是人工智能的英文缩写。META，则取自元宇宙（metaverse）一词的前缀。AI 楼与 META 楼及其附属建筑所在地原先是一片老厂区，根据市里的决策，经过升级改造后，组建成这个昆山元宇宙产业创新中心。”园区负责人介绍道。2021 年是元宇宙的开启之年，昆山市委市政府高度重视，组织专门力量研究探讨元宇宙与实体经济深度融合的可能性，并且提出了发展“工业元宇宙”“教育元宇宙”“医疗元宇宙”“政务元宇宙”等领域的产业发展规划。2022 年，昆山通过举办元宇宙产业发展战略咨询会、元宇宙产业大会等，在全国县级市中开了发展元宇宙产业的先河，高姿态地打出了“打造元宇宙产业看昆山，发展元宇宙产业来昆山”的新的城市产业标识。

昆山总是在产业发展上起着引领方向的作用。2023年2月16日，元宇宙产业大会2023春季会在昆山举行，正式拉开了昆山元宇宙产业具有里程碑意义的序幕……首批元宇宙产业咨询委员会的10名成员中有4名院士，其中也不乏思爱普、爱奇艺、联想等企业的代表。

2023年3月，微软中国首个工业元宇宙应用中心项目落户昆山，用市委书记的话说："它标志着昆山工业元宇宙的产业生态圈开始渐入佳境。"

昆山的元宇宙风景，让周边的城市甚至整个世界为之一震：小昆山又要干大事了哟！

不错，昆山一直以来都对有前景的前沿科技产业充满好奇感，并具有"搏一搏"的胆识与气度。在昆山几十年的发展过程中，他们的经济实力之所以能够远远超越他人，与昆山决策者对前沿科技和超传统产业具备不一般的敏感度有关，与他们勇立潮头的浓厚兴趣有关。他们看准方向后，往往不惜代价、全力以赴地去接近和拥抱它，朝着奋斗目标迈进。这回在元宇宙方面，他们又是率先出手，而且一出手，就绘就一道绚丽夺目的风景线——

2023年6月，昆山元宇宙国际装备展吸引了全球130多家企业参展。百度希壤元宇宙、联想Lenovo OVX数字孪生方案、海尔卡奥斯BaaS引擎工业大脑等纷纷亮相。这次展会，让昆山在元宇宙产业中的产研对接、产需对接、产销对接业务等方面有了空前收获。"这是元宇宙从虚拟走向真正产业化的一个重要标志。"有专家作出这样的判断。

小昆山再一次让"巨人们"感觉到了"步步紧逼"的压迫感！

果不其然，几天之后，昆山市正式出台了自己的元宇宙产业"白皮书"——《昆山市元宇宙产业创新发展行动计划（2022—2025年）》。与此同时，昆山立即"亮"出第一招：设立10亿元规模的数字产业（工业元宇宙）基金。

昆山了得！

昆山真“宇宙”！

像亮风台这样的“小巨人”们个个热血沸腾、跃跃欲试……

“走，上昆山去！”石富义们就是被昆山的这般风景召唤了过来！

首批招商，便有32家元宇宙企业投奔昆山。这给了擅长打造产业园的昆山人再一次兴奋地搭建新平台的机会：转眼工夫，两栋元宇宙楼便巍然耸立在人们的眼前，它们分别被标识为AI楼和META楼。

哈，昆山人才不管别人怎么看呢！既然干未来的新产业，有什么好遮遮掩掩的！历史也早已得出结论：昆山人想干的事,别人还在犹犹豫豫“论证”时，昆山就已开辟出一番天地。

在元宇宙领域也一样。

有人说元宇宙太虚幻，文学家可以无限想象，但干实业的不能像科幻小说《雪崩》那样去虚设世界。其实他们错了，包括钱学森在内的科学家们对元宇宙的认识和理解，已经远远超出了科幻的概念。随着数字化和智能技术的突飞猛进,当下的生成式人工智能,已经成为最新的科技“顶流”。在这个时候，有志于把人工智能当作产业的科学家和实业家，已经把目光与精力落实到一个个具体的行动方案之上，他们正势不可挡地抢占这些领域的产业制高点。

比如,智能手机的普及,将人类带入移动互联网时代；可穿戴AR（增强现实）/VR（虚拟现实）设备，则被普遍视作“进入元宇宙”的那把钥匙。因此，元宇宙概念横空出世后，并不新鲜的AR/VR技术反倒成了元宇宙这个虚无缥缈的“新瓶”里最具辨识度的“旧酒”。从这个意义上来看，从上海来的石富义以及他所带领的致力于“赋能产业元宇宙，打造虚拟融生智慧新空间”的亮风台，尽管酿的依然是那瓶“旧酒”，但来到昆山这片代表“中国制造”的热土，显然表明他们愿意为之进行一场惊心动魄的元宇宙产业之战！

我参观的另一家公司是硅基智能科技有限公司，其总部在南京，董事长司马华鹏是位致力于“为世界创造一亿硅基劳动力”的年轻人，他的目标是要用智能技术和元宇宙概念为中国和世界“造”出一亿个数字人！

“可能吗？”

“完全有可能！”硅基智能的工作人员回答得非常干脆。他们引用马斯克的一句话“碳基生命是硅基生命的引导程序”，介绍创始人司马华鹏的理念。硅基智能自成立以来，其核心目标是到2025年为全球创造一亿硅基劳动力，而司马华鹏所说的“硅基劳动力”，就是用智能技术迅速合成能在诸多行业中投入使用的数字人。他们还举了一个例子：前些日子江苏省委书记到他们公司参观，了解他们的硅基技术。在参观现场，他们向省委书记演示了AI的拍剧能力。省委书记对此很感兴趣，第二天就发来一个剧本，司马华鹏他们毫不含糊，当天就通过AI技术用省委书记的形象拍了一个剧。省委书记看了“自己”出演的短剧十分惊喜，正好第二天他会见韩国驻华大使，便给韩国大使展示了视频……“了不得！了不得！”韩国客人惊叹不已。

“硅基智能有望创造无数硅基劳动力，它的目的是把人解放出来，回归人的价值！”司马华鹏是2023年昆山元宇宙大会上的主题发言者之一，他的到来和发言，意味着他与昆山的元宇宙结缘了。

“我们把司马华鹏、石富义等年轻的元宇宙团队引来，就是想实现元宇宙产业的具体化、规模化，所以你注意到没有，我们大楼一楼的墙上有一句非常形象生动的话，叫作‘产业园就是产业链，上下楼就是上下游’。”

真如此？在像元宇宙这样高精尖的前沿科技产业里，难道也能像在“菜市场”一样想要什么就有什么吗？我有些质疑起来。不过这种疑虑很快被事实所消除。

石富义所在的亮风台并不为用户提供能在虚拟世界里遨游的穿戴设备，他们的产品更多应用于设备检修、维保等更为“硬核”的场景。已经进入 AR 行业 10 年的亮风台，是目前国内资深的 AR 产品与服务提供商，工业是其专注的领域之一。其服务的客户不仅有宝钢、国家电网等“国字头”企业，也有华为、上汽等行业巨头。甚至在中国商飞 C919 大飞机的适航取证环节上，亮风台也展示了自己的技术。

“在元宇宙体系中，你可以像孙悟空那样，天马行空，然而当你要落地产品和产业，并希望企业做大时，就得有牢固的产业链。这个时候我们很希望有人出来做一个实实在在的平台，让我们这些‘孙悟空’们蹦蹦跳跳，这样的平台越简捷、越宽阔，‘孙悟空’就蹦得越欢……”石富义很形象地说。

到了昆山云昆大厦后，石富义笑了，因为他所供职的企业在这里找到了同路人，也就是产业的“合伙人”。

“在一条链上活着，大家都能发财。”石富义开怀地笑了起来。

石富义的亮风台所找到的合作伙伴，是来自北京的昆仑数据。亮风台的办公地点在 AI 楼的 19 楼，昆仑数据在 22 楼。

昆仑数据创始人、首席执行官陆薇介绍，2022 年 9 月他们与昆山进行接触，就在这时结识了同时来到昆山的亮风台。“两个‘孙悟空’走到一起，那个热闹劲儿就真的像开‘蟠桃大会’！”陆薇开心地形容道。

成立于 2014 年的昆仑数据，是一家工业大数据企业，主营工业机器数据处理与数据分析。陆薇将自家企业定位为“大数据合伙人”，其业务主要是与工业企业携手构建数据驱动的创新产品和服务产业，涉及清洁能源、显示面板、高端电子、钢铁冶金、新能源商用车、动力装备等多个领域。

昆仑数据的元宇宙业务听起来有些抽象与晦涩，即运用大数据、智能分析技术对工业物理系统进行数字化建模，洞察其状态并进行优化管理，属于元宇宙的底层核心领域。陆薇说，这恰恰是元宇宙的基础设施之一，也是元宇宙的灵魂所在。

“人们说起元宇宙，首先联想到的就是科幻片里描绘的那些 VR 头盔或赛博空间。元宇宙固然需要酷炫的皮囊，但更需要有趣的灵魂。做有灵魂的元宇宙企业，可能是比较有前途的。”陆薇说。

昆山是盛产阳澄湖大闸蟹的地方，昆山人自古就有敢于“第一个吃螃蟹”的精神。

“元宇宙绝非虚拟世界，它是在现代科学技术引领下从虚拟理念走向真实世界的一个巨大的未来社会形态的一部分，所以它衍生出的产业必定是庞大无比的，而且前景不可估量！我们建立元宇宙产业区的目的，就是为科学家和实业家在虚拟与现实世界之间搭建一个实验平台，从而为国家和地区发展增添新质生产力。”昆山领导的思路十分清晰。

在未来的几年里，打造一个千亿元级的元宇宙产业，是昆山的另一个发展目标。

老实说，在没有走进云昆大厦时，我对昆山这一个千亿元级的产业持不小的怀疑态度，但不到两个小时的参观以及与硅基智能、亮风台等元宇宙人对话交流后，立马觉得昆山人在元宇宙产业上的目标还是谨慎了，因为我与硅基智能业务经理仅仅就文化产业上的元宇宙市场开发粗浅地讨论了一下，就觉得实现千亿元级实在是小菜一碟。

中国市场太大了，仅文化消费这一块，我们可干的“元宇宙”产业就可以让整个世界为之振奋！来昆山之前，我在中国作家协会工作了近 30 年，主管文学产业也有十几年，从云昆大厦走出的那一刻，我在想：AI 的诞生便意味着社会文化形态将发生一种新质的变化，如果单纯就产业而言，绝非“千亿元级”的概念，而是“万亿元”和“万万亿元”的体量，而我所粗略感受到的 AI 技术实际上在某种程度上已经可以替代 70% 以上的人类智力活动，也就是说，目前大多数人在奔忙的事，或者 70% 以上的人类活动和行为，只需要 AI 技术整合一下，便可以完成人的“备份”了！如果这样，那么这个变化，就将是人类历史上最大的质变了！

我内心充满着澎湃与激动，甚至有些压抑不住的急切——我想见从事元宇宙研发的某一个人。最后我选择了硅基智能的司马华鹏。

“能与你们的司马老板见一面吗？”回到上海后我给在昆山接待我的硅基智能的张小姐发信息。

“可以啊,上次您提出的‘灵基’概念,我们司马董事长也很感兴趣……今天我们在南京总部开会，董事长说何老师如果有时间的话，我们到上海见一面聊聊。您看可以吗？”

“行啊。”我一听便答应了，又道，“你们太辛苦了，从南京赶到上海会比较晚，我住在浦东，从虹桥站到浦东也得 1 个多小时。你们从南京出发时，告知一声，我从浦东赶到虹桥，你们从南京到上海的高铁也差不多到了……”

“好呀，好呀！这样更好。我问问董事长……”

张小姐不到 1 分钟就回复我：“我们董事长说了，可以，我们在虹桥站附近找个地方，大家边吃边聊如何？”

我马上答应。

大约两个小时之后，我们相约在虹桥商务中心的一家普通饭店会面。司马华鹏带着 3 位助手与我边吃边聊了 2 个多小时，这对我真是属于 AI 领域科普式的补课。司马华鹏打开自己手机里成形的几个模板给我看，然后讲述了 AI 在今天和未来的发展趋势。令我欣慰的是，在昆山元宇宙大厦里我所了解的硅基智能，更多强调的是“硅基生命”技术与生产，而我以自己几十年对中国文化与政治的认识，认为 AI 有可能在中国的“人”

的领域具有不可估量的潜能，而“人”是一切生产力的动能和市场主体，如果把“人”这一根本问题解决了，什么市场、什么前景不都有了嘛！因此我认为“硅基”或许还太物理化、技术化，如果是“灵基”——从灵感和智能层面发展与开拓 AI 技术，其作用和能量将是惊人的。

“你说得完全对！”司马即刻拿出自己的手机，然后给我放了一段美女唱歌的视频，说，“她是虚拟人，AI 制作的，歌是我自己写的……”

我们几个人一起欣赏伴着美妙画面的音乐。

很舒畅，很真切，就像在现场近距离观赏一个明星在我们面前歌唱……

“虚拟和现实完美结合的产物。”我和在场的各位都感叹。我们一起探讨中国文化与文学，以及包括教育等与现实社会相关的可开发 AI 产业的众多领域，大家越聊越兴奋，而且一致认为：在昆山再创一个千亿元级产业绝不是遥远的梦想。

“或许只需要三五年的时间！”年轻的司马华鹏、有真正实力的新一代产业领军人物说道。

这是我第一次与元宇宙打交道，也是第一次感受“科技是第一生产力”的深刻内涵。

它是力量，更是一种激荡人心的希望！

这也更加证明了昆山人的聪明与智慧，他们精准地追寻世界科技发展的前沿，在引入科学家、院士和企业的同时，也在摸索自己的产业可能。发展元宇宙产业，昆山人决不能袖手旁观。

比如千灯镇联手网易游戏打造的《忘川风华录》之“昆曲之乡如梦临川”主题手游，通过虚拟与现实相结合的方式，让昆曲在天南海北的年轻人中唱响。

比如，昆山市融媒体中心推出的首个 3D 超写实 AI 数字人主播“昆小融”，正式入职昆山市融媒体中心。“她”是一位超高清、智能化的 3D

超写实数字人，外形既具有江南女子的样貌特征，又符合媒体主持人和记者的形象，性格活泼开朗，阳光自信，极具亲和力，因此一登场便受到了昆山人的喜爱，其口型合成准确率达 98.5%，与真人无限接近。“昆小融”还有脾气，“她”甚至有喜怒哀乐等丰富表情，与真人无异。

“哈哈……我们真的搞不清她是真人还是画里的人！”昆山大娘们看了一次“昆小融”，就说要给“她”找个婆家……乐得市妇联的同志找到市领导说：你们快点多“生”几个“昆小融”吧！

我知道，从我第一次到云昆大厦，到现在才几个月时间，昆山的 AI 产业布局已经基本到位，类似亮风台和硅基智能这样的团队也纷纷入驻云昆大厦，光 AI 领域的院士级专家就来了好几位……

昆山真的什么都不落于人后，别人有的，他们一定要有，别人没有的，他们也要有。别人还在犹豫不决时，昆山人早已将他们远远甩在身后，并且早已绘出一片成功和胜利的彩霞。

03. 拔节而生的“咖啡山”

小昆山不小，宏大至伟。它从来不自卑自己的小，却又常常出其不意地把别人做不成的事或不起眼的事做大，做到极致。就像他们平时说起玉峰山的高度，通常不说 80.8 米，而是言说为“8080 厘米”。

“给我一个支点，我就能撬动地球。”这是阿基米德说的。

昆山人怎么说？昆山人这样说：“只要有机会和有可能，我将与这个世界最快速的列车一起前行……”

有如此气魄、如此胆识的地方并不多。很多地方远比昆山拥有更充分更优越的条件，但那里的人束手束脚、瞻前顾后，不敢轻易迈出一步。这样的地方，自然不可能出现“昆山现象”。

“昆山现象”事实上是建立在一种具有高度责任感与使命感的精神基础上的。它的决策者心中所想的，是如何竭尽全力去让一切可能为我所用的先进事物、优质资源为我所用，从而让这片土地获得丰厚的财富、出奇的精彩，让人民的获得感和幸福感如画如诗般丰沛与怡心。

“无中生有”，大概是昆山人用的最直白的来追寻和表达这种精神情怀的词语吧！其实这个词里不仅仅洋溢着情怀，更包含着全新的、高远的世界万象……

昆山的有些事，常常让人感到不可思议，比如它现在竟然成了咖啡的加工和消费“王国”这件事！

一则震惊全球的新闻还冒着热气：

昆山喜提“国际咖啡产业之都”新名片

大咖云集，咖香四溢。5月16日，由商务部、工信部共同主办的2024年“十城联动·共享美食佳饮”首站（昆山站）活动启动仪式暨2024年昆山国际咖啡产业展览会开幕式在昆山国际会展中心举行。国际咖啡品鉴者协会授予昆山“国际咖啡产业之都”称号……

这可是硬邦邦、顶呱呱的事儿！

昆山是“咖啡产业之都”？这几乎是昆山一夜间赢得的新头衔呵！估计昆山之外的人都会惊叹：这小昆山也太厉害了吧！啥事儿都赶在别人的前面。

没错。咖啡业是昆山刚刚亮出的又一金字招牌。

一颗比麦粒稍大比黄豆稍小的咖啡豆，原本与江南水乡抑或与中国社会没有多少关系。然而今天的昆山人把它“炒”（烘焙）得热火朝天，神州大地随之沸腾……

踏上昆山的第一天，我就闻到此地处处飘着咖啡香，对此我甚感奇怪，一问才知，昆山人竟然在“笑眯眯之间”，猛然掀起了一个大市场——咖啡消费世界。

厉害哟，我的大昆山！

那天，我在昆山的老街，随意走进一家咖啡店，点了杯热咖啡，顺便给年轻的女店主出了道题：“知道咖啡的来历吗？”

“知道。在昆山开咖啡店和做咖啡生意的人都知道……”她便开始向我滔滔不绝地介绍，“做出世界上第一杯咖啡的是阿拉伯人。阿拉伯人咀嚼整颗咖啡豆，以品味其汁液，那味道有些特殊和诱人。后来他们又将这种有特殊味道的咖啡豆磨碎后与动物的脂肪混合，将其当成长途旅行的体力补充剂。一直到公元1000年时，咖啡豆才被拿来在滚水中熬煮成芬芳的饮料。欧洲工业革命之后，喝咖啡在‘上流社会’中很流行，慢慢地喝咖啡之风传遍了整个欧洲。海洋大盗在世界各地的横行，又将咖啡带到了不少殖民地国家和地区。当然，咖啡经过数百年的发展，如今，已经充满了无限诱人的味道。”

“看你样子也是干部吧？那你一定知道马克思写《资本论》时，一直没离开过咖啡……”嗨，她竟然还知道这么多“咖啡传奇”呀！

是，我知道这些年随着全球化经济和文化的催化，咖啡对当代人生活的影响越来越大，甚至连一贯喜欢喝茶的中国人，也越来越喜欢它。

今天的中国年轻人对咖啡的热衷和喜欢超乎想象。不得不说，这两年咖啡与茅台酒厂的一次“结缘”，配出来一个“酱香拿铁”，让整个神州大地上的亿万青年疯狂地迷恋了好一阵子。发财的当然是生产厂家，但也足见咖啡的威力。

许多中国人或许没有想过：是谁把咖啡在中国市场做得如此风生水起？

昆山。哈，又是昆山！

如果不是亲眼所见，我绝对不会相信这事，但它千真万确。一颗颗人们不太在意的小小咖啡豆，竟在昆山大放异彩，昆山在咖啡产业占据“独大”的地位，这不禁让中国乃至世界咖啡界震惊！

这其中必定演绎着又一出精彩的“昆山故事”——

2020年春天的一件事，大家一定还记忆犹新，那就是新冠疫情的蔓延。

当时我在上海，有一段时间大街上基本上看不到人。然而就在这个时候，与上海毗邻的昆山却做了一件大事，连国务院总理都发去了贺信，那就是他们在3月13日举行了又一个产业园区——“咖啡创新产业园”的签约仪式。

“昆山要搞咖啡了？”到昆山后，有人说去喝咖啡时，我跟许多外地人一样惊异起来。

“是啊，我们昆山不仅有咖啡，而且种类非常多，人均咖啡饮用量全国第一……”昆山人这样自豪地告诉我。

“不是吹牛？”我瞪大了眼珠。

“走，我们一起到大街上走一走……”市文联负责人笑着拉我就往街上走。

“等等，我也去！”说话的是文联的另一位女副主席。她从我下榻的昆山宾馆院内的一家星巴克咖啡店走出来，手中还端着一杯热腾腾的咖啡。

“真的啊？昆山人什么时候也爱上了咖啡呀？”我半开玩笑道。

她没有在意，只是告诉我，她前几年在乡镇当副镇长的时候，经常一天喝5杯咖啡。“有2杯或3杯是陪来访的客人们喝的，自己平均每天单独喝3杯左右。”

我十分惊诧。“现在呢？到文联后呢？”

“至少一天2杯吧！”她回答。

“天天如此？”

“天天如此。”

“你们昆山人都不喝茶了？”

她笑：“茶还是喝的，但干部和年轻人中现在喝咖啡的比喝茶的要多得多！”

“这个风气是什么时候开始的？”我对此十分好奇，因为即使在北京，大家平时还是以喝茶居多，只是偶尔来杯咖啡，当然年轻人可能更爱喝咖啡，但绝对不会以咖啡为主要饮品。上海的年轻人和公职人员喝咖啡的比例可能高一些，但似乎也到不了昆山的水平。

“我们昆山咖啡的普及率就是全国第一，这是肯定的。”文联的同志一边走，一边骄傲地肯定道。

我将信将疑，跟着他们的脚步在大街上“清点”咖啡店——结果，在约 500 米的街上，连续看到 4 家不同风格的咖啡店。

面对如此明摆着的“昆山景象”，我只得感叹道：“这方面昆山和一线城市不相上下啊！”

后来昆山同志告诉我的数据更证明了这一点：现在昆山全市光是星巴克、瑞幸等连锁品牌咖啡店就超 130 家，加上其他独立品牌的咖啡店，总数超 500 家！

手掌大的一个昆山，你说他们的咖啡店多不多！

这还远远不够。他们竟然把星巴克中国烘焙总部和产业基地都“弄”到了昆山……

这个实在有点令人不可思议。

“我们昆山就遵循这样的创业创新轨迹——啥东西好，我们就引进啥，再按照‘缺什么、补什么’的原则，向产业链两端延伸，然后一直做到全国第一，世界最大……”从市委书记、市长到普通百姓，现在昆山人的嘴里都飘着咖啡香，因为他们又一次尝到了改革开放和敢于创新的甜头。

咖啡产业对昆山来说完全又是一个“无中生有”的产业奇迹——过去，昆山从“拆笔记本电脑”入手，按照“缺什么、补什么”的原则招商引资，“无中生有”成就了 7000 亿元级的电子信息产业；近三年，他们遵循“生豆在哪里，产业链就聚集到哪里”的规律，“无中生有”加快打造以咖啡为特色的千亿元级“甜蜜产业链”。

“您是喝咖啡还是茶？”

“咖啡。”

“好。上咖啡！”

这是一个招商和洽谈的场景，昆山人与外商在聊着。

“来杯喝的？”

“咖啡。”

“上咖啡——”

台资企业在昆山数量众多。台商与大陆人、台商与外商之间的交往，同样频繁而热闹。

商务活动越来越多，交往越来越频繁，于是“来杯咖啡”便成了昆山不管是公务交往，还是业务交流，或者是友人见面时的一句寒暄语，咖啡的消费渐渐超过了茶和其他饮料。

浓浓的咖啡飘着香，它像人与人之间的调和剂、融洽友情的催化剂，更是昆山经济社交活动中不可或缺的媒介。

年轻人喜欢咖啡是“天然”的。

还有一些人喜欢咖啡是从被动到主动，再到习惯。

关键是，昆山的老百姓现在也喜欢并爱上了咖啡……

昆山成为中国的“咖啡城”，出乎大家意料，连老昆山人都对此惊叹不已。“这个确实有点奇怪。但我们昆山做啥事都有些怪，外人这么认为，连我们自己也感觉怪得出奇。”一个老昆山人笑嘻嘻地对我说。

怪，就是独特，而怪得出奇就是昆山的厉害了！

“无中生有”，一直是昆山人的智慧。它如在沙漠里突然发现石油一样，本质上是那片土地里蕴藏着丰富的资源，一旦撩开那片神秘的“面纱”，一切奇迹皆有可能呈现在你的面前……

昆山“出奇”的故事，几乎在改革开放后的几十年里，随时可见。只是像咖啡这样的“黑珍珠”竟然也能够在这片热土上大放异彩，实在令人感叹！

在昆山时间一长，我慢慢就明白了，原来咖啡与昆山，或者说咖啡与昆山的创业精神和“性格”，是有着特殊关联的。这也可以从另一个角度让人看到昆山的了不起，更感叹世界上一切美好事物的相通性——

咖啡中的咖啡因能让人振奋，充满力量。

昆山之所以能发展到今天，成为中国县域经济的“昆仑”，正是因为昆山的创业者们时刻保持饱满的精神，充满创业的热情。也正是由于有这种“咖啡”特性，当真正的咖啡悄然进入东方茶饮大国时，才可以迅速适应昆山独有的那种土壤，并快速传播，昆山对这种新事物的适应性可以说有点疯狂，甚至疯狂到有些令人不可思议！

当然，我们需要对咖啡本身作些“科普”——

如前文所言，也许因为东方人性格中的“淡雅”基因，所以一直以来我们都喜欢品茶，而对有浓浓味道的黑咖啡起初是很不习惯的。咖啡是由咖啡豆制成的，它有股特别的味道。这股东方人不容易习惯的特别味道，却让非洲人和欧洲人上了瘾，后来又让全世界人上了瘾。

我们来看看咖啡豆产自何处。咖啡豆不是庄稼，是长在树上的。咖啡树通常适合在北纬 25 度到南纬 25 度之间的土壤里生长，这些地方属于热带和亚热带地区。咖啡树大致可分为 5 种，其中阿拉比卡（Arabica）和罗布斯塔（Robusta）最为常见。咖啡树为茜草科多年生常绿灌木，咖啡豆就是咖啡树的果实，人们日常饮用的咖啡是用烘焙过的咖啡豆磨成的粉配合各种不同的器具制作出来的。与中国人爱喝的茶一样，久而久之，咖啡成了西方人和非洲人习惯喝的饮品，咖啡文化也随之繁盛起来。

有关咖啡的起源和传说，在欧洲和非洲可以用“小说”和“传说”来形容，因为关于它的轶事太多太多，各式各样，不过大多因为过于荒诞离奇而被人们淡忘了。今天，人们普遍认为非洲是咖啡豆的故乡，并很可能最早发现于埃塞俄比亚。据说后来一批批奴隶从非洲被贩卖到也门和阿拉伯半岛，咖啡豆也因此被带到了沿途各地。可以肯定，也门在15世纪或是更早的时候就开始种植咖啡树了。阿拉伯虽然有着当时世界上最繁华的港口城市摩卡，但禁止任何咖啡种子出口！这道障碍最终被荷兰人突破了，1616年，他们终于将成活的咖啡树和种子偷运到荷兰，开始在温室中培植。

关于人们为什么喜欢喝咖啡还有另一个传说——

罗马的一位语言学家罗士德·奈洛伊（1613—1707年）这样记载：大约公元6世纪时，有位名叫卡尔代的阿拉伯牧羊人某日放牧时，看到每只山羊都无比兴奋，雀跃不已，他觉得很奇怪，后来经过细心观察，发现这些羊是吃了某种红色浆果才兴奋不已的。卡尔代好奇地尝了一些这种浆果，发觉这些果实香美无比，食用后自己也觉得神清气爽，从此他就时常赶着羊群一同去吃这种美味果实。后来，这种果实的神奇效力就渐渐广为人知了。

随着人们对咖啡的兴致越来越浓，医学界对咖啡的研究也不断深入，科学家发现：咖啡是一种可以细细品尝、慢慢感受的东西，就像中国的茶一样有丰富的滋味，同时它也具有有益健康的成分。工业革命之后，欧洲大量知识分子和贵族们对咖啡非常狂热，喝咖啡渐成一种独特的文化。

英国有无数的咖啡屋，男人们在此谈论政治、文学、商业等，咖啡在绅士们的社交场所颇受欢迎。当时唯有男人能进入咖啡屋，有些人甚至不想回家。曾有一段时间，许多家庭主妇联合起来请愿要求政府将咖啡屋关闭。咖啡传入法国后，上流社会受此影响，出现了无数“咖啡沙龙”，崭新的文学、哲学或艺术由此应运而生。我们所熟悉的巴尔扎克、卢梭等文学巨匠，就活跃于这一时期，他们的许多伟大作品就是在咖啡香味中酝酿而成的。

值得一提的是音乐大师贝多芬对咖啡甚至到了依赖的程度，其对咖啡的喜爱比当时欧洲的任何一位文艺天才都有过之而无不及。传说他不仅每天要喝咖啡，而且每杯都要用60颗咖啡豆来制作。贝多芬一直保持着良好的作息规律，每天晚上10点入睡，第二天清晨6点准时起床。在做完早餐之后，就亲手煮咖啡，他会非常耐心地把60颗咖啡豆煎焙到焦黑，再用古铜制的土耳其式磨豆机慢慢研磨……直至咖啡香味飘满整个房间。作曲时的贝多芬，视咖啡豆为跳动的音符。“做一杯咖啡的咖啡豆，会给我60种灵感。”他这样说。故咖啡界把“60”称为“贝多芬数字”。

军事天才拿破仑，更是被视为咖啡史上最浪漫的悲情人物，他一生酷爱咖啡，并且“一手咖啡杯，一手治天下”。法国大革命前夕，还是炮兵少尉的他有一次因为没有带够钱，竟然抵押了自己的军帽，只为在普罗克普咖啡馆享用一杯咖啡,如今这顶军帽已经成为这个咖啡馆的“镇馆之宝”。

咖啡种类很多。Espresso是一种意大利浓缩咖啡，而这个词也有“在压力下”的意思。其实每一种咖啡都蕴含一种意味，包括现在大多数年轻人喜欢喝的拿铁、摩卡等。咖啡既是一种健康饮料，也和茶一样，代表着一种情调。

喝咖啡所代表的这种情调，也促进了咖啡的普及。

咖啡还可以与糖、牛奶、巧克力等交融在一起，风味就更不一般了！当香醇的咖啡、丝滑的牛奶和香浓的巧克力三者完美地结合在一起时，任何人都无法抗拒她那诱人的魅力。

中国人也不例外。新一代年轻的中国人，自然也特别喜欢喝咖啡，远比老一代人喜欢。在上海、深圳等开放型城市，四五十岁以上的中老年人对咖啡的喜欢程度其实并不比年轻人低。可以说，他们是把咖啡这曾经的“舶来品”喝成“中国风”的主力军。随着城市经济的发展和社会的日益开放，昆山人也越来越喜爱喝咖啡。由于昆山的外资、台资企业就密度而言远超国内的一些一线城市，所以咖啡文化的普及率自然也就高于这些城市……

而昆山的“咖啡传说”，甚至可以写成一部独立的非虚构作品。

昆山流传着这样一个故事，说是1986年春节，为了迎接一位挪威来的工程师，昆山开发区一家企业的副总专程赴上海买来咖啡招待外宾。当时昆山老百姓还不熟悉这种洋饮料，服务员拿脸盆泡了咖啡送到桌上，在场宾客顿时手足无措。我不知此事是真是假，为此我问过今天的昆山人，他们都笑笑不作正式回应。然而通过这件事可以得出一个结论：昆山原本是一个农业县，传统的昆山并不时髦，咖啡一开始纯属新事物，改革开放前的昆山并不具备“咖啡基因”。

“现在我们不仅在接待外宾时，就是在接待你这样的‘内宾’时，基本上也会在见面后问一声‘来杯咖啡，还是茶水？’，咖啡一般放在前面。而且会特意介绍一下：‘我们昆山的咖啡进出口量已经在全国排第一了，各种美味的咖啡都有，你看是不是尝一尝？’这个时候，我们的客人基本上都会说：‘那就来一杯咖啡吧。’等喝完以后，我们就会问一声：‘怎么样，昆山的咖啡还行吧？’客人们总会欣喜地回答说：‘不错，不错！’有人干脆说：‘再来一杯！’昆山咖啡就是这么兴起来的……”昆山的领导们将昆山咖啡的发展史娓娓道来——它自然而客观、真实而生动。

有一日，我独自在昆山街头行走，见一家咖啡店内有很多人在喝咖啡，便进去找了个座位。这时我注意到，不少顾客并非“本土”口音。

“他们是台商，或是香港人……”咖啡店的老板是一位中年妇女，一听口音便知她是本地人。我问她这个咖啡店经营了多长时间，她爽朗地告诉我：“快有20年了吧！”

“说说你怎么想起开咖啡店的……”我又犯职业病了。

她一边招待客人一边跟我聊：“最初，我开的是茶馆。后来发现台商多了之后，他们进店就问有没有咖啡。我当时想，既然台湾人爱喝咖啡，我们不妨在茶馆里添个咖啡机吧。就这样开始卖咖啡了。”

“这一卖，咖啡生意反而做起来了！后来干脆把茶馆改成了咖啡店。当年我这个‘阿庆嫂’，也就慢慢变成卖咖啡的‘黑珍珠’了！哈哈……”女主人皮肤是有些偏黑，但她爽朗的话语，令人忍俊不禁。

“我们许多本地咖啡店就是这样‘变’过来的……”“黑珍珠”这样说。

“是不是生意也比开茶馆要好得多？”

“是的，是的。好出两三倍吧！”“黑珍珠”说。

她补充道：“开茶馆时，顾客主要是老昆山人，但现在喝咖啡的就是‘全昆山人’了！”

“啥叫‘全昆山人’？”我好奇地问，因为听到了一个新名词。

“就是所有在昆山的人嘛！包括来做生意、开工厂的台商、外国人和在这里打工、落户的新昆山人，而且现在本地的老昆山人也多数喜欢喝咖啡了！”“黑珍珠”说。

“咖啡一兴起来，昆山人的口味跟以前都不一样了：洋气了！过去大家是喝茶，现在大家是品咖啡……品咖啡是讲究品位的，这个品位包括人的素养、谈话的内容甚至是优雅的坐姿。在咖啡店很少听到大声喧哗的，这与原来的老茶馆大相径庭……”“黑珍珠”说这话时笑了。

她的话把我也逗乐了，因为我从小跟着爷爷上茶馆，所以懂得她所说的话。江南老茶馆热闹非凡，人们天南海北地高谈阔论，想起来会令人捧腹。

昆山人的许多事，值得我们从多方面进行探究。

然而昆山欲建“咖啡山”，很多人都觉得是一个“笑话”。可这笑话现在变成了现实，弄得外人有些酸溜溜的。

自然，昆山人搞咖啡，也是有其“推进逻辑”的。这有个难得的契机——

2009年底，国务院批准了在昆山经济技术开发区内，设立一个规划面积为 5.86 平方公里的昆山综保区。它也是由大陆首个封关运作的出口加工区转型而成的国家级综保区。

“何作家，你可能不知道，我们的综保区一成立，就从四面八方涌来非常多的客户——外商自然不用说，国内的客人也多得很。我们接待客人时，一坐下来就会问他们想喝点啥？人家就会问‘有咖啡吗’，我们就开始准备咖啡，而且后来客人来得越来越多，天南地北，口味也不一样，我们招待他们的咖啡品种也随之丰富起来。”综保区的工作人员兴奋地向我讲述了他们的“咖啡发展史”。

“主要经历了两个阶段：第一阶段是为了保证招商效果，我们工作人员开始恶补咖啡知识，提高品尝咖啡的水平。现在你要让我们讲咖啡的话，每个人都能讲几个小时。第二阶段是我们发现外国客人总会好奇地问：‘昆山喝咖啡的人多吗？’我们就告诉他：‘多啊，越来越多了！’那些外商的眼睛顿时就发亮了，又问我们：‘我进点咖啡到你们这里怎么样？’我们就告诉他：‘你肯定稳赚钱，中国有几亿年轻人，他们都爱喝咖啡！’外商就开心地笑了，说：‘OK，我把世界上最好的咖啡豆给你们运过来。’果不其然，从此来自世界各地的好咖啡源源不断地进到我们昆山综保区……”

昆山人对商业的敏锐嗅觉和精准开拓，是可以让无数从商者、政治家和经济学家睁大眼睛好好学习与研究的。

“进来的咖啡一多，我们就在想：既然咖啡市场这么大，我们为啥不把这个产业弄到我们昆山来呢？于是我们就向市里汇报。市领导对此极其重视，迅速组织专门人员开展调研，并且迅速拿出开发咖啡产业的方案，又以最快的速度和最精准的措施推进咖啡产业落地……后来的事大家都知道了，仅用了几年时间，一个‘无中生有’的大产业——咖啡产业落定我们昆山……”

昆山综保区的负责人说到这里，一脸自豪，因为他是一个胜利者。

整个昆山和昆山人在咖啡这件事上都是胜利者。

现任市委书记和市长都是“咖啡产业”的积极推动者，在接受采访时，他们都十分兴奋地讲起他们的咖啡产业发展史。市委书记这样说：“全世界的咖啡市场，仅次于石油市场的体量，谁把这个产业抓住了，谁就等于掌握了一个天大的产业。我们这几年可以说在推进咖啡产业落地昆山的事情上不遗余力……”

昆山能成长为中国县域经济的巨人是有它的内在发展逻辑的。昆山人功夫下得深，下得准，下得精……

我知道，为了让这个产业落地昆山，从市领导到开发区管理层，再到综保区和发改委、商务局等部门负责人，可以说调集了所有经济系统的神经元，围绕“咖啡”这件事，聚劲发力。同时对咖啡产业的巨头一一进行攻关。对每个进入昆山咖啡产业的世界咖啡大户给足支持，打通其入昆过程中的所有环节。

“咖啡讲究浓度与味道，我们的工作更需要有深度和味道，这就是服务水平和专业的产业管理模式——这个模式一定是具有中国特色的昆山模式，又必须是与世界接轨的模式。”昆山市长这样说。

“我们综保区招商团队的工作人员，可以说是中国乃至世界上最强的咖啡专业招商人才，他们知识丰富，头脑灵活，再加上有改革开放几十年来在外商投资和产业运营方面积累的丰富经验，所以我们最终成了赢家，美丽的昆山也成了世界咖啡产业的高峰……”昆山综保区负责人好骄傲。关键且根本的是，他们有值得骄傲的资本。

在我们生活和成长的地球上，有许多山峰，它们傲立在我们面前，我们仰望它们，崇拜它们，敬畏它们。

昆山无山，或者说昆山仅有一座完全可以忽略不计的 80.8 米高的小山头。然而，昆山又确实是一座大山，这座大山，如珠峰一般高不可攀……

这山，是昆山人的情怀和精神堆垒的，是他们对自己家乡炽烈情感的结晶，是他们在习近平新时代中国特色社会主义思想引领下建设伟大祖国的片片赤诚之心铸造的经济之山、人性之山、时代精神之山和民族光芒之山！

它是昆山人用滴滴汗珠、丝丝情意垒成的心灵之山、灵魂之巅。

这样的山充满了江南人的勤奋与努力，这样的山聚积了昆山人的智慧和魄力，这样的山彰显了这片土地上那些奋战在经济前沿者的远见与卓识！

这样的山，才是我们心目中真正的大山。

明白了这些道理，也就理解了昆山为什么能屹立于县域经济之巅。

昆山每一寸生长着经济之奇花的土地上都飘满咖啡香气，昆山人开始了有计划、有心思、有节奏的布局和出击——

毫无疑问，做咖啡产业绝对绕不过咖啡业巨头星巴克。这家诞生于美国西雅图的咖啡企业，虽然只有 50 多年的历史（1971 年开设第一家门店），然而它的发展之快，令世界对咖啡市场和咖啡产业有了颠覆性的认识。“口中石油”之说，也是星巴克在极短时间内把店面铺及全世界，形成可与石油产业相比拟的市场份额的一种最直接的诠释。星巴克咖啡具有独特的商业运营模式，其致力于商业道德，采购并烘焙世界上高品质的阿拉比卡咖啡，在全球 82 个市场拥有超过 32000 家门店，一跃成为世界咖啡“国王”，也因此使国际市场对这一新的商业模式产生敬畏。1999 年星巴克进入中国之后，推出了一种新的商业模式——找合作伙伴，在传承经典咖啡文化的同时，为顾客提供不同的星巴克体验，让中国青年和其他消费者群体迅速喜欢上咖啡。2024 年 3 月，星巴克在中国上海、浙江和广东三地创下了各开设“1000 家”门店的纪录。这种商业形态，在世界其他国家是不可能有的。

其实星巴克在中国市场的一连串招数可以说是“优美动作”——积极参与中国社会的发展，比如扶贫、建星巴克（中国）大学等，这些举措让昆山人内心与其“交朋友”的愿望油然而生。

2021年初，国家主席习近平复信美国星巴克公司董事会名誉主席霍华德·舒尔茨，鼓励其与星巴克公司为推动中美经贸合作和两国关系发展继续发挥积极作用。昆山人早已坚定地将目标瞄准了星巴克……

然而,星巴克毕竟是全球咖啡产业的“巨无霸”,它原本的战略布局“计划书”上并没有昆山这个地名,只有“上海”“广州”“深圳”这样的地名。不过昆山人并不气馁，因为作为一个县级小市，在与其他大城市竞争的过程中被人忽视和看轻的事实在太多了。“我们昆山人‘脸皮厚’，为了把项目拿到手,不在乎别人给脸色看。我们只求最终的结果,为了实现最终结果,就是脸皮被人刮出血痕来，也不会在意的。”

这就是昆山人的素质和成功的秘诀。

星巴克在昆山开设第一家门店是在2003年，算来至今已有20多年。这20多年，昆山咖啡产业从零开始，发展到成为“世界第一”，其间经历了什么只有昆山人自己知晓。

昆山知道，咖啡产业“巨无霸”星巴克在选择生产基地时一直瞄准上海、广东和云南等地,昆山人自然不会从正面跟这些“老大哥”去抢、去争,因为正面出击根本争不过嘛!

然而争不过并不意味着不去争。

昆山人的智慧就在于懂得“商战”的艺术：正面攻不破，我就来个侧面、背面甚至顶部进攻出击……

对星巴克和咖啡商战，昆山人就采取了这样的战术——

别以为制作一杯咖啡那么容易，它的产业链是很长的，尤其是像星巴克这样的“巨无霸”，它在中国市场已经独占鳌头，那么它想巩固这个巨大的市场，便面临产品生产基地、加工基地选择的问题。种植咖啡树的地方找到了——云南。那加工基地呢？这可是另一个重要环节，而且并非一家企业就能独自完成。尤其是咖啡豆的分拨，这个环节既重要又复杂。加工基地设在何处？是自己搞还是由其他公司来搞？星巴克聪明地选择了由其他公司来完成这一任务，而把自己的业务重点放在最末端的市场——赚钱最多的一环。

既然重要的分拨中心需要另外的公司来负责，那么让谁干呢？怎么干呢？昆山开始研究了……他们最后发现了一家咖啡公司,它叫“亿政咖啡”。

这是一家香港的公司，在咖啡产品加工方面颇有经验，与星巴克的关系也非同一般。昆山人通过努力，2017 年成功地把亿政咖啡纳入自己开发区的版图之中，而且是总部落地——亿政咖啡注册地在昆山开发区中央大道 377 号。

亿政咖啡的手笔就是不同寻常，第一笔注册资金就达 3200 万美元，约 2 亿元人民币。关键是它后面的手笔更大：在昆山综保区内，一下子建起了 3.4 万平方米的咖啡加工厂，其业务范围包含咖啡生豆的全球采购、生豆物流、焙炒咖啡豆、咖啡挂耳包、固体饮料粉等，为客户提供咖啡、饮品创新配方等相关配套产品。这样的手笔，不仅让星巴克感到满意，而且能确保生产环节与市场无缝对接，让星巴克在中国市场上的扩张如鱼得水，以每年新增千级数量的门店向世界上最大的咖啡消费群体伸出橄榄枝——它赚的钱让星巴克老板喜笑颜开。

此时，昆山人在暗地里用劲，因为他们对亿政咖啡充满期待……

“搞定、吸引了亿政，就不怕星巴克不来昆山！”阳澄湖边此时春风荡漾，几位昆山决策者眼里皆是春色。

他们知道距星巴克把产业基地放到昆山的日子不远了。

果不其然，经过几番“整合”、几番“博弈”，2019 年末，在昆山市一系列顶层设计之下，综保区内的咖啡产业迈出了至关重要的一步。他们通过各种“迂回战术”，将星巴克之外的世界各大品牌咖啡公司引入自己的开发区，形成了足以撼动咖啡产业山河的咖啡产业的“狼群”。

就在这个时候，他们来到了位于上海的星克巴中国总部。会谈直奔主题：“我们期待星巴克把生产加工基地放到昆山来……”

“哎呀，这么大的事，我们怎敢做主？”驻上海的星巴克负责人惊得连连捂住嘴巴。

“那好，我们到你们美国总部去跟你们老板谈。”

西雅图的风景，让昆山人感觉到很特别。然而特别的昆山也让西雅图的星巴克人感到了来自东方的诱惑和魅力。

“一言为定，我们把第一个美国本土之外的生产加工基地搬到你们昆山去！”星巴克的董事长伏在中国地图上，手指着昆山的位置，而后兴奋地鼓掌，接着紧紧拥抱中国昆山人——他们董事会中其实已经有好几位到过昆山。

“你们的大闸蟹太鲜美了！”星巴克人说。

“只要你们到昆山，我们可以满足你们吃正宗阳澄湖大闸蟹的愿望……当然你们如果实在没空，你们在西雅图也照样可以吃上我们的新鲜大闸蟹！”昆山人说。

“哈哈……这事就 OK 了！”

“太好了！我们昆山见！”

“昆山见！”

2020 年 3 月的一天，一条新闻震动全世界：全球最大咖啡连锁企业星巴克宣布，将在中国长三角经济圈内的国家级开发区——江苏昆山经济技术开发区投资建设一个集咖啡烘焙与智能化仓储物流功能于一体的“咖啡创新产业园”。该项目致力于打造业内首家全产业链的咖啡创新产业基地，功能涵盖创新研发、咖啡豆进出口、烘焙、包装、储存、物流分拨配送、分销以及咖啡烘焙培训……

天哪，昆山又出了个“世界第一”！

这可了不得呀！昆山无山成了大山，昆山无油，却又生出个“大油田”！

太厉害了！超前一步，步步为先！无法同昆山比高低啊！发出这般感叹的有同类候选城市，也有与昆山毗邻省区的城市，还有国外的诸多经济强者。

昆山确实有些其他地方无法比拟的本领。星巴克宣布与昆山签约合作办咖啡创新产业园的第二天，昆山人就把产业园的营业执照送到了星巴克人手中。

“你们……你们这么快啊！”当场，星巴克人被昆山速度惊到了。随后感叹道：“我们不在昆山做好做强，实在是对不起你们！”

昆山人这时笑了：“我们要的就是你们这句话。”

不要以为昆山的“山”长高过程那么容易。当星巴克咖啡创新产业园刚刚宣布落户昆山时，一场罕见的新冠疫情席卷全球，昆山也难逃其影响。然而昆山人坚韧不拔，千方百计地保障咖啡产业园的建设，咖啡产业才在这片热土上傲然崛起……

“什么事都可以暂时放一放、缓一缓，但如果谁把咖啡产业做凉了，谁把咖啡杯放下了，我们就盯着他，提醒他！”昆山市主要领导在疫情期间的干部会上一再要求下属。

“可以这么说，疫情 3 年，我们昆山的咖啡产业就没有降过温，一直是热腾腾的……”昆山开发区管委会负责人骄傲地端起咖啡杯，让我品尝他办公楼里的美味咖啡。

“嗯，味道确实不错。”我品了一口道。

“与其他咖啡相比呢？”

“独特而更美味的昆山咖啡……”

我俩临别的对话，引来在场人员的一片欢笑。

“昆山咖啡”确实好喝。

“昆山咖啡”现在真如昆仑山脉中的乔戈里峰，其山体拔地而起，巍然耸立，犹如一柄巨剑直刺苍穹，气势无敌。

今日之“昆山咖啡”难道不是这样吗?

看——

中国自己的咖啡新王——瑞幸咖啡也来了！他们第一笔投资就是1.5亿美元，建一个大型咖啡烘焙工厂。

以“做中国人的口粮咖啡”为品牌使命的隅田川来了：2021年底这家公司在昆山投资建造了国内最大的挂耳、袋泡咖啡生产工厂。2024年工厂完全建成，建成后预计年产量将超过13亿杯……

截至2023年8月,昆山综保区已投产的与咖啡相关的企业有137家(外资73家)，其中工业企业65家、物流企业45家、贸易企业14家、其他服务企业13家，总投资47亿美元，注册资本26亿美元，实际利用外资约14亿美元，从业人员11万余人。这是一个什么概念?也就是说，昆山的咖啡产业规模，即使放在盛产咖啡豆的巴西、哥伦比亚、埃塞俄比亚、越南等这些传统的咖啡产业大国，也已不相上下，甚至综合产业链更为完备。

2024年5月16—19日，2024昆山国际咖啡产业展（COFAIR 2024）在昆山国际会展中心举办，吸引了来自巴西、哥伦比亚、乌干达、印度尼西亚、越南等10多个海外咖啡豆原产地的展团，以及逾300家国内优秀参展商汇聚一堂，展示了涵盖咖啡豆、咖啡饮料、咖啡制品、烘焙与包装解决方案、加工技术设备、咖啡机器等在内的全产业链。“我们举办这样的全球性咖啡产业展，就是想通过这样的平台，把我们昆山‘从一粒生豆到一杯咖啡’的价值链汇聚在一起，同时打造一个连接咖啡原产地与咖啡消费者的可预期的最大平台——中国昆山咖啡产业中心。像当年昆山对全球电脑市场的贡献一样，争取实现全世界的每一杯咖啡中都有昆山的味道在其中……”昆山综保区管理局副局长邵志强的这番话，听起来就像是钢琴家在弹一曲“咖啡变奏曲”，它既悠扬动听，又芳香四溢，令人陶醉。

小小的咖啡豆，真的又成就了昆山的一个奇迹。

“来杯咖啡！”

“走，上咖啡店坐坐！”

“有啥想不开的，我请你喝杯咖啡，阳光又将温暖你的心扉……”

由发展咖啡产业到整个城市咖啡飘香，这是连昆山人自己都弄不明白的一个现实！

我只能说：咖啡本是个好东西。

每次走过这间咖啡屋
忍不住慢下了脚步
你我初次相识在这里
揭开了相悦的序幕……

那天路过一家昆山的咖啡店，听到里面传出悠扬的歌声，我想：自己是不是又要开始与昆山的另一个故事相约了呢?

而另一个故事又一定是很独特与动听的吧?

肯定的。

04. 最美“昆曲”：联姻清华

“袖舞霓云堪荡气，水磨音调最回肠。”这是古人赞美昆曲的诗句。

昆山之所以成为今天的昆山，其实源于其在中国历史上早有特殊的地位。只是以往岁月里的她，并非以富饶而著称，我们前文已经说到过，在很长一段时间里，昆山都是苏州下辖县（市）里的“小六子”。然而在中华民族 5000 多年的灿烂文明中，昆山拥有处于卓越地位的绝世瑰宝——被称为“百戏之祖”的昆曲。

“昆曲”到底是什么？对当今多数年轻人而言，昆曲已经算是比较陌生的艺术。但有两样东西与昆曲有千丝万缕的联系，且仍为当代青年所熟悉：一是《红楼梦》里的林黛玉形象，二是京剧。

中国读者自然知道，《红楼梦》中林黛玉的故事，就出自江南的苏州一带。说起江南，人们自然会想到那水磨悠悠、橹声嘎嘎、桃红柳绿、温山软水、碧波映天、阡陌纵横的景致，以及水乡孕育的自然和温婉。综合起来，江南之美，就是水性之美、春色之美，所以江南的“实力”，并非以刚性和高大著称，相反它以“小”和“柔弱”显力。苏州如此，昆山亦如此。它们的魅力、炫目的光芒无法刻意被掩蔽，就像世间万物的美一样，如别林斯基所言，它是“从灵魂深处发出的”。

就像说昆山无法不说“昆曲”一样，说到“昆曲”必须说到在昆山播下“昆曲”种子的几位“戏爷”——

时间追溯到约700年前的14世纪中叶。一场席卷整个欧洲的可怕瘟疫，正往意大利南端的西西里岛蔓延开去。这场被称为“黑死病”的瘟疫，夺走了2500万余条性命。中世纪的欧洲迎来至暗时刻。此刻，远在万里之外的中国，元朝政权也摇摇欲坠。这个古老东方帝国的经济与政治重心已向南方倾斜。而自古就是丰饶之地的苏南地区，也开启了承接北方民族大南迁的潮流，并日趋成为当时中国文化与经济大融合之地。各种文化如百川汇入大江，流入姑苏的大街小巷和邻近的昆山等地的大小乡村……北方朝廷的衰败，反衬出姑苏和昆山一带的繁荣。尤其在文化方面，江南已不再像以往那样追求简单的“闲”“雅”和“切磋”,而逐渐转变为“雅”“聚”和真正“竞放”的状态！正是此时，一批批具有良好修养的文人墨客汇集到包括昆山在内的苏南一带，他们一方面在寻找自己的家园，另一方面则在寻找志同道合的文化知己……其中有两个重要人物在昆山相聚了：他们便是“文采风流，映照一世”的玉山雅集召集者顾瑛与其好友江南诗坛泰斗杨维桢。

一个春日，风华正茂的顾瑛与好友杨维桢踏着晨露登上玉山，透过薄雾俯瞰着远处的河流与田野。顾瑛双目微闭，轻轻吸了一口气，微凉又带着一丝甘甜的空气，让他感觉到了久违的舒爽与惬意……

一旁的杨维桢看着友人脸上少有的愉悦，便开口问道：“仲瑛是看中这块风水宝地了吧？”

“杨老兄果然知我！”顾瑛转过头来，笑曰，“自从摆脱商务杂事以来，这几年，我总想找块地方造个园子，好让往来的朋友们有个相聚的地方。”

“我看此地不错，贤弟可以择之。”杨维桢连连点头，表示赞同。

得友人首肯的顾瑛，便迎着拂面春风，开始用目光丈量眼前的一片山野，心里却在架构着一片陶渊明笔下的“桃花源”……这不正好嘛：隐于世外，忘于江湖。顾瑛忍不住口吐真言：我就在此处建个“小桃源”！

“妙哉！小桃源也！”杨维桢眉间欣喜，击掌称道。

名字定下后，两人像孩子似的高兴得连蹦带跳地用脚步丈量，然后圈出一片南北长约 10 里，东西宽约 6 里的地方，一边走着，一边商议该在哪一处造个什么景致。杨维桢比顾瑛年长 10 多岁，比起脚力，自然不如眼前这位年轻人，但心中灼热的激情像一把附着神力的拐杖，支撑他在山野间奔走。

日暮时分，两人再回到早晨所站的地方俯瞰时，心中已经有了一幅大致相同的图景。此时，他们还不会意识到，这座最初被命名为“小桃源”的园林，会在中国文化历史画卷上留下多么重要的一笔。

顾瑛将园子建好后，杨维桢随即写了一首《小桃源记》，感叹此处“清绝如在壶天”“殆不似人间世也”。

“小桃源”渐渐成为“玉山佳处”，也被称为“玉山草堂”。元朝诗人吴克恭在《玉山草堂序》中有载：“玉山草堂者，昆山顾仲瑛氏为之读书弦诵之所也。昆以山得名，而山有石如玉，故《州志》云：玉山，仲瑛因是山之势，筑室以居之。结茅以代瓦，俭不至陋，华不逾侈。散植野梅、幽篁于其侧，寒英夏阴，无不佳者。以其合于岩栖谷隐之制，故云草堂也。”

更名“玉山”，是因为地处昆山辖地，而“草堂”之名，实在是顾瑛作为文人的自谦。这一处宏伟的园林，比同在苏州的留园早了 100 多年，比拙政园早了 200 多年，在园林风格上也不像留园、拙政园那样小巧精致，而是更为宏阔，也更具天然野趣。

令后人惋惜的是，玉山草堂与历史上的诸多名胜一样，都很难幸免于战火，最终毁于元明易代的战乱之中，玉山草堂的主人顾瑛后来也客死异乡……

物质性的东西通常脆弱，哪怕坚如磐石，也会在历史的烽烟中慢慢磨损，直至湮灭。而非物质性的东西却如风如水一般，看似无形、柔软，却可以历经王朝更迭，历经战火而万古流传。

顾瑛修建玉山草堂后，以其轻财喜客的性格，广交天下文人。他和杨维桢及近邻远乡的文人雅士们，经常聚会，谈诗抚琴，吟个天昏地暗。顾瑛本身热爱戏曲，又善于弹阮，何况家中还养着几位专门从事戏曲表演的歌姬，所以每回友人们相聚，常登临玉山，在松林岩上弹琴读诗。那独特而活泛的曲调，飞出玉山，飞向江南四方……

才气横溢、激情澎湃的文人们又心有不甘，每每一曲终了，就凑在一起细细打磨，彼此常为一字一腔争得面红耳赤，甚至手脚并用，最后却总是皆大欢喜。

这个时期，有一名叫倪瓒的雅士成为顾瑛、杨维桢的好友，三人之间雅集不断，加之小琼花等才艺超群的家班歌姬不断演唱，昆曲之腔调初步形成。

此时，不得不提一位居于昆山千灯一隅的民间歌者顾坚，他痴迷于改良戏曲，追求融合当地乡音俗调又具高雅品位的戏腔。

顾坚从小学曲习唱，后与顾瑛等人交往甚密，他既精于南曲，又善作古赋，还有一副好嗓子，故使原本只流传于文人雅士中的“昆山腔”，迅速在昆山乃至江南一带广受欢迎。

两百多年后，一位戏曲才子闻声来到娄江河畔的南码头……他就是后来创制“水磨调”，被誉为“曲圣”的魏良辅。

此人的戏剧功夫深厚，他到来后，对原本附和在大锣大鼓下的“昆山腔”进行大胆改革，将其演绎成清丽悠远、旋律更加优美的曲调，从而奠定了昆曲“字正腔圆”、富有感染力的中国“百戏之祖”的崇高地位。

从昆曲的兴盛史可以看出，这一诞生在玉山脚下、阳澄湖畔的中国“百戏之祖”，之所以能够传承和发展至今，是因为它遵循了一条“金律”，那便是它善于把握时机、敢于大胆创新、积极聚合新力，所以成为永世流传的经典艺术。

昆曲是昆山人的骄傲，也是昆山这片土地的精气和文化魂魄。

数百年来一直受昆曲艺术熏陶的昆山人，非常懂得一个道理：欲让自己成为“最好”，就得与这个世界上“最好的人”和“最好的事”拥抱，紧紧地拥抱，永远紧紧地拥抱在一起……

昆山人聪明，而且可以说是绝顶聪明。除了聪明，他们还有真诚和实力。这三者合在一群昆山人身上，就有了勇往直前、不断创造奇迹的实力。

与清华结缘，是今天的昆山走向县域经济巅峰的一个重要际遇。

到昆山，这件事让我印象特别深刻——清华第一个县级校友会就设在昆山。

昆山的“清华校友会”成员近 400 人。也就是说，还有三四百位清华大学的科技专家在这片土地上工作。不错，昆山官方给出的数据是：清华校友们在昆山创办的企业已经有 150 多家。

150 多家“清华系”企业，仅凭这一数据，估计就会震惊一大批城市和地区！

欢呼我清华，清华必胜。
再接再厉兮，无退有进。
君尽全力兮，予图未竟功。
同心同力争雄，攻，攻，攻！

这是特别受清华学子欢迎的《清华优胜歌》。听这歌声，看这歌词，便知清华人的雄心与凌云之志，一句话：清华人出手，必胜无疑。

一个庞大的“清华校友会”在昆山，就是一种稳如泰山的力量。

熟悉清华的人都知道，清华大学对设立“校友分会”是有严格“条件”的：一般只设置在省会城市或者直辖市。昆山是区区县级小城，却享有设立“清华校友分会”的“特权”，你说昆山牛不牛？

昆山当然牛。它的牛还体现在清华校园内有一条“昆山路”，不信你可以到清华园找找。昆山路就是新水利馆至学生 9 号楼之间的那段路，它平坦而宽阔，是许多师生每天的必经之路。无论白天黑夜，昆山路的路标在清华园内都是锃亮的，吸引着路人的目光……

更有甚者，昆山从 2009 年开始，每年在清华大学校园内举办“昆山周”活动，而且还以“昆山”冠名了清华大学生创业大赛，清华学子们以获得此奖为荣……

够牛！

昆山确实够牛，一个县级城市竟然与一个国家顶级学府有如此密切的“关系”！

我到昆山后才发现，昆山能够成为中国县域经济之首并连续保持 20 年，而且至今依然保持势不可挡的发展态势，其中一个特别重要的原因是他们拥有众多中国乃至世界一流专家的支持，这些一流人才资源自然而然就成为昆山发展的底气。

有道是气壮山河，登峰造极。

昆山人结缘清华的目的，就是要干他人所不能的伟大事业，闯出一片为世人歆羡的新天地！

在昆山开发区和高新区内，都有清华校友的企业，其中给我留下深刻印象的有一对“清华系孪生兄弟”：“清越光电”与“国显光电”，他们同出一个“师门”。前者的无源矩阵有机发光二极管（PMOLED）产品出货量已经连续数年稳居全球同行前列；后者的有机发光二极管（OLED）显示面板更是因其可卷曲、如纸薄的特性，成为智能显示板领域的大户……

“未来也会在这里创造一个千亿元级制造企业吗？”我问国显光电的技术总监，他很年轻，却很自信地回答我：“再过三两年吧！”

我顿时感觉巅峰之上又将有一道绚丽的彩虹！

“在清华人手里，这个事并不太难，因为我们手上的技术其实已经比别人超前了不少……”年轻人补充道。

于是我们一起笑了。

昆山到底如何与清华结缘的这件事，一直让我特别感兴趣。

昆山市委原副书记、人大常委会原主任、组织部原部长张雪纯，是个百分之百的“老昆山”,亲身经历结缘过程的他非常了解昆山与清华这段“姻缘”的来龙去脉——

想“傍”清华的单位多了去了！但你不得不说昆山人就是胜人一筹！我听完张雪纯的讲述，才明白有些事只有骨子里有“昆曲细胞”的昆山人才能想得如此周到，做得如此温馨。

好吧，我们来看看 2011 年清华大学百年校庆时，昆山人的“所作所为”——

清华大学百年校庆，跟我们有什么关系嘛！许多地区和单位肯定会这么想。但昆山人不一样，他们听说清华大学即将迎来百岁生日，其表情立马丰富了起来，甚至兴奋得热血沸腾、手舞足蹈起来：太好啦！我们又有事干啦！

干啥？

凑份子呀！这“凑份子”一说，就是人家办喜事，我们出一份钱表示祝贺嘛！

噢？清华大学办百年校庆，人家有的是钱，一个校友就赞助几亿元，用得着你们操心啊？一般单位、一般人会这样认为。

但昆山人不这么想。他们是这样想的：人家清华大学办百年校庆，大事情肯定会考虑得非常周全，但是“小事情”我们昆山人还是可以办一办的。只要能把“小事情”办好，就算我们的一份心意了！

这心意在中国的传统文化里，极其重要。昆山人深谙此理。

他们悄悄地出手了——

张雪纯一边回忆，一边忍不住地笑，他说：“当时我是副书记，有些事情市里主要领导会跟我一起商量。但最后还是书记或市长出面，到清华大学‘面见’书记或校长。”

会面之后，清华大学党委书记、校长对昆山人的一片真诚深表感动。

啥事让清华大学领导如此“深表感动”呢？

“事先我们精心谋划了 6 件事……”张雪纯介绍说，“一是我们提出对清华校园内一条比较破旧、环境不怎么好的路进行修缮，取名叫‘昆山路’；二是到清华校园内演一场昆曲《牡丹亭》；三是赠送给学校一幅内容为清华大学老校门和昆山周庄双桥相嵌连的苏绣；四是在《新京报》上用一个整版刊发昆山与清华大学合作双赢的新闻报道；五是举办“微软·昆山·清华创业大赛”颁奖会；六是在《百年清华》展览中展出清华人在昆山创业的图片……这 6 件事件件得到了落实。这 6 件事在清华大学百年校庆活动中，件件都很抢眼，让我们昆山人感到特别光荣。”

我忍不住笑了，心想：昆山人真的聪明绝顶。

“除了上面的 6 件事，还有两件事我们昆山人也深感荣幸……”张雪纯说，“清华大学百年校庆的纪念徽章是我们做的。另外，在人民大会堂召开的清华大学百年校庆庆典上，我们昆山有两个参会名额。这可能听起来并非什么大事，但相比其他地区而言，清华大学真是给足我们小小昆山面子了呀！”

我想应该是的。不说后两件事，仅凭前面他们所做的6件事，就足以说明昆山人的一片赤诚之心。

有心者，这世界就不会负他。

我相信，今天的中国，每一个负责抓经济的省区市主要领导上任后，除了上北京的中央各部委外，另一个要去的地方可能就是清华大学了，因为那是中国积聚最多人才和科研成果的学府之一。什么叫人才和科研成果？用邓小平的话说，那就是生产力。生产力是什么？是创造社会财富的最主要的动力，人们的美好生活得依靠它，一个地方的繁荣与强盛更离不开它。

昆山的干部和昆山的普通百姓对任何有益于自己发展的人才、科研成果和机会，都异常敏锐，且从不轻易放弃，其韧性超乎寻常。

“2002年，我被任命为市委组织部部长，当时也不知是谁从什么渠道获悉清华大学化学系主任手上有个科研成果，市委书记张雷就让我们与这位教授取得联系，然后他亲自去清华大学见这位教授。开始我们都没有听到啥结果，张雷说这位教授也在别的地方为项目找落脚地，但不是我们昆山。突然有一天我们的张雷书记在常委会会议上兴奋地告诉大家，说这位教授已经同意把他团队所研究的成果落户到我们昆山。这件事我们昆山上下皆知，当时为了把这位教授的这个研究成果拿到手，我们昆山作出了一个从未有过的决定——出资数亿元支持这位教授的项目！”

“20多年前，政府拿出这么多钱支持一个还看不到前景的研究成果，是不是有些冒险？”我这样问。

“可不！但我们昆山就是这么干的：只要认准了目标，就会不惜一切代价去实现它！”张雪纯说，他当时刚结束援藏回到昆山，组织部部长的位子还没有坐热，“拿出这么大一笔资金，将自己与一个教授的实验室科研成果绑在一起，确实够大胆，也确实存在风险。但我们的主要领导在充分论证之后，尤其是对年仅 38 岁就出任清华大学化学系主任的这位教授个人的科研能力与品行进行了考察，认为他和团队自主研发的 OLED 技术，虽然在当时还看不到市场前景，但一定是未来全球都需要的一个新技术，所以当机立断，不仅千方百计地将这位教授和他的团队引到昆山，而且毫不含糊地出巨资支持他将研发成果转化为市场产品，这就是后来大名鼎鼎的维信诺系列 OLED 产品……”

随着采访和调研的深入，我了解到当时昆山对这位教授的 OLED 成果格外上心，另一个重要原因是昆山自 20 世纪 90 年代初大量引入以台资为主力的电脑产业后，一直是全球最大的电脑组装和生产基地。在昆山流行着这样一句话，说是“昆山打个喷嚏，全球的 PC 市场就会感冒”。但昆山也有一个“心头之痛”：虽然拥有巨大的电脑产业，却没有一块显示屏是在昆山生产制造出来的。

这位教授的 OLED 研究成果就代表着显示屏的前沿科技，这个 OLED 显示屏是柔性的，可以在弯曲、折叠的状态下工作。1996 年清华大学 OLED 研究项目立项后，当时还是博士后的这位教授就留校参与这个项目研发，后来成为该领域的领军人物。

“昆山这么支持我们，我们还有什么理由不在这片土地上生根开花？”这位教授出任化学系主任时才 38 岁，我们与他联系时，他也才 40 岁刚出头，可谓意气风发，前程无限。他在校方支持下，很快与昆山签订了合作协议，随后便带着研发团队来昆山筹建融产、学、研为一体的维信诺基地。

2006 年，维信诺的第一个生产基地在昆山落成。

两年后的 2008 年，中国大陆的第一条 OLED 大规模生产线在昆山高新区建成。它的建成，被科技界誉为“这是中国大陆在显示屏产业第一次依靠自主掌握的技术实现大规模生产，标志着新型平板显示技术领域通过多年努力取得重大突破，标志着该产业由‘中国制造’开始走向‘中国创造’”！

2009年，维信诺的PMOLED出货量位居全球第二位，此后很快遥遥领先于全球同行……

2015年，维信诺又在G5.5有源矩阵有机发光二极管（AMOLED）产品上获得突破。

几年后的2018年、2020年及2023年，维信诺开始在河北固安和安徽合肥等地连续三次扩建新的G6全柔AMOLED生产线，其产量稳居全球同类产品的第一位。

“维信诺的快速发展，完全得益于昆山这片土壤，以及这里完备而稳定的产业供应链。2023年，仅智能手机面板一项产品，我们的出货量就达3700多万片，居全球第四、国内第二。我们有信心，再过三五年，我们的出货量将全球领先……2023年12月15日，我们的智能像素化技术（简称ViP）AMOLED量产项目首片模组成功点亮，这标志着ViP技术量产工艺全线跑通，完成了向大规模量产的关键一跃。”维信诺人自豪地说。

“能跃多高？”我好奇地问。这支平均年龄30岁出头的清华昆山团队成员们非常自信地告诉我：“再创一个年均百亿元产值规模的企业是不成问题的！”

哈，年轻人就是喜欢飞跃，而他们的每一“跃”，都“跃”向自己的一片灿烂理想地。

站在我身边的这个“清华团队”成员，个个青春焕发，朝气蓬勃。他们的领头雁高裕弟当初跟随导师到昆山时，还不到30岁。

“昆山太好、太美了！我要在这儿生根创业挖金矿！”这位身材高挑的山东小伙子初到昆山就被这片创业热土上的氛围所感染，于是立下誓言，要在这里干出一番事业。

“高博士，只要你觉得有什么事是需要昆山帮助的，尽管提出来，我们绝不含糊！”第一次与昆山接洽，昆山人的一句话让这位清华才子豪情激荡。

“我们……也会在昆山倾尽全力！”高裕弟不是那种爱唱高调的人，清华人的骨子里有一种“行胜于言”的品质。他高裕弟最强大之处就是与其他清华人一样拥有自己的科研成果。

昆山人都知道，山东人高博士一个人手上就有100多项专利！昆山人还知道，这位清华博士曾在国际会议上为了让自己的祖国拥有制定OLED产业国际标准的话语权，沉着应对诸多国际专家，从以索尼为代表的日本小组手中将话语权夺回到中国人的手中。

这对中国OLED产业而言，是个关键点。当年的山东小伙子高裕弟立下了汗马功劳。

昆山人知道这些事，因而也对高裕弟领衔的清华青年团队给予了无微不至的关心与帮助，让这艘远航在OLED产业海洋中的帆船，在短短几年里，迅速壮大为力压群雄的“巨无霸”。

瞧，在高裕弟领衔的这个年轻的清华团队这里，又一个百亿元级企业让昆山人翘首以待。

维信诺在昆山落户后，除了自己成为上市公司外，还孕育出了两个“小巨人”——高裕弟的“清越科技”和另一批清华人创建的“国显光电”。这就是我们前面说过的“清华孪生兄弟”，因为高裕弟和“国显”现在的领军人都是那位教授的学生。因而也就形成了现在昆山“清华孪生兄弟”争霸AMOLED产业的格局。

“清越”与“国显”这两位“小巨人”在AMOLED行业中成为新生的“巨无霸”，自然是清华人的骄傲。就产业和市场而言，昆山从这两位“小巨人”身上所获得的实惠更是毋庸置疑的：想一想，就是因为与清华大学结缘，在昆山这片并不大的土地上，才接连“生长”出两个百亿元级高科技企业，你说昆山人精明不精明？赚大发了！昆山人正偷着乐呢。

昆山人的骄傲是别人挡不住的。他们用了20多年的时间，与清华大学紧密携手并拥抱，合作项目硕果累累，不得不说昆山这“棋”下得好啊！

不是的，只能说明昆山人站得高、看得远。当我把这样的问题“抛”到昆山人眼前时，他们笑着用方言告诉我：“我俚对所有清华教授和学者爱得结棍来西！”

“结棍”的意思是厉害、好得不得了！

没有什么可怀疑的。我知道，在昆山，清华大学的科技与产业之花，就如江南三月里的油菜花那样烂漫盛开，金黄遍野。

另一个“独角兽企业”清陶（昆山）能源，是近年来在昆山发展起来的又一家走在世界新能源巅峰之上的高科技企业。

“8年前，我们从清华实验室出来时，是带着‘嫁妆’来到昆山的。那个时候，我们的团队像个未长开的丑姑娘。但昆山依然将我们视作一个好媳妇来对待，只要我们提出什么，他们就给予我们什么。而刚来的前两年，我们确实也没有为昆山带来什么实质性的经济效益，但昆山依然毫不吝啬地支持我们，为我们清陶研发团队以及技术人员提供了宽松的环境……每每回想起创业初期，我们真心感激昆山这片土地和这里的人。”清陶能源公司年轻的董事长冯玉川回忆起8年前他在导师、中科院院士南策文教授的带领下，来到昆山开发区开启固态锂电池创业之路时的情景，不无感慨道。

过去的液态锂离子电池，在能量密度、安全性等方面仍存在一些问题，固态锂电池可以使用固体和新材料来替代传统锂电池中的电解液部分，它具有高安全、长续航、低成本三大核心技术优势，是公认的世界顶尖科技成果，清华大学南策文院士的团队，掌握着这一新能源的关键性技术。在

2016年的清华园“昆山周”活动中，昆山人便盯上了南策文院士和他的团队……

一番“你好我好”之后，昆山人又以他人无法比拟的真诚与热情，“俘获”了南策文院士及其团队。

“那就去看看吧！听说清华的团队在那里干得相当成功，我们不妨也去试试?！”南策文对爱徒冯玉川、李峥等人说。

“昆山那里的创业条件太好了！我已经去‘侦察’过了！”冯玉川抢先对导师说。

“不去昆山，可能就没有更好的地方了呀！”李峥说。

南策文院士笑了，说:“看来你们已经立志当‘昆山人’了！那——我们就去阳澄湖做个后吃螃蟹的成功者吧！”

“对对，导师说得对，我们要做后吃螃蟹的成功者！”冯玉川和李峥把手握在一起，此刻两颗年轻的心已经飞向昆山……

到昆山之后，冯玉川出任清陶能源董事长，负责市场和生产营运，而总经理李峥则埋头继续他的技术攻关。

生产和科研齐头并进的清陶能源在昆山一亮出旗帜，就与众不同。在生产厂房和科研基地崛起的同时，李峥团队的技术研发也有了新突破，他自己称之为“小成果”的固态锂电池可以在充电15分钟的情况下续航600公里，也就是说一台新能源汽车装上他的“小成果”，充满电可以毫无压力地跑1000多公里路。这种新电池的出现将是一种革命性的突破，它对整个新能源汽车行业无疑是极大利好，因为消费者购买新能源车时最关心的就是“充电一次能跑多少路”。冯玉川和李峥研发的电池解决的就是这样一个问题。

这两位清华学子来昆山的时间并不长，但他们取得的业绩却令人刮目相看。别看戴着眼镜的冯玉川看上去还像个“学生娃”，干起经营的活儿，他可是头头是道、井井有条。2018 年，才落地不到两年的清陶能源在昆山建起国内首条固态锂电池生产线，当时就达到了日产 1 万颗电芯的产能。

“3 年内我们要上市！”“学生娃”冯玉川在投产的当天，就向外宣布。

这是何等的风光！有人问冯玉川如此底气何来时，他笑笑，说：“我们一有清华人‘行胜于言’的精神，二有昆山这片热土相助，这个目标一定能实现。”

如今 8 年过去了，清陶能源在同行里已经是响当当的“独角兽”了，它的市值已达 240 亿元。

“我们的目标就是在未来 5 年内，我们的昆山固态锂电池生产基地实现千亿元年产值！”冯玉川丝毫不像是在说“豪言壮语”。

昆山的风景就是这么美，与清华结缘，使他们在当今的科技前沿产业巅峰上尽显中国风采！

人们常言“无限风光在险峰”，巅峰上的风光，才是真正的无限美，只有你去领略了才会知道。

那天，尽管我到达昆山清华光电产业园的国显光电时已临近下班时间，但公司的工作人员仍然非常热情地接待了我。

他们带我走进他们的新产品展示厅参观，这也是我第一次认识柔软且可弯曲、折叠的 OLED 显示板……它太美了，美得你想象不到原来它竟然是这样的：薄如纸片，软如发丝，随意折卷或任意抛摔都根本不会影响它的图像和光色！

“这就是未来的手机显示板，可以任意放置，任意折叠，任意卷曲！”国显人一边向我介绍琳琅满目的新产品，一边这样说。

我则觉得自己就如走进了一个科学神话乐园，恨不得将自己喜欢的产品都试玩一遍……

呵，什么叫巅峰？什么是巅峰上的风光？我想当今人们头脑里的巅峰，就应该是当代最先进的科学技术，而通过这最先进的科学技术所呈现的风光，就是巅峰之上的风光。

没错。昆山没有山，但它在产业和科技方面的风光，就是当代中国甚至世界巅峰之上的风光。这风光，美得让人着迷，让人陶醉……

〔第二章〕

『王者』密码

自古胜者为王。然而真正的王者，非朝荣暮落。昆山位居全国百强县之首已有20年，而它的发展态势依然强劲，可以预见的巅峰之旅依然很长……故此称其为“王者”无可非议。

现在，需要探究的是它的“王者”之路是如何铺筑而成的。这是根本。

我们知道，人类进入现代社会之后，每一种成功的发展都有其特殊的模式，东方的日本、新加坡和中国台湾地区是如此，昆山当然也不例外。昆山发展模式的底色是中国特色社会主义，而且它发展的速度相信会比上面提到的这些东方国家和地区更快，健康程度也会更好。

对昆山发展模式最感兴趣的自然是那些县（市）级行政单位，他们有的面积比昆山大出几倍、几十倍，有的更挨近北上广深这样的大城市，他们为什么就远不如昆山这样辉煌呢？昆山成功的秘诀到底是什么？

这恐怕是人们特别关注和感兴趣的事。

当你怀着认真和虔诚之心走进昆山后，其实不难发现他们的成功秘诀——所有的一切，都是明摆着的：昆山的一切经济实力，主要来自他们在先进科技引领下遍地开花的制造业、服务业。支撑这些摧不垮、压不断的制造业和服务业的，是大大小小、比肩而行、全力以赴、携手共进的形形色色的园区……

是的，昆山发展模式和成功的秘密，离不开“工业经济园区”！

那些工业经济园区，如一方方基石，铺就了整个昆山发展的快速路，也如铜墙铁壁，保护着万紫千红的昆山经济花园内各种盛开的鲜花不受风吹雨打，更如垒叠而起的层层台阶，确保昆山经济和社会发展的金字塔坚不可摧。

05. 制胜法宝：园区

40 年前，也就是 1984 年，是“昆山之路”发展史上的一个重要节点。这一年原为昆山县副县长的吴克铨当了县长。

1963 年，吴克铨被从国家计委“下放”到昆山，这位干部有大学学历，懂计划工作，也看重工业经济。苏州市委在确定由吴克铨出任昆山县县长时，他的搭档是老资格的县委书记蔡长林。组织上同蔡长林谈过话，说邓小平不久前来苏州视察，提出了要建设小康社会的构想，我们苏州地区已经基本达到了“小康”水平，现在拖后腿的就是你们昆山了。昆山的主要问题是工业没跟上其他几个县。提拔吴克铨，就是考虑要发挥他在抓工业经济方面的能力，希望昆山尽快扔掉“老末”（最后）的名头，不能永远当苏州的“小六子”！

“吴克铨这人灵光，对抓经济有热情，也有办法。我俩一定会配合得很好，争取早日把昆山的经济搞上去，不辜负组织的期望。”蔡长林向领导表态道。

县委书记蔡长林就是个改革派。他对昆山的发展本来就特别上心，而吴克铨出任县长就是他极力推荐的。

吴克铨任县长的当天，蔡长林跟吴克铨握手，向他祝贺时说："我俩从现在起，还真得认认真真把顾炎武'天下兴亡，匹夫有责'这句话落实到昆山的每一位干部的心坎上，让大家明白如果在自己的位置上干不出点名堂，实在枉为顾炎武的后辈了！"

"是，是。从我做起！从我做起……"吴克铨其实并不是一个善于言辞的人，但对经济和计划动态却异常敏感。

吴克铨上任后的第一次县委常委会会议，讨论的议题就是"昆山经济怎么能跟上其他几个县"……

老问题，却在这一天讨论出了新路子。"我是搞计划出身的，干什么事都喜欢先计划计划。当了县长自然就要搞大计划。在这次县委常委会会议上，我比较系统地谈了自己的一些思路……"如今92岁的吴克铨，在我请教他的时候，依然清晰地记得当年的事儿。他回忆那次在县委常委会会议上自己谈的大体思路："苏州、无锡这样的城市都被常熟、江阴和吴县把关系拉走了，我们再想挤进去费多大的劲也未必成功得了。为啥不把目光往东看？东边是上海，大上海不比苏州、无锡大几倍？只要跟上海攀上亲，我们小昆山还怕富不起来？"

"有道理。过去我们还真的一直看低了自己，应该把目光朝东看……"参加县委常委会会议的同志们听了新县长的话大为振奋！不过也不是没有人对此提出异议。

"克铨，你的观点我也赞成。但我们小昆山想要跟上海攀亲，人家能看得上我们吗？你给大家摆摆你的龙门阵吧。"蔡长林说这些话，是希望吴克铨能把存在一些人心头的疑虑解开。

"俗话说：结婚娶亲，得门当户对。我们与上海攀亲，看起来，有些门不当，户不对。其实，大上海有大上海的优势，我们小昆山也有小昆山的优势。我们小昆山自己的优势也不算少啊。你看我们的地理位置不好吗？

交通不方便吗？从上海自己有的区县上一趟市中心的人民广场比从我们这儿过去还要远。我们紧挨着上海郊区，到上海市中心只需半个来小时，绝对方便。再有我们与上海市相比，土地多、水面广，农副产品开发潜力大，这是上海人最倾心的方面。还有我们的劳动力丰富，而且廉价。上面三点都是上海人想要但又没有的优势。如果跟我们昆山攀上亲，就可以弥补上海的‘三缺’，这是优化组合，不能简单地看作我们与上海攀亲就一定是我们高攀了，他们上海人也需要我们嘛！这叫‘1+1’，但‘1+1’并不一定只能等于 2，也可能等于 3，也可能等于 4。我说的这还仅仅是加法。我想只要我们诚心诚意与上海攀亲联姻，发挥双方的优势，我们的攀亲联姻也可能是乘法，而绝不会是减法与除法的。只要大家心往一处想、劲往一处使，我是有这份信心的！”吴克铨的这番话像在冷水缸里扔进了一块烧红的铁，一下子炸开了锅。

常委们热烈讨论，多数人认为吴克铨的话有道理，但单凭一席话是不可能把所有人的思想统一起来的。有人对小昆山能不能攀得上大上海还是很有顾虑的。

会场上突然有些沉闷。常委们你看看我，我看看你，最后把目光集中到书记和县长身上。

“这个问题我来替克铨同志回答。”蔡长林清了一下嗓子，音量提高了几分贝。他说：“与上海攀亲联姻，关键要看我们自己是不是诚信、真诚和有没有自己的优势。再者，上海人中有很多人还是我们昆山籍的嘛！”俗话说，亲不亲，同乡胜过门上钉，你只要铆足劲，哪有挂不上万两千斤的！我同意克铨的意见，我们除了一方面做好自己的工作外，另一方面就得拿出点感情来投给上海人。小昆山要大发展，离不开上海这位老大哥。即使在攀亲过程中人家财大气粗一点儿，也都属于正常现象，我们得有心理和思想上的准备，关键在于我们要发挥好自己的优势。优势是一切合作的筹码，昆山到了该好好利用自己优势的时候了！我们昆山是穷县，想往富的方向发展，在这个过程中，我们一定要记住一句话，就是我们不要怕吃亏，让与我们合作的人、愿意到昆山来创业的人占些便宜，他们占的便宜越多，就越会心甘情愿地为我们昆山发展做贡献！”蔡长林的总结，说得颇为慷慨激昂，很像昆山向外“扩张”的总动员令。

吴克铨接着书记的话，特别强调了一点：“刚才蔡书记总结的一点特别重要：我们昆山要发展，就得有胸怀，要让别人得到好处，他们得到的好处越多，对我们昆山就越有感情，就越愿意跟我们一起建设新昆山。”

“让别人得好处”用现在的话来讲就是合作共赢，很朴实简单，但其中的为人处世之道却颇具内涵。许多老昆山人曾多次跟我说过，昆山之所以能够吸引那么多外来的企业和人才，就是因为昆山一直以来坚定不移地奉行了这一“为人处世之道”。

吴克铨的为人处世之道其实也可以用这样一句话来概括。只有心地善良、胸怀宽广、具有崇高而远大目标的人，才会始终奉行这样的为人处世之道。

熟悉吴克铨的人都知道，这位苏州吴江籍的昆山人，在任昆山县县长之前曾经有过一段一般基层干部没有过的经历：20 世纪 50 年代末，他毕业于中南财经大学，当时正值国家用人之际，国家计委从中南财经大学要走了这位原本可以留校的高才生。但他在北京三里河的国家计委大楼里并没有待多长时间，因为 20 世纪 60 年代初 3 年困难时期，热血男儿吴克铨强烈要求到条件艰苦的甘肃去。吴克铨是在这种背景下到甘肃去的。组织上原定他们那一批人等任务结束后就回北京，可等吴克铨完成任务后，中央下了一道“精简机构”的通知，吴克铨就这样被“精简”了，他选择回老家苏州。但他没能到苏州城里工作，因为“精简”下来的人需要服从组织的安排到更需要的地方去，于是他被分配到苏州经济状况最差的昆山，就这样吴克铨带着妻儿成了昆山人，打那以后就没有离开过……

“我来昆山时，县机关没什么大学生，所以我相对受人重视。”十几年前我采访吴克铨时，他曾如此说。我们这回见面，他已 92 岁，谈及往事，他仍这么说。

但是当县长跟当一般干部是不一样的，他需要同县委书记一起负责昆山县的全面工作，按分工他主抓经济。

昆山经济抓什么？农业自然不能放松，但根本的还是要抓工业。只有抓好工业才能实现翻身，搞计划出身的吴克铨比谁都清楚这一点。可昆山的工业底子比“低乡田”还薄，该怎么发展工业呢？

吴克铨聪明啊，灵机一动，把目光转向了东边的大上海。对昆山来说，上海是要啥有啥，随便扔一点东西就够周边几个“乡下”农业县肥一把的。这是事实，20 世纪六七十年代，江浙一带挨近上海的很多农村，就是靠上海的“下脚水”补充了农业肥料的缺口。

但到了 20 世纪 80 年代，江浙一带的乡镇企业逐步发展起来，上海某些工厂的情况也随之变化，人也跟着发生了变化——不少老厂的产业衰退，工人师傅尤其是大量高级工程师的收入反倒低于附近江浙地区的个体老板、乡镇企业户了。

“搞计划，有一半的任务就是搞信息，所以我就比较敏锐地看到像上海这样的‘高大上’地区也出现了一些裂缝……也就是说有了我们可以与他们合作的可能。”吴克铨这样描述当时的情况。回忆起当年，吴克铨又笑眯眯地跟我说了一件事：“我在国家计委工作时，其实跟上海不少搞工业的同志有过接触，所以说与上海各部门的关系还是蛮热络的。”

20 世纪 80 年代，苏州、无锡下辖的几个县迅速崛起，主要依靠的是纺织业，如纺纱、服装制造等。吴克铨开始也是瞄准这个方向，他就任县长后的第一个目标，便是设法与上海纺织厂联营，因为昆山也有一家国有纺织厂，只是在当时破落得快要办不下去了。

可老昆山人说起这家纺织厂，仍颇有感情，因为这家县办纺织厂，曾经给没有工业的昆山人添了不少荣光。然而到了 80 年代初，它的产量不曾有丝毫增长，容貌更是愈发破败。到吴克铨任县长时，这家国有纺织厂只能靠税务部门免税才勉强维持。纺织工业部部长来这家厂视察后，长叹一声："我走了全国那么多家纺织厂，没想到在昆山竟然还有这么一家破落的厂子。哪天厂里技术改造时，一定要想法留一个旧厂车间，当作纺织工业的文物，让后代人看看。"

昆山人听了这样的话心里不是滋味，但当时的状况就是如此。

作为县长的吴克铨心里更不是滋味。所以他的第一个"奋斗目标"就是争取把这家纺织厂救活。"那时昆山起步低，能把这家纺织厂救活，也就等于把昆山的工业经济救活了一大半……当时我们就这样想，很简单，也很具体。"

"县长并不那么好当，若不干出点扭转局面的活，对得起谁？连我自己的脸面都没有嘛！"吴克铨是个非常务实的人，他说。

既然想跟上海"搞关系"，就得找与上海有"关系"的人嘛！

吴克铨很快就物色到了一位满意的人选，他就是昆山籍的上海人龚兆源。

"他们夫妻俩都是新中国成立前的地下党员，能为家乡做点事他们肯定愿意。"吴克铨这么想。于是有一天，住在上海乌鲁木齐路的上海市经委顾问龚兆源的家里来了两位不速之客。

"好啊，自家人不帮自家人还有啥人帮嘛！"龚老虽说已离休在家，可从来就没有一天放弃过为革命做点贡献的想法。如今听说家乡昆山要大发展，脸上满是兴奋。

"你们等等，我马上与二纺机厂的厂长严永生联系一下。"龚老办事干脆，客人还在屋里坐着时，他就立马提起电话找到老部下，说要请他“帮帮忙”。

“龚老，这是你家乡的事，一句话，你让我们干什么我们就干什么。”电话那边的严永生厂长爽快地答应了昆山人的请求。于是昆山县工业局的顾品元没几日便与上海的严厂长联系上了，但联系上并不等于攀亲成功。这个开头非常难，虽然上海人心底里有在昆山再搞个“分厂”的愿望，但到真正操作时却发现问题不少，而且有些事似乎绕不过去。比如上海与昆山分属两个不同省市，这样的合作是不是需要双方“上面部门”的批准？出了问题到底让谁来裁决？是上海、江苏的有关部门，还是北京的中央部门？如果有了利润又该怎么个分法？假如昆山厂得到了利润，到底该不该划进总厂收入？如果利润不划进总厂而分给职工，会不会被认为是走资本主义的邪道？等等。最后研究来研究去，还是觉得“蛮难弄”。

“难弄”的结果可能就是“不去弄”。

吴克铨有些着急了，心想：这个天地里谁都在喊改革改革，可真正改革起来怎么就会有这么多问题呢？看来第一个吃螃蟹的人还真不易。

“继续试试。”吴克铨后来又想到了在上海的钱一平。钱一平是烈士遗孤，是由周恩来总理收养长大的。钱一平时任上海经济协作办副主任。经济协作办是政府在20世纪80年代初为了“搞活”经济而设立的一个专门机构，专司对外经济合作事宜。吴克铨认为他们兴许可以办成事。

钱一平听了吴克铨的想法，马上表示一定“尽全力”。

再说龚兆源，虽然第一次为家乡攀亲没成，但他仍然信心很足，亲自带着吴克铨去金山石油化工总厂，请他们为昆山纺织厂解决切片的问题。金山石油化工总厂是中国改革开放的产物，这里的管理层思想解放得早，加上看在老领导龚兆源的面子上，便同意跟昆山签订300吨切片的业务。钱一平得知这事后，对吴克铨说：“300吨肯定不赚钱！老吴，这事不能这么干！你们不懂可以理解，他们这么干就不够意思了！我去找他们。”钱一平很有些为此感到惭愧与愤忿。

“300吨确实只够勉强开伙。”钱一平找到金山石油化工总厂厂长，把他批评一通后，那厂长向他袒露了真情。

“既然要帮人家就得让人家做得起来,有钱可赚。再加300吨行不行？”钱一平瞅准机会问那厂长。

“你是领导，我敢不听吗？”厂长笑着说。

吴克铨大喜，瞅准机会给钱一平副主任“戴高帽”，最后一下子弄到了1000吨。哈哈，1000吨就有饭吃了！吴克铨喜上眉梢，随后又跟着龚兆源学起如何开展“地下工作”——这回他们是专门对付当时政策中那些保守僵化的条条框框。

第一次攀亲的过程十分艰难且曲折，几乎是在半公开半地下的状态下进行的。1981年12月21日，上海二纺机厂、上海石油化工总厂涤纶一厂与昆山工业局正式签订了一份《关于协作建设纺丝机实验工场的协议》。

读者读到这个奇怪的协议名称时难免会感到好笑，但当时上海与昆山之间的这个协作协议富有深义。一是不叫联营也不叫合办，而叫协作；二是实验两字很有讲究，既可进又可退；三是“工场”两字用得最微妙，如果有人怪罪下来，大家就可以说这仅仅是一种实验性的工场，它不算正式厂子。

“我们之所以这样写，是因为当时对这种形式的联营办厂阻力还是相当大的，尤其是分属两个不同省市的单位、大城市与小县城联营办厂，比如大国有企业与乡镇小厂合作办厂，谁敢承担责任？弄不好我们这些具体主张做这件事的人都可能因此吃大苦头。所以为了相互间的政治安全与经济安全，搞了个这样的协议。”吴克铨说起这份协议，苦笑道，“那个时候办成一件事非常难。”

万事开头难，难就难在初始阶段你弄不明白有些事该如何办。双方协议签订后，得有上级单位批准吧？昆山方面跑到苏州，苏州告诉他们：“上海是省级城市，我批昆山县的企业可以，上海那一方我们哪有权批呢？”跑到南京，省里告诉他们：“江苏还没有跨省协作办厂的先例，再说你们这个叫什么‘工场’，工场算什么呀，我们省里没有批过啥工场一类的企业嘛！”昆山回答说：“工场就是工厂的意思。”南京方面说：“你们跟上海合作办工厂这么大的事，事先也不报告，这不是给我们出难题嘛！再说，即使我们给你们批了，可你们是与上海合作办的厂，我们江苏怎么有权审批人家上海办的企业嘛！”

省城南京方面说得不是没有道理。于是吴克铨又回头找到上海方面，恳请他们那边的有关部门审批。

“好哇！你们上海人不为上海人办事，跑到江苏去办什么厂！怎么，想‘胳膊肘往外拐’咋的？再说，即使我给你们批了，我也不能给你们拿到纺织工业部的计划呀！乱弹琴。”这下难办了：上海有关部门一看材料，发现自己下面有人想“胳膊肘往外拐”了，竟然要跟江苏那边一起办厂，想私底下搞“联姻”。这还了得啊？

吓得上海想到昆山搞协办“工场”的那几个单位赶紧收场……

忙碌了一大阵子的吴克铨和龚兆源、钱一平等人好不沮丧。简单一句话：“自由恋爱”好不容易成了，竟然拿不到“结婚证”。没有“结婚证”就不可以同居过日子呀！

不少昆山人开始退缩了。他们在嘀咕：“别看我们昆山与上海紧挨着，实际上隔着一道‘省市行政高墙’呢！翻不过去的。”

“我就不信，在上海、南京办不成的事，我们去北京难道也办不成？我上北京去！”吴克铨在北京待过，他见过大世面。

北京虽威严，可对吴克铨而言，它是相当熟悉和亲切的。就这样，吴克铨带着县委办公室的有关同志多次北上，从处长找到司长，再到部长，争取政策……总算拿到了“结婚证”，“婚事”正式敲定。

"哈哈，还是县长有办法！"昆山人说。

"厉害，厉害！还是吴县长有门道！"上海人说。

吴克铨只是笑笑，轻轻说了声："是我们遇上了好时机，全国上下都在搞改革开放……"

与上海联合办的纺织厂被称为"三山厂"，因为这个厂是由上海的宝山、金山和江苏的昆山"三座山"共同建的。"那时候办个跨地区的联合企业真的就像登山那么难，要把'三座山'搬到一起，绝对不是件容易的事，不像现在开放了，区域之间合作就像走亲戚。20世纪80年代初，我们这种区域合作确实像搞地下工作一样。当初，发展区域经济的历程也像国家的改革开放一样，在初始阶段同样充满着意想不到的矛盾，有着复杂的社会背景。昆山之所以能够在后来成为全国县（市）的'百强之首'，创新始终是我们前进的基本动力源。"吴克铨的总结十分到位。走过"昆山之路"的他，体会深切。

昆山与上海攀亲所完成的第一桩"婚事"——三山厂成为成功范例，随后他们又与上海少儿出版社联办儿童印刷厂，还有另一个合作办的水泥厂也是成功的例子，这时候的吴克铨渐渐形成了一个思路：假如能寻找到一条适合昆山实际发展的经济路子，昆山是很可能大有作为的。

"这个思路源于我们到蛇口学习之后的想法——划出一块地，让工厂都搬进去，在那园子里将工业生产搞出名堂来！这就是后来所谓的'园区'……"吴克铨说。

就这样，吴克铨与县委书记蔡长林等班子成员一起，开始谋划起一个后来让昆山飞速发展的宏伟蓝图——在昆山建一个可容纳多个产值500万元以上重点项目、总投资1.5亿元的"经济开发区"。

"从蛇口考察回来，我内心就没有平静过：人家划出一块地，就干出了震惊世界的事——建设一个深圳特区！我们为啥不能也划出一块地，把昆山的经济搞上去呢？当时我就憋着这么股劲儿……”吴克铨说。

“但人家深圳的发展是国家战略，是国家大事。你小昆山想想美事是可以的，真要办事……哈哈，你吴克铨是不是想得太天真了呀？”

“要发展，靠上海。”这话是吴克铨喊出来的，后来成了昆山百姓家喻户晓的口头禅。在与上海攀亲的过程中，昆山人尝到了甜头，也吃到了苦头。甜头是人家送来的，苦头应当说是自己找的。你想，有上海人答应到你昆山来办厂，这本来已经给足你昆山人面子了，哪知穿着皮鞋下来的上海人竟然踩着泥走几个小时的小路，还到不了目的地。

“这个野猫不拉屎的地方还想办厂？别拿阿拉寻开心了好不好呀！”有几个上海人到周庄看厂址，竟然走了6个小时还没到地方，说啥也不想到昆山来第二次了。

“这么个干法不行，得有处像样的地方，好让人家来得方便、看得舒心嘛！”吴克铨把自己的想法在县委常委会会议上亮了出来。“是个好办法。要不人家一看我们昆山这么穷，哪还有兴趣来办厂嘛！”班子成员的意见高度一致。

这是最初的有关昆山“园区”的动议。

可哪里能划出这么一块地来呢？吴克铨与几位副县长发现老县城的东边有块地可以利用。在这块地上，20世纪60年代还曾经设立过一个“红旗工业区”，由于依靠徒步或自行车上下班的职工觉得位置偏远，最主要是那时缺乏建立真正的工业区的基本条件，所以也就长久荒废在那里了。

“该让沉睡的红旗区苏醒了！”那一天，吴克铨再次勘察这片土地时，心情格外激动。凭着对工业经济的熟悉，他一眼就看出这废弃的工业区其实是非常难得的建新工业开发区的好地方：一是它离县城相对比较近，可以依托县城的一些基础设施，减少投资，比如工业开发区所需的“五通一平”等基础设施建设在这里就比另划一块地要省下很多钱；二是由于离县城近，一旦开发区建成后，人力资源调集比较方便；三是“红旗区”与县城之间虽说近，但也还有约10公里距离，这为未来在老城与开发区之间建设新城留出了空间。

“就是这儿了！”吴克铨用手有力地朝这片土地一指，掷地有声地敲定了这事。正值昆山“改天换地”的时刻，需要这样的果断决策。

1984年8月——这个时间点，现在的昆山人把它视作昆山崛起的“重要历史时刻”。此时的昆山在县城东边的老工业区划出一块3.75平方公里的土地，成立了后来彻底改变昆山命运的一个经济技术开发区，当初命名为“工业新区”。这个工业新区成立时既没有举行盛大的仪式，也没有请任何上级领导出席，更没有人给任何经费支持，完全是蔡长林、吴克铨等人的“自作主张”，靠自筹的几百万元资金启动的，所以叫“自费开发区”。若干年后，中央领导到昆山视察时，听说“自费开发区”的叫法，很是兴奋地说：“我看‘自费开发区’很好嘛！就叫‘自费开发区’！”

一锤定音。“昆山自费开发区”从此响彻神州。

吴克铨的大胆是伴着“运气”的。地圈起来了，得有人来办厂呀！没有人来办厂，开发啥？

说来也巧，就在这个当口，县计委的一位同志给吴克铨打电话汇报：“我在苏州办事时，中国银行苏州分行的人问我们昆山是不是有家手套厂，有个日本客商想在苏州搞合资，生产手套，问我们感不感兴趣……”

吴克铨一听，激动得跳了起来：“感兴趣啊，你们怎么回答人家的？”计委的同志说：“我们不敢轻易回答，因为那客商是日本人，所以我们特向县长报告呀！”吴克铨连声说：“我明白了，我明白了。”

第二天，吴克铨亲自赶到苏州，先到轻工局，再找苏州市计委的陈主任。陈主任也未曾有过与外国人谈生意的经历，就说：“原来日本人是准备到某某县的，既然你们昆山感兴趣，那你们就谈谈看吧。”

吴克铨好不高兴，思索着如何抓住这个机会。

没过几天，这个日本人就来到中国。他被带到了昆山，来到了吴克铨他们的“开发区”。

“这里？办厂的开发区？”日本客商望着眼前的一片庄稼地，踩着满是烂泥的土路，问吴克铨。

“是。先生尽管放心，这里很快会成为你满意的工业区，至于道路嘛，3 个月就可以修好……”吴克铨不知哪来的底气，也不知是不是纯粹为了拉住第一个外商而顺口这么回答的。

“3 个月？ 3 个月你能把路修好？”日本客商瞪圆了眼珠子，一边瞅瞅吴克铨，一边直摇头，表示无法相信。

“先生，你放心。3 个月保证把路修好，让你能够在此建厂！”吴克铨的口气十分坚定。

那日本人上下打量了这位县长足足一分钟，然后打赌似的说：“你如果能在 3 个月内把路修好了，我就在这里投资办厂。”

“好，我们一言为定！”吴克铨伸出手。

“一言为定。”

3 个月后，这位日本客商又一次被邀请到昆山，来到 3 个月前他曾经站过的那块土地。“哇！了不得！了不得！这里的路太漂亮了！不可思议！”他惊异地看着眼前宽阔的马路和平整的土地，以及道路两边郁郁葱葱的绿化，大声地嚷嚷着。

日本人自然不会知道这 3 个月吴克铨是怎么过来的。别说修路的过程多么复杂艰辛，时间多么紧迫，更主要的是县里的资金太紧张了。“当时我手上仅有 300 万元资金，还是我当副县长时留下来的技术改造费。这回全用上了，我用 50 万元把那条路修好了，其余的钱用来建厂房和必要的基础设施。开发区开工那天我们没搞什么仪式，其实一是我们不敢请什么人来，二是根本没有钱，所以就在席棚里做动员，我一个，建设局副局长一个，其他都是建筑队工人。”吴克铨回忆道。

“我记得当时说过一句话：我们要在这里建一个新昆山，好让昆山人从此扬眉吐气，闻名全国！现在还真的闻名全国了……”2009 年，两鬓斑白的吴克铨对我说的这话，时常会在我耳边回荡。

在昆山 40 年前那片刚刚平整好的土地上，日本商人面对昆山人的诚意激动不已，他鼓足劲，一腔豪情道：“我决定在这里投资 100 万美元！这里将有我的昆山‘苏旺你’！”

这家日企叫“苏旺你”，它是昆山发展史上第一家中外合资企业，也是当时江苏的第一家中外合资企业。它对于昆山和苏州来说，都具有非同一般的历史意义。

100 万美元的外方投资，昆山“自费开发区”的第一炮便响彻江南大地。

1984 年，吴克铨任县长的第一年，也是他和蔡长林书记等昆山领导首创“自费开发区”的元年。这一年昆山第一次实现了两个“10 亿”：全县工农业总产值超 10 亿元，粮食总产量超 10 亿斤。于是这一年年底时，江苏的报纸、广播电台给昆山做了大量宣传，当时有一句话很流行，昆山人一直都记得：“十亿产值十亿粮，全县人民喜洋洋。”

昆山的这个“自费开发区”，从建立到正式领到“出生证”（挂“国字头”），前后奋斗了七八年……这中间，以吴克铨为首的昆山人表现出的不懈努力、从不放弃精神，就是“昆山之路”最初的精神写照。

当年第一个外商来到新设立的开发区，这极大地振奋了昆山人。

吴县长竟然把外商都招来了，我们还不能把内商招进来？招商！招商第一！招来商，就是对昆山的最大贡献！招来商，就能致富，就能有翻身的机会！一时间，全昆山的“招商热”如飓风般在广大干部和群众中刮起来……

招的商多了，就得有块像样的地方把这些企业“装”进去。于是“依托老城，开发新城”的策略真正启动。

这么一块3.75平方公里的地方，有了搞开发的方向，就得有人领着大家干。于是蔡长林对吴克铨说：“有个人你可以让他去干开发区。”

“谁？”

“陆杨镇的宣炳龙。”

吴克铨当然认识宣炳龙。这是个祖籍浙江萧山，出生在上海，随母亲到昆山的“昆山人”。吴克铨对宣炳龙最初的印象是瘦小个头，说话有点拗劲，但此人“脑子灵光”。当时陆杨镇（后并入周市镇）的乡镇经济发展在昆山是走在最前列的，其中宣炳龙发挥了很大的作用。宣炳龙所在的陆杨镇是20世纪80年代初昆山县的第一个“亿元乡（镇）”，是当时昆山最牛的乡镇，是“穷昆山”的富裕之地，而宣炳龙也因此成为当时昆山数一数二的能人。都在一个县上，吴克铨当然了解宣炳龙。曾在粮管所工作的宣炳龙比较早地与那些“上山下乡”到村里的知识青年们交上了朋友，1976年，宣炳龙他们想办法筹集了500元作为办厂资金，购买设备，开办了陆杨镇第一家玻璃钢厂。

“说是玻璃钢厂，其实也就是做些比油毛毡好一些的材料而已，但陆杨镇的经济就是从这个小玻璃钢厂慢慢发展起来的。到1983年我被县上调去搞开发区时，我们陆杨镇已经形成了玻璃钢产业链，乡镇年收入达到了6800万元。”宣炳龙自己如此回忆说。

“万元户”是20世纪80年代初中国人非常向往的一个富裕目标。那时谁能当上“万元户”，绝对令人眼红和尊敬。宣炳龙却把全乡人都带成了“万元户”，所以他“牛”是自然的事。

宣炳龙被调到县上搞开发，这一干就是23年。宣炳龙因此也有了“宣开发”和“开发王”的美誉。“我是参与全国开发区建设资历最老的一个人。”2024年春天的一个日子，我见到年近80岁的宣老，他依然精神矍铄，说起话来还是那么掷地有声，声音极其洪亮。

“那个时候，我们天天像打了鸡血似的，一心想让穷昆山改天换地，赶上周边的几个富裕县，所以什么招都用上了！”他说。

实干的宣炳龙被调到县上搞开发后，从此成为吴克铨的得力助手和昆山开发区的功臣。

蔡长林和吴克铨从昆山大发展的战略考虑，在1984年初就将一批年富力强的年轻干部充实到乡镇一线去施展才华，其中就有后来到苏州工业园区的王金华。这是后话。

此时的昆山县委组织部门按照县委主要领导的意见，开始从知识分子中选拔有经济头脑的干部。后担任昆山县委副书记、昆山市政协副主席的石泉中，在那时担任昆山县经委主任。他回忆说：“我们经委系统有一批知识分子，他们由于某些历史原因，没有入党，这影响了对他们的提拔。我们经委解放思想，决定从这些知识分子中选拔一些年轻有为的同志充实到干部队伍中来。比如后来昆山市第一位女市长郑慧珍，该同志是1969年从石油化工部所属的四川化工厂调到昆山来的。当时昆山的工业基础差，有些技术骨干到了昆山后无用武之地，有的又调走了。县委对郑慧珍进行了考察，认为这位技术员思想品行和工作能力都不错，于是就调她到了昆山通用机械厂，从技术员到科长，再到副厂长、厂长，后来又将其调到县委办公室。1984年推荐她出任分管经济工作的副县长。”郑慧珍从此也就成了吴克铨的得力助手，他们一起闯出了一条最初的“昆山之路”。这也是后话。

吴克铨和宣炳龙等人筹备开发区初期，条件十分艰苦，关键是小昆山搞开发区在当时明显是“违规”行为。因为上面明确指出办开发区必须经过国家批准。当时国家已经批准了14个国家级开发区，昆山只是一个小县城，国家怎么可能批准它搞开发区呢？

吴克铨胆子大，说：“我们自己先悄悄干。”

有人说：“搞开发区就要通路、通电、通水，这些基础设施的投入，没有几亿元，想都别想。”

吴克铨说：“我们穷昆山搞开发区就是在做梦，不过我们这个梦是为了彻底改变穷昆山的面貌，是个让老百姓能够尽快富起来的美梦。”

“这……这可能是白日做梦吧？”有人怀疑。

“只要是美梦，就是白日做又有什么不可以的呢？”吴克铨是铁了心要干。还有宣炳龙，也认为只要路子对，肯定能有所作为。

有人总认为县委书记蔡长林思想保守一些，可蔡书记自从到日本访问和到深圳蛇口参观后，思想比谁都超前。“深圳了不得啊，人家卫生间里都有电话了！家家户户都用上抽水马桶了！”那时的县委书记对深圳的现代化生活羡慕到如此地步。再看看小昆山，整个城区才4.1平方公里，6万多人口，一条最漂亮的人民路只有2公里长，全县城最宽的马路只有12米宽，全县城最高的楼是4层的县委大楼。县里没有一辆小汽车，只有两辆大巴车，剩下就是几百辆三轮车。几十万人口的一个县，一年的财政收入不到6000万元。那时蔡长林在县三级干部大会上第一次昂着头高声道：“比深圳，比苏州其他县市，我们昆山起步晚了，但起步晚不见得起点低。国家搞特区，我们就不能搞个工业小区吗？！”

昆山的第一个工业开发区，最初叫“工业小区”。

小区的名称可以规避一些政治风险：既然叫小区，就是试验着干。干好了，方向对了，就把“小”字拿掉，往大的方向干。干错了，干出毛病了，上面怪罪下来，就把“小区”收拢起来便是。

但即使如此，还有人说：“我们昆山工业小区不是国家批准的开发区，银行不给贷款，你吴克铨咋办？”

“那我们就自费搞开发区呗！”吴克铨似乎早已胸有成竹。其实吴克铨和昆山人在当时根本无法预见“自费开发区”会给昆山以及他们个人在经济和政治方面带来哪些麻烦。简单地说，当时的昆山人根本不知道天高地厚！

“当时昆山全县一年的财政收入不足一亿元，听说我们搞开发区光基础设施建设就得花几千万元，一些原来赞成搞开发区的人也站出来反对，有人甚至在公开场合指名道姓地说吴克铨是想把昆山折腾光才开心，因为他反正不是昆山人。意思是我吴克铨成心不想让昆山人过好日子。那时我想扯开嗓门告诉大家说，搞开发区就是为了让昆山人过上好日子，可大家并不相信我。我只能硬着头皮往前冲，一直到几年后开发区像模像样了，县上的财政收入直线上升后，大家才相信我的心是真的……”吴克铨在接受我采访时笑谈当年的艰难岁月。

因为是违规的“自费”开发，所以本应是一场轰轰烈烈的大开发只能偷偷进行。但毕竟这么大的一块土地，想在那儿偷偷摸摸地干惊天动地的事容易吗？太不容易了！昆山人当年办开发区就是这样干出来的。“偷偷摸摸”4个字里包含了多少辛酸与艰难。

吴克铨出任总指挥。设在昆山母亲河娄江边上的指挥部，其实就是几间小平房。不过它的斜对面是一片雄伟高大且整齐的厂房，那是昆山首批与上海“恋爱成亲”的成果——金星电视机分厂。“将来我们这儿会有无数比金星厂更漂亮的厂房和办公大楼。”吴总指挥用这样的话鼓励参与开发区建设的建设者和干部们。

然而那些建设者望着规划图上那密密麻麻的线条，再转眼看向身边一片片空地时，似乎除了憧憬吴克铨说的那份“未来”，所感受到的仍是创业的艰辛与白手起家的苦涩……

办开发区，没钱是让人苦恼的事，但要迁走祖祖辈辈住在这里的老百姓则是难上加难的事。今天我们常在各种媒体上看到搬迁的难事，那时昆山“偷偷摸摸”搞开发区，又是在没钱的情况下让老百姓搬迁，可想而知，难度会有多大，这恐怕只有吴克铨、宣炳龙这样的创业者才知道。

“昆山老百姓今天过着天堂般的生活，可当年他们是付出代价的。他们是值得尊敬的人。”宣炳龙曾这样深情地对我说。

“开发区？在这里建大工厂？没听说过！想哄小囡啊，没门！”别看昆山人离上海那么近，有些农民不仅自己这辈子没到过上海，就是上三代人也没一个人去过十里洋场的外滩。他们才不相信吴克铨、宣炳龙等人说的那些“天边的事”，一句话：“谁要拆我们的房子，我们就跟谁拼命！”

农民毕竟是淳朴的，你把工作做到家，他们还是会配合的，尤其是吴克铨他们把未来的昆山描绘成像上海一样的“花花世界”，再加上发动党员带头，最后他们没有遇到什么特别的难题。

那个时候拆迁搬家也没有多少补偿，靠的是老百姓“听党话”的觉悟，但轮到一些单位拆迁就难多了。

有条朝阳路的拓宽改造工程，牵涉到 18 个单位的搬迁，光拆除房屋面积就达 6890 多平方米，而且绝大多数是无偿拆除，加上这路连通着苏沪交通要道，每天七八千辆车子来来去去，施工的时候恰逢雨季，拆房拓路，吴克铨与副县长石泉中等人天天像泥猴子似的滚打在现场，就这样依然天天有人出来吵吵闹闹。最后还是吴克铨他们用党性和组织原则说话，才说服了这些单位。

“改革初期大伙儿的眼光虽然短浅一些，但想问题还是比较简单的，换上现在，你想拆一处房子、整一块地，那代价就非当年可比了……”如今的吴克铨说起当年的那些“惊心动魄”的事，心存对昆山人民的一份深深的感激之情。他说昆山目前的现代化，不是哪个人的功劳，而是全体昆山人民的功劳，他们当年的无私奉献最可贵。

老县长这话说得有道理。共产党人能够实现奋斗目标，从来就是依靠人民群众的支持和奉献。昆山当然也不例外。

为了招商引资，吴克铨他们在完成对新区与老县城之间的道路拓宽的同时，也着手对那些同样靠自费建起工业小开发区的乡镇进行道路拓宽、工程修建。这花的钱就不再是几百万元了，而是几千万元、上亿元……

“你们说说到底能有啥办法？”接任蔡长林县委书记的是毛阳青，他也是个改革派，只希望给老伙计吴克铨助一把力。

吴克铨苦笑道：“只有一个办法：我去当叫花子，给那些财神爷‘磕头’吧！”

他真去了。该“磕头”的“磕头”，但磕完头你再不给，他吴克铨就来硬的：“你这个厂长想不想继续当下去了？想当下去，你就出点血。你可以不出血，但你得腾位子。”那些厂长经理们怕见吴县长，他哪是“叫花子”，整个儿是个“强盗”。讨钱的吴克铨则自嘲是“强盗叫花子”。

但换一个副县长出面要钱就费劲了，人家不听他的。你说修路搞开发区怎么怎么重要，他说他的工厂企业现在怎么怎么困难，磨破了嘴皮子他们也只是朝你笑笑：“要钱没有，要命有一条。”最后这位副县长哭了，这一哭竟然让那些厂长经理们动情了，心软了，于是 3 万元、5 万元，厂长们纷纷“出血”……就这样，老城区通往新城区、县城通往乡镇的多条柏油马路和 264 座桥建起来了。

这种翻天覆地的干法，就算吴克铨和县政府工作做得再细致，也还是得罪了一些人，有人写信告状。“人民来信”一封又一封地飞往苏州市政府、省城南京……甚至还有的信直接寄到了北京。

“得去看看，这昆山到底在搞啥名堂嘛！”正当吴克铨等昆山人在县城边圈出一块地打造深圳蛇口一样的“昆山小特区”时，越来越多的“昆山人在疯干”的传闻不时在苏州市政府机关传开。一天，苏州市委书记戴心思坐不住了，找来吴克铨，说道：“你把你们现在的搞法跟我说说。”

吴克铨本来早有计划向上级领导汇报汇报他们前阵子的干法，只是太投入眼前已经折腾起来的 14 个项目，加上市委书记那么忙，也就没找到专题汇报的机会。这回倒好，市委书记亲自过问，于是他一五一十地把昆山如何通过与上海“恋爱”“结亲”，从而加速自己经济发展的事儿说了，又把通过这样的攀亲所带来的新的经济形势，以及为什么修那么多路和搞那么多拆迁的事跟戴书记从头到尾解释了一遍。戴心思终于明白了，并连声称道：“原来如此。我看你们大方向没有错，照这么个路子干下去，昆山很有前途嘛！”

“那我们继续把攀亲的事做下去？！继续把路修宽一些？！”

“当然，从长远看，这些都是好事，你停下来不做了，我反倒会问责你的。不过，群众的思想政治工作还是要做细致一些，尤其是涉及老百姓利益的事儿。”

“我明白。总有一天我会加倍补偿那些现在牺牲利益的老百姓和单位的。”吴克铨发誓道。

“这我就放心了。”

戴心思和吴克铨相互话别，彼此的脸上都洋溢着开拓者对未来前景充满信心的那份激动。

路修好了，开发区的地盘也像个样子了。就在吴克铨他们等着“凤凰”来昆山“筑巢”的当口——具体地说，就在吴克铨急切地期待上海金星电视机厂把属于“亲家”出的那份办分厂的钱投到昆山来时，突然上海方面说：“中央宏观调控政策下来了，我们是国有企业，得无条件服从上面的精神。”

“啥意思？”昆山人紧张了。

“就是我们原先说的投资不能再出了呗。”上海金星厂的人说。

吴克铨一听有些傻眼了：“感受胜利的喜悦才几天，怎么就不行了呢？”

他感到不能就这样“失恋”了，于是立即跑到上海跟人家说：“‘婚姻’大事，不能这样当儿戏。如果办联营厂你们上海方面不便出资金的话，我们帮着借总可以了吧！当然是以你们的名义。”

上海方面想想：这倒是个办法。至少没动厂里的钱，不算违反国家宏观调控政策嘛！

就这样，昆山人讨媳妇，结果媳妇的嫁妆还是由昆山人自己备的。吴克铨喝了一口带着几分苦涩的“喜酒”，最后还是把与上海金星电视机厂的这档子“婚事”给办了。

与此同时，攀结的另外十几桩“婚事”也这样轰轰烈烈地给办了——说办了，是因为办的过程都带着某些“贴老本”的味道。为了“完婚”，吴克铨和昆山人付出了很大的代价。然而这毕竟是在国家宏观调控背景下的“大干快上”，所以昆山人“不听招呼蛮干”的议论也随之四起。昆山这么干到底行不行？似乎谁也拿不准。

就在这时，一位大经济学家来到了苏州，他对昆山引起的种种议论产生了兴趣。他正是为国家谋划出台宏观经济政策的“军师”，他叫薛暮桥。

“你给我说说。”薛暮桥把吴克铨叫到自己跟前，眼睛直盯着这位县长。

这回吴克铨格外谨慎。他一边说一边观察薛老的表情，后来发现老爷子越听眼睛越亮，脸上的表情分明是赞赏嘛！有戏。数天来一直处在痛苦和迷茫中的吴克铨一下子看到了希望，于是干脆从头到尾将昆山的做法如实道来，并且列举正在筹建的 14 个项目，还将相关的横向联合经济带给合作双方的好处和盘托出。

“好嘛，你们昆山无山却有玉嘛！我看这个做法很好。”

“薛老，您是专家，德高望重，看问题宏观全面，您听听是不是这个理啊——现在中央批超高速，我们当然拥护，宏观失控了，就得从宏观上去控制。但我也感到，再好的方针政策，都不能搞一刀切，不能仅从表面上去理解，也不能简单地照搬照抄，我们国家那么大，各个地方情况不同，就我们苏南地区那么一块地方，情况也各不相同，我们总不能套用一种政策、一种发展模式吧。如果我们照上面的政策做，看起来好像是'坚决照办'，实际上是在偷懒，是教条，这其实也是对中央政策的不尊重……薛老您看我这个想法对不对？”

“对，对，你说下去。我想听。”完全出乎吴克铨的意料，眼前这位力主宏观控制的经济学家不仅没有丝毫不悦之色，脸上反而泛起兴奋的红光。

吴克铨胆子大了起来，接着说：“举个例子说，我们昆山费了很大心思通过跟人家有实力的地方进行联姻后，一些项目已经上马投产了，如果这个时候停下来不干了，岂不是一种更大的浪费？所以我们充分结合昆山的实际，通过自己的努力，克服种种困难将项目搞了起来，让它们为昆山经济发展做贡献。有人说我们这是超高速，我们就是有点想不通，而且我们也并不觉得自己的做法违反了中央政策，您看是不是这个情况？”

“我们批超高速说的并不是你们这种情况，固定资产投入不能算超高速嘛！”薛暮桥忍不住插话道，“而且我们主张的宏观控制是指国家整个经济现实，像你们这里的情况，能够从实际出发，走自己的路子，已经投入并见成效了，那就不是宏观控制的问题，而是要尽快见效的问题嘛！”

“昆山从实际出发，要高速发展是对的。”经济学家加重语气肯定道。

一阵风雨之后，昆山的天空再次出现彩虹。彩虹下面的昆山城再次闪耀着玉石般的光彩——那颜色光亮鲜明，令人目眩。

这道鲜亮的光彩就是：依托上海，借他人之东风，走一条横向联合的经济发展之路。

20 世纪 80 年代初期的昆山走横向联合之路，尝到了甜头，而且这个甜头是实实在在的。吴克铨太聪明了，昆山人都很聪明。他们在与上海谈“恋爱”的过程中越来越多地品味和吮吸着横向联合经济这个“爱情”的甜美之果，同时，又异想天开地“移情别恋”——既然跟上海谈恋爱能得到好处，为什么不试试把“爱情”的视线伸向更远、更广阔的其他地方呢？一切有利于发展我们昆山经济的好事，咋就不能都像讨媳妇似的把好事弄进自己家门呢？

“我看可以。既然横向联合经济是‘自由恋爱’，我们为啥一定要光盯住上海嘛！‘美女’也并非只有上海才有，再说了，攀远亲可能更有利于谈成‘恋爱’。”在县委常委会会议上，大伙儿的意见高度一致。

这时，也正好有一件事坚定了昆山人准备攀远亲的决心——昆山有家寒山牌冰箱厂，起初经营状况还凑合，到后来冰箱行业名牌迭出，“寒山”真的到了“高处不胜寒”的地步。为了寻找出路，吴克铨让副县长去上海与航天牌冰箱厂洽谈联营的事。此时，上海与昆山的联营已经有了不少先例，所以双方的谈判很顺利，但就在准备签约的两天前，上海方面的厂长突然告诉昆山人，说他们的上级有话，原本决定同昆山联营的业务，现在被苏北的一个地方拉走了。

“怎么会有这等事嘛！”昆山有人生气了。

问题反映到吴克铨那里，吴克铨沉默了一阵子，说：“既然我们昆山可以横向，人家其他地方也有权横向嘛。横向本身就是‘自由恋爱’，我们不能强求人家上海厂方。我们让位。”

“让？！”负责联营谈判的昆山人有些憋气，但又觉得无奈。就在这时，寒山冰箱厂的一个副厂长到上海出差，住在旅馆里，跟几个同住的外地过来出差的人无意中谈到了这件“失恋”的事，旁边的一个人说：“听说贵州风华冰箱厂也是航天部的国有大厂，你们不妨与人家风华冰箱厂谈谈看？”

对呀，干吗不把视线放远一点呢！昆山人一听好不高兴，县长吴克铨说：“这事我得亲自出面！”

92 岁的吴克铨这样给我讲述当时的心境：“那回我带着一队人，径直跑到了贵州的一处大山沟里。我们在山洞深处看到了导弹，大家都特别兴奋。我一看那阵势，人家是国家重器，做冰箱的设备都是数控机床，了不得呀，于是我开玩笑地对他们厂长说：‘我们把冰箱厂搬到你这儿来吧！’他赶紧笑笑，说：‘你搬来就要吃大亏了，因为我们生产的冰箱卖不出去。’于是我就借机说：‘那你们冰箱厂搬到我们昆山去，我们那儿离上海近，再说上海人有钱，都想买冰箱呢！’风华冰箱厂厂长也姓吴，他便笑嘻嘻地跟我说：‘我干吗跑到你们昆山去？那儿跟我非亲非故。’我就一腔诚恳地说：‘你们是大厂、大家，我们昆山小地方有小厂，就当请你们去指导指导，厂长您就当到上海出次差，路费全由我们出。’这个吴厂长就这样被我们‘骗’到了昆山……哈哈哈，真是骗来的呀！”吴克铨老书记说到这儿，爽朗地笑了起来。

再说那位名叫吴明展的贵州军工厂厂长，他来到昆山后一看，连声赞叹道：“这个地方好嘛！离上海这么近，啥都方便嘛！”他随即对自己的随行人员说：“如果我们的冰箱厂能在这里搞个分厂，光运输就能省下好大一笔费用嘛！”

转头，吴明展厂长便找到吴克铨，两人开始商谈在昆山联营办厂的事宜。吴厂长笑眯眯地对吴克铨说：“你们‘谈恋爱’的水平确实很高明哟！”

吴克铨听后好不开心。从此他的“恋爱”范围和重点开始转向宽广无垠的中国“大三线”——这是新中国建设时期留下的国家经济战略转移中的一个巨大无比的国有大企业群体，它有昆山取之不尽、用之不完的可以开展横向联营与合作的“好对象”。

同“大三线”的横向联营，使昆山就像掉进了“美女”堆一样，“恋爱”成功率高出无数倍，而且遇到的都是优质“美女”！

“不要轻易满足，要挑更好的。不能放过任何有价值的线索。”吴克铨对属下叮咛道。

当时重庆汽车厂党委书记陈世生是昆山人。有一次，他到上海考察汽车销售情况，打算开拓一个新市场，顺道回老家探亲，也看望一下儿时的老师金达。金达听说自己的学生现在是个大企业的领导，便想到了一心谋划横向联营的吴克铨。

“我马上派人去见陈书记！”吴克铨一听有这样的好事，便立即派县里的一位干部去见陈世生，请他在昆山城内城外转了一圈。中午时分，吴克铨亲自招待陈世生，诚恳地询问重庆汽车厂是否有什么项目想在上海附近一带落地。

陈世生一笑，说:“我看可以考虑，具体的项目你们派人到重庆走一趟，我们再细谈。”

“一言为定。”

吴克铨知道有戏，人家陈世生是昆山人，肯定不会让老家的父老乡亲失望，于是立即派副县长郑慧珍和陈世生的老师一起前往山城重庆。

“你都不知道，我去那边一看，心里高兴坏了！”如今早已退休在家的郑慧珍大姐在接受我采访时，谈起此事依然手舞足蹈，“到人家厂里后，我看到有许多车停在库里，有 5 辆车停放在外面，看得出，这些车日晒雨淋，已经放了很久。再看看他们的车间，里面的设备是我这个搞工业的技术人员以前从未见过的，十分先进，但都停工在那里。我问：‘为啥这么多机器不开工呀？’厂长苦笑道:‘造了汽车卖不出去,所以只能停工。’我就说:‘那我们能不能搞联营？’厂长直摇头说：‘从来没有想过这样的事。’我一想人家是国有大企业，就根本没想过我们想要做的事，别吓着他们了呀！于是我就说:‘我帮你们卖车吧！卖车总行吧？’厂长一听这就连忙点头,说:‘行,这个上级会同意的。’我指指停在车库外的 5 辆车，说：‘今年我帮你们把这 5 辆车卖了。’厂长高兴地握住我的手，连声说：‘你把这些车卖了，我就可以给工人们发工资了呀！’倒是跟我一起去的昆山自己人在一边拉着我的衣角，悄悄说：‘县长，你可不能骗他们呀，卖不掉怎么办？’我一听就告诉他：‘如果卖不掉，我把它吃了！’”郑慧珍现在回忆起来，自己都先笑了。她说当时她就想：“只要把这几辆车销掉，合作办厂的事就有可能成。”

“回到昆山，我就召集县政府各个部门的负责人开会，把帮助重庆汽车厂销售汽车的事跟大家说了，并且把这个任务与我们招商搞工业的大事情联系在一起，说明了其重要意义。紧接着就组织召开汽车销售大会。这个会开得很成功，请到了不少上海的客户。开销售会时，我就亲自站台当推销员。上台讲了一大通后，又是发材料，又是做宣传。原本也就准备完成那 5 辆车的销售‘任务’，谁知在现场竟然创下了订货 100 辆的纪录！”

“干得漂亮！”吴克铨知道后，大大地表扬了一通郑副县长。他们将这事通知重庆汽车厂后，对方根本就不敢相信。

“我们怎么会骗你们嘛！快过来商量明年的销售订单如何完成吧！”郑慧珍在电话里催对方的厂长到昆山来一起研究下一步计划。

“要真如你所说的，我马上向部里汇报，说不准合作联营一事真有戏……”重庆那边说。

郑慧珍一听，高兴了，心想这正是我们想要的，便说：“那我们这边就准备合作联营的工作了啊？”

“我看可以。”对方表示可行。

郑慧珍回头赶紧向吴克铨汇报。吴克铨是个“行动派”，马上对郑慧珍说：“你赶紧把联营厂的牌子先挂起来，等人家一来，我们就吹吹打打，放点鞭炮，这事不成也得成了！”

“好嘞！”郑慧珍打心眼里佩服领导自己的“一把手”。于是便与筹备联营厂的几个人忙碌起来，在县农机二厂的大门口竖了一块木牌子，又像模像样地写上了几个字。有人还调皮地在旁边的一块白墙上画了一幅“联营图”，象征昆山的农民与重庆的汽车工厂联营。

重庆汽车厂的人到昆山后，核实了销售订单的情况后，又被带到挂着牌子的“联营厂”，一时间哭笑不得，重庆人只得硬着头皮说：“好好，联营好！”

当然是好嘛！汽车能卖出去才是硬道理呀！重庆汽车厂的人还是懂得什么最重要的。

小昆山与重庆国有大厂此次从“恋爱”到“完婚”，虽然看起来有些仓促，但既然婚都结了，下一步就是“生儿育女”了——重庆汽车厂提供汽车底盘，昆山的联营分厂负责组装。接下来的两三年内，联营厂一下子组装了 230 多辆汽车，而且买主竟是上海宝钢！现金“哗哗”地汇聚到汽车厂的腰包里，厂长笑得合不拢嘴，工人们更是高兴得都要报名到昆山来上班。

重庆汽车厂的“好事”，就这样一传十、十传百地将昆山人如何有能耐的故事传遍了西南“大三线”的每一个角落。于是，从山城到四川，到江西等地的一个个军工企业、国有王牌厂开始纷纷涌向昆山，在大上海边上的江南水乡建起自己的分厂，有的甚至干脆将最重要和最核心的车间搬到了这里，与昆山人一起创造企业的新生命……而这过程中，昆山人获得的不再是简单的资金，还有人才以及管理经验，更新添了一流的技术与装备。

“我们昆山现在能够成为有世界影响的重要电子生产基地，就是靠当年大三线来昆山落户办分厂的那些国家著名电子企业打下的雄厚基础。”之后的几任昆山市领导，都持这一观点。事实也是如此。

“东连上海”“西接三线”战略的成功，使得昆山在短短几年里建起了几十家联营企业，原来的“工业小区”呈现出一派欣欣向荣的景象。

“当时我们江苏的省长是顾秀莲。因为平时开会，她与我认识了，顾省长平易近人，待我像小姐妹似的。一次我到省里开会，就向她汇报了我们昆山‘工业小区’的发展情况，她立即答应说到苏州时一定去昆山看看‘工业小区’。不久后，她真的到了苏州，我就问她能不能有时间到昆山来。

顾省长马上回答我说行。跟省长的电话刚通完，她的秘书就给我来电说：'哎呀，郑县长，省长明明是有事的呀，怎么好到你那里去嘛！'我就赶紧又向顾省长去电道歉。哪知顾省长说：'明天本来是要跟苏州市里的几位领导开个会。这样吧，我跟他们的会，就安排在今晚吧！'后来我才知道，顾省长当晚跟苏州市领导的会开到夜间 11 点多。第二天顾省长到我们昆山后，有个苏州市领导见了我就狠狠地瞪了我一眼，说：'你郑慧珍厉害啊，让我们昨晚半夜没睡觉……'"

郑慧珍大姐给我讲到这儿时又自嘲起来："我这个人为了这些事不知得罪了多少人！"

请顾秀莲省长到昆山来，其实是昆山领导班子一直想的事，这主要还是吴克铨和宣炳龙在"出谋划策"："'工业小区'已经有这么多联营厂，原来的面积太小了，最好扩大一倍！但这事我们自己做不了主，得省里同意。"

"郑县长，你的能耐大，我看这事非你莫属。"宣炳龙是个"狡猾"的人，他接受吴克铨的任务后，转头又求郑慧珍。

"你们就会欺负我一个女同志！"郑慧珍已经上过几次这样的"当"了，所以她如此回敬宣炳龙。

"哎呀，我的郑大县长，我们这些大老爷们，也就看上去风风火火，实际上真干事时，完全不是你郑县长的对手。所以到关键时刻，才把你推到第一线……"宣炳龙平时虎虎生威，顶天立地，可他在家里也是个"妻管严"。在郑县长面前，他也总是装出一副"小弟弟"的样子。

郑慧珍当时也就 40 出头，所以看宣炳龙一副"服输"的样儿，便莞尔一笑，说："那我就试试吧。"

这事还真的让郑慧珍给办成了。

顾秀莲省长听完昆山的汇报后，又到"工业小区"现场转了一圈。此时的吴克铨便怂恿宣炳龙赶紧把扩大"工业小区"的请示向省长提出来。

“我看可以嘛！”顾秀莲看了看宣炳龙，然后指向省道外的一片土地，说，“把工业小区的面积朝省道那边再扩大点呗！”

吴克铨一听省长的表态，重重地朝宣炳龙后背上“捶”了一下，意思是：你立功了！

回头吴克铨又朝郑慧珍使了下眼色，意思是：你才是“第一功臣”！

然而，昆山开发区最早经历的并非都像上面这么简单和顺利。

尤其是 1988 年、1989 年，昆山之路面临了一场意想不到的暴风骤雨……这其实也是必然的，因为在此之前，吴克铨他们搞的昆山开发区是“自费”的，说白了就是“地下的”。在中国，某级政府想把一场轰轰烈烈的伟大变革搞成地下或半地下的可能性几乎为零。

这当口，顾秀莲省长也调到了北京，出任新的部委领导。昆山自己搞工业小区的事，多多少少在北京的一些领导中有传言。所以在吴克铨的记忆中，1987 年有位中央领导到苏州后提出要到昆山看一看。

参观完昆山后，这位领导与吴克铨有这样一段对话——

来者问：“你这开发区是用多少钱办起来的？”

吴答：“1200 万元。”

问者惊诧道：“3.75 平方公里面积，你才用 1200 万元？其他地方的开发区基本上每开发 1 平方公里就要 1 亿元。”

吴说：“是这样。因为我们昆山底子薄，所以钱只能省着花。”

问：“你的钱哪儿来的？”

吴说：“借的。”

“没拿国家一分钱？”

“没拿。”

“全靠自费？”

“可以这么说。”

“不可思议。”昆山人自费办开发区的精神令领导深为震动。随后他用力地握了一下吴克铨的手，眼里流露出几分赞赏。

“为什么你们不叫开发区？”

吴答：“不敢叫，我们还没有申报批准呢！”

“噢，你们是自费开发区。”领导自言自语地说，“人家昆山自己搞，还能搞成这么个样子，得给人家一条活路嘛！”

“谢谢！谢谢中央对昆山的理解和支持！”吴克铨握着这位领导的手，热泪盈眶。从自费办开发区以来，虽然苏州市委对吴克铨和与他并肩战斗在开发一线的战友们的支持、理解一直没有间断过，然而作为“自费开发区”的主要负责人和一县之长，吴克铨时时刻刻处在风口浪尖。不要说拆迁搬家得罪了多少人，也不要说那些到处低三下四当“叫花子”的经历，就是招商引资见了成效，一个接一个企业创造出效益，为昆山创汇，缴税额直线上升之后，还有人在私底下说，他吴克铨这么卖力搞开发区，与外商打得那么火热，还不知道为自己捞了多少好处哩！

这样的误解还好说，关键是一顶顶吓死人的政治帽子常常压得吴克铨透不过气来。什么“搞开发区是彻头彻尾的走资本主义道路”“吴克铨是想把昆山变成上海人搞自由资本主义的乐园”“是想把昆山彻底卖给外国人”等等一类的话语，以及一封封实名或匿名的“人民来信”，没少给吴克铨增添压力。

“我们是把昆山的全部家当抵押上搞开发区了，一旦失败或半途而废，后果不堪设想。我们谁也担当不起啊！”吴克铨从力主搞开发区开始，之后的几年里内心一直被上面这些问题敲击着。

“‘自费’是个什么概念？尤其是在国家实行宏观调控的年份里，他吴克铨的‘自费开发’从某种意义上讲，是不符合中央当时政策的。这种政治行为一旦被认真追究起来，有他吴克铨好看的。”

身为“一县之长”的吴克铨其实早已为自己设想过种种结局。

现在领导认为昆山搞开发区的做法是正确的，并明确表示应当给予支持和帮助。他吴克铨能不激动吗？钱虽重要，但与开发区的合法性问题相比，毕竟只算是一桩小事。如果开发区还是“地下”式的，如果开发区永远不被国家承认，你昆山即使有再大的能耐最终也只能徘徊在改革开放的边缘，继续默默无闻地当苏州的“小六子”，老百姓也只能过紧巴巴的日子。吴克铨最不愿看到这种境况。

现在吴克铨和昆山人唯一要做的事就是尽快让中央领导的指示精神在昆山落实。

昆山和吴克铨连做梦都在想要把昆山开发区挤进国家的“十四加一”的经济开发区行列中去，这样就可以获得中央和地方各级政府名正言顺的支持与政策上的优惠。

那位领导走后，吴克铨兴奋了好一阵子，对宣炳龙等人说：“你们在家把我们的工作再进一步夯实，我负责上北京争取给我们开发区拿到‘出生证’。”

宣炳龙把下一步的招商引资计划和第三次拓展开发区的规划作了初步汇报。“这回我们做了一个面积为 14 平方公里的区域规划，等你回来我们就报请领导审议。”他拿出一大沓图纸和资料。

这个时候国务院已经批准昆山撤县设市，县长吴克铨也随之成为首任昆山市市长。

吴克铨随手拿起图纸和资料扫了一眼，脸上露出了“狡黠”的笑容，说：“14 平方公里可能还不够啊！”

“你说 14 平方公里还嫌小？才 5 年时间，我们已经从 3.75 平方公里发展到 6.18 平方公里，这回做出 14 平方公里的规划等于是在前 5 年的基础上扩充了一倍呀！”

“一倍就大了？你想的还是昆山小开发区。”吴克铨提高嗓门说道，“现在我上北京是去争取国家级开发区哟！”

“哈哈，对啊，我们不再是昆山的小开发区了，要建国家级的大开发区了哟！”宣炳龙一向认为自己的眼光放得比别人远，但听吴克铨这么一说，觉得自己盘算的开发区格局还是太小了。“好，我知道下一步规划该如何做了！”

“别别，我们还是一步一步往前走！”这回轮到吴克铨泼冷水了。

“为啥？”宣炳龙瞪大眼睛问。

吴克铨没有正面回答，只是在转身时放下一句话：“我们的开发区现在还是‘私生子’，给‘私生子’办户口有那么容易吗？”

“不是最高层点头了吗？”

“那也得上面正式下文件呀！”

“噢——”宣炳龙明白了，于是他重新拿起那份 14 平方公里的区域规划图，若有所思起来。

吴克铨非常聪明，他既是一位经济专家，同时又善于把握政治方向。中央领导视察过后，他让县里相关部门与新闻单位记者们迅速跟进，很快有新华社和《人民日报》的记者来昆山采访他们搞“自费开发区”的事情。这两名记者不负昆山人之期望，1988 年 7 月，《人民日报》头版登出长篇通讯，并配发了评论员文章。这篇通讯使得昆山声名大噪。这年冬天，国务院经济技术开发区会议在天津召开，昆山作为“十四”之外的特约代表应邀参加，而且由于他们经验丰富、成绩斐然，与会代表对他们刮目相看。当时昆山“自费开发区”的经验中有两条令其他开发区极为震动：一是全国其他开发区的基础设施建设投资每平方公里约为 1.2 亿元，而昆山每平方公里仅为 760.5 万元，这对当时缺钱办开发区的其他地区是一个巨大的冲击，也给他们提供了可贵的经验；二是昆山开发区当时已吸收 30 多家企业，其中外资企业 11 家，内资企业 19 家，几年来累计工业产值为 15.39 亿元，出口创汇 4079 万美元，利税 1.2 亿元。这些数字在全国那么多国家级开发区中紧随广州和上海之后，成为“老三”。小昆山的“地下开发区”竟然比国家级开发区强大和高效那么多，这让那些老大哥们实感惭愧。

种种迹象表明，昆山开发区即将迎来出头之日。

老练的吴克铨没有自我陶醉，他深知一个没有得到“上级”认可和正式批准的开发区，即使再有经验，再有效益，也照样存在风险。

“什么事都没有比把‘出生证’办下来更重要的了！”吴克铨多次在县政府会议上强调。他内心十分清楚，这事非得自己亲自出面“跑”才可能办好。于是他一边让秘书整理出中央领导来昆山视察时的讲话要点，一边让办公室订票。第二天吴克铨便到了南京——他深知，要想得到“国家级”待遇，首先要得到“省级”待遇。

改革开放以后，江苏省的历任省委书记都十分坚定地支持改革，尤其对苏州和昆山的工作相当重视。昆山搞开发区初期，时任江苏省委书记韩培信和省长顾秀莲，都给予了特别的关心。1986 年，昆山自己搞起来的开发区已经瞒不住了。当年秋天的某日，省委书记韩培信来到昆山，提出要看开发区。当时的县委书记蔡长林和县长吴克铨犯了难：到底让不让省委书记看呢？不给看，不行；看了，万一书记“震怒”，让昆山停办呢？

“不要紧，看看再说。”最后还是陪同韩书记的苏州市委副书记林瑞章说了这话，吴克铨他们才壮着胆子跟省委书记一起走进了他们一直保密的“工业小区”。

在现场，韩培信一边视察，一边听取汇报，又常常一言不发地思考。回到招待所，他对吴克铨说了一句话：“搞得不错嘛！”随后还让吴克铨将开发区的总体发展构想重新说了一遍。

“韩书记，您对我们的肯定让我们非常感动，但现在有人说我们与上海搞联营是当上海人的‘殖民地’，所以我们一听心里就感到害怕。”吴克铨见韩培信书记对办开发区以及与上海联营办厂的做法很肯定，便道出了心底最大的担忧。

韩培信听了这话眼珠子瞪圆了，看着吴克铨认真地说：“你告诉那些人，我们支持昆山跟上海搞联营。”

“行！”吴克铨觉得省委书记此行给了他一个最重要的政治保障，这比批几亿元开发资金还重要。

正是这次省委书记的昆山之行使得昆山开发区从“地下”转到了“地上”，而这次中央领导的视察则使昆山开发区真正有了出头之日。

韩培信回到南京后，专门在省委常委会会议上讲了昆山开发区的情况，并建议省领导们都去看一看。这之后，省长顾秀莲，省委副书记沈达人、孙家正等先后来到昆山，他们看到这里的开发区和老百姓生活的变化，非常高兴，一致认为昆山搞开发区的方向没有错。让昆山人感到扬眉吐气的是在次年的省人民代表大会上，省长顾秀莲在省人民政府工作报告里还专门提到了昆山开发区。

带着中央领导在昆山开发区讲话的记录稿，吴克铨上南京为昆山开发区争取“出生证”。此行非常顺利，省里将昆山开发区批准为江苏省重点经济技术开发区。

吴克铨曾在国家计委工作过，他比其他人更懂得如何与中央国家机关打交道，所以在办完省里的相关手续后，他带着两份重要文件（一份是中央领导在昆山的讲话记录，一份是江苏省批准昆山为江苏省重点经济技术开发区的批件）来到北京，找到国务院特区办公室主任何椿霖，请求批准昆山开发区为国家级开发区。

何椿霖非常热情地接待了吴克铨，但告诉他，要让昆山的“自费开发区”获得“国家级”身份，必须履行一项手续，国务院要在已批准的十四个开发区之外进行“加一”的特别决定，需要国务院专门会议通过。

“何主任，这事我们只能多多劳驾您了！”吴克铨知道这事非同小可，而要办成这件事，非何椿霖主任莫属，一则他主管这方面的事务，另一个关键是何椿霖主任也曾实地考察过昆山，他的话能影响众多国务院领导。如果允许磕头的话，吴克铨肯定会当场给何椿霖磕三个响头。

何椿霖不愧是位体恤下情的好领导，他肯定地告诉吴克铨：“昆山这个忙一定是要帮的。不过钱的问题你们得找财政部。”

“财政部我们自己去找。”吴克铨谢别何椿霖后马上到了财政部。国家对所批准的国家级经济技术开发区是有政策和资金上支持的，吴克铨知道得到财政部支持的重要性。昆山太缺钱了啊！

财政部负责人说：“钱可不能随便给。”

吴克铨一听，那张原本兴奋起来的脸一下子蔫了，求情道：“请领导们帮帮忙，我们昆山开发区已经办了好几年了，从来就没有花过国家一分钱，多少也请照顾点我们。”

财政部负责人看看昆山送来的材料，又看看中央领导在昆山的讲话记录，再瞅瞅吴克铨的一副可怜相，终于表态：“这么着吧，正好现在讨论地方向中央包干上交财政收入的事，你们昆山如果能赶上这一拨，可以从你们昆山需上交的财政收入中留下一部分，用作经济开发区建设资金。”

“好啊，我们昆山现在向国家上交的财政收入包干数是1亿元，而且每年还要递增6%。能不能在这个数里，请财政部照顾照顾？”吴克铨是全县经济的大管家，对全县的财政情况十分清楚，于是这样道来。

财政部内部商量了一下，说：“假如你们的国家级经济技术开发区经国务院正式批下来，我们参照对其他开发区的做法，同意你们从现在上交给国家的1亿元中拨出5000万元用作经济技术开发区的建设资金，还可以免除每年上交额的递增部分。”

“太好了！谢谢，谢谢你们对我们昆山的帮助！”吴克铨万分感激财政部负责人。

“每年 5000 万元，10 年就是 5 亿元，关键还可以免除每年递增的 6%，这一项政策，等于让我们昆山开发区有了比较大的资金来源。”吴克铨事后感慨万千道。

然而，这个财政优惠的前提是：国务院必须正式批准将昆山经济技术开发区列入“十四加一”的总体经济开发区战略方案。

当时，昆山作为一个县级小市，想进入“十四加一”的行列简直比登天还难。

“找人！还得找熟人，找对我们苏州和昆山熟悉和有感情的人。”在那些日子里，吴克铨和宣炳龙等人苦思冥想，寻找种种可能。突然他们想到了一个重要人物：费孝通。

费老可以帮这个忙！

费孝通作为苏州籍的著名人士，全国人大常委会副委员长，请他出面兴许能帮上这个忙。

“他肯定行！”吴克铨好不兴奋，于是吴克铨和他的昆山“开发狂人”把视线聚焦到一个人的行踪上——这个人就是费孝通。

费老是大名人，也爱到处走动，尤其喜欢他的“乡村小路”。1989 年 10 月中旬，昆山人得知费老要来苏州，于是吴克铨通过关系，先在某地与费老见了一面，并向费孝通详细汇报了昆山开发区的情况。

见面后，吴克铨向费老作了汇报，说得费孝通热血沸腾，坚持要去昆山现场看看……

费老经过实地考察，又与吴克铨等昆山人交流之后，信心满满，无限感慨，赞美不已。

费孝通说:“你们气魄不小，成绩可嘉，精神更可嘉啊！”

吴克铨见费老对自己在昆山“自费开发区”的工作如此褒奖，趁机说出了心里话:“费老，接着我汇报一下目前我们遇到的最大的困难。昆山开发区要开放，要发展，外商要来合资办企业，我们至少也要拿出部分钱来，可是我们没有钱。钱的问题还可以想办法，但关键是即使有了钱也不能办事，没有‘笼子’，即没有固定资产投资计划。为什么呢？因为我们的开发区没有得到中央的批文，国家不承认，现在我们就像是有了钱，没有粮票，买不到米，做不了饭，当然，贷款计划也没有，办起事来十分困难。”

费老说:“是的，关键是上级要承认你们这个开发区。”

吴克铨说:“省里对我们还是支持的。省里在财政上支持我们，中央也支持，即每年我们可以在财政承包基数上减去5000万元，也就是每年可以多留5000万元用于开发区建设。另外，省里还给予我们一项特殊政策，土地可以转让，期限为50年，这在我省是首次。现在第一块面积为1公顷的地已经转让给上海申大公司了，转让费是每平方米100元。目前有许多外商和台湾客商来，他们也要租地。我们认为搞土地转让好处很多：一是可以筹集一部分资金；二是他们要来办企业，可以吸收消化掉一部分劳动力；三是要搞建设，建筑工人就有事干了；四是办企业后，税收交给昆山，产品出口后外汇留给地方；五是可以带动昆山一些企业为之开展配套生产。比如上海电视机一厂昆山分厂带动了七八家企业为之搞配套生产。好处很多，我们认为这是一条路子。但大家在认识上还有个逐步接受的过程，主要是怕有风险，所以合同上规定，50年期满后，土地上的建筑设施全部归地方，这样就基本规避了风险。我去人大汇报时，大家听了很感兴趣，非常支持。但目前的困难就是……”

费老说:“开发区必须正名。有了名分事情就好办得多！”

吴克铨赶紧回应:“对，对！希望费老替我们呼吁呼吁。”

费老接着说:“我认为可以搞一个提案，请求国务院考虑，给昆山开发区一个地位，当然还要同省里商量一下，我签名提案，省人大同意后，可以提出并要求答复。届时再由江苏代表向上提案，到明年3月开会，我带头也可以……”

吴克铨激动不已，连声道:“让费老费心了！”

“我会全力支持这个事的。”临别时，费孝通再次对吴克铨说。

“谢谢，谢谢费老！”吴克铨紧握费孝通的手，不知说什么好，只见他的眼眶里透着泪光。

一个小县的“自费开发区”，能不能让国家承认，这不仅关系到他和班子成员带领一群人干了几年工作的成果能否得到国家的认可，更关系到全体昆山人民的命运！吴克铨能不激动嘛!

日理万机的费孝通信守承诺，在他考察昆山两个月后的12月20日，正式给时任中央书记处书记习仲勋同志写了一封长信，讲述了他调研考察时看到的昆山开发区的情况，指出“根据以上情形，我想，昆山开发区可以进一步发展为苏南开发区。苏州、无锡、常州是江苏经济发达的地区，昆山就在其中，又最靠近上海，又有这么一个初具规模的开发区。它的条件实在要比苏北的连云港和南通两个开发区好得多。因此我建议国务院能正式批准将昆山开发区列入国家级开发区，并且享受与沿海开放城市经济技术开发区同等的待遇”。

翌年，全国人大会议期间，费孝通又联名江苏省人大代表提交了批准昆山为国家级经济技术开发区的相关提案。

虽然事情有了进展，但也并非万事大吉了。吴克铨和昆山人在1990年等了一年，1991年又等了一年。直到1992年邓小平同志南方谈话之后，国务院关于同意将昆山经济技术开发区列入国家级经济技术开发区的批示才正式下达，时间为1992年8月22日。

其实从费孝通写信给习仲勋到向人大提案，再到最后正式获批的这两年多时间里，昆山人为这“国批”还开展了相当多的工作——

县长郑慧珍是具体操办此事的昆山人，她在这过程中到底上过多少次北京连她自己都记不清了，反正像何椿霖这样的国务院高级领导都成了这位昆山县长的熟人。郑慧珍进何椿霖的办公室，主人一见她就会说：“又来啦！”郑慧珍也很随意地笑答：“又来啦。”剩下的时间就是她与领导们就“国批”事宜来回商议，有时甚至还会争执几句，因为都是熟人和朋友了，这种争执丝毫不会对昆山被批准为国家级开发区带来任何负面影响，相反还能起到好的促进作用。

江苏省领导也没有少帮昆山人的忙。在国务院召开的沿海地区对外开放工作会议上，江苏省省长陈焕友亲自在总理面前为昆山人“唱赞歌”。

那一年，邹家华副总理到昆山参加沪宁高速公路开工仪式，其间，省长陈焕友陪同他参观了昆山开发区，邹副总理说：“很好嘛，我对昆山开发区早有耳闻，现在一看，果然名不虚传！”

吴克铨这时已调任苏州工业园区，后升任苏州市人大常委会副主任，接替他的是李全林。李全林书记适时请邹家华题词。

邹家华副总理写得一手好字，奋笔写下“加快开放步伐，搞好开发区建设”这句题词。

陈焕友省长不露痕迹地说：“请副总理写上‘为昆山开发区题’。”省长这话一出，在场昆山人一颗颗跳动的心都提到了嗓子眼。他们知道如果省长的这句话被副总理接受了，就意味着昆山开发区的“出生证”办成功了一半，反之则希望渺茫。

邹家华早听出陈省长话中有话，笑笑，便提笔写下“为昆山开发区题”这7个字，随后将笔一放，向昆山人一语道破：“这一下你们敲钉钻脚了吧！”

“谢谢副总理！”

全场顿时响起热烈的掌声。昆山人个个热泪盈眶……

吴克铨听说后，更是难掩热泪。

这就是昆山第一个国家级经济技术开发区诞生的始末——也是“昆山之路”的第一篇章。

岁月如白驹过隙，转眼已过30多年。今天的昆山经济技术开发区早已大变样，其面积达108平方公里。截至2023年，整个开发区累计引进欧美、日韩和港澳台地区的客商项目2850个，投资总额超过450亿美元，注册外资250亿美元。注册内资企业数量达40000家，注册资金2000亿元，成为全球资本、技术、人才的集聚地和中国重要的对外贸易基地。最值得昆山人骄傲的是，在国家级经济技术开发区综合发展水平考核中，昆山经济技术开发区位列苏州工业园区、广州经济技术开发区、天津经济技术开发区之后的全国第四位。苏州工业园区是我国和新加坡合作的国家级开发区，广州和天津开发区皆是建在省会或直辖市的国家级开发区，昆山开发区只是县级开发区，能紧随这三个“老大哥”的方阵之后，其实力可想而知！

30余年过去了，当年昆山人积极“联姻上海”“攀亲三线”，几经风雨和各个时期不同的体制变迁，他们现在是否还好？这是我十分关切的事。因为，当年的昆山开发区是“自费”的，而后来落户此地的那些外地企业与昆山也是“自由恋爱”过来的。这样的“经济婚姻”是否健康，值得探究和追索。

“都挺好的！”昆山市领导给出的这4个字令人振奋。

“去‘国力’看看吧，他们最早就是南京的‘熊猫’，后来搬到了江西的大山里，再后来到了我们昆山，如今其新产品在电子领域独占鳌头，在世界同行中也处于领先地位……”

南京的“熊猫”，是中国人对20世纪六七十年代国货品牌的一个特殊记忆，它自然格外引起我的兴趣。

在“大三线”时代，南京熊猫厂的前身叫“714 厂”，是我国无线电方面的军工企业，曾在共和国建设初期立下汗马功劳。据熊猫厂人自己讲，当年南京熊猫厂生产的真空管器件，是我科技人员根据从被我军打下来的飞机上拆下来的器件研发生产的，之后一直是“714 厂”主攻的电子产品。那架被解放军打下来的飞机，就是被设置在昆山的雷达首先发现的。“我们厂搬到江西后，改名为‘897 厂’，专攻真空电子器件。所以，可以说，我们的企业生来就与昆山有着特殊的缘分。”说这话的就是现在昆山经济技术开发区里国力股份的董事长尹剑平。

1961 年出生的尹剑平，当年背着书包跟随母亲一起从南京搬到了江西某山区。“这是 1966 年的事。当年我随母亲他们厂里的 308 名工人和技术人员从南京搬到了江西大山里，一直到 80 年代，昆山来跟我们厂搞联营，我作为派往新公司的骨干之一，从此在昆山扎根至今。当年我第一次踏上昆山之地时才 25 岁，如今已整整 38 年了……”尹剑平摸了摸自己锃亮的脑袋，不无感慨道。

38年前的尹剑平，曾经极度迷茫，但当时迷茫的不仅仅是他一个人。“那时我们整个厂的千把号人都处在迷茫的十字路口，因为大山里太闭塞，纵有万般武艺，也无法施展。就是这个时候，我们遇见了昆山人，从此‘老树’就开出了新花……”尹剑平回忆说，当年他们“897 厂”职工们听昆山的领导说不仅能帮他们解决产品销路问题，还能帮助迁到昆山的人解决户口问题，“全厂的人都出来夹道欢迎昆山来客，那情景我至今仍历历在目，当年许多原籍是上海、南京的老员工们激动得又蹦又跳，好像是天上掉下了馅饼一样！”尹剑平说。

“长江路，179 号，共 70 亩地，厂房、宿舍，全是崭新的……到新厂后的不少职工，第一个动作就是伸长脖子，往上海方向看，随后高兴地喊了起来：‘看到上海了！我们有新家了！’那情形就像梦想成真似的。”外形铁骨铮铮的尹剑平说此话时眼眶是湿润的。

我们这些20世纪五六十年代出生的人能理解他的这份心情。

“897厂”到昆山之后，获得的是全新的气象和蓬勃的活力。因为昆山这片土地给予尹剑平他们的不再是封闭的营商环境和迟钝的前进步履，开发区的每一次“赶潮”，都给这个老“国企”一次脱胎换骨的机遇。

“38年的‘昆山路’，可以说我在这片土地上经历了中国国有企业改革的全过程，也见证了被人渐渐遗忘的‘熊猫’如何重新崛起，创立国力品牌，成为电子真空领域‘国之翘楚’‘世界前五’的辉煌岁月……”如今已是上市公司董事长的尹剑平如此动情道。

当今世界，国与国之间的较量，几乎都离不开电子产业，而国力已是这个领域生产电子真空器件产品的老大。这些年尹剑平一次次遇到国内外资本强势的诱劝：“到我们那儿去吧，条件你自己开！”

尹剑平的回答十分干脆：“昆山始终如一，国力不可能离开！”

“你从没有过动摇？”我想知道为什么。

“没有。”尹剑平认真地摇摇头，随后他高举起右手，伸出两个指头，说，“我给你说两件事，一是公司在转制后，我身上根本没有钱了。有一天昆山开发区的领导过来跟我说，你建新厂所要的67亩地已经给你准备好了，搬过去吧！我说我没有钱了呀！开发区的领导便拿出一份材料，说：‘你只要在上面盖个章，地就归你了！’原来政府知道我当时经济困难，就出资帮助我把这块地买了下来。有了地后，我就赶紧让准备与我们合作的外商过来看地。老外一看，立即与我签下了联营合同……国力就是在昆山政府和开发区领导的帮助下，一个‘翻滚’，一下子就从‘熊样’再度成为国宝‘熊猫’！”

“二是去年年中，市政府突然有人给我打电话，说让去领600万元科研奖励。我不明白，问为啥要给我们钱。对方回答说：‘这是政府的规定，凡是有重大科研成果的企业，就有奖励。你们近年获得重要的科研成果，并在转化生产力方面贡献卓越，所以我们要落实和兑现政策。’我听后真的很感动，心想：还有比这更好的政府吗？”尹剑平的话突然停顿了好几十秒，然后响亮道，“肯定有，这就是我遇见的昆山……”

我知道，尹剑平的国力股份现今在电子产品领域如一道绚丽的彩虹，光芒灼人。他说国力的第二个上市公司会很快诞生。

这就是当年吴克铨他们开垦“自费开发区”时播下的种子，在那基础上才有了这一棵参天大树。而国力仅是昆山开发区这片满是参天大树的森林中的一棵而已。“我们‘国力’在转制时，昆山领导屡次亲自出面，帮我做江西老厂那边的工作，这才有了之后独立经营、不断创新向前的局面。如今企业资产达几十亿元，成为昆山民营企业交税百强之一。”采访结束临别时，尹剑平很豪气地告诉我，这些年他个人缴的税，也有几千万元了！

通过这位相貌平平却底气十足的国力老总，我看到的是在中国和世界制造业中蔚然成林的昆山开发区那生机盎然的万千景象，不由心头涌起无限敬佩之情：昆山改革开放的领头雁呵，你们为这片土地所做的贡献将代代流芳，永远被人们铭记。

是的，看一看今年昆山开发区的几张成绩单，我想所有中国人都会为这片土地而骄傲—— 2023 年，昆山开发区完成工业产值 6197 亿元，一般公共预算收入达 188 亿元，进出口总额 730 亿美元……许多人可能对这些数字没有概念，那我告诉你，托起如此巨大财富的是一块仅有 108 平方公里面积的土地。

108 平方公里的面积有多大？大约相当于 110 个高尔夫球场。而 100 多个高尔夫球场放在庞大的国土上，它也就只像芝麻粒那么一点儿大。然而昆山人则用这样一粒“芝麻”换来如此巨大的财富！这就是昆山描绘的时代风景，这就是中国县域经济版图上的一颗闪闪发光的瑰宝。

办工业园区，由此也成为昆山发展的一个公认的法宝。

值得注意的是，胸怀远大目标的昆山“吴克铨们”，并没有因为已经有了这擎天巨柱般的昆山经济技术开发区，便躺平在这块“肥肉”上，而是“吃着碗里”，还“看着盘里”，甚至“惦念着锅里”……

这也就有了我们今天所能看到的昆山各类“园区”那万山尽染的壮观气象——

时光闪回到昆山从中央领导手里拿到昆山国家级经济技术开发区“出生证”的那些日子。

在一片欢腾的气氛中，在已经升格为昆山市的市委常委会会议上，市委书记又一次掷下了一颗“炸弹”：“我们是不是应该考虑在开发区之外的地方动起来，再搞它一个或者若干个新园区呢？”

“啊？还要搞一个新的园区、新的开发区哪？”有人当场瞪大了眼珠子。

书记仍是笑眯眯的，完全是一副征求意见的样子。

“务虚会嘛！大家可以畅所欲言……”市委书记继续放了一个“烟幕弹”。

“书记思路宽，我们好好学习，多解放些思想哟！”因为是务虚会，所以并没有作出特别和正式的决议。

但是要在已有开发区之外再建别的“园区”之类的事，此时已经在昆山的一些干部中传开了——这主要是在玉山镇的干部们中间。原因是身为昆山的城关镇，1992 年之前玉山镇在历次全市（县）的“五杯”竞赛中很丢面子，竟然没有拿过一次奖。这“五杯”包含了“精神文明、工业振兴、农业生产、副业致富、外向型经济”五项内容。

“玉山镇就这么孬了？我们可是昆山市的城关镇哩！”1992 年 2 月，新上任的玉山镇党委书记在其召集的首次镇党委会上就提出了这个问题。

镇干部们一片沉默。

随后有人嘀咕起来，市领导抓的开发区现在红得发紫，我们玉山镇是吃瘪了……

“吴书记他们弄出了个开发区，现在红红火火，全国出了名。但论原本的条件，我们玉山镇哪一点差了嘛？我就不相信了！”

“就是！市里白手起家弄出了个大名堂，我们位于昆山最好的地方为啥就不能有所作为呢？”

“是啊，穷则思变，玉山镇不穷不富，更应该思变了！”

这个党委会开得有点意思。更有意思的是这一年国家发生了两件大事：第一件事是邓小平的南方谈话，如春风吹遍了大江南北；第二件事是中央决定浦东开发开放……

“我们昆山是靠啥发展起来的？一靠小平同志提出的解放思想，二靠傍着大上海天时、地利、人和的优势。现在，小平同志又明确要求全党‘胆子要更大一些，步子要更快一些’，浦东全面开发开放，你们说这不就是天赐给我们昆山的又一个良机吗？抓住这样的大好机会，昆山就会更上一层楼，甚至几层楼！同志们哪，谁要在发展这件事上犯糊涂，那我们组织上就不会再让他有在岗位上犯糊涂的机会了！”别看这位党委书记平时说话软绵绵的，但在发展这个问题上，他从来都是话里见锋芒。

“我们玉山镇再不解放思想、求新求变，再不紧跟这波形势，还真的会被市里领导摘了乌纱帽……”这一次玉山镇党委会开得非常严肃，讨论的问题也非常具体。小平同志在南方“画”了一个圈，建了深圳特区。我们昆山领导大胆做事，成功建成了一个“自费开发区”。现在上海浦东画了一个更大的“圈”，要建新区，我们玉山镇能不能也“画”个小圈，带一带全镇的经济，振一振城关镇的士气，让我们跟上飞速发展的大好形势嘛！

“是啊，不能再等了！”玉山镇的党委成员发出了同一种声音。

那么方向在哪儿呢？

“我看蔡玲玲他们民政搞的那小工业区是不是可以做大，作为镇上的一个发力点？”有人提议。

“对啊，这个民政小工业区已经有些模样了，而且民政部领导也多次来参观过，能不能往民政工业开发区方向推……”

“我看可以！这事要是促成了，大家不知道会有多高兴呢！”

“好，既然如此，我们全力推进这个民政工业开发区！”镇党委书记一锤定音。

所谓“民政工业开发区”，是昆山民政科的同志在原城南乡并入玉山镇时，在玉山镇三里桥西堍、312 国道北侧的虹桥建的一个敬老院，民政科科长蔡玲玲借此机会，依托敬老院，创办了玉山公墓、双扶汽修厂和有色金属铸造厂等 5 个民政和工业实体，以解决贫困户和残疾人就业的问题。这事得到了市民政局的肯定。昆山开发区出名后，国家方方面面的领导到昆山视察，而民政部领导听说昆山民政条线上也有个小工业区，便兴致勃勃地去参观了蔡玲玲他们搞的那个小园区！

“好嘛，我们民政部门也有能人呀！”民政部领导对昆山民政小工业区颇为欣赏。一日时任民政部部长崔乃夫来到昆山，头脑灵光的昆山市领导和玉山镇领导就请崔部长参观民政小工业区。见这里的几个昆山民政企业虽不大，却安置了相当数量的贫困户和残疾人，而且还有盈利，崔部长深为感动，说部里支持昆山办“民政工业开发区”。

“赶紧打报告！”昆山指示玉山镇和昆山市民政局，立即着手向民政部上报材料。“天上都掉馅饼了，我们不接牢，不傻到家了吗？”

果不其然。当年年底（1992 年 12 月 27 日），民政部给昆山传来“红头文件”——中华人民共和国民政部民综批〔1992〕176 号文：同意在昆山市玉山镇建立民政工业开发区的批复。

这年年底，昆山人最开心的一件事，就是又多了一个“国字头”的工业开发区！

在昆山一带的老百姓中流传着一句老话：不吃苦头，就没有甜头。有了甜头，就不要忘了苦头，只有这样，甜头才能越吃越有味道。

玉山镇“民政工业开发区”虽说是“小打小闹”，但后来在吸引外资方面总结出一系列经验，为后来的“昆山之路”积累了一套成功的经验。

20 世纪 90 年代初，曾有一段时间围绕姓“资”还是姓“社”的问题争论了很长时间。邓小平南方谈话之后有了明显的改善，但实际操作时仍遇到不少困难。比如，昆山人把日商请到玉山镇，一番热乎后，人家也同意投资项目，在审批时却有部门提出，企业不能是纯外资的，起码得是合资。日商一听就紧张了。港商来后，碰到同样的问题，而且有关审批部门甚至还提出合资比例必须内地占“大头”。

“审批权必须下放，下放到项目落户地。”昆山市领导对此很着急，他让宣炳龙跟“上面”沟通并争取政策。

“你宣炳龙出场，戏就是你唱了！”外资审批的权限原本在省里和苏州市里，昆山人宣炳龙等一出场，“政策”也开始变了，所以“上面”的领导跟宣炳龙这样开玩笑。

“现在听起来像是一句玩笑话，可当年，你想让这外资落地的审批权露出一条缝来，真是难于上青天哪！”宣炳龙现在依然清瘦干练，回忆起当年的那些事来，他用了 8 个字来形容：酸甜苦辣，历历在目。

我知道，昆山人走的每一段路，都非坦途，他们可以说是“第一批吃螃蟹的”或独辟蹊径的人，无法避免遍体鳞伤。如今辉煌和光彩的昆山人只是不想诉其苦，因为他们始终明白“不吃苦中苦，哪里有甜头”的道理。

在玉山镇旁，原来有个城北镇，即现在昆山高新区的重要板块。1992年，在争取外商投资方面，这个镇的领导可谓千方百计，历经千辛万苦。同时在争取国家政策方面也是不遗余力，先后拿到了两块金字招牌——“火炬开发区”和“星火技术密集区”。时任城北镇招商办主任的苏觉明回忆道：“当时两块牌子一班人马，总指挥部就设在路边的一间简陋的房子内。为了吸引客商投资，我们派出几十个人，在深圳、海南、上海等地多次举办招商会，利用当地电视台和报纸不间断地进行宣传，声势不小。但最有效的还是要靠人去一个盯一个地缠住客商。那个时候到处都在招商，一个客商，尤其是外商和港商，可能有几拨人盯着，连我们昆山自己人也在抢。那个时候，浦东开发刚刚掀起热潮，港台方面的商家蜂拥而至上海滩……有一天台湾鸿海集团的高管到了上海，寻找在大陆的投资地，但走了一圈没有看到合适的地方。上海交通大学的一位陈教授说，上海的地比较紧张，你们不妨到昆山去看看，那边估计成本和用地方面相比上海有较大优势……高管听后点点头，问陈教授：‘你在昆山那边有熟人？’陈教授摇摇头，说：‘我纯粹是因为看到昆山一直在上海的电视上、报纸上宣传他们的招商信息。’高管说：‘那下一次我们专门到昆山去看看。’1992 年 9 月，这位高管从台湾抵达上海虹桥国际机场，我们城北招商办的同志获知消息后，做通了机场的工作，直接把面包车开到停机坪边。高管一听说我们是从昆山来接他的，非常高兴，一边上车一边还笑着说昆山人看来确实不简单哟！要说我们昆山人不简单还真是不假。就说拉鸿海项目这事，其实当时昆山去机场的有好几拨人，其中也有宣炳龙他们大开发区的人。我们把鸿海项目的考察人员接走后，尤其是鸿海集团后来的项目落地在我们城北后，宣炳龙他们在市里领导面前还告了我们城北一状，说我们抢走了一个‘巨无霸’项目……”苏觉明说起当年的“自己人抢饭碗”一事，哈哈大笑起来。

昆山人的拼劲，可通过这件事窥见一二。

鸿海集团高管第一次到昆山考察，对城北的印象还不错，但他并没有立即表态。时隔两个月，鸿海集团又派另一位高管和财务总监来昆山城北再次进行深入考察与交流。1992 年 12 月，经过两轮考察与交流，鸿海集团正式与昆山城北镇火炬开发区签订购买 500 亩土地使用权的合同。

500 亩地的项目,对当时的昆山来说,就是个超级项目。又过了 1 个月，鸿海集团宣布投资 3500 万美元成立富士康（昆山）电脑接插件有限公司，其 1.5 万平方米标准厂房全面破土动工！与此同时，32 条电脑接插件精密生产线陆续运达昆山城北……

哇，昆山来大老板了！昆山的电子科技产业要上几个台阶了啊！一时间，潮水般的新闻和议论涌出，昆山的名号在中国各地甚至在海外都震动了。

昆山人也在这个时候知道了“富士康”这 3 个字的来历：原来鸿海集团为了在大陆投资,就准备先在香港注册一家公司。可公司叫什么名字呢?大家在酒店里苦思冥想，结果也没有想出个名堂。当时就有人站起身来说了，现在有个“康师傅”生意做得风生水起，我们就叫“富士康”吧。

好！“富士康”这个名字好！

台湾富士康到昆山投资，一脚就踏上了城北镇的地盘，落地在火炬开发区，并且迅速形成了在环庆路、紫竹路一带的富士康产业群：东有富士康鸿准模具，北有富士康电脑接插件、富士康电子、富鸿精密、富翔精密等“富”字头企业。

哎呀呀,这可是个像模像样的大工业园区啊！昆山人第一次对“园区”的概念有了认识。

在昆山富士康公司建厂一周年之际，富士康专门为员工举行了一场集体婚礼，70 对新人登台亮相，热闹非凡，这场婚礼轰动一时，不仅成了昆山的一大新闻热点，连上海的各大新闻媒体都作了报道。

30多年来，富士康在大陆的发展跌宕起伏，但在当年，富士康对昆山经济的推动和对就业的帮助是巨大的。

昆山人向我介绍，鼎盛时期的昆山富士康，差不多是城北的一个“城中城”，极其壮观，工人最多时近10万人！昆山撤县设市时，本地人口也就只有60万左右，一个富士康就有近10万名员工，而且集中在几平方公里的范围之内，不就是一座城嘛！

“城北一带的百姓可是跟着富士康发财了！”昆山人带我去城北的老街参观，那一排排农民当年建的小楼现在大多对外出租，非常有特色：这样的小楼通常有三层，一楼用于出租，也有些连二楼一起出租。在富士康上班的大多是年轻打工者，他们就生活在那么一个小空间里，上班在厂里的流水线上，下班就往行军床上一躺“呼呼”大睡——打工仔、打工妹的生活是十分艰辛的，但改革开放初期的中国人基本上都是这样艰苦奋斗出来的，即使是当下一些身家百万、千万的老板，他们也是从万般苦难中熬出来的。

城北的火炬开发区借着邓小平南方谈话的春风，迅速形成了一道自己独有的招商引资风景线，尤其是富士康的到来，带动了其他台资企业进驻，日资企业也纷至沓来。富士康效应确实非同寻常，富士康建厂第一年就实现10亿元人民币的销售额，其产品全部销售到迪吉多、英特尔、苹果和IBM等世界各大电脑公司，显然这些产品的质量达到了国际先进水平。

“昆山风水好，再投一个1000亩的厂区！”鸿海集团可真豪迈啊！

又是个1000亩的厂区，这对昆山和昆山城北镇来说，就意味着又一个新的工业园区要“开埠”了！

对城北镇而言，好事便开始接踵而来。

1994年，城北开发区被昆山市政府正式批准为“星火技术密集区”。此时，国家倡导的“星火计划”之火正在全国各地熊熊燃烧。由于昆山的这把“星火”燃得特别旺，所以同年7月，城北的星火技术密集区，被江苏省批准升格为省级星火技术密集区。9月，又被国家科委批准升格为国家级星火技术密集区，并正式易名为“昆山国家星火技术密集区”。

“百里平畴，一峰独秀”，这便是江苏的昆山。在昆山市城北镇那一大片平畴上，没有烟气冲天，不见尘埃遍地，绿荫掩映着高楼，河道纵横在厂区。“先生活，后生产”的思路，使这片土地充满了世外桃源的色彩。尤其在昆山北麓那片外国人居住区，乳白色的小楼群被四周一泓清水“托”起，蜿蜒的路面向绿色中延伸。

……城北干部有句口头禅：在国外，我们代表中国，在国内，我们代表江苏，在昆山，我们代表城北，一分的希望也要做100分的努力！

如今在昆山山后那片土地上，开发面积已达33.7平方公里，合同利用外资达5亿美元，168家来自美国、日本、荷兰、新西兰以及我国台湾、香港等地区的企业中，开工的已达85家，其中美国的亚普敦、芬兰的通力、日本的三丽都是世界著名的跨国公司。去年，外资企业实现产值21.32亿元，占全镇经济总量的68%，成为城北镇经济的中坚。

这篇文章刊于1998年3月19日的《解放日报》上。26年前昆山一个镇的经济竟搞得如此热火朝天，特别是在吸引外资方面做得如此出色，我想即使在今天，这样的成绩放在欠发达地区的某一个县级单位，恐怕也算是不错的业绩了！

昆山的一个镇级星火技术密集区，红火到这份上，自然是昆山市领导一直期待的第二个“宝贝疙瘩”（另一个当然是“早出生”的“自费开发区”）。

“城北已经长大了！那么我们就该给这个长大了的‘二宝贝’成家立业的机会！大家出出主意，下一步是不是应该重新融合玉山镇，让全市经济有个更科学、合理的发展模式……”当昆山国家星火技术密集区的“国字头”招牌拿到后，昆山市领导又开始重新审视整个昆山的经济布局。

“我看我们可以向上级学习……”在市委常委会会议上，有人接过书记的话说。

“具体呢？”

“具体就是像苏州市的布局一样：东有与新加坡合作的工业园区，北有虎丘那里的国家高新区……我们昆山正好可以以玉山镇为界，东有昆山经济技术开发区，北有国家星火技术密集区，但一个国家级开发区放在城北一个镇显然会制约它的发展，所以建议将城北镇与玉山镇合并成新的玉山镇，同时再与星火技术密集区合二为一，成立我们昆山的高新区！”宣炳龙首先站起来发言。其实他的这一思考也已酝酿了不短时间，因为玉山镇除了是昆山市的城关镇，本身还有“民政开发区”，而新崛起的城北镇有昆山国家星火技术密集区，恰好这两个镇又是肩比肩的邻居，无论是在用地还是在招商等问题上，很容易出现“撞车”现象……那时，当地人中有一句话，称这种现象为“同是昆山虎，怎可容双雄”。

是啊，昆山发展，群虎崛起是好事，但也不能让几只“小老虎”争雄互斗！

“如果这个方案大家同意，那么我们马上向苏州市里打报告，争取玉山、城北两镇合并，然后再着力整合几个开发区，使全市形成‘开发区’和‘高新区’双翼发力的局面，实现真正的腾飞……”此时的市委书记张雷拍板定调。

2001 年 7 月 12 日，苏州市人民政府苏府复〔2001〕23 号文《关于同意调整昆山市玉山镇、张浦镇行政区划的批复》出台，批复明确：同意撤销兵希镇、城北镇，将这两个镇的原辖区域并入玉山镇，镇政府驻玉山。

昆山腾飞的又一盘大棋从此开启——新的玉山镇面积最后扩至118平方公里（包括后来并入的陆杨镇的3个村、正仪镇的7个村）。新玉山镇的成立，实际上为之后的昆山另一翼翅膀——昆山高新技术产业开发区的腾飞提供了必要的空间与资源。

这局大棋被昆山改革开放的“元老”吴克铨称为“千秋妙笔”。此时的吴克铨因年龄关系已经从领导岗位上退了下来，被苏州工业园区聘任为高级顾问，一直在贡献自己的才智与经验。

在2001年新玉山镇刚刚建立之初，大批外来企业被吸引过来时，昆山市领导和玉山镇领导还坚持到外地招商，当他们坐在机场的候机室里，望着机场外一片绿荫时，大为感慨：“原来现代化经济还应该有好的自然环境衬托，要满足百姓对美好家园的追求，恐怕不能光靠满眼的高楼大厦和钢筋水泥……”

昆山人的格局确实与众不同。即使在“金银财宝”如潮水般涌入自己地盘之时，他们的决策者仍做出了一件至今令昆山百姓称道的事。

“如果不把环境搞好，有一天，即使我们把昆山的地区生产总值搞到了全国第一，可能还要挨自己老百姓的骂。这样的事绝对不能干……”

“绝对不能。昆山发展一定要让昆山的老百姓和子孙后代有一个舒适、美丽和宜居的环境！”

“我完全同意！”

这次“机场非正式会议”酝酿出了一个如今还一直被老百姓称道的事：以昆山那80.8米高的玉峰山为中心，向东西两个方向延伸出一条横贯城关镇的绿色长廊，即现在的昆山市城市生态森林公园。在昆山城关镇最“肉段”的位置留一块面积为3150亩的绿地，这对工业用地极其紧张的昆山来说，可谓“得民心”的大手笔。

在昆山的日子里，文联的同志每天陪着我在城内城外采访，时常会路过绿树葱葱、鲜花盛开、人来人往的森林公园……“那里是我们昆山人最喜欢的健身、休闲和亲近大自然的好地方，也是在昆山工作的外商和他们家属外出散步的首选地。森林公园平均每年接待游客超过 200 万人次，是昆山经济发展的一个软实力！”这是我第一次听到在经济发达地区把一个森林公园视为当地经济发展“软实力”的说法。

昆山有多奇，即便身在远方似乎也能感知一二。读者必须注意到他们建城市生态森林公园的时间点，那是 2001 年。

那个时候的昆山，正处于由小昆山走向大昆山的关键和转型时期，外资和内资企业如潮水般涌入这片面积并不大却充满活力和希望的土地。

此时，昆山的决策者，一方面在建设森林公园，另一方面用更多的精力在谋划着一件更大的事：将玉山镇的县级高新技术产业园区往国家高新技术产业开发区方向全力推进……这是一个什么概念？

这是一个自加压力、自设高峰的举措，即用国家最高的标准来推动昆山高速和稳步发展。

新的玉山镇高新技术产业园区成立后不久，昆山市委和玉山镇党委就确立了非常明确的目标：要干，就干出一个国家级的高新技术产业开发区！

就像一个跳高运动员一样，昆山人在求发展的道路上，从来不走平坦的“保持”原有水平的道路，而总是采取“一年一个台阶，三年再增一个昆山”的模式。这需要何等的气魄和勇气！

高新区在完成第一步“体量”调整之后，当年年底即 2001 年 12 月，昆山市迅速作出决定，沿吴淞江规划出一块东起花桥镇，横跨陆家镇、千灯镇、玉山镇，西接苏州工业园区，总面积达 32 平方公里的可吸引国外高新技术产业的新集聚地。不想，吴淞江工业园区一开张，就有一家名为

“延陵”的企业入园，第一笔投资就达千万美元。这让玉山镇和昆山市领导大为振奋，于是很快就将吴淞江工业园区定位为“电子信息、装备制造、生物医药”三大产业基地，并且与苏州工业园区进行无缝对接……

“咋对接嘛？连路都不通！再说人家苏州工业园区已经非常成熟了，这三大产业已经蒸蒸日上，我们咋弄？”有昆山人提出疑问。

“我去谈，必须把路给打通！”昆山市委书记张雷的工作作风跟其名字一样，雷厉风行。

“打通？”听到昆山的这个想法，对方笑笑，看了昆山人一眼，没有表态。

“到底行不行？”

“行还是不行，得看你怎么做……”

昆山的想法很直接也很简单：与“老大哥”苏州工业园区对接，有利于昆山的引资和发展。是啊，这个没错。但你考虑人家的心思了吗？你对接了，你把外商拉走了，对方怎么办？

昆山人瞬间意识到：这是“动了人家的奶酪”。实在不好意思了，老大哥你吃肉，我喝口汤总行吧？

苏州工业园区人笑笑，不再说话了。其实呢，并不全是苏州工业园区的问题，不同行政区域之间，有的时候一条道路的衔接可能要牵扯到两个区域的数个甚至数十个单位。你拉我扯，一谈就是许多年。但你不去“扯”，就可能永远打不通这条道路。

终于，在数年之后，昆山与苏州工业园区之间的路彻底打通了，并且一反“小昆山”模式，“苏州工业园区的道啥样，我们昆山的必须更大，不能比它小！”张雷书记说话豪气，要求同样不含糊。

“我们是要到苏州工业园区，怎么进了你们昆山了？”无缝对接之后，好几回有外商到苏州工业园区寻求落地项目，结果“一不小心”就踏上了昆山玉山镇的工业园区。

“我们都属于苏州市……先生您要是看我们这儿合适，不妨在这儿投资嘛！”昆山人的热情接待，让客人不太好意思转头就走。

结果一看昆山，外商脸上便露出了笑容：这儿不差啥啊！

“我就在你们这儿投资了！”客商的一句话让昆山人乐开了花。

“同城同地，只是一个方面的优势。还需要有相应的服务水平和环境优势，这样才叫无缝对接！”在市委书记张雷心目中，与苏州工业园区“无缝对接”，就是建设国际一流水平的园区。玉山镇后来花在改造环境方面的资金，比花在建桥筑路上的还要多，比如建医院、建学校等等，他们有句口头禅：“富规划，穷开发，到头来才是真的发！”

延陵精密电子进驻后不久，又遇上富士康扩产，千亩面积的富士康工业园如金鸡般傲立于此，使得整个玉山镇呈现出轰轰烈烈、势不可挡的局面。

“汪主任，‘肥肉’又要进嘴里了呀！”一天，园区汪国英主任累了一天，刚刚想脱衣休息，电话铃又急促地响起。

“啥事情嘛！”汪主任一听是招商办同志的来电，便问。

“印尼金光集团的一个叫亚龙纸制品公司的子公司，看了我们的吴淞江园区后很满意，想来投资呢！”

“名堂大不大？”汪主任很关心这个问题。

“大。大名堂哩！数十亿美元呀！”

汪主任一听，噌地从床上蹦起来，赶紧穿戴整齐，然后在电话里对招商办的同志说：“你们合同准备好了吗？”

“正在准备……”

“那好，我马上过去！”

“哎呀，汪主任，现在都快半夜一点多了，你就先休息吧！明早上班时我们把拟好的文本呈给你审阅……”

“不行，我现在就要看！”说完，汪主任穿上鞋，提上公文包，哐的一声关上门就出去了。

一辆疾驶的车子，在夜幕下向工业园区的办公楼飞驰而去……

“当时印尼金光集团落户吴淞江工业园区的项目非常大，要获得上级批准，需要将项目拆分为11个亿元项目。记得当时在园区管委会会议室的桌子上铺满了11个项目的审批材料……现在想起这些场景，如果让我形容那段时间的工作状态，只有一个字：忙！”汪国英回忆起当年的情形，仍然神采飞扬，激情澎湃。

“那个时候，我们一边抓招商，一边抓动迁……招商是把一批批外商引入工业园区，引进来后就得给他们安排建厂的地方。但当时整个昆山，尤其是我们的工业园区，往往这边还没有动迁，那边就等着要地建工厂了，所以我们这些工业园区的干部们自嘲：晚上拉着客人签协议，白天帮着百姓赶紧动迁腾地方。当时我一个人负责动迁火炬、新南两个村，前后安置了1000多户动迁户。我们昆山的老百姓真好，一听说是为了建工业园区，基本上没有不配合搬迁的！昆山大发展离不开老百姓的支持。”汪国英的一声感叹，让我仿佛看到了当年昆山人民举家搬迁的浩荡大军……他们那样无私，那样相信党和政府——当然后来证明他们的这种信任是对的，因为他们的昆山变了，变美了，变富了，所有昆山人也在这种变化中成为中国最富有的人群之一。

短短三五年，新玉山镇的科技工业园区的发展，宛若一块地壳运动之后迅速崛起的经济高地，其光芒不单单闪耀于昆山。这个时候，昆山市和玉山镇领导们开始谋划一项实质性的战略：在全面提升现有产值与产业规模的同时，要在10年之内实现两个“高大上”的目标——一是在高新区建一座“大学城”；二是将园区升格为国家级高新技术产业开发区。

“你们昆山人真是敢干呀！”昆山市领导带着第一个愿望去找省里的

分管副省长汇报建“大学城”的规划时，副省长笑笑，最后说，“现在各地都在搞“大学城”，务实的昆山用不着跟这个风，我看叫大学园区也不错，你们昆山搞园区有经验，就搞大学园区吧！”

好，在高新区里办“大学园区”合适。

昆山办大学？昆山人准备疯到天上去了？消息传出后，有人嘲讽，有人说好！

其实很多外人并不知昆山对“大学”和“大学生”怀有特别的感情。吴克铨老书记跟我讲过两件事：一是他从北京到昆山落户时，县机关除他外，没有一个有大学学历的人，“因为那时昆山领导就重视我这样的大学生，所以后来我一路被提拔得非常快，当县长、市长、市委书记，如果我不当昆山县长、市委书记，我们的自费开发区恐怕也不太容易办成，更不知道会办成啥样；二是 1989 年我们县委县政府一下子接收了 600 多名大学生，后来，这批大学生大多数成了推动昆山发展的骨干力量……”

现在昆山要办大学，不是没有经过深刻思考，因为昆山的经济发展速度远远快于人才的培养速度，昆山从最初一个只有几十万人的小县，成为有二三百万人口的城市。昆山原来的经济以农业为主，现在一下成为拥有高新技术的工业城市、科技产业聚集地，没有高端人才参与管理，大城市如何维系，科技高地还不要塌？

昆山必须有自己的大学！这是昆山人的一个梦想。

然而办大学谈何容易！谁来办？办什么样的大学？挂羊头卖狗肉的“办大学”做法，昆山显然并不喜欢。那么昆山该怎么办大学？这道难题曾一度压在市委书记张雷的心头……

有一天，张雷在台湾新竹走访台商，顺道参观当地的台湾明新科技大学，在校园内看到两个学生将各自的一条腿绑在一起跑步，觉得很奇怪，便过去问道：“你们这是怎么啦？为什么要把两个人的腿绑在一起呢？是练习什么功夫呀？”

“我们的专业是为老年人服务，所以要有耐心，还要学会相互配合……”学生这样回答道。

原来是这样啊！学生的话让昆山的“一把手”张雷内心十分震动：是啊，办大学就应该根据社会实际需要去办啊！

“我们昆山现在最缺的是技工类专业人才！所以办一所技工专科学院才是当务之急啊！”张雷参观完这所学校后，一路上数次感慨。

“张书记，你有意办所这样的大学？”提问者是台湾明新科技大学创建人之一的李先立先生，他也是昆山台商的领头雁之一。

“是啊，太想办这样一所大学了！太想了……”张雷连声说道。

李先立笑笑，说：“其实我们台商也早有此意，只是觉得在大陆合作办校的事可能不太容易获得批准，所以就一直没……”

“没什么？这样的好事你这个‘副市长’可从没对我说过啊！”李先立在台商中威望很高，一直致力于帮助昆山引进台商，并热心为昆山市政府出谋划策，台商们也特别信任他，所以台商都称呼他是“昆山副市长”。张雷等昆山领导对李先立先生一直很尊重，故平时也会称其为“特别副市长”。

李先立便把手按在胸口，说：“既然你信任，那我会跟这边的几位‘大佬’一起商量，尽快帮助你们在昆山建一所技工类的专业大学。”

“太感谢了！”张雷紧紧握住李先立先生的手，激动道，“这是我几次赴宝岛考察和招商中收获最大的一次！”

李先立回应道：“如果这件事能办成，我也认为它应该是我们台商在大陆最成功的一个投资项目……黄金有价，人才无价啊。”

“说得好！我们昆山要筑一座无价的金山！”张雷说。

李先立在台湾也是一名非常著名的专家，拥有办工业园区和学校的双重经验。他很快通过自己的人脉资源，成立了一个由几十位著名台资企业家组成的学校董事会，计划首期投资 2 亿多元，建一所昆山职业技工学院。

“李先生，希望就在眼前了……我们是不是给学校起个好名字？”这一天，在从省教育厅汇报完工作回程的路上，张雷就给李先立打电话说。

“好啊，得有个好校名。我征求下诸位董事的意见……”李先立同样按捺不住内心的激动，回应说。台商们能在大陆投资已经不易，现在竟然还能办一所专门的大学，真的如登天驾云般啊！

“登云”，哈，这个名字好啊！吉祥，大气，有希望和未来感！昆山——登云，就是攀登巅峰的气度和风采嘛！

“好的，好的，这个名字好！”董事们一致举手赞成，把“登云”这个校名给敲定了下来。

2005 年 6 月 18 日，经江苏省教育厅批准，在教育部备案，江苏省第一所由台资投建的全日制职业高等院校在昆山的大学园区举行了隆重的建院典礼。学校利用海峡两岸的教育资源，特别是吸收了台湾明新科技大学多年培养实用型人才的办学经验，其师资力量由两岸共同配置，学生可以在大陆和台湾两地制造业基地实习，建校初期便设立了 7 个系 35 个专业，十分适合昆山的产业特点。

昆山登云科技职业学院建成后，周边许多拥有高新产业的企业不用再去外地招兵买马、聚拢人才了。

那天我到昆山采访时，特意走访了昆山登云科技职业学院。想不到昆山小城里竟然有一所如此规模的专业学院：有学生近万名！

“我们学生的毕业证比一般高职院校的含金量高出许多，登云有 4 个指标达到国际标准，也就是说，从登云出去的学生，可以在世界很多国家就业……”那天接待我的正是李先立先生。他很骄傲地告诉我：“登云的学生多数是家庭三代人里唯一的大学生，也就是说他们基本上都是较贫困家庭的后代，但这些孩子毕业后，比其他同龄人能力更强，基本上能成为企业的基层干部。”

这个数据令人敬佩。当下的就业形势并不乐观，从某种意义上说，可谓相当严峻，然而一所民办大学能有如此好的就业“成绩单”，实属可贵。

“昆山在经济上是登峰造极的，其民办高校同样可以说是登上了巅峰。”新任登云校长是南京某高校的老资格校长，刚被聘任到此。他给出这个评价是有根据的，《光明日报》曾对登云的办学经验作过系统报道，报道称：“2017 年，这所院校的毕业生工作满意度达 92.02%，毕业生平均月薪达 4136 元，毕业生职业期待吻合度达 82.45%，位居苏州高校首位……”不要忘了啊，苏州有好几所著名高校，登云竟能有这样好的“成绩单”，非常难得。

搞经济出色的昆山人，也把高等教育办出了名，这也是相对少见的。其实聪明人一看便明白：昆山人办高校的目的仍然是为了促进经济发展，给经济增添后劲——邓小平同志说了，科学技术是第一生产力，如今，习近平总书记提出“新质生产力”，归根到底都与知识、环境、科技相关。办职业高等学校难道不正是为了这些目的吗?

这就是昆山人的格局：它虽为小县级市，但做起事来，站得高，想得远，所以最后也一定能干成大事业。

采访的第一天，昆山的同志便将我拉到了一片风景特别优美的湖区，那是昆山的傀儡湖。湖边有一条路非常宽，叫“祖冲之路”。昆山人告诉我，在公元 464 年时，祖冲之被调任到江苏娄县（即今昆山）任县令，在此待了整整 14 年，祖冲之最大的数学成就是在这里完成的，所以昆山人说他们这里是圆周率的发现地，因此把大学园区建成后的第一大道命名为“祖冲之路”。

在“祖冲之路”旁，我还看到了“院士路”“博士路”……

大学园区后来在2005年改为昆山科教园区，现在叫“阳澄湖科技园”。不过，在这里我真的看到了一所昆山的大学，它的全名是“昆山杜克大学”。

“杜克大学是全球著名的大学，昆山的杜克大学与美国的杜克大学是啥关系？”我不由惊诧起来，因为美国的杜克大学与我们熟悉的哈佛大学、麻省理工学院等同为全球闻名的十所大学之一，它怎么办到昆山来了呀？

“走，我们去拜访一下冯校长，她是学校的创办人之一，她一定非常了解……”昆山文联的同志便将我带到了昆山杜克大学校园内。

“欢迎欢迎！”出来接待我们的正是原校长冯友梅。这是一位干练的教育家，原是武汉大学的常务副校长。“因为昆山杜克大学，我现在成了昆山人！”冯校长笑言，她从2012年参与昆山杜克大学筹建到后来当校长，差不多都忘记自己曾是“武大人”了。

冯校长是昆山杜克大学的筹建人之一，所以对成立这所大学的来龙去脉比较清楚：昆山在创办登云科技职业学院的同时，一直想与国际著名大学一起办一所商学院，以满足昆山日益发展的国际贸易和商务需要。经过几番考察和接触，昆山最后选择了杜克大学。杜克大学成立于1838年，该校对昆山的盛邀表示了极大的兴趣。但昆山后来在启动与杜克大学合作办校机制时，遇到了对地方政府与国外大学合作办学的政策限制，莫说昆山只是一个县级行政单位，即使是省级行政单位想与国外大学合作办校，也是受严格限制的，只能通过国内的著名大学与其联办才行。

这怎么办呢？昆山自然先想到上海的那些著名大学，商洽后并没有成功。这个时候一名昆山籍的武汉大学老校友跟武大领导说了此事，武大领导非常明确地表示：我们愿意干这事。我们也愿意同杜克大学一起在昆山办合作校区！

昆山人一听说武汉大学的意见，万分高兴，立即投下40亿元建起昆山杜克大学，而且为支持这一项目，市政府专门设立了一个正科级的“杜克办”，负责处理杜克大学建校过程中遇到的问题和学校建成后所有与社会及政府相关的协调事宜。

“她就是‘杜克办’的……”冯校长指着一直在为我们采访忙前忙后的那位年轻女士，说道。

昆山做事如此认真，令人敬佩。

“昆山做事格局大，有眼光，而且有能力办成事，办好事。他们确实有钱，但除了有钱还有把事情做得精致，把人用得好的能力！这是我对昆山最直接的印象，也是印象最深刻的地方。”冯友梅校长指着美丽的校园，深情道，“昆山为了建好这所大学，为了能够和杜克无缝对接，可以说是不惜代价。除了直接投资建设校园外，在校园外还专门建了一个大渔湾智谷小镇，在原本已经非常美丽的杜克校园的周边又增添了一抹江南水乡的特色风情。”

昆山杜克大学的学生和教师来自世界各地，他们特别喜欢这里。有个来自萨尔瓦多的名叫 Alberto 的男孩，他虽然喜欢自己美丽的沿海家乡，但无法忍受当地黑帮的欺负。有理想的 Alberto 想要用自己学来的知识去改变他那落后的家乡，于是便有了到“世界最好的地方去学习最好的东西”的想法。

Alberto 是幸运的。在一次洲际作文比赛中，他发自内心的理想，使他的一篇作文在比赛中得到了无数赞赏……不承想，这成就了他的一次登天“旅程”——哈佛大学的招生官面试完他之后，激动了，向他发出录取通知。

“我是幸运儿！既然我是幸运儿，我就要让家乡所有的人与我一起享受幸运！”Alberto 后来发现，世界上还有一所比哈佛大学更理想、更符合他个人价值观的学府——昆山杜克大学。“那封进入我邮箱的昆山杜克大学招生邮件改变了我的一生。看到学校的介绍后，我非常惊讶，没有比这儿更符合我对理想大学想象的地方了。博雅教育，全球意识，而且作为第一届本科生，我将有机会去真正塑造这所大学。”Alberto 第一次真正感受到什么是理想的翅膀！

“我要到中国去——到那个叫‘昆山’的地方!”家乡的人听说 Alberto 要放弃哈佛去中国的昆山,都表示无法理解。但 Alberto 坚定地飞到了昆山。

“怎么回事？我发现以前学的中文是‘假’的……”Alberto 来到大渔湾后，突然发现自己以前突击学习的中文与昆山人说的中文很不一样。

老师们先是一愣，后来忍不住哈哈大笑起来，告诉 Alberto：“昆山的中文与中国其他地方的中文其实是一样的，只是昆山人说中国话的味道不太一样而已，就像将你家乡的海与其他国家的海相比，它们都是海，但海的颜色有很大差异。”“噢——我明白了！”聪明的 Alberto 连连点头，并马上向老师提出，他要去一个昆山的“妈妈”家学习“昆山的中文”。

“好啊！我们杜克的博雅教育课程中就有这样的学科内容……”老师的回答让 Alberto 兴奋不已。很快,这位来自沿海国家的男孩来到一个“昆山妈妈”家，而且这个家里有一个还在上学的小弟弟。

Alberto 与“昆山妈妈”一家人亲密无间。没过多长时间，他的昆山中文学得有模有样，尤其是“啊晓得”这样的话，听起来完全是个“地道的昆山人”。

“弟弟！弟弟——我在这儿！”弟弟还小,上学需要接送。有空的时候，Alberto 便替“昆山妈妈”去学校接弟弟。

“他是谁？他怎么也来接孩子？”校门口的人见到 Alberto 站在人群中，十分好奇。

“我，我是来接我弟弟的！啊晓得你们？”Alberto 着急了，涨红着脸告诉大家。他一着急，从口中蹦出的“昆山中文”让在场的昆山人不禁大为惊诧，哈，这个“老外”说的昆山话老好个呀！

哈哈……

Alberto 又在昆山出名了。许多昆山人都认识他，因为无论是校园，还是人很多的川味餐馆，或是奥灶面馆，Alberto 都喜欢去。他一去，就会引来许多人的目光，总是面带笑容的 Alberto 赢得了很多人的喜欢。

“李爱博，你总是在笑，是什么好事让你如此欢快啊？”Alberto 后来起了一个中文名，于是知道他名字的人时不时地会这样问他。

每到这个时候，Alberto 就清晰而明朗地回答：“DKU。”

呵，原来是昆山杜克大学！是昆山杜克大学让这位来自萨尔瓦多的男孩有了这份幸福和快乐。

瞧，这就是昆山人所要的“杜克效应”。

何止这些！

冯友梅校长告诉我，广博与专深是杜克大学的传统，享誉世界。“昆山作为中国县域经济的领头羊，其实它的特质与杜克大学的广博与专深精神很接近。昆山在经济开放程度上，可谓海纳百川，而在产业领域又不断向专深方向进军，所以才有了不断创造奇迹的巅峰成就。一所国际名牌大学与一个最活跃的经济体融合，对彼此都很珍贵。杜克大学所培养的学生是世界性的，而昆山的经济与产业同样是世界性的，所以昆山杜克大学自成立以来，已经越来越与昆山融入同一命运体之中……”冯校长概括得多精准！

是的，这也是昆山人最满意的地方，我听一位昆山领导说过这样的话：“杜克大学是世界知名学府，它培养的学生一定也是面向全世界的。昆山乐见其成，我们想要这些未来走向世界的学生始终记得一件事：我是在昆山的杜克大学毕业的。”

2022 年，昆山杜克大学首届 170 名本科生毕业后，约 70% 进入了美国常春藤超一流名校深造，还有10%的学生选择直接就业，这些学生收到了来自麦肯锡、德勤、普华永道、微软、华为、腾讯、谷歌等世界顶尖企业的录取通知。

从昆山杜克大学出来后，我漫步在大渔湾的绿荫道上，再回眸望着身后那片上千亩的大学校区，心头泛起阵阵波澜：在昆山人的创造与奋斗精神中，有种力量确实令人尊敬，那就是敢为先，往上攀，有远见……最终成大业！

在工业园区建大学园区，大学园区又反向服务于工业园区，工业园区与大学园区再融合成更大、更强的经济体……这也呈现出“昆山之路”清晰而明朗的轨迹。

2006年，以玉山镇“民政工业开发区”为最初原型的昆山高新技术产业开发区在吸引外资企业和发展高新技术方面取得卓越成就，后又几经整合，其体量已经仅次于“老大哥”昆山经济技术开发区。但毕竟一个是“国家级”的，一个仍然是县级的，差距不言而喻。

昆山人的心就是比天高。他们开始再次向“国字头”的高新区目标进军！

“这一步真的很难很难！但我们仍然信心满满地去争取……”时任昆山高新区管委会科技局局长孙亚平回忆说。

2006年4月，昆山首先争取到了江苏省人民政府批准的“江苏省昆山高新技术产业园区”的名头，这就是说他们的高新区已经属于省级高新区了。这一步极其关键，不能达到省级标准，何来国家级名头呢？

昆山从来不玩花架子。2007—2009年，昆山高新区连续3年获得江苏省省级开发区排名第一的佳绩。

“拿下！用拿下经济指标一样的劲头，去拿下‘国字头’金字招牌！”新上任的市委书记张国华对高新区的同志就是这么讲的，“你们拿不下，我就拿下你们！”意思是，你们完不成任务，我就撤你们的职。

这是昆山人的作风：做无中生有的事，干别人不敢想的事，成别人从未成过的事！

拿下“国字头”金字招牌到底难在哪里？或许有的县（市）连其中最起码的奥秘都弄不明白。那么昆山人告诉你：“硬功夫是要干出成绩，软劲儿是注意‘申报’方法，两方面缺一不可。”

昆山的经济实力已不容小觑。高新区从起步到成为江苏省第一，也就花了几年工夫。既然能成为“江苏第一”，那么离“国家级”水平也就不远了。但昆山仍然没有满足，到 2009 年，昆山高新区完成的地区生产总值，已经达到 338.2 亿元，财政收入达到 74.4 亿元，工业总产值达到 1326 亿元。注意，它可只是昆山下属的开发区之一！

2006 年，昆山高新区负责人在向省里汇报关于申报国家级高新区工作规划时，省领导明确表示赞同：昆山高新区有这个实力，名副其实嘛！

“可是真当我们提交申报材料时，科技部的回复是：报批国家级高新区必须地级市以上的单位才行，你们昆山是县级市，这个口子尚未开过。”具体负责申报的孙亚平说他们遇到了一个难以逾越的障碍。

“但我们没有气馁，我们就从申报国家级高新区的另一项标准入手，对照一、二级指标，朝这个方向申报。这过程也十分复杂，申报材料非常烦琐，需要对应的东西相当多，我们前后共跑了北京 56 次……”孙亚平在描述这 56 次时，情不自禁地手舞足蹈起来。

“早上不到 8 点，我们就要赶到科技部门口。人家一上班，我们就赶紧登记后往里走，然后赶紧找到相关部门的人进行审核。每一次被指出缺这少那时，我们就赶紧抱着材料往回赶。回到昆山把相关材料补上，我们又连夜乘火车往北京赶，第二天再次把材料送到审核人的手上……就这么来回整整跑了 56 次！”孙亚平说。

昆山人的聪明是超级的。他们知道有些事难度极大，大到他们自己无法处理好，于是，昆山人就寻找“高人”帮忙！

“找到啦！又找到一位高人！”孙亚平说，他们在申报国家级高新区的过程中，先后找到4位“高人”。“我们始终没有忘记这4位老同志：第一位是北京科委的老主任邹祖烨，他是我们苏州吴县人，算是半个昆山老爷叔，邹老是北京中关村高新区的创始人；第二位是国家外国专家局原局长马俊如先生；另两位分别是科技部的老部长韩德乾和江苏省科技厅的老厅长王永顺。在这4位老领导、老专家的帮助下，我们的许多难题迎刃而解。”孙亚平说起这几位“高人”，感慨万千，说，“他们都是义务为我们昆山干活，甚至连喝的茶水都是自己带的。有的时候申报材料要得急，几位老同志就跟我们一起边吃盒饭边讨论如何修改材料，其情其景，我一生都难忘……”

孙亚平说起往事，热泪盈眶。

其实，国家级高新区的申报并非仅是纸上谈兵的过程，它也是对实体经济工作的促进和推动。

“在历时4年的申报过程中，事实上高新区的大本营里一刻也没有停下过努力实现国家级高新区目标的前进脚步。”孙亚平掰着手指，数着几个亮点，“我们培育了江苏省第一家台资高新技术企业——鸿准精密模具有限公司，第一家省级台资工程技术中心——研华科技有限公司，第一家外资高新技术企业和工程技术中心——芬兰通力电梯有限公司等。到2009年，我们高新区已经聚集了104家高新技术企业，占全市高新企业的58%；区内企业共承担286个各类科技项目；引进和培育各类研发机构196家，先后有近200个科技项目被列入国家和江苏省科技计划，其中有国家‘863项目’8个，区内申请各种专利3222个。这个时候，高新区内实际上已经形成了产业分明和独具特色的态势。”

2010年9月26日，那是一个秋高气爽的日子，经国务院批准，昆山高新区正式升格为国家级高新区，在全国27家申报单位中，排在第二位，可见其实力。让科技部领导甚为兴奋的是，昆山高新区是唯一的在县级市建成的国家级高新区！

这年10月30日，“昆山国家高新技术产业开发区建设推进大会”在昆山体育馆隆重举行。这是昆山继“自费开发区”升格为国家级经济技术开发区之后又一次正式获得“国字头”开发区的桂冠。百万昆山人为此欢欣鼓舞、喜气洋洋了好几天。当时众多海内外媒体都对昆山这一开启全新时代的壮举作了报道。其中一则新闻这样说：

> 一步一步，砥砺奋进，顽强拼搏，使昆山高新区成功进入“国家队”，由此将开启一个新的时代！
>
> 对于昆山高新区人而言，即将过去的“十二五”所代表的时代标记，是创新创业，是转型升级，是改革发展……这些标记的背后，凝聚着昆山高新区每前进一步所实现的小小梦想，每跨越一步所留下的坚实脚印，正是这些小小的梦想和坚实的脚印，汇聚成了昆山高新区人所铸就的属于自己的灿烂中国梦。

至此，昆山在原玉山镇主轴线左右两翼的两个国家级开发区（昆山经济技术开发区、昆山高新技术产业开发区）已完全丰满和成熟……

腾飞吧——昆山，此时不飞，更待何时？

06. “花桥模式”

说昆山的发展史，不说花桥，那么这部“发展史”一定是残缺且不精彩的。

花桥这个名字太好了，在吴语中与“花轿”的音比较接近。小时候我就知道，花轿是用来接新娘子的，一般由两人或四人抬着。我不太确定自己是不是属于最后一批见过抬花轿娶新娘子的后生，反正约在我五六岁时，邻居的叔叔结婚，他的新娘就是坐着花轿进他家门的，我们后来称这位小婶婶为“新阿娘”。此后我再没见过用抬花轿的形式娶新娘了。

昆山的花桥是个地名，是一个与上海相邻的镇的名字。我小时候并不知道昆山有个花桥，后来听说昆山的花桥是由两个乡合并时在原名中各取一个字所组成的新镇名。

花桥的名字好听，还有吉祥喜庆之意。这花桥因为与大上海相邻，所以它在昆山的地位十分特殊。

真的有这么神吗？这也是我一直想深入探究的事……

我当兵之前并不知道昆山花桥的存在，后来我回老家探亲时，从上海进入江苏境内，见到的第一个城镇就是花桥。

“这是花桥？”开始我还不敢相信，因为它根本就不像昆山，也不像太仓，更不像嘉定和青浦，这几个地方都在一起，是上海与江苏交界处的县市，我从小就熟悉这些地方，它们哪有这么多高楼大厦嘛！

这是我第一次认识花桥！

再后来是因为一次文学活动，我带了中国作协的不少同志和各地的作家来到花桥采风。

我不仅开始认识花桥，而且喜欢上了花桥：它很美，周边的几个村庄保持了江南水乡的味道，同时花桥已经如上海那般现代化了，出入上海也极其方便，有高速公路，有地铁……到上海虹桥国际机场只需要 30 分钟，与从上海市中心过去的时间差不了多少。那次花桥人还差一点给我在花桥建起“工作室”——因此我对花桥印象深刻。

当然我对花桥的了解和认识还比较粗浅，但这并不妨碍我对花桥的好感甚至超过昆山。当时我的另一个感觉便是：花桥如同深圳一样，深圳是中国的特区，而花桥则是昆山的“特区”。

李晖，现在的昆山市委常委，花桥经济开发区党工委书记、管委会主任，她这样描述她小时候对昆山和花桥的印象：“那个时候大多数昆山人看的是上海的电视节目，天气预报也是看上海的，买东西都会到上海去。花桥的农民早上挑着担子，乘公交车到上海市里，然后坐地铁到市区中心地带的商业点，中午前卖完菜就吃碗面，下午再返回花桥……基本上天天如此。”

昆山人尤其是花桥的老百姓，生来就爱“向东看”，对大上海有天生的亲近。

大上海对昆山和花桥的认识也很早。特别是改革开放之后，“三线”职工和知青纷纷返城，有些人无法一下子回到上海，他们就先回到昆山，主要是到花桥，因为从花桥跨过去就是上海境内。许多回不了上海的人为了方便和面子，人到了花桥或昆山，就说自己回到上海了。其实也没有错，昆山人尤其是花桥人，一直以来就没有把上海人当外人，而有些上海人把外地人都叫作“乡下人”，唯独不把昆山人、花桥人称作“乡下人”，而是称作“自家人”。

苏南地区最早发展起来的乡镇企业，很多靠的是上海的“星期天工程师”，而昆山花桥则是最早出现“星期天工程师”的地方。

“那时我们的一些社队办企业，自己不会搞工业，就在周末把上海工厂里的师傅请来，这些师傅干完活后，我们就给他们带点阳澄湖大闸蟹之类的土特产回去，乡镇企业和联营厂就这样慢慢地发展起来了……昆山的经济其实最早就是这种形态。”李晖说。

说花桥是昆山“向东看”的桥头堡和“试验田”，是非常准确的比喻。最早吴克铨等人在昆山决策建立“自费开发区”之初，想到的就是拉上海人来帮忙，将上海“甩”掉的一些工厂的“零零碎碎”拿到昆山来“敲敲打打”，换些“真金白银”——昆山就是这么“点点滴滴”积累起来的嘛！

“花桥模式”没有那么神秘，也没有那么多奥妙，就这么简单，这么容易。“昆山之路”就是从“傍大上海”开始尝到了甜头，吃上海人吃不下、不太想吃的“零碎”——比如大上海不太愿意接的“小打小闹”的投资，昆山或者花桥会说：“你到我们那儿去，要啥条件你提，只要有利于你把生意做好的都可以提，我们保证做到让你满意为止！”昆山、花桥就这么开始把上海不想要的“零碎”生意拉到了自己那里，从此一步一步地发展自己的园区、自己的工业、自己的产业，逐渐壮大昆山的经济……

昆山和花桥出名了，不少地方的人到昆山一看，原来昆山有靠近大上海的独特优势，有人很羡慕，也有人不屑一顾道：“昆山发展好，就是因为它挨着上海近。要是我们也是上海的邻居，肯定也不会比昆山差到哪儿去的。”

真的是这样吗？据我所知，从20世纪90年代开始，历任上海市委市政府领导与昆山的关系都很不错，还会时不时地到昆山来看看，看完之后他们就会对自己人提出一个问题：“你们都说昆山的发展是因为挨着我们上海，这样说来，我们自己的几个县区，不知比昆山的优势强多少，甚至可以说都是上海怀抱里的宝贝孩子，可为什么它们就比不上昆山的发展呢？这是为什么？”

上海领导清醒得很，靠得近与远并不是关键，根本问题是，你会不会、能不能利用好这一优势，能不能、会不会将这一优势转为自己的资源……昆山、花桥的可贵之处是，他们一方面积极利用这一优势，另一方面有自己的思考、接招能力与开拓精神。这才是根本，这才叫昆山，这才是花桥！

因此，我才更觉得昆山的可贵和不易！

昆山的这条路走得必然，也走得艰辛，但一直以来走得坚定和从容，甚至越走越宽阔……

曾经，花桥把自己的经验分享给了正在轰轰烈烈搞“自费开发区”的吴克铨他们，为了支持强县的重要战略，这种奉献，花桥义不容辞。

从2006年开始，江苏省委省政府更加重视花桥，他们已经把花桥视作实现与大上海对接的江苏经济发展战略的一部分，所以在花桥挂出的牌子是“江苏国际商务中心”。

为何称“国际商务中心”而不是昆山擅长的“工业园区”或“工业开发区”呢？

从字面上可以分析一下“商务”的含义：其一，花桥紧挨着上海，尤其是从上海虹桥国际机场到花桥，比到上海人民广场的车程还要短。生意人讲究的是效率，效率越高越具优势。其二，花桥地处江南水乡，商务谈判如果能在一个山清水秀、风景如画、空气清新之地，那效果绝对好得多，这一点花桥胜过上海市区的绝大多数地方。其三，此处的房价、地价、劳力用工价，哪一项都比上海便宜……大城市有的便利条件，花桥基本上也都有，有些上海没有的昆山花桥却有，比如十几分钟内就可以到达高尔夫球场，至于钓鱼，在你的阳台上甩出鱼竿差不多就成了……哈哈，那可是许多上海人梦想的事哟！江苏人很聪明，该想到的都想到了。本来嘛，在1927年之前，上海和江苏就是“一家人”。你上海的那点事儿、那点“灵光劲儿”，吾俚全晓得个！

昆山在江苏省、苏州市的支持下，几乎是只花了一夜工夫，就把花桥建设美了——就跟打扮新娘似的，人见人爱！

“哎呀哟，快一点来花桥看看嘛！个地方好吃吃多得来啊！”

“是的，是的，房价比阿拉市里便宜很多……！”花桥商务中心还没有开张，许多眼尖耳灵的上海人就跑过来像看女婿似的把花桥里里外外“考”了一遍。

花桥呢，一看上海这反应，立即又做了几件更让他们心动不已的事：请世界顶级的城市设计师设计花桥商务中心的楼宇，与周边的环境相搭配；花桥与上海之间互通公交车，而且票价与上海市里一样（老年人享受免票乘车服务）；上海虹桥国际机场在花桥设直达的“候机室”，也就是说，你在昆山检票后，机场的专车会把你直接送到虹桥国际机场的登机通道……2013年10月16日，上海11号地铁线直接通到了花桥，成为第一条跨省地铁。据说在地铁还未开通之时，花桥的房价每平方米就涨了一万多元！

“不贵不贵，最好的房子才两万来块一平方米，比上海市里还是便宜了一大截嘛！”上海人喜欢花桥的热度持续不减，因11号地铁线的开通而“高烧”了好几年，直到今天，这“到花桥买房”的热度都还没有降下来。花桥这种优势是毫无疑问的。

“一直以来，上海人把我们花桥作为他们的‘后花园’，特别是年岁大一点的，在上海市内生活条件处于中等的市民，他们认为选在花桥生活，其生活质量远比在上海市区要好。”李晖看上去仍然是个年轻且有魅力的女性，听到我的夸赞，脸上瞬间泛起一片红霞，随后说，“在我还是 20 岁姑娘时，到上海商店买东西，柜台里的服务员就会说：‘噢，你们是昆山乡下来的呀！’现在我们说是花桥的，上海人就会非常亲昵地讲花桥蛮好的，她的哪个熟人也在我们花桥买了房子……”

到底有多少上海人或在上海工作的人居住在花桥，过去一直没有一个具体的数字。“前两年疫情防控期间，因为要做核酸检测，结果这些通勤沪昆的‘上海人’数量一下子就出来了：超过 10 万！”李晖说。

10 万“上海人”在花桥镇，这已足够说明一切了。

聪明且目光长远的昆山人请美国麦肯锡公司、上海城市设计院、新加坡邦城公司等国内外顶级城市设计机构，将面积仅有 50 平方公里的花桥“打扮”得美丽、时尚，其目的并非简单地吸引那些普通的上海消费者，而是想利用近邻上海国际金融城和国际港口等优势，力图把全国乃至全世界的那些商界大户引到“上海后花园”来。

“楼宇经济是花桥成功的第一个秘诀。”李晖非常骄傲地说。

接着，她还坦诚地告诉我花桥“赚钱”的奥秘：“做上海金融机构的后台服务中心，全世界包括上海和国内其他城市的银行、证券、保险等金融机构的前台或总部在上海开着，而其重要的后台服务，如日均千万级、亿级数量的客户服务呼叫中心等，都可以放在我们花桥，因为花桥房价、劳动力便宜啊！第二个板块是跨国公司、国内大企业驻沪机构的外移外包业务，你在上海成本太高，我们花桥既便宜又方便，来吧！第三个板块是制造企业、研发中心、采购中心、营销中心、管理服务中心等不用在大上海‘露门面’的‘夹里’，你设在我们花桥不是也很划算嘛！当然还有第四个板块，物流采购中心对接虹桥物流的时间和成本比上海市中心减少将近一半，就算是进出洋山港，花桥也要方便得多。而对物流量大的企业来说，是一定要把时间和成本的账算得明明白白的。”

“花桥！”“选花桥就是选择了利润！”

“到花桥，符合我们的目标——赚钱！赚更多的钱！”

于是，阿里巴巴、联想、航天时代、恩斯克、合力叉车、奥科宁克、浦项奥斯特姆等中外著名企业纷纷“抢滩”花桥，力争最佳楼宇和地盘！

不少人都认为，这里就是“上海”。

可不，如果你来自外地，当你第一次到花桥，看着高楼林立的街头、车水马龙的立交桥、身边呼啸而过的高铁、空中一架架飞翔的“银燕”、写字楼里如潮水般涌进涌出的年轻白领，尤其是看着那些高耸入云的摩天大厦顶上闪闪发光的国内外著名企业的标识与广告时，你一定误以为这里就是上海。

不错，其实这里与上海已几乎没什么两样——它早已实现了与上海的“同城”机制：花桥人看病，可以到上海大医院，因为两地的医保和社保已经打通；交通早已实现同城同票同价……吃的、住的、用的，甚至玩的，花桥把上海城内能“搬”的都搬了过来，连苏州河畔的网红打卡点——“未来城”，花桥也早就有了。那天我在车上路过绿地大道258号时，被眼前的一片金字塔形的楼房所吸引，我脱口而出：“上海的苏州河边也有这样的房子啊！”

花桥人不好意思地说：“我们是向上海学的。”

好东西学过来有什么不可以的嘛！主要是为了满足老百姓的需求，提升他们的幸福感。昆山人说：“我们从一开始就把上海当作‘老大哥’，而且这个‘老大哥’是永远的。”

“向上海学习，拥抱上海，是我们不变的信仰和行动方向！”瞧，昆山人并不遮遮掩掩，心如明镜似的。

既然选择了要做好、做大、做中国最好的，那么向上海学习就是昆山人不变的任务、长期的任务、崇高的任务。

昆山在江苏省和苏州市的支持下，把花桥打造为江苏衔接上海的具有“桥头堡”功能的商务中心与“软”经济开发区的实践是有效且成功的。这“桥头堡”功能，并不只是简单地“接收”来自大上海的经济“暖风”与“春风”。20多年来，昆山本地的制造业和外贸进出口业务的产值已经相当巨大。因为有了花桥，昆山区域内的众多海内外新兴制造企业获利丰厚。

“花桥虽然只是个地名，但因为地理优势、政策优势和服务优势，它目前已成为我们通向世界、占领全球市场、登顶经济高峰的一座牢固和可信任的桥梁……”苏银凯基消费金融有限公司高管华先生如此评价他公司所在的花桥。

苏银凯基消费金融有限公司由江苏银行与台资金融机构合资创办，是江苏省境内第一家拿到国家许可的消费金融牌照的合资金融公司。文质彬彬的华先生接待我的时候，先让我参观了他们设在花桥一栋写字楼里的公司。

“花桥这里就是我们苏银凯基公司的总部。公司成立才3年，但业务增长很快，首期注册资本6亿元，两次增资后，第三年注册资本达42亿元……”

“发展速度这么快呵！”我听后，向陪我采访的花桥管委会负责人轻语道。

他立马笑着点点头，并低声道：“这公司前景不可限量！”

“你就出租了5层楼，一年能贡献好几亿元的税收！”我羡慕地看了一眼这位负责人。

他得意道：“这就叫‘楼宇经济’。”

那倒是。我在上海写过关于上海金融的文章，人家上海的楼宇经济已经开始朝着一楼一年上缴税收100亿元的方向发展，目前上海已有3座楼实现年缴税百亿元。

花桥虽然只是昆山的一个小镇，它却有千座楼宇，“小老虎”多，那也是相当了得啊！

“可不。我们从2012年就成立了金融办，专门负责招募金融服务企业等金融机构入驻花桥。十几年下来，集聚金融投资机构超800家……”这位负责人在我耳边说了一串数字，听得人热血沸腾。

注册在花桥的基金公司管理投资资本总规模超1000亿元，占整个昆山基金公司规模的90%。“这些对我们昆山作出重要税收贡献的单位，跟苏银凯基一样，绿色无污染，我们就提供几栋楼和令他们满意的各种服务……”董鑫然，这位花桥开发区金融办副主任告诉我，他是新昆山人，祖籍在东北。1995年，他跟随父母来到花桥，“我在这里上中小学，后来出去读大学。大学毕业后又回到这里，一直在做金融招商。我觉得花桥的楼宇经济做得非常成功，尤其是金融这一块，目前还有很大的上升空间。”

“是这样吗？”我感觉坐在对面的苏银凯基的华先生似乎还有话要说，便问道。

“确实是这样。比如我们苏银凯基，主要业务面向的是刚参加工作或者还处于创业阶段的年轻客户，我们的业务人员也基本上都是年轻人，平均年龄不到30岁。这样一个群体中的人自然多数还没有较强的独立经济实力，如果生活在上海市区，他们的生活成本就比较高。但在花桥就不一样了，生活成本还不到上海市区的一半，目前我们有170多名职员，多数是非上海籍的年轻人，也有一些是上海人，他们在这里工作很稳定，不少人已经在花桥置房安家了。其中有些员工甚至把父母从上海市区接到花桥来，过着陶渊明式的世外桃源生活，很惬意的哩！”华先生自己也是在上海出生的，他说自己喜欢花桥。

“因为这里不仅有都市的繁华与时尚，还有江南水乡的舒适与美景，成本又低，何乐而不为呢？”事实上华先生已经深深爱上了花桥。

李晖说：“花桥作为昆山的一个经济园区，与其他园区不太一样，它依靠的是‘软实力’，虽然我们这里也有制造业，但更多的是服务业和金融业，也就是前面所说的楼宇经济占很大比例。此外，我们充分利用花桥美美与共的城乡优美环境，打造适合外地人来此游览观光和享受本地美味饮食等现代化的‘后花园’式新生活业态。”

“花桥目前正常情况下生活着 35 万人，平均年龄不到 30 岁，所以说它是一个青春的城区、一个创业氛围特别浓厚和充满生机的开发区，因此它的所有经济潜力也更多地体现在服务业上。要把服务业做好，作为管理这方天地的管委会，首先就得把服务做好、做到家，做到让每一位在花桥创业和生活的人都感到心情舒畅、事业有成。”李晖说，她和管委会团队就是 35 万生活在花桥的人的“保姆”“店小二”。

昆山干部常以这两个身份自喻，也许正是有了这种贴心和全心全意的服务，昆山才能一步步从小做到大、从大做到强。

“服务”的概念很大，也很广。花桥的服务显然是全方位的。但我只是听说花桥在教育这件事上所下的功夫，便感到了花桥服务的与众不同。

花桥针对当地国际化公司多和台商多的特点，创办了康桥国际学校、苏州外国语学校昆山校区等，而且还建了一所台商子女全日制学校。“花桥不大，区域内却有各种学校 40 多所。现在所有社区内都建立了托育园，照看 0—3 岁的娃娃。花桥是个年轻的城镇，娃娃们的父母都在公司上班，我们把托育园办到社区，就是为了让这些娃娃的父母能够安心上班、安心创业。”我理解和敬佩李晖为什么自喻“保姆”与“店小二”了。

“梦世界”在花桥名气很大，那天我特意去参观了一番。我原先只知道这是一家北京的文化公司，从事影视投资。似乎前些年，这“梦世界”陷入了低谷。然而今天当我跨进“梦世界”时，却被这里热闹非凡的产业新形态深深地感染了。许多港台明星都在此地做过抖音带货等数字新媒体的文娱产业，甚至推销他们自己的产品。

“抖音带货只是我们业务的一部分，我们最大的一块业务是明星 IP 数字文娱，也就是说过去明星们各地跑场演出，现在通过数字平台和 AI 技术，明星们便可以满足各地观众的需求；第二块是元宇宙数字融合产业；第三块是大健康……你看，这些都是明星们自己的产品，都卖得非常好！”“梦世界”公司的李小姐将我从直播间领到他们的产品展示厅，向我介绍明星们自己开发的琳琅满目的产品。

“梦世界”原来还是个百姓日用产品的“梦工厂”啊！眼前的一切令我吃惊不小。

“有个喜讯向您透露：去年 7 月，在我们这里诞生的巨星传奇集团有限公司在香港上市了！”李小姐兴奋地告诉我。

“你们这里也出了一个上市公司？！这可不简单啊！”我确实感到意外。

“我们‘梦世界’的新业态才刚刚开始哩！以后可不止有一个上市公司呢！”李小姐骄傲得脸上都泛出美丽的光彩。

我暗暗称道，这大概就是李晖主任所说的“服务”的结果吧！

果不其然，李小姐随后告诉我，巨星传奇前些年在内地投资影视，亏了，结果被一个地方法院判罚封了账号。“是花桥管委会专门派出律师团队去交涉，最后才撤销了不公的裁决。”李小姐感叹道，“没有花桥人贴心周到的帮助，巨星传奇就不可能有今天的传奇。”

是的，我开始明白了“花桥模式”的某些根本经验。一般来说，省与省交界的城市或乡镇，都不太发达，原因是他们通常处在“三不管”的尴尬地段。然而昆山的花桥恰恰相反，那一句“往前一步，阿拉也是上海人”的自信与向往，让他们从心底里自觉自愿地去拥抱大上海，并充分和富有创造性地利用与上海的这一层特殊关系，使自己具有了“桥头堡”的功能，将一个相对偏远的小镇发展成昆山的一个富有特色的经济开发区和上海人格外喜欢的“后花园”——能让上海人讲你好,可不那么容易！有10万“上海人”常居于此，其他的话便不用多说了。

“‘服务’和‘服务好’是我们发展的生命线。”从花桥的干部口中，我听到最多的就是这句话。也许正是这如春雨般的“服务”，让花桥这片原本非常普通的土地，生出了“金山银山”。

2023年，花桥实现地区生产总值405亿元，一般财政预算收入达53亿元，平均每一平方公里财政收入超亿元，成为继昆山经济技术开发区、昆山高新技术产业开发区之后的昆山“第三强”。区区一块省际的“旮旯”，却有胜过全国一千多个县的实力，何其难得！

看过今天之花桥的人常常会由衷地发出感慨，同时也会弱弱地问上一句:“花桥已经与上海无异了，下一步它还有发展空间吗？”

昆山人、花桥人笑了:“事在人为嘛。当年我们靠‘无中生有’，结果‘生’出了一个全国百强县‘首富’。今后呢，我们站在金山上，必定会如虎添翼，更入佳境。”

我知道他们已经开始行动了，而且又将有出人意料的举措：花桥经济开发区，不再满足于当一个仅有50平方公里的“小镇”，而是要打造一个面积至少是目前3倍的“亭桥鹤”新经济圈！

亭桥鹤？我第一次听说这名称。

李晖马上向我介绍：花桥与上海嘉定的安亭镇、青浦的白鹤镇隔岸相望，过去受省际行政区划的影响，各干各的。如今花桥的繁荣与成功，让安亭和白鹤两镇也有了腾飞的机遇。

一条吴淞江，隔着三镇，又连着三地人的心与情。花桥的发展，让安亭与白鹤两地的百姓渴求能像过去的“穷花桥”变得富裕一样，也过上好日子。

“我们不妨抱在一起往前走！”有一天，花桥人对前来学习取经的安亭人和白鹤人这样说。

“这个……”安亭人和白鹤人惊讶不已，简直有些不敢相信自己的耳朵。

“从根上讲，我们三镇同饮一江水，本是一家人嘛！花桥能有今天，没有你们兄弟俩出人、出力，也不会发展得这么快呀！”花桥人说。

安亭人、白鹤人的眼眶热了。

“如果你们不反对，从今以后，我们三地抱团一起往前走！”花桥人用真诚和热切的目光看着两位“上海老大哥”。

“同意，做梦都想这么干！”安亭人、白鹤人异口同声道。

“好！我们兄弟仨从今儿起，一起干！一起富！”

“太好了！一起干！一起富！”安亭人、白鹤人热泪盈眶。

“对了，我们三镇合在一起，就是融合到了习近平总书记所倡导的长三角一体化发展的国家大战略之中，上级一定会很支持我们的。三镇合一，得有一个好名字，两位老大哥，我们一起来起个名字如何？”花桥人提议。

“好呀，好呀！得有个名字……”安亭人、白鹤人激动地动起脑筋，“花桥——安亭——白鹤，各取一字？！花安白？”

“哈哈哈，这个不行，不行！用上海话讲‘花安白’，就是最后啥都没得了呀！不行不行！”安亭人、白鹤人首先否了这个名字。

花桥人笑得捂住肚子，然后直起腰来，说：“你们两个老大哥，别只想着把我们花桥放在最前面嘛！”

那不行，你花桥一个顶我们两个镇还不止，必须把花桥放在最前面！安亭人、白鹤人说的是心里话，而且强调这可不是谦虚，实力为先嘛，也算规矩！

花桥人摆摆手，坚持着，然后提议：“我们不选三镇的第一个字，而是选后一个字，亭——鹤——桥！”

这个妙啊！安亭人称许，击掌欢呼。

白鹤人想了想，说："我以为'亭——桥——鹤'更妙，你们想想：亭与桥皆为江南之景致，代表了这里的文化，'鹤'字，象征着腾飞之意……"

"啊呀，这就是文化！这就是水平呀！"安亭人、花桥人的"拳头"抡到白鹤人的双肩上！

"亭桥鹤——就'亭桥鹤'！"

明天的花桥，将有一个更大、更背靠上海的经济圈——亭桥鹤经济圈！

现在，我可以告诉你什么是"花桥模式"以及它的经验了：

它，一直目视前方，所以总能高瞻远瞩、统揽大局；它，一直抢机遇之先，所以总能紧抓快干、开创新局；它，一直在望未来之远，所以它总是敢为人先、善作善成。

这就是花桥，以花一般美丽的方式，搭建起一座多元而独特、丰富而多彩的现代化富裕"桥梁"，成为昆山临风对月的桥头堡。

07. 那些被田野簇拥的“工业园”

中国人自古聪明，在搭建自己家园时，发明了一种叫作“四梁八柱”的独特结构，它有着很高的审美价值与实用价值。作为传统的中国建筑主要形式，“四梁八柱”既有良好的稳定性，又呈现出大方的气度和美学风格。

这种东方人创造的建筑结构，也体现着东方人在思想观念上的追求。求稳、求平、求安——人们通常把这些结构学上的学问，用作人生的重要行为准则。

一个地区、一个国家或者一个民族想获得既快又好、飞速而全面的发展，东方文化和东方哲学中的“四梁八柱”原理通常不失为一种明智的选择。

昆山始终勇往直前，发展速度如离弦之箭，20年来始终站在县域经济的巅峰之上高奏凯歌，引领着中国县域经济的发展方向，能不能保持、怎么保持这种态势，这是一门极其深奥而高超的艺术——这种艺术被引入政治家的决策与判断，被实业家们作为创造财富的武器，当他们为广大民众谋求美好生活与幸福远景时，它就是一种高度科学、高度缜密、高度细腻的，甚至比制造芯片还要复杂得多的“系统工程”……

然而，要架构“四梁八柱”式的坚固而稳定的经济与社会发展的完美景象，还必须有一种擎得起这般完美景象的精神与干劲。这精神与干劲，又将是怎样的状态呢？

“龙腾虎跃！”昆山人给出了这 4 个字。

好一个“龙腾虎跃”！那一瞬间，我的脑海里呈现出一幅奇景：“四梁八柱”，如一尊钢炉，而它四周熊熊燃烧的火焰，映红了整个天空——当然是昆山之上的那片天空。

昆山现在的发展景象，其实就是如此：活力四射，固若金汤！

了解昆山的人都知道：这座傲立于中国两千多个县（市）之上的经济巨峰，其实在发展过程中，也遇到了自身无法改变的窘境——地盘太小！

早在 20 年前昆山第一次成为全国“百强县（市）之首”时，他们的干部就在感叹：“唉，我们昆山的面积太小了！如果再大一倍，我们就能赶超……先天不足呀！”

昆山人的心里是有目标的。只是没说出来，怕伤了许多“老大哥”。

然而昆山确实太小了，才 931 平方公里的面积，不到全国陆地总面积的 0.01%！一个立臻精密智造、一个富士康进来，一下子就占去一两千亩地，让昆山政府“压力山大”！地方就这么大，还有其他几百、几千家想进来的企业咋办？还有地吗？这几乎是自建开发区以来，昆山干部最伤脑筋的事儿。

然而，历史发展从来不会按“事后诸葛亮”的如意算盘推进，因此，各个地区、各个国家在同一时代才形成了差别，这种差别通常是天壤之别。可是当那些有心以昆山为师的人真正走进这片沸腾的热土时会发现：昆山能实现高质量发展，靠的不仅仅是搞好一个开发区。

毫无疑问，昆山经济技术开发区是昆山经济发展和现代化建设的龙头，当这个龙头舞动起来的时候，昆山呈现出的是一片勃勃生机和光芒四射的活力。然而随着一波又一波投资热涌进开发区之后，昆山人清醒地意识到：

光有龙头的舞动还不能成就一台最完美和激动人心的戏，只有龙腾虎跃，昆山经济发展这场“大戏”才能精彩纷呈。

吴克铨书记在任时就已经有了这样的思路，并且开始实施新的战略：以昆山经济开发区为龙头，全面向开发区周边的乡镇辐射，以推动整个昆山区域经济的全面提升。而这样的思路在决策和规划过程中，有人曾经怀疑其可行性，理由是：不管是当年的“自费开发区”，还是现在已经获批的“国字头”开发区，基本上都是依托上海，面向全球进行招商和规划，这才吸引了包括世界500强企业在内的诸多海内外企业来昆山投资创业。如今要上演与全球化接轨的“大戏”，恐难再成好事（当时昆山开发区周边多数仍是田地，有这种担心是可以理解的）。虽然经过七八年的苦心经营，老县城玉山镇已经与新城差不多美丽了，“乡下人”也开始洋气了起来，可那些穿着西装的开发区干部们不经意间总是发现自己的裤腿上还沾着泥土，难怪有上海人讥讽昆山人：“你们的开发区是搞得不错，但有些龙困沙滩的味道，周边的水不浮动起来，这龙早晚会渴死的。”

上海人的玩笑话倒是提醒了昆山人：要使开发区这条“龙”真正活起来，还得让它成长在波涛汹涌的大水之中。这“大水”就是整个昆山的发展环境与氛围。

有人便问吴克铨：“到底怎么个搞法？”

“老办法。当年我们办‘自费开发区’时不也是在乡下圈了一块地嘛！关键是看你有没有决心和诚意把起点较高的规划与配套的设施搞上去。”这时的吴克铨，像身经百战的元帅一样，从容地指挥着一场战役。

“你这是要搞‘游击战’吗？”有人这样问吴克铨。

相貌憨厚的吴克铨此时“狡黠”地一笑：“我昨晚重温了毛主席的著作……”

“哈哈……”众干部在欢笑中顿增百倍力量。

笑毕，吴克铨扬扬手，对几个部门负责人说：“兵希不是搞出一些名堂了吗？去总结总结他们的经验。”

由于年龄关系，吴克铨的市委书记职务已由李全林接任。在请教吴克铨老书记时，李全林更加明确了要拓展昆山经济空间的目标，所以在市委常委会会议上首次正式提出了“兵希模式”。

兵希是昆山下面的一个小镇，与开发区毗邻。那天宣炳龙带着新任书记李全林到开发区转了一圈，两人站在开发区边上，背后是生机勃勃的开发区，前面是一片开阔的兵希之地。他们谈了很多，而且越谈思路越汇聚到一起：昆山发展不能仅仅局限在开发区之内，应当延伸到周边的“大昆山”。

“这步走好，我跟你都有饭吃了。”新书记李全林这一天特别高兴，还说晚上的一顿饭就由他请宣炳龙这个“大老板”。

不知是闻到了“风声”，还是自觉意识在催化，反正那一年春节刚过，兵希镇党委一班人就坐在一起展开了一场空前的大讨论。镇党委书记胡寿萱把一个特别尖锐的问题摆到了全体党委委员面前：“兵希和开发区交错衔接，为何开发区能够搞得轰轰烈烈，‘地上长出黄金’，兵希却平平淡淡，‘不见半点水花’，我们还是不是昆山了？”

据说讨论会上干部们先是沉默和脸红，继而是“出汗”，最终表示“要跟宣炳龙拼一拼”。

“好啊，你们有心跟我拼，昆山的希望就更大了！”宣炳龙已经不再是当年的那个“陆家开发王”了，他现在是名副其实的“昆山开发王”，见有“小弟”跟他较劲，不仅不生气，反而喜气洋洋。当兵希镇党委书记胡寿萱来跟他谈“合作”时，他很是高兴。宣炳龙想：我刚同李全林书记谈过，你们兵希现在有“自觉意愿”，这事有点“不谋而合”。

“怎么干？”胡寿萱向宣炳龙讨教。

宣炳龙想了一想，说：“我们两家联合成立一个公司。”

“太好了。”胡寿萱拍手同意。他心想：“你老宣的开发区是条大船，我们傍着你这艘大船前进，风阻会更小些，成功的把握就更大了。”

宣炳龙心里笑道：“你胡书记的兵希有广阔空间，我的开发区现在不缺项目，就缺地盘。”

公司成立了。兵希派了镇工业公司经理黄钦兼任这个合作公司的经理，此人又是昆山一“将”，后来升任无锡市市长、市委书记。

当年的黄钦还是个毛头小伙子，有拼劲，而且从不服输。所以听说要跟大名鼎鼎的“开发王”宣炳龙联手干事，便起劲了，说：“你宣书记的开发区走的是自费开发的昆山之路，我们这公司也这么干，所以我们公司不向镇里要一分钱！”

“好，有种！”镇领导和宣炳龙大喜。

爽！兵希引进的第一个项目是珠海一家企业投资的。兵希只负责给人家盖厂房，再把这厂房租给人家，净赚了 15 万元。虽说只是小打小闹，但对一个乡镇来说，是第一次尝到了甜头。在 20 世纪八九十年代，这可不算小钱了。

“100 亩地小了点，划给你 1000 亩地吧！”胡寿萱对黄钦说。

“1000 亩？！好啊好啊！我要让兵希成为昆山的‘小昆山’！”。

市里的李全林书记知道此事后，对兵希给予全力支持，结果又将规划改了一下——划给兵希 2 平方公里地（相当于 3000 亩）！

年轻的黄钦激动得简直要哭了，发誓道：“干不好，我就是阳澄湖里的乌龟！”

“小黄，你的指挥部设在哪儿呀？”李全林书记有一天来看兵希的小开发区，问黄钦。

“不好意思，书记，现在指挥部就我一个光杆司令，所以没有半间房子。”

市委书记笑了，内心在说：我现在有点像吴克铨老书记看当年的宣炳龙一样了。

黄钦真的拿宣炳龙当榜样，用赚来的钱筑路，偏偏遇上了大雨，那路基被冲垮了，农民们看在眼里，有议论是必然的，但心里还是很支持黄钦的。镇党委书记胡寿萱知道此事后立即带着干部群众来帮忙，抢修的战斗持续到凌晨一点四十分。

"'昆山之路'的成功就在于有路，有路的昆山才有黄金。"黄钦这么自豪地说。有人调侃道："不是黄金，是你黄钦吧？"

若干年前，我在无锡见到已经是无锡市委书记的黄钦，我俩谈起这段往事时，他开怀大笑道："能把'黄钦'变成'黄金'，是我当年在乡镇的'中国梦'。"

好机会来了：1993 年 5 月，新加坡家具工业理事会的投资考察团从中国的北方一直转到南方，最后来到了昆山。这些新加坡人事先并不知道有昆山这么个地方，是听人说昆山有个国家级开发区才来的。那是一个下雨天，新加坡人在昆山的某个地方被泥泞的小路困得直摇头，说昆山就是个农村，怎么可能是投资的好地方呢？

黄钦得知后，非常着急，好像丢了他面子似的，赶紧把客人请到了兵希。

这里不错嘛！新加坡客人走在兵希那条崭新的公路上时非常开心。"这里跟你们的昆山开发区基本差不多。"客人虽然说了不少赞美兵希的话，但对于是否投资，他们并没有表态。黄钦火速请出镇党委书记胡寿萱："你得出面，不能让新加坡人跑了！"

胡寿萱其实心里比黄钦还紧张，他知道虽然有宣炳龙的"大船"在旁边摆着，他的兵希小船能不能载上新加坡人还是个非常大的问题，于是他赶到黄钦那儿，接待了客人两个多小时，最后还陪客人一起吃午宴。令新加坡人大为吃惊的是：午宴的这桌饭菜才 150 元。比起其他地方一桌几千元、上万元的"盛宴"，兵希人显得太"小气"了。然而正是这"小气"，让新加坡人感到了兵希人的实在。

“我们愿意在你们这儿投个项目。”新加坡人临走时这么说。

两个月后，新加坡 19 家公司联合在兵希办了一个家具城。

兵希初战获得大胜。镇党委大大地表扬了黄钦一番。家具城开张那天，昆山市委书记、市长都来了，那场面是兵希镇从未有过的。

黄钦把兵希的家具城越做越大，后来家具城又带动了其他产业，大有与宣炳龙管辖的“大昆山开发区”比肩的态势。

没几年，兵希便成了昆山除“国字头”开发区和高新区之外的又一个经济“小航母”。

“黄钦，今天通知你两件事：一是上级已经批准兵希镇划入昆山市经济技术开发区了，二是你将调到市里任副市长……”1997 年春的一日，昆山市委书记找到已经任兵希镇党委书记 3 年的黄钦谈话。

“兵希镇并入开发区，这是市里的大战略、大格局，我十分赞成。至于我个人的工作调动，听从组织安排……”黄钦说。

黄钦本人在任昆山市副市长之后的第三年，又因工作出色，升任苏州市经贸委主任。5 年后出任张家港市委书记。2019 年任无锡市市长，2020 年又任无锡市委书记。

这是后话。他和同事一起开创的兵希“乡镇小园区”模式给昆山之后架构“四区八镇”提供了可贵的探索经验，“四区八镇”便是昆山的“四梁八柱”。

昆山的所谓“四区”，是指他们的经济技术开发区、高新技术产业开发区、花桥经济开发区、旅游度假区，这是支撑昆山经济大厦的扛鼎之梁，故称“四梁”，其经济总量足可与全国一半以上的地级市比肩。而“八柱”，就是现在重新进行行政区域划分而成的八个镇，即北边的巴城镇、周市镇和中部“腰子”位置上的陆家镇、张浦镇、千灯镇，还有南边的周庄镇、锦溪镇和淀山湖镇。这八个镇 2023 年的经济总量为 1743 亿元，约占昆山 5140.6 亿元总量的 34% 左右。需要说明的是，昆山其实仍然保留了老昆山的“城关镇”——玉山镇，但玉山镇与高新区是重叠的行政区，采取“镇区合一”的体制。2023 年玉山镇的经济总量为 1081 亿元，一镇即占全昆山经济总量的五分之一左右。

如果以镇为单位，那么玉山镇的经济总量一直位居“全国千强镇”老大的位置。由于它与昆山高新区“镇区合一”，我们此处将其归为“四梁”之列，而“八柱”则正是除玉山镇之外的昆山各镇，即现在有独立行政区划的八个镇级行政区域。它们的地理位置基本在昆山“四梁”的外围，形态上也像建筑外墙的八根柱子，各自发力，支撑着大昆山的宏伟大厦……

为这，我必须走出城中心，去“乡下”，近观那八根“柱子”——

张浦镇是我去的第一站。

“我们位于昆山的心脏地带，是‘肉段’……”张浦人见到我之后这样介绍。“肉段”在当地话中是最好地段的意思。

历史上的张浦镇曾是春秋时期吴国的重要地区，管辖面积相当大，境内赵陵山的良渚文化遗址被誉为“中国的土筑金字塔”。改革开放后的张浦镇也是昆山发展史上的一个重镇。现在落户在昆山的台商龙头企业之一“台玻”（台玻昆山玻璃有限公司）当年就是先入驻张浦的。曾经有一说法：张浦一“台玻”，昆山掀浪潮。意思是，台玻在张浦落地使得昆山经济更加高潮迭起。

1994 年，昆山的经济发展仍处于艰辛的爬坡时期，张浦镇的开发区在市委市政府统一布局之下，同样在如火如荼地招商引资。这年五一前后，一场与台玻的谈判在位于鹿城市区前进路西端的嘉顿国际饭店的“贵宾室”内紧张地进行着……

“9000 万元美金呐！必须给我逮住，否则我撤你的职！而且我要告诉你，如果你把台玻这事搞定了，你张浦不仅在我昆山能摘得头牌，就是在苏州市，在江苏省里都是出大名了！”昆山市领导在关键时候给张浦镇领导打来电话，意思是：台玻项目的成败，不仅关乎你们张浦镇能不能成为全市乡镇的“头牌”，还关乎昆山能不能成为苏州市和江苏省的“头牌”。

“明白，请领导放心，我如果不能把这项目谈下来，不用你撤职，我自己跳阳澄湖！”镇党委书记就这样向市里立下军令状。

“争第一、创唯一”一直是昆山干事的出发点和目标。

历时两天两夜的实质性谈判，昆山市委书记亲临现场“督战”，其实是向台玻表明：你这个项目如果在张浦落地，保证今后台玻在昆山一路顺风顺水。

台玻人马上心领神会，合同很快签订下来了。

张浦人高兴得跳了起来，因为这个项目可以从根本上让张浦的小开发区一下子跻身全昆山所有乡镇的前列——想想做梦都会笑出声来。台玻第一期投资 9000 万美元，这在当时可是近 8 亿元人民币的投资！这对一个镇的经济和发展来说，意味着什么？简直像乘上直升机了！然而这还仅仅是开端。台玻在台湾 100 家大企业中排名第 24 位，什么实力，不言而喻。张浦人能不笑出声嘛!

吃下台玻这块‘肥肉’后,张浦人明白了这样的道理：看来招商引资，名头大小并不是最重要的，重要的是看你心诚不诚，还有你是否有足够的土地和好的环境吸引人家过来投资,这个很关键。自以为身在昆山“肉段”的张浦人之后出去招商，一方面借着昆山已有的名气跟外商们宣传“张浦是昆山最好的地方”，另一方面又千方百计地把“台玻就在我们那儿”的金字招牌亮出来吸引外商。

这不，不久以后，专门生产涂料的丹麦海虹老人涂料有限公司也在张浦落地。

“张浦不跟老大哥抢饭吃，我们专门去找老牌的欧洲发达国家的大老板！”几回下来，张浦人发现了一个“秘密”：近邻的昆山开发区在宣炳龙的领导下，招商引资一路高歌猛进，势不可挡。与其跟他“抢饭吃”，还不如跟他们来个“差别”战术。你搞你的“三线”和“台资”，我专攻我的“欧洲大陆”！

“好，市里全力支持！需要的时候，我一定亲自牵线搭桥……”时任市委书记张国华对张浦的干部们说，“我不会厚此薄彼。只要有利于全市发展，你们能全面开花结果，这是我最想看到的！”那天，张国华书记告诉张浦人：明天他要到上海去与上海德商会的人见面，如果有“好事”，就会想着你们张浦。

果然，没过几日，上海德商会会长赖伯恩先生就到了昆山。张浦人提早知道了消息，就把赖伯恩先生请到了张浦，参观了著名的良渚文化遗址，又参观了开发区里的大企业台玻等。

“好，原来你们这里的条件并不差嘛！”赖伯恩当天对张浦的干部们直言道，说他过去只知道来华投资的德商都到了太仓，却不知道近邻昆山的投资环境毫不逊色。

赖伯恩对张浦的印象，引发了之后张浦一发不可收的“德商投资热”……

现在到张浦所看到的“德国工业园”，就是那个时候开始建设的，起步于 2005 年。赖伯恩与张国华书记携手推进建成了这个镇级特色“工业园区”，从此张浦的经济有如坐上了一辆快速“专列”——“德园经济”，迅速腾飞了起来。

张浦现在有句话很响亮：“德园就是张浦，张浦就是德园。”意思是，张浦处处是德国企业的工业乐园。敢说这话的恐怕在全中国也就只有张浦这个地方了！

因为这句话，我对张浦的“德园现象”特别关注。那天到了张浦，我先来到“德企孵化园”。一个镇设有一个专门的德企孵化园，这本身就非同寻常。走进里面，更是令我大开眼界——

由原来一座大仓库改建成的孵化园被分成若干个教学与试验车间，那里就像一个“制造工具箱”，琳琅满目，要啥有啥。据主人介绍，来华投资的德国商人大多数是中小企业主，他们到异国他乡的中国投资，皆能做到“精准落地”，也就是说他们制造的产品通常不太会与他人、他企相同，因此不会出现同类产品蜂拥而至的现象。

“赖伯恩先生了解德企投资者的这一特点，为了使来华的德国企业家能够一到昆山就产生效益，会让德企先在这里试验性地生产和制造产品，然而再根据市场开拓实际考虑是否扩大生产规模，是否迁移到更大的地方建厂。所以来到张浦的德企通常都会先在这里待上半年或几个月时间，然后再到工业园区去……”孵化园负责人介绍说。

“因为在孵化园可以享受更多的政策优惠，有些规模不大的德企就干脆在这里租几个车间，开始做起生意。”我一听这情况，顿时饶有兴趣地问：“真的啊？我得参观参观！”

“这家‘托马斯公司’就是。请——”负责人马上把我从“大工场”引至旁边的一个门内，指着约七八十平方米的一个“车间”说。

“这就是一家德企？”看着4个操作工，3女1男，五六台机床——当然是很精密的独立的制造机器，我有些不信地问。

“是的。”孵化园负责人把那位正在机床前工作的男士叫到我跟前：“你跟何先生介绍介绍。”

小伙子很帅，看上去不到40岁。我问他叫什么名字？他说他叫颜文吉，是淮安人，学工程的，2008年到的昆山。

“德国企业主到张浦后，先在孵化园试验了半年左右，后来正式注册了托马斯昆山公司，在这里租了 800 平方米左右的车间用作产品制造和销售基地，一直没有搬地方……”颜文吉说他现在是公司的经理，“还兼车间主任。”说着，他笑了。

“公司总共有多少人？”我感到格外好奇，这么小的公司，而且待在孵化园里一直不动，生意怎么做呢？

颜文吉介绍，他们的托马斯公司，生产制造的器件是小众产品，不求大和多，但一些大制造企业少不了它，一年的销售量有限，所以工厂没必要搞得很大。“我们基本上就固定这些人、这些产能，占地也十分有限，除了你看到的这个车间外，旁边还有一个产品和原材料仓库。我这个经理和另一位销售经理的办公地，都在这个车间内……总共才五六个人！”颜先生朝我耸耸肩，笑了。而我却一脸惊诧，如果不是亲眼所见，绝对不敢相信，这就是一家德企。

“别小看了他们呀，他们一年可是有 1 亿元产值呢！对我们张浦镇的贡献也相当大呢！”孵化园负责人插话道。

“年产值 1 亿元？就你们这几个人？这么点地方？”我无法相信。

经理颜文吉点点头，表示是这样。“我们董事长都不太来的，他在德国指挥我们，市场那一块由他自己掌管。这里就派一个技术负责人，一个财务总监，剩下的就是我们几个人……”

原来德企是这样经营的啊！一个“鸡蛋大”的企业，竟然产生那么大的效益！此刻我的脑海里突然跃出一个熟识的概念：德国人做事，精干、精准和精细，原来企业管理和企业经营形式也是如此！

他们不求形式，只求内容，只求效益！

后来我也顿悟张浦的经济现象：看上去并不是那么轰轰烈烈，实际上却波澜壮阔……瞧，他们现在有大大小小的德企 110 家，其中属于世界

500强企业的德企有家乐氏、伟创力等8家。“还有一批如安海、科埃斯等‘隐形冠军’项目也已落到德园工业区内……”这是令人振奋的，它又让我看到了那些在世界上位次极高的德企“巨无霸”。

“因为德园做得比较成功，所以我们张浦在欧洲国家企业主那里影响很大，这些年，德园内除了德国企业外，其他欧洲企业也纷纷入驻，在我们张浦投资。目前仅德园内的欧洲企业总数就达到210多家，形成了智能制造、高端食品、总部贸易三大主导产业和生物医疗、人工智能两大新产业。”张浦镇党委书记在我参观德园时，悄悄出现在我身后，这时他正式出面向我介绍全镇的经济现状，令我感慨不已。

“我们张浦领先近邻是因为开发区这艘大船的溢出效应，我们始终抓住特色经济——德企投资产业，然后形成独特的经济形态，不断加码和深化。比如德国的汽车制造业非常厉害，而且我国新能源汽车制造业发展迅猛，汽车零部件制造业势头每年增长强劲，我们不断引进德企中的著名企业，以此来带动国内企业的产业集群入驻张浦，仅汽车制造集群这一块，现在已经有近40家企业入驻张浦，年产值超过百亿元。制造业一多、一大，物流仓储就需要扩大。2024年2月，国际著名的普罗虎责物流仓储设备智能制造项目开工，今年应该可以投入使用，它将进一步带动德企资源在张浦的巩固与发展，形成更牢固的上下游产业集群。项目投入初期年产值至少可达10亿元……”

镇党委书记王超，看上去同样是个小伙子，但他是那么自信，说出的每一句话都令人格外振奋。

“这只是张浦经济的一个方面。”王超的话题“跳”开了德园经济，给我“抛”出一个张浦的“新经济现象”：从一粒麦子到一片面包的“食品经济”……凑巧得很，就在我写到此处时，当日的《新华日报》刊发了一篇报道张浦的新闻，开头这么描述：

每天凌晨，数万条吐司面包从益海嘉里丰厨昆山食品产业园生产下线，第二天一早准时在盒马鲜生门店“上新”；电影院里售卖的爆米花，超 60% 在张浦生产；古茗、蜜雪冰城、巡茶、CoCo 都可等饮料店使用的果汁，超 80% 来自张浦……

你没有看错，这些融入我们日常生活的“舌尖美味”，都来自同一个地方——昆山张浦。

真是绝对的牛。

在张浦，过去那句“德园就是张浦，张浦就是德园”非常响亮，现在他们又多了一条招牌性“名言”：来到张浦，放心靠“浦”。意思是说，他们那里的品牌，特别是食品品牌，都是顶级安全的著名品牌，消费者可以完全放心。张浦人做事保证靠谱!

OK！还有什么可说的呢?

年轻的书记告诉我:“近几年，在市委市政府的领导下，我们镇全力以赴抓经济，千方百计搞项目，心无旁骛谋发展，盯紧重大产业项目，尤其是新兴的食品产业，把镇域经济做大做强，树立‘中国式现代化小城市标杆’。2023 年，世界 500 强之一的新加坡丰益国际投资在这里设立的益海嘉里，还有鲜活饮品、优诺乳业等 10 家重点食品企业，一年为我们张浦创造了近百亿元产值……现在我们张浦是昆山全市规模最大的食品产业基地，还在不停地朝前奔跑!”年轻的书记这回脸上露出了笑容。

“我知道你这里还有美国威富服饰总部……”我在来张浦的路上看到过这家驰名世界的企业招牌。

“对对。总部经济目前在张浦也正逐渐形成……”王超指着前面一片塔吊林立的工地，说，“预期未来三五年，我们张浦这里应该有 10 家左右国际著名企业的总部诞生，那个时候的张浦一定会是昆山的一根金梁柱！我希望它是这样。”

“难怪你们去年全镇的地区生产总值能够达到310亿元啊！”我终于忍不住感叹起来。

昆山一个镇竟有如此强大的地区生产总值，你说昆山强不强？

在昆山有一个现象很叫人羡慕，就是如果你在一个地方把一件事做成了、做大了，整个昆山就会为你推波助澜，最后发展成全市的经济现象，形成浓厚的氛围。比如张浦的德企强大了，德国商人就多了，这些德国人爱喝啤酒，于是昆山开始在张浦不断增加啤酒的产量，推广啤酒文化。昆山市毫不含糊，动作更大，干脆举办昆山啤酒节！这一下子就把昆山的啤酒消费市场搞得红红火火。德商高兴啊，其他欧洲人也高兴啊，欧美商人和日商等等都高兴起来了，于是昆山啤酒节又成了助商促商的一大文化与经济相融的品牌活动。这种随商业形态发展而形成的文化，是昆山作为一个开放城市独有的社会现象，因此特别受外商们欢迎。

走出“德园”，我顺道进了一家位于千灯镇的叫“海斯坦普”的欧洲企业的新厂房。进去一看，似乎车间里的设备还没有全部安装好，仍在调试之中，而左边的几个机器人则忙碌地挥动着钢铁巨臂在生产……我一看贴在墙上的“企业介绍”，顿时对海斯坦普这4个字肃然起敬：这家创建于1997年的西班牙汽车零部件制造企业，随着世界汽车制造业的繁荣而迅猛发展，目前已成为全球著名的汽车零部件制造供应商，在24个国家设有制造基地，昆山千灯就是他们的中国基地。海斯坦普的年销售收入达107亿欧元。这家公司2007年入驻昆山千灯之后，同样得到迅猛发展。尤其是近年随着中国新能源汽车的强势崛起，海斯坦普也水涨船高，效益连年翻倍，在千灯的厂房也不断扩张……而我所看到的是他们公司第三次扩建的新厂房。

令我感到惊奇和惊喜的是，距机器人忙碌工作的厂房一步之遥的地方，竟是一片片金黄色的油菜地！3月下旬的江南春天，是油菜花盛开的时节，透过车间那扇敞开的大门，我一眼就被惹人心跳的油菜花吸引了，忍不住快步走到门口，站上田埂，一边捧起那香喷喷的油菜花，一边听着身后“隆隆”的机器人的欢唱，情不自禁地对千灯人说：“你们昆山人真是一群不断创造中国经济奇迹的人呵！在麦地和油菜地簇拥着的田地里，竟然有产值达千百亿元的工业园区……”

留住人的方法可能有很多种，能吸引人投资也是一样。心境好、生活好、文化氛围好等等，都是营造优良经济环境的催化剂。

外人并不知道，面积并不大的昆山，其实处处是宝，每个小镇，都是一块“宝玉”。比如千灯镇，我小时候曾随大人去那里玩过。千灯镇有灯，尤其逢年过节时更是漂亮，“到千灯看灯”是我们少年时期的特别记忆，那古镇中央的河道上有各式各样的万千灯火，让人眼花缭乱。我特别喜欢那种随风飘荡的孔明灯，总以为它可以载着自己的理想，飞向远方……

千灯镇有三座桥联袂而筑，独具匠心，堪称一绝。它们分别建于宋、明、清三个不同朝代，各具特色。三桥虽不是同年代建造，却有一个共同的名字——“三桥邀月”。盛夏7月时，我们会从一二十里外的老家赶到千灯镇的三桥观月，那情景如入仙境，充满诗意。

对现代人来说，千灯镇流传最久远的莫过于顾炎武的那句千古不朽的名言：“天下兴亡，匹夫有责。”

呵，够了够了，仅凭这几样“古董”，千灯还怕招不来商家？

可不，昆山自开放的大门一敞开，除了阳澄湖大闸蟹外，最能吸引我国台湾地区、东南亚地区商人的“招牌”之中，千灯恐怕最有魅力了！对内资企业也是，似乎昆山人只要跟那些“老三线”企业的老总一说，如今祖国搞现代化，就像我们家乡人顾炎武所说的“天下兴亡，匹夫有责”，后面的事便自然而然地一顺百顺起来。

“可不，到昆山创业，就是为了国家兴旺，我们应当毫不犹豫地行动起来，这才叫匹夫有责嘛！”

嗨，你看看，外商来了，内商也来了，整个千灯镇人气超出意料，经济自然蒸蒸日上。

“比起张浦等老大哥镇，我们千灯是小镇，但我们感到欣慰的是，去年我们在全国百强镇排名中一下子上升了6位，名列第19位。这是我们的历史最好名次。”镇领导见到我后，颇为兴奋地说。

与张浦不一样，千灯的“工业园”是全方位的，“古色古香是我们的优势所在，所以抓总部经济、抓文化经济、抓环境经济，是我们的强项。比如现在我们已经有商会大厦、德邦研发中心等4栋大型总部大楼，我们的经济都‘装’在大楼里……”镇领导如是说。

这里的经济形态很特别，外人看不出这里有矗立如林的厂房，更听不到日夜轰鸣的机器声，但千灯镇的地区生产总值竟然也有290亿元。

“我们千灯小，只比他们少一眼眼……”千灯人的谦虚中有一点得意。“一眼眼”这话，跟我家乡话是一致的，就是“一点点”的意思。

上海人和我们苏南一带人口中的“一眼眼”，你可千万别真的以为是“一点点”的意思，它有可能是金山银山，有可能是奔流的大江，也有可能是高山云霞……

从千灯镇向北跨一步，就到了陆家镇。

“我们在昆山的版图上，真的是一眼眼……”陆家镇人介绍自己时，毫不掩饰它的小，35.6平方公里的面积，10万人口，确实是“小昆山”里的小小镇，但我们千万别小看了“小小镇”陆家镇。

陆家镇古时曾叫“菉葭浜乡”。这“菉葭”二字，平时很少见，从其字形看，便知它是一片芦苇丛生之地。古时对菉葭有很多记载，称其为“荷苇连云，溪流映绿”。著名的吴淞江、夏驾河等都流经此地。

菉葭浜外水涟漪，游子停桡日暮时。

料得有人烧烛坐，新吟补入草堂诗。

当年本地进士徐文洞妙笔生花有此佳句。可见，往日陆家镇也曾风流江南大地。

现今的陆家镇，地处昆山经济技术开发区和花桥经济开发区之间。312 国道、沪宁高速、济宁铁路、京沪高速和济宁高铁穿镇而过，现在又有途经陆家镇的苏州地铁 11 号线与上海地铁 11 号线连通……可谓四通八达之镇。由于它的土地面积比较小，水系多，又是昆山各种交通线的必经之地，所以堪称昆山的“大动脉”。陆家镇虽小却十分灵巧，其地域优势无人可及。聪明的陆家镇人，利用左右两个经济活跃区的溢出效应，并结合实际需求，左右牵手，发挥“绿水美地”的优势，实现强镇目标。比如他们的菉葭生态园，就是依靠水之美、地之美来吸引投资商的——

小仙女们，来听我给你们说一个离开尘嚣的好地方吧！它就是昆山的菉葭生态园，这里有你在城里闻不到的花香、听不到的鸟语，还有水中游弋的鱼儿……

赶紧收起那忙碌的工作吧，穿上舒适的运动装备，我们一起来探究这自然的乐园吧！

你会被这里的绿意包围，整个花园种植区里都是望不尽的五颜六色，向日葵、油菜花等仿佛一幅幅清新的画卷展现在你眼前。漫步其间，不仅可以呼吸到清新的空气，还可以倾听芦苇的私语……与大自然亲密接触，你可以放下一身的疲惫与焦虑。

这是我随手在手机上搜索到的一位网友赞美陆家镇“蒹葭生态园”的短文。类似的短文有很多，或许这就是陆家镇人引以为豪的“投资者的后花园”效应——他们的干部告诉我：当年昆山刚刚起步时，陆家镇是走在今天的那些周边老大哥们前面的，他们创造了昆山第一个镇级工业园区。“后来旁边的市级开发区成立后，我们也是做出过经验性贡献的……”陆家镇人有这份底气，因为在20世纪90年代他们就是“苏州外向明星镇”。这可不是吹出来的，政府可是给颁过奖的。

如今的陆家镇，虽然体量不如众“哥们”，但在做“老树开花”“腾笼换鸟”文章方面颇有建树。在布局智能机器人、医美生物科技、智慧农业三大新兴产业赛道上，陆家镇是昆山的轻量级快跑冠军。全镇现有工业企业763家，其中产值超10亿元的有7家，上市公司3家，总部企业7家，被认定为国家高新技术企业的有120家。

小而美、典雅精致是陆家镇园区的特质。2023年，这块“藏”在昆山“腋窝里的碧玉”，地区生产总值近200亿元。

想想，它的面积仅有35.6平方公里，放在任何其他地方，或许人们会把它“忽略不计”了……然而在昆山，它的光芒丝毫不弱于其他区镇。

这就是陆家镇。

到周市镇，需要从陆家镇向北跨一大步，经过开发区，方能到达……

在我老家苏州一带，那些镇名中带“市”的特别多。此“市”非我们通常理解的城市之“市”，先人们在农耕社会时期将那些有交易的地方皆称为“市”，比如我的出生地叫“何市”，当地大部分人都姓何，听老人说，早些时候在我们“老何”家门前有来往的马队歇脚住店，慢慢成了一个驿站。再后来周边的百姓拿点自己家里种的东西，在路边交易……时间一长，便成了集市，人们叫惯了的“何家那里的集市”简称为“何市”，其实只是个乡镇而已。

王市、李市、徐市、张家市……我小时候去过的这些市现在仍能随口叫出。其实，绝对不能小看这样的“市”。现在上海不是很大嘛！浦东的陆家嘴不成了世界有名的“国际金融城”了嘛！当年也就是由于有一个陆姓宗族栖居于鱼嘴一般的黄浦江边，人们慢慢地把“陆家嘴”叫出了大名而已。

昆山原先也有很多这样的“市”，但现在的版图上只留下了一个“周市”，其他的“市”皆因合并而消失了。

周市因此在昆山显得有些耀眼。位于昆山北部的这个水乡之镇，仗着其北接常熟，东望太仓的“昆山北大门”的独特地理优势，加上周市的“双脚”又恰巧站在昆山经济技术开发区这一“巨人”的肩膀之上，历届镇党委和政府，始终认准“抱巨人大腿，发展镇级特色经济”的方向，秉承“你大开发区搞大项目，我周市小镇专挑中小企业引进”的战略……日久天长，功夫不负有心人。

“现在我们全镇的企业有 3000 余家，形成高端装备、智能制造、电子信息、汽车零部件四大产业集群。其中有上市公司 13 家、产值超亿元的企业 108 家、规上企业 332 家。2023 年，全镇的地区生产总值达 360 亿元，名列昆山全市镇级前三位，连续多年名列全国千强镇的‘老九’。”

“明年—— 2025 年，我们的目标是地区生产总值达 500 亿元！”很年轻的镇党委书记蔡力，向我豪言道。他掰着手指向我介绍：世界 500 强企业之一的圣戈班集团下属的永新玻璃的节能降碳技改项目和东利新材料科技有限公司的石墨烯项目等一批绿色低碳项目今年将陆续投产，明年就是收获大年，“所以周市镇跨 500 亿元大关指日可待！”

如蔡力形容的那样，周市镇的经济形态看似无雄狮，但它的“小老虎”多而强悍,故“周市镇模式”又是昆山“被麦浪和油菜花簇拥的那些工业园”的另一种经济形态。

与周市镇毗邻的巴城，不用我多言，估计不知它大名的并不多，因为阳澄湖大闸蟹主要就产自此地。

再说，如前文所言，像周市镇的名头里有“市”已经非常了不得了，人家“巴城”不以“市”为名，而是以“城”为名，其来头可想而知了！

巴城在历史上成名已久，在新石器时代的良渚文化时期，此地已有人类活动，大概那个时候“第一个吃螃蟹的人”就是巴城人。巴城为“城”，其实远比上海这座东方大城市早了2000多年。当年在吴王阖闾时代建古苏州城时，在阳澄湖东、南、北三面筑武城、雉城和巴城等12座城，巴城从此在苏州流芳千载。

现如今，巴城最出名的就是它独占阳澄湖之优势（约占全镇总面积的30%之多），以盛产大闸蟹而闻名天下。

阳澄湖的大闸蟹，其美味堪称独一无二，天下无其他大螃蟹可比。所以巴城的名气和经济，不用我说，在昆山是不可替代的。海外投资人、上海的那些大银行家，很少有不喜欢吃巴城大闸蟹的。

“一只大闸蟹钓来一串投资者”的故事，在昆山比比皆是。

因为珍贵，因为稀罕，因为人人喜欢，所以巴城拥有的得天独厚的阳澄湖之水如今是受到特别保护的，这里不允许搞工业大开发，更别提让有污染的企业在此落户了。因此当我们说起巴城经济时，只需说大闸蟹和大闸蟹效应就足够惊天动地的了！

你想想：一只正宗的阳澄湖大闸蟹卖到100元是不成问题的，那么巴城一年能卖出多少只大闸蟹呢？“真统计不出来！”镇干部笑笑，说，“我们是藏富于民，让百姓富裕是我们工作的根本。”

这话有道理。地区生产总值不是衡量一个地方经济好坏的唯一标准，尤其是像巴城这样的镇。

但是，你可千万别被巴城的这一现象“蒙住了眼”啊，它的经济——新兴电子产业经济和文化旅游经济，其实非常了不得！ 2023 年全镇生产总值达 261 亿元。

告诉你:2024 年之后的巴城,又将成为一个新冒出来的全国千强镇“排头兵”——其总产值将超 500 亿元、1000 亿元!

你不要忘了——上文提到的一个年产值千亿元的企业立臻精密智造已经在巴城全速运转起来了!

哈，巴城，明天的你估计不必再用大闸蟹作为荣光的代表了，新兴电子产业将成为你又一块闪耀着金光的招牌……

现在只剩下昆山南部的三个水乡古镇了：周庄、锦溪和淀山湖镇。

现在的周庄、锦溪和淀山湖三镇，在行政上依然是独立的镇级单位，但同时它们又是江苏省批准的一个省级的以旅游文化和绿色经济为主体的“度假园区”，该园区设立于 1994 年，距今已有 30 年。

“现在的昆山旅游度假区，不仅是昆山市的南片自然保护区，还是长三角一体化生态绿色发展协调区，肩负建设长三角一体化示范区的特殊使命。同时我们还承担着昆山、苏州两级市打造具有国际范、诠释江南韵、尽显生态美、实现百姓富的现代化水乡典范的任务。未来，这三个镇将在江南水乡美上发力，虽然在这片优美的水乡我们从不单论经济指标，但在可以预见的明年、后年……达到千亿元地区生产总值的水平，我们还是充满信心的！”在昆山与上海接壤的淀山湖畔的一处绿荫之中，一栋傍水而建的“茅墅”——不砍原生树、凭借自然地形所搭建起的别墅式的房子内，旅游度假区党工委书记宋德强胸有成竹地告诉我。

没有理由不相信。这三个镇，别说在昆山，就是在整个江南，也都是声名显赫，光彩夺目，鲜有能与之相比的！

1983 年，著名旅美画家陈逸飞以周庄双桥为题材创作了油画《故乡的回忆》，双桥一方一圆联袂而建，极具象征意义。1984 年，陈逸飞连同他创作的其他以江南水乡为主题的 37 幅作品，在美国西方石油公司董事长阿曼德·哈默的画廊展出，引起了轰动。哈默高价拍下该作品并更名为《双桥》。同年，哈默访问中国，将《双桥》作为礼品赠送给邓小平，从此双桥走向世界。

一个周庄的影响力，可以把世界英雄级的经济大亨引到昆山来……被称为“东方威尼斯小镇”的周庄，现今几乎每天都在翻着新花样。一场与中国东方演艺集团共同打造的《只此周庄》，是一台以 900 年周庄历史演变过程为主线，以水乡肌理为格局的全新行浸式文旅演艺精品项目，让观者不无惊叹和着迷。身材高大、相貌英俊的镇党委书记邓华，带我到游客们一般到不了的“后周庄”大片水域地，说：“我们将精细管理好现有‘文保’范围内的周庄，同时将不遗余力地开辟更广阔有为的大周庄。你看，这个区域的水面，要比现在游客能到的‘周庄’大出几倍，下个‘五年计划’这里是重点开发区……”邓华书记在一张新的规划图上如此谋划。

对锦溪，以前我并不熟。此番粗略一走，其景奇美，真是叹为观止！绝不亚于周庄。

但令我不曾想到的是，锦溪镇党委书记宋崎告诉我一件事：他的镇上有立讯精密一家企业就够了！“他们用地少，又没有污染，仅需 1000 多亩用地，产值可达 1000 亿元……”

“哇！立讯精密不就是昆山现在最大的立臻精密智造的母公司吗？”我突然记起来了，便问。

“是，他们就是母子企业。但最早是在我们锦溪创业和落地的。”宋书记骄傲地告诉我，“他们现在把公司的核心技术研发中心放在锦溪，未来两三年内实现年产值 1000 亿元是不成问题的……”

又一个“呱呱叫”！我暗暗为昆山竖大拇指，昆山如果不叫“大昆山”，天理难容！

回头我们来说一说淀山湖。

淀山湖对上海来说，绝对是宝贝，但它的一半是昆山的，一半是上海的。因为上海缺湖，所以上海人把淀山湖看作“掌上明珠”。

看起来像大学生的淀山湖镇党委书记徐俊向我介绍说，他们镇现在重点发展食品、生命健康和低空经济。

“就说低空经济吧。”徐俊指了指与上海一水之隔的淀山湖，说，“前不久，峰飞航空已经与我们签订联合开发从淀山湖到上海虹桥和浦东国际机场、浦东洋山港的低空战略协议。”

“现在已经开通 2 吨级的货物低空航行。我们的航空器单次充电可飞行直线距离达 250 公里。上海的两个机场和港口货物这一块，一年就有价值千亿元的货物运输量。未来还将开通低空载人业务，那个时候我们淀山湖一定非常热闹……”徐俊说这话时，脸上露出了与他年龄相符的青春之笑。

难道今天的昆山，不是处处绽放着充满活力的青春微笑吗？

08. 园中园、园外园，遍地映金辉……

我曾说过，在一些大城市待久了，会发现这么大的城市，竟然也就只有几处地方能看看、走走，时间一长觉得其实它们并不是太大的城市。

然而到了昆山，我竟然觉得它大到我 8 天、10 天都转不完……你或许根本就不信，但我就有这种感觉。去年年末至今，我连续去了昆山四五次，先走了两个著名的园区——昆山经济技术开发区、昆山高新技术产业开发区。这两个园区的经济规模，可以匹敌欠发达地区一个省的经济体量。至于当今中国和世界最前沿的科技与工业制造业现状，在这里可一览无遗。这两个园区有国家级、世界级的 500 强企业在昆山投资设立的项目数百个，比如从事智能手机制造、人工智能等产业的企业。如果你感兴趣的话，一天转不完两家。真正想看完昆山这两个园区，你至少需要三五天时间——那也只是挑几家看看而已。

我视这两大开发区为昆山的黄钟大吕，又宛若昆曲，是这片土地上的传世经典，而两大开发区也是中国式现代化建设所谱写的最为精彩的“新昆曲”，它们将与昆曲一样载入史册。

当你走完这两个大开发区之后，昆山人会告诉你：其实在这两个大开发区中，还有好几个有特色的园区，比如“某某科创园”“国家某某示范区”……然后你可能又要花一两天时间，才能略微详细地了解这些“园中园”的独立而特有的经济运作模式。

如此三五天走下来，昆山人会告诉你：其实你只走了两个大园区，我们还有布满每个旮旯的各式各样的大大小小园区，比如我上面提到的昆山旅游度假区，它包含了昆山南部的三个镇。当你花至少整整一天时间走完这三个特色镇后，人家度假区管委会的同志又告诉你：我们昆山的旅游度假区实际上除了有南边的周庄、锦溪、淀山湖三个镇，还有北边巴城一带辽阔的阳澄湖风景区呢！这是对的，阳澄湖本来就是昆山的大美风景嘛！它不包括在其中,这昆山“旅游度假”概念可就少了最重要的黄金资源……

“园中园”是昆山经济发展的一个特色模式，这是“昆山之路”成功的一大秘诀，是中国县域经济现代化建设过程中由中国人自己闯出来的道路。当年吴克铨等一批人开创的“自费开发区”就采用了这样一种中国式现代化的实践模式，然后将这种模式不断地放大、扩大和壮大，使一个“摸着石头过河”的自办“工业小区”发展成为国家级经济技术开发区，引领着今天中国和世界最先进的制造业和科技革命潮流，“昆山之路”成为昆山乃至全中国的现代化样本。

另一种“园区”形态，正如昆山人所言：园区就是昆山，昆山就是园区。

昆山除了昆山经济技术开发区和昆山高新技术产业开发区，每个镇皆有自己的工业和科技园区，它们或是独立存在，或是大园区中有“分了家的小弟弟”，充当着大园区里那些大企业所需的配套制造商与供应商的角色。还有另外一种情况，随着大园区的空间越来越有限，一些后来的世界500强企业无法再挤进国家级开发区的地盘，于是昆山人聪明地运用了另一种方式让这些企业落地昆山——你可以在大园区内注册公司，而生产制造的工厂则建在大园区以外的另一个地方。这些企业一方面可以照样享受大园区的国家级开发区的相关优惠政策，另一方面还可以减少在大园区的用地成本和生产成本等，可以在一块理想之地建起一个新的美丽园区。这些企业大多选择那些与大园区有联系但又独立的乡镇一级的园区，它们看起来并不大,但非常灵活。一旦大的经济形势发生变化,它们可以迅速转型，掉转船头，调整方向，继续快速前进。

这一类园区的存在，我视其为昆山经济形态中十分突出和鲜明的“群虎现象”，它威力无比，又多姿多彩，富有社会主义现代化建设的极强的行进节奏感。这些园区形成合力，宛若一部恢宏的交响曲，其声其音、其形其势，波澜壮阔，激动人心……我特别喜欢听其声、观其形。它应该是“昆山之精美乐章”，每个篇章都有其特色，有其精彩，有其音符，其音其韵形成了“大珠小珠落玉盘”的美感，让人心动、情动……

除了大园区、中小园区，昆山的许多大企业和特色企业自身也有更小更袖珍的“园区”。这一类园区，可能负责某一企业的内部技术或产品，也可能生产与企业原有产业和产品完全无关的另类产品——它或许是某企业为了拓展自己新的产业和产品而设置的一个孵化器。它们有的小到就在某个企业的旮旯里。它们或在一栋楼里的某一层中，或在遥远的北京、近邻的上海——但它们都是昆山园区的“子子孙孙”，是属于昆山园区的一部分。

这样的园区，似天上的星星，地上的沙粒。那天上的星星，借助宇宙的力量和时光的变迁，或许有一天会在你和我都不太注意的某一刻，突然出现在人们眼前，而这个时候它可能就幻化成一个新的太阳或是一轮新的月亮。那美丽或耀眼的光芒，一定会惊呆所有人！它也有可能平凡得像沙粒一般，无人问津，然而经过千锤百炼，千淘万洗，却突然有一天脱颖而出，成为闪闪发光的一块美玉呈现在众人面前。这样的袖珍式园区如江南春天的雨滴，若断若续，点点滴滴，最终沙沙落地，滋养万物，又如绣娘手中的丝线，缠缠绵绵，挥洒时如影生光、如诗如画……

我们已经把昆山大、中、小三类园区进行了分类，你以为这就是昆山的全部园区形态了？错。昆山还有一种园区形态叫“套园”，或称“连环园”。比如很著名的阳澄湖科技园，它以绕城高速、古城路以东，城北路、杜克大道以南，大渔、斜泾中心河及院士路以西，马鞍山路、观林路以北的 8 平方公里的地方为核心区域。这个区域实际上与“大园区”有很多地方是重合的，但阳澄湖科技园实际上采取的是市政府主导下的公司运营模式，土地资金封闭运作。市政府赋予该园区的职能是围绕“一个体系”“两条主线”“三个高地”“四大功能”的目标任务，致力于将科技园建成中国一流、国际知名的服务型综合科技园。所谓“一个体系”，就是构建聚集政、产、学、研、金、介各类创新要素和提供专业全面服务的创新体系。“两条主线”，是指以研发机构为抓手，以特色产业基地为依托，集聚新兴产业，以共性技术和商务服务为支撑，以技术转移为突破，服务企业创新。“三个高地”，即以人才资源为重点，畅通人才引进、培养、交流等渠道，探索人才生根战略，打造人才集聚高地、成果集聚高地和产业集聚高地。“四大功能”，则明确指出这个科技园的特性，即以科技园区建设为载体，提升人才培养、研发孵化、产业集聚、服务支撑功能，全面推进科技创新工作。

像阳澄湖科技园这样具有调度服务功能的园区，在昆山的两个大园区中有数个。

我们熟悉了昆山这类特别的“园区”，就会清晰和惊奇地发现：这些园区的设立，一方面体现了人才培养和科技研发的孵化作用，另一方面又为周边的大园区、中园区、新园区积聚能量，“储蓄”后劲……这是何等的高明！

另一种我称其为“种子式”的园区也十分别致。比如吴淞江畔的“昆山小核酸及生物医药产业园”，最初成立时，它一点儿也不起眼，体量看上去只是“一丢丢大”。但它现在已经长成又一个“昆山新巨人”，因为原来在昆山的产业中基本没有生物制药，如今却很不一样了，在生物制药产业，马上又会诞生一个千亿元级的“大块头”。

当年的这个小园区，是昆山高新区播下的一颗“种子”，它的缘起就是引进了在“863 计划”支持的第一个小核酸重点项目中担任首席科学家的梁子才教授和他的团队。生物制药产业与其他制造业不太一样，得“慢慢来”。昆山人不怕寂寞，等着“种子”在大园区、大环境中慢慢发芽、开花，再结果……正可谓“十年磨一剑”，梁教授的团队成功了。另一个领军团队，盛泽林团队研发成功的一剂新药，如生物界的“一颗新星”，他们的泽璟制药也成了上市公司。之后不断有生物制药产业界的“兄弟们”来“傍大款”，现今这个园区已经吸引了 100 余家生物制药企业，它们把这片生物医药产业园区绘成了昆山经济版图上的又一奇景……

常言道：一个好汉三个帮，一个篱笆三个桩。昆山连续数十年屹立于县域经济的巅峰，各项指标遥遥领先于他人，绝对不是没有道理的。道理就在于他们编制的这种精致、精密、精准的“园区”密码程序，如同高科技的芯片一样高（超）、精（密）、尖（端）……

当你置身于昆山园区世界的百花丛中，你感觉到的不会是枯燥的经验与理论，你也不会认为这仅仅是一批聪明人在摆摆阵而已。昆山的园区经验，首先是实践的结果，其次，它是在探索中不断完善的，再次，它是管用的，完全不是虚设，它为整个“昆山大机器”的高速、高效、高质量运转提供服务，它如飞向太空的航天飞机发动机系统，不差一丝，不谬一毫，不废一寸，适得其所，恰到好处，越运作越有张力，越有生机，越能创造奇迹！

任何自然界的密码都有其神秘性、独特性和难以复制性。然而昆山的园区密码是在马克思列宁主义、毛泽东思想、邓小平理论、“三个代表”

重要思想、科学发展观，特别是习近平新时代中国特色社会主义思想的引领下，不断创造，艰苦摸索，反复实践，努力优化和完善的基础上形成的，是可以复制与学习的。正如一位昆山老发改委人所言："我们的园区，有大有小，大中有小，小中有大，小成大时大更大……而且还会不断添加新形态。这种园区模式，是我们昆山人凝聚智慧、敢于实践和勇于创新的成果，也是我们从实际出发，利用区域的有限空间和自然资源，吃透产业特点之后，一步步摸索出的一条科学、节约、高效的现代化建设之路，所以它是昆山成功之道的核心密码。"

在昆山花桥，有一座创意产业园，里面有一座"金字塔"，其造型在全国是独一无二的。它气势磅礴，近看远看皆如金字塔一般矗立在你的面前。它是专为到昆山创业的年轻人建造的一个综合体大楼，总建筑面积达12万平方米。从地面往上看，一层层房间，"块"叠"块"、房连房，层层增高、层层相嵌，构成牢不可破的金字塔之势……那"塔"上的风景一定是最美、最出奇的。

"我们的园区经济形态，其实跟这金字塔楼很像，整体就如我们昆山全市的经济，基础和基本盘是大楼的底座，然而整栋楼是每一层叠加而成的，每一层又是由一个一个小房间组成的……小房间就像我们那些散落遍地或有意播种的琳琅满目、多种多样的小园区、特色园区；叠层而起的楼面，犹如我们各镇的经济园区，它们像踩在底座之上的罗汉，将整个昆山的经济不断往上、往高处托举，直至与云天相接……金字塔楼就这样诞生了，就这样任凭东南西北风和无限变幻的飓风摧枯拉朽，我自巍峨地挺立于中国县域经济的巅峰之上！"

瞧，他说得多好，多形象、多有诗意！

也"很昆山"！

写到这里，也许有人会问：“昆山到底有多少‘园区’？”嘿，这也一直是我所想知道的。结果呢？我问了昆山不少领导干部，他们朝我笑，笑了又笑。你知道为什么吗？因为他们最后告诉我，其实昆山到底有多少“园区”，连他们自己都快搞不清了！

还是找一篇新闻报道来印证一下吧：

> 用好“产业链招商”这一看家本领，昆山持续深化产业联动、跨界融合，创新提出“产业园就是产业链、上下楼就是上下游”理念，高水平建设40个“四链融合”的特色专业创新园区，已形成百亿元级园区5个、50亿元级园区10个。

这篇《2023，昆山向您汇报！》中的一组数据，向我们展示了昆山园区的强大实力，一番查证后，我发现昆山现有的大大小小的产业园竟达427个之多，真是令人咋舌，难怪昆山的领导干部们都快搞不清啦！

〔第三章〕

台商的暖地、旺地

我曾经看到过在一片美丽的湖泊中央，留有一处郁郁葱葱的丛林之岛，数量众多的鹭鸟栖居在此。它们早出晚归，每天如此。清晨飞腾而起时，如大地的雾气腾越，生机盎然；夜晚归巢时，如海潮席卷，繁星落地……其景，壮观至极，摄人心魄。

当地的一位百岁老人指着那湖中之岛告诉我：那是一片暖地、旺地，否则不可能有万鸟在此筑巢栖息，繁衍后代。

昆山也有相似之奇景，这便是宝岛台湾的10万同胞在此创业奋斗之景。这让我瞬间想起烙在脑海深处的那幅“万鸟归巢”图。

一片巴掌般大小的土地上，集聚了10万台商台胞，截至2024年6月，累计批准台资项目超6000个，投资总额超700亿美元！30余年来，台资企业的贡献占整个昆山地区生产总值的30%以上——这般现象，观世界之林，唯昆山独有！

我们常言“两岸一家亲”，并惯于用“血浓于水”来形容海峡两岸人民之间的情感。昆山的台商现象，是对其最好的诠释。

这些台商中的大多数人，精准地把握了时机，乘着大陆改革开放和大发展的东风，通过自己的努力奋斗与拼搏，实现了商业目标和自我人生价值，积聚了丰盈的财富，但不可忽视的是，他们也为改革开放进程中的祖国贡献了巨大的物质财富，展现了许多可贵的品质。

“世界经济的潮流一直在全球转动，20世纪80年代末、90年代初，我们在台湾招工很困难，不管是大厂还是小厂的业主，日子都不好过。没有别的办法，找遍了许多国家和地区，唯有大陆的劳动力是最丰沛的，而且劳动力成本低廉，加上大陆改革开放的大门也已敞开，我们就认定这是个大好机会。说白了，台商们找到了在其他地方无法找到的一条新路，这就是我们来到昆山创业、投资和发展事业的原因……”一位已经在昆山生活了35年的台商，站在他那几乎望不到边际的厂区，如此满怀深情地说了这番话。

“我们到大陆的第一步就是来到深圳，后来在东莞办起了厂……没多久，工厂需要升级和扩建，我们就开始沿海岸线北上，到了上海。那个时候，浦东开发开放刚刚开始，全世界的生意人都往那里涌。我们台商多数是做中小生意的，所以挤不进浦东这波潮流。在不知所措时，有人告诉我们上海边上有个叫昆山的地方，于是我们就来了……一来就走不掉了。”江苏骅盛车用电子股份有限公司的总经理姓何，他说昆山人的“做人理念”和“服务意识”，是他来大陆之前从未见到的好。“几乎与我一样，台商们只要踏上昆山这块土地，就会被昆山人的热情、周到所打动，他们急你所急、想你所想、做你想做，把你自己绝对做不成的事变成可能，遇到这样的机会、这样的地方，若不是福气，不是幸运，那还能是什么呢？所以30多年前，我落定昆山之后，就再也没有离开过，以后也不会离开，不管世界风云如何变幻，不管生意如何，昆山就是我、我全家和我企业的命根！”

何先生的骅盛车用电子公司，主要生产新能源汽车上的线束。许多人认为一辆汽车最重要的是发动机和轮胎，其实到了数字化、智能化的新能源时代，汽车的“芯”和线才是最重要的。骅盛车用电子公司出品的线束就像汽车的“血管”与“经脉”。一眼看去，产品都很小，但整个汽车制造过程少不了这些产品。现在的何先生，就差别人称他为“车线之王”了。

不过当我这样夸他时，他说他只是“汽车大树”的一段根须而已，而且这段根须的长成，也全靠昆山的肥沃土壤和大陆的巨大市场——瞧他说得多好！

“这是真心话！”何先生说。

“我们在台湾也只是普普通通的人，如果当年没有从宝岛跨出那一步或是那一步没有落到昆山的话，那基本就不可能有骅盛的今天……”那天晚上，何先生与太太陈丽梅请我们在他厂里的小餐厅内就餐。陈丽梅向我描述了当年她为了追随丈夫的昆山事业，拖儿带女来到大陆的情形，令我内心强烈震动——

“30多年前，我们刚结婚不久，心里总想着创业，但我们只是台湾的普通人，大生意做不起，只能做点小生意。当时的台湾大老板、大企业都面临招工难的问题，大家只能到处寻找机会，最后还是觉得大陆好，因为大陆人多，又已经敞开大门了。我和先生就是在这样的形势下，跟着潮流来到大陆的。我先生在1993年先到大陆，而我因为身边的孩子还小，又有身孕，只能暂时先留在台湾。1995年，我生下第二个孩子不到半年，就急着要过来帮先生，那时他一个人在这里建厂，需要有人帮帮他。于是我就一只手拉着5岁的大孩子，另一只手抱着才几个月大的婴儿，身上还背着两个大包。那两个包一个装满了换洗的衣服，另一个装满了尿不湿……”陈丽梅说着说着，两眼泪汪汪，“那个时候两岸还没有直航，我们从岛上飞出来，先要到香港，再到深圳，然后再换乘飞机到上海，一路辗转，不断换乘交通工具，进出各种关口。几十个小时里，我的双手麻了又麻，衣衫湿了又湿，但我不能松手，甚至连打个盹儿都不敢，怕孩子在路上会有啥闪失……”

“你可能不知道，其实当年刚到大陆的台商，大多数并不是富豪，只是中小老板，即使有一些现在在世界上有排名的大企业，那个时候生意也十分不好，一是订单锐减，二是找不到劳动力，简直快要穷塌了！我们家这样的小企业自然更不用说了，到大陆来投下几十万、几百万元，几乎是押上了所有身家。所以说，落地昆山后，见到那么好的优惠政策，那么好的服务，我们就有了一种强烈的希望和拼劲……我记得非常非常清楚，在建造厂房那会儿，我们一家人每天早上六点前就要起来，然后对着朝阳唱那首在台湾特别流行的叶启田先生原唱的《爱拼才会赢》，给自己鼓劲……”

陈丽梅越说越激动，情不自禁地起身，用闽南语唱了起来：

一时失志不免怨叹
一时落魄不免胆寒
那通失去希望
每日醉茫茫
无魂有体亲像稻草人
人生可比是海上的波浪
有时起有时落
好运歹运
总吗要照起工来行
三分天注定 七分靠打拼
爱拼才会赢
……

这首老歌曾经在台湾和大陆都很流行，陈丽梅唱完闽南语版后，又用普通话唱，于是我们在场的人一起跟着唱了起来。我看到，这位如今已年近 60 岁，在昆山常被人称为“陈美丽”的台商太太早已泪流满面……

这样的场面，这样的歌声，总是容易勾起人们对往事的感怀，也很容易催发人们情感的共鸣。

陈丽梅后来无比感叹道：“创业之初的情景难以回首，但我们一家又感到无比幸运，因为相比那些当年留在台湾的同龄姐妹，我是个幸福之人。两个儿子都是吃昆山的米、喝昆山的水长大的，他们读完小学、中学后，又出国留学深造，毕业后又回到昆山工作。我们的厂现在很好，生意越做越大，近几年的产值每年都能较上年增长20%左右，而且厂里基本上实现了自动化，省去了很多体力劳动，所以我现在很轻松、很开心，有时间跟其他台商太太一起上上绘画班……来，看看我的画作吧！”活泼的陈丽梅拉着我走出他们厂的产品展览厅，来到放着她作品的画廊参观。

画作不错。利用业余时间绘画的她，现在已经是台商太太圈子中小有名气的女画家了。昆山市文联的同志告诉我，陈丽梅的画作多次在昆山乃至外地展出。

“这样下去，你的一幅画有可能抵得上你们厂一年的产值……”我这话让陈丽梅高兴得手舞足蹈。

“哎哟哟！哎哟哟哟……这个样子的话我要幸福死了！”骅盛车用电子公司的厂区院子里，回荡着老板娘阵阵清脆而幸福的笑声。临别时，何先生与他太太握着我的手，久久不放，屡屡嘱托：“昆山是一块风水宝地，是我们台商的幸福之地，请你代我们好好写一写！”

于是，也就有了这部作品中的特别篇章——

09. 一“顺”百顺

第一天到昆山采访，我首先选择了“元老级”人物吴克铨。不承想这位为昆山发展立下不世之功的 92 岁的老书记，竟和夫人住在一个老小区的 7 楼，房子不足 100 平方米。谈起往事和昆山翻天覆地的变化，吴老感叹道:“都是中央和邓小平同志作出了改革开放的英明决策，才有了昆山的今天，当年我们就是顺应了时代发展的潮流，率先尝试了一点别人不太敢做的事。后来呢，大家都在做事的时候，我们又比别人更上心，因此做成了事……”

一句听似平常的话，却道出了昆山成功的秘诀。

中国改革开放 40 余年，这过程，并非一帆风顺。有道是“风起于青蘋之末，浪成于微澜之间”。昆山走过的路，其实一直在这种“青蘋之末”与“微澜之间”，然而昆山人比他人更懂得某些“危机”中潜藏着巨大的机会。

比如，20 世纪 90 年代初期，中国正从计划经济向社会主义市场经济转变，这时候社会焦点又集中在市场和计划关系的争论上，大学毕业生并不吃香。

“别人不要，我们要啊！有多少要多少！”当时的昆山市委书记吴克铨（1989 年 9 月 28 日，昆山撤县设市，同年 11 月，吴克铨改任市委书记）听说后，立即让人事局的同志到省人事部门获取了国家教委重点大学毕业生名单，之后通过各种办法，这一年一下子接收了 600 多名非昆山籍的大学毕业生。

“他们后来多数成了我们昆山大开发、大发展的骨干人才……”昆山干部们说起这事，脸上总是充满着骄傲。

设想一下，30 多年前，区区一个小城市，一下子豪气冲天地接纳了 600 多名大学毕业生，并把许多重要岗位都给了这些大学生，这需要何等勇气！

这 600 多名大学毕业生多数可都是名牌大学的高才生啊！昆山人之气度、气魄与远见，何人敢比？

同样，在这一时期，最先进入大陆的台湾商人也面临着严峻的考验。当他们怀揣梦想和豪情壮志离开台湾，刚刚踏上大陆土地的那一刻，便遇到复杂的政治与经济环境。

一位台商这样说：“我们中间的不少人是关停了台湾的厂，带着所有的资产，举家奔赴大陆重新创业的呀！当时一看大陆的情况，心里又没底了！”他说的是实情。

“宣主任，向你报告一个消息：我老爹说有个台湾远房亲戚要到昆山来住上几天，让我去虹桥机场接他，还说要住在我们的玉峰宾馆……”一个炎热的夏日傍晚，开发区管委会主任宣炳龙的司机在驾车送他回家的路上说。

“台湾人？他来昆山干啥？”宣炳龙一听便追问道。

“听说本来是想到广东投资办厂的，现在一时回不去，所以想到上海和我们这边散散心。”司机说。

“好。交给你一个任务，把他接到昆山，安顿好后，你马上告诉我，我要请他吃饭！”

“明白！”

这位到昆山“散散心”的台湾商人姓吴，是一家台企的董事长。令他没想到的是，忧心忡忡的他，刚刚下榻宾馆，就听说昆山市的领导要请他吃饭，一时有些惊讶。

“先生想来大陆投资,不妨看看我们昆山能不能合您意……”在饭桌上，宣炳龙拿出“招商”绝活，说得这位吴先生热血沸腾。

“只是……只是我们有心来投资，但你们大陆的政策还不太明朗呀！”吴先生面露难色，一个劲儿地朝宣炳龙摇头，然后长长地叹了口气。

宣炳龙还是暗暗有些吃惊，尽管这种情况他是有所预料的。于是他用了一个激将法：“你说政策吧，哪个国家、哪个时代都会有变化，但你们也知道，像包玉刚、李嘉诚他们跟内地做几十年生意了，不也一直风生水起嘛！这才像大老板的风格……”

“你、你……这是小看我们呢！”吴先生有些生气了，说，“我如果不是真心想来大陆投资，为啥还从南到北地奔波嘛！”

“那吴先生你还有啥不放心的？”宣炳龙用坚毅的眼神盯着对方，“我给你打包票还不行吗？”

吴先生不说话了，久久地盯着宣炳龙，然后轻声笑道：“你，我倒是挺欣赏的……”

宣炳龙举起酒杯，与吴先生碰杯道：“明早我们的书记——也就是昆山的‘一把手’要见阁下，与他会面后你再下决心也不迟！”

“好！好！”吴先生有些受宠若惊了。

第二天一早，吴克铨如约到场。“二吴”见面，一番深入交流之后，台商吴先生连声感叹：“我是第一次到大陆来准备投资，也是第一次认识你们昆山，而你们给予我的热情和真诚，让我切身感受到大陆对台胞的深情厚谊啊！”

“只要吴先生愿意到我们昆山来投资，你有任何要求和想法，只管说出来，我们一定会尽力满足。”吴克铨代表昆山连拍了三下自己的胸脯。

宣炳龙没等“一把手”的话落地，就接上话茬，说：“吴先生，我们已经为你准备了一块最好的地。不妨看看？”

吴先生有些不相信地看了看几位昆山领导，声音有些颤抖地说：“你们……你们说的都是真的啊？”

吴克铨笑了，说：“你放心，我们对所说的每一句话负责！”

“那——我跟你们去看看地。”

“先生请——”宣炳龙已经在电梯口引道。

后来的这些情节，是我在今年春天采访宣炳龙时，他跟我说的：

“我先拿出一张昆山地图，然后告诉他哪里是市政府所在地，哪里是待开发的地方，哪里是公园等。然后我对吴先生说：‘你们看着地图自己挑地方吧！’大概吴先生从来没有见过政府竟然是这样‘招商’的，所以有些不敢相信。我把笔给他，然后说你尽管在地图上画。他看看我，真画了！画完后，我就说：‘那我们一起到现场去看看地。’

“后来到了现场，吴先生看到的尽是一片片的空地，但确实是块好地。吴先生就说：‘我就要这块地，这里离你们政府也比较近，有事我好找你们。’我回答他说：‘不错，真到那个时候，你就站在厂子门口往我们政府方向喊一声，我就跑步过来！’说完大家都哈哈大笑起来。

“吴先生后来说：‘我先要 16 亩。’

“我说：‘可以。但我会给你在旁边多留出几十亩空地，等你企业发达了，还划给你用。’吴先生一听就很感动，伸出双手紧紧地握住我的手。我们的信任似乎一下子增进了不少。

“吴先生后来又问：‘你们的地现在还不具备建厂的基础条件，啥时候能把路和周边的环境弄好？’我回答他说：‘4个月。4个月后先生你再来看。你要的厂房我们会全部建好！’

“吴先生兴奋地再度紧握我的双手，说：‘我们一言为定！’

“‘一言为定。’

“4个月后，吴先生如期从台湾来到昆山，来到那块地前。‘了不得呀！宣主任，你是神仙呀！’他看到我们已经把他所要的厂房齐刷刷地建了起来，而且周边的道路、绿化、水电线路等基础设施全部建设完成与配备到位，所以万分惊喜、兴奋不已。”

1990年10月，台资在昆山的第一家企业正式注册落户。这就是在昆山经济发展过程中常常被谈及的台资“顺”字企业。后来我们知晓，那位吴先生就是这家“顺”字台资企业的大老板，尽管他自己并没有担任昆山新公司的法人代表。第一家“顺”字企业“顺昌”公司在昆山注册后，紧接着有6家“顺”字台资企业陆续入驻昆山，形成了第一波台资企业进驻昆山的热潮。“顺”字企业可以说是台资企业来到昆山的“领头雁”。

30余年过去，现在这事件看起来似乎稀松平常，然而在当时，昆山市领导层却经历了一场不大不小的风波。“操盘手”宣炳龙这样回忆：“因为当时吴先生看地时并没有跟政府签订合同，我们答应给他建厂房，实际上我们是要先垫钱的，一共80万元。这在当时可不是小事，有人马上写信给省纪委，说宣炳龙凭什么在没有得到任何保证的情况下给台湾商人建房子，他是不是有不可告人的目的。这帽子绝对不小。但我自己非常坦荡，吴克铨书记也坦荡，因为我们是为了招商，为了能让台商到昆山来投资。我们如果不花点本钱，人家怎么会心甘情愿地来昆山？为了能够让台商的投资落地，垫付建厂资金是市里领导们做了专门研究后才决定的。我当时是开发区管委会负责人，责任当然由我承担。尽管如此，当时也有市级领导干部担心，说你宣炳龙胆子真大，人家啥都没给，你就把4500平方米的房子给建了起来！我回答说：‘我们第一次与台商打交道，总要舍得拿出点东西吧！房子建好了，它毕竟还在昆山，是搬不走的，他台商来最好，不来我们也亏不到哪儿去。后面总还会有人来昆山投资的嘛！’就这样，一场风波逐渐平息……”宣炳龙被称为“宣大胆”，这在昆山也是出了名的，他说在开发区几十年，经历的风雨可以写成几部电视连续剧了。

“我们现在说‘昆山之路’，在以前是没有路的，也就是说昆山所有走过的县域改革开放之路，尤其是开发区模式和引进台资企业的做法，是没有其他任何地方可提供借鉴经验的，全靠自己摸着石头过河。摸对了，对岸是一片光明灿烂；摸错了，完全有可能淹死自己。好在我们在党中央政策的指引下，在各级领导的支持和昆山百姓的帮助与监督下，并没有摸错河道，这才有了昆山的后来……”宣炳龙特别强调了他们那一代昆山人在工作目标和方向上的三句话：让“企业发财，社会发展，人民致富”。

宣炳龙打开了话匣子，他的话犹如长江之水滔滔不绝、汹涌澎湃……

“当时我们对台湾的情况是很不了解的，尤其是对台商的投资心态和企业发展模式更不了解。在这种情况下，我们招商就抱着一个目的：先引入一家企业，通过良好的服务，让这家企业对昆山投资环境和其他各方面有个好印象。更具体地讲，就是让台商强烈地感受到来昆山投资是值得的，是有前途的，是能够发大财的！这样他就有可能把这样的体会告诉朋友或合作伙伴，而这正是我们搞开发区和开展招商工作最想得到的效果。昆山后来招来了那么多外来企业，用的也是这个招数！”宣炳龙讲到这里，哈哈大笑起来，“这是祖先教我们的方法，叫‘滚雪球’。”

“在我们政府和开发区内部，把这一做法称为‘以外引外’，就是一家外资或台资企业进来后，就由他们帮着引进第二家、第三家甚至更多的企业落地昆山。其实这就是‘滚雪球’！”宣炳龙谈起这个经验，津津乐道。

确实，“顺昌”进入昆山之后，带来了6家“顺”字台资企业。当时的昆山人转眼间看到一片台资“顺”字企业落地自己的家门口，称道：“这是一‘顺’带六‘顺’，我们昆山将要‘六六大顺’了！”

还真是被百姓们说中了。之后的昆山台资企业，可以用四个字来形容：蜂拥而来。

在今天昆山的几千家台资企业中，有一个人所办企业的名字非常特别，这家企业名为“昆大”，董事长是杨登辉。

杨登辉老先生坐在我对面，一看便是做人和治企都非常严谨的长者。对这样的人，我们是必须尊敬的。

当我好奇地问杨登辉先生为什么给企业起“昆大”这个名字时，他说：“因为当时我在昆山的投资额是最大的。一开始是500万美元，后来又投资了7000万美元。所以昆山市领导在我们为企业注册名字时，说我的投资额最大，名字随我挑。我说你们帮我挑。宣炳龙这个人思想活跃，他脱口而出，说就叫‘昆大’吧！他还说：‘我们永远感激你杨先生，是你给台资企业带了个好头。’”

“我是1989年10月到大陆的。第一站到了福建福州的马尾，但是不巧就在住下的第一夜，当地发生了一起命案，吓得我们一行台湾人赶紧离开。后来有人告诉我：‘你可以到上海看看，那里的市长很开明，又是搞经济出身的。’到上海后，市长派他的秘书领我们到闵行开发区参观。那个时候，有日本人在那里办企业，我们还看到可口可乐公司已经在那里划了100亩商用地。看到这些，我也有了在上海投资的心愿。当时我们住在锦江饭店。这个情况不知怎么被昆山人知道了，等我回到饭店时，就看见两个人等在我房间门口。他们自我介绍说是昆山来的。当时我连昆山在哪里都不知道，他们告诉我就在上海隔壁，离闵行就二三十分钟的车程。他们说：‘杨先生，我们正式邀请你到昆山看看。’正好当时跟上海市市长的见面约在后天，所以中间有一天空闲。我又看到两位昆山人如此真诚，就说考虑考虑，接着准备回房休息。但是这两位昆山人没有走的意思，我说：‘要不你们先回去，我决定去的话，跟你们联系。’他们就说：‘我们就住在旁边的宾馆，等着先生。’我笑笑，心想：真的假的嘛！不想第二天早上我准备下楼吃早点时，这两人竟然已经等在我房间门口了。我大为吃惊。当即，我就答应他们当天去昆山看看。他们高兴得连忙拎包引路，就这样我第一次来到了昆山。到了昆山我才知道，他俩可是昆山的大人物——一位是市长吴克铨，另一位是开发区负责人、经委副主任宣炳龙……”

到昆山后，在吴克铨和宣炳龙等领导的关心和帮助下，杨登辉的企业在这里投资落地便是铁板钉钉，笃定了。

关键是杨先生到了昆山之后，他对这片土地和生活在这片土地上的人有了更深刻的了解，其思想上完全被“征服”了——如前所述，杨老先生是一位行事说话非常严谨的人，他对昆山有这样的感受并非没有来由。他说他有一次从上海虹桥国际机场下来，就看到昆山人拿着招商宣传材料，见到台商或外商模样的人便发传单，向对方发出邀请，如果对方真的是台商或外商，他们就会追到对方住的酒店、宾馆，直到跟对方聊上几句，邀请对方去一趟昆山为止。而且台商或外商到昆山后，不管是真投资还是仅仅去看一看，他们都热情接待，管吃管住。“这里的干部，到企业来，问得最多的话，就是‘有没有需要我们帮忙的？’，这种真心、贴心、暖心是可以让人切切实实感受到的。”紧接着杨先生无限深情地给我讲了他所经历的三件事：

“第一件事，刚到昆山创业时，我们建厂的时候正值冬天，气温低至零下 8 摄氏度，天寒地冻，我们在台湾没有经历过这么寒冷的冬天。昆山领导几乎每天都要到我们的施工现场嘘寒问暖、送这送那，就像自己家里盖房子似的。

“第二件事，当时昆山没有国际长途电话，甚至连普通的国内长途也比较难打。我们的原料和产品都是面向国际市场的，所以几乎每天都要打国际长途电话，昆山打不了国际电话，只能到上海去打，很不方便。有时为了打一个电话，来回就要花一天时间。有的时候一些原材料一天一个价，我必须当机立断，不然就会增加很多成本。这对企业来说，很头痛。昆山领导得知后，吴克铨和宣炳龙亲自跑邮电通信部门，仅用两个月时间就为我们解决了打国际长途的难题。就这一件事，一年下来不知给我企业省下了多少钱！起初我一直住在上海的宾馆，后来我就干脆搬到昆山来住了。生意上有再大、再紧急的事，我在昆山拨个电话就能解决了！”

杨先生越说越兴奋，他说：“第三件事，因为我们的产品是出口的，进出口手续特别多，因此希望昆山帮助沟通有关部门，争取优化中间环节。这个事在当时还是比较难办的，必须由省一级相关部门解决。昆山经委知道后，马上派人到南京去协调。可当时交通并不方便，昆山自己也没有几辆小汽车。市领导知道后，立即调来书记和市长的车给我们办事用。这类事还不是跑一两次就能成的，但昆山的干部们每次都是这样全心全意为我们去努力，一直到任务完成为止。”

“如果你还想写他们的故事，我可以讲出十件事来！”杨先生越说越兴奋。

“比如，2008 年，老天下了一场大雪，我们厂的房顶塌了。第二天一早，政府就派人来帮助扫雪，把厂房重新修整好。比如，我们的进出口货物在运输过程中容易摔坏，摔坏后就无法销售。为了帮我们解决这个难题，吴克铨书记、宣炳龙主任亲自谋划辟出一个地方，出人出力，还做了专门的模具，对摔坏的产品进行无偿修补……

“一句话，‘昆大’能在昆山做大，全靠昆山人的一片真情实意。他们常说的‘亲商、安商、富商’，在这里真正做到了。昆山后来能吸引这么多台商，是有原因的。他们的服务，让我无法不满意。没有了不满意，剩下的就是我们自己一心一意把企业做好、做大！所以在我们台商中有一句非常流行的话，叫作‘昆山是台商的风水宝地，全世界找不出第二个这样的地方’！”

我相信杨登辉先生说的话。他也用自己的行动证明了昆山的这一点。

“昆大”如今真的做得很大了。为了追赶世界科技前沿水平，杨先生的企业在 1997 年时就开始转向生产电子产品。如今他与友人合办的镒胜电子科技公司，在同行中也是佼佼者。令人无比感怀的是，这位台商中的第一代“昆山创业者”杨老先生，如今一家三代人都已定居昆山。

“我今年 77 岁，大半辈子生活在昆山。我的儿子和孙子，他们的生活时间几乎全在昆山。我希望我们杨家从我这一代起，就落定在昆山这片土地上……”

杨登辉先生的话，撞击着我的心灵——如果没有一片赤子之情，有谁能做到这一点？那么，这样的赤子之情又是谁铸造的呢？

是昆山，是昆山的干部和昆山的人民。

10. 18 只螃蟹 牵来一大串台商

1989—1992 年，我国社会主义市场经济体制改革目标最终确立，但当时也可以说“暗流”汹涌。其中有一股“流”就是关于姓“资”还是姓“社”的大争论、大较量。像昆山这样把外资和台资视为经济发展动力的做法，自然遭到一些人的猛烈抨击。

“那几年，如果不是江苏省和苏州市的支持，我们确实有些难以再往前走了……”吴克铨曾这样感叹。

昆山的运气太好了，就在此时—— 1992 年春天，邓小平的南方谈话如温暖的春风吹遍了大江南北，正处在关键时刻的昆山，抓住时机，将原本半开半掩的大门奋力推开，外资企业和台资企业，尤其是台资企业，如潮水般地涌向这片土地！

1993 年末，入驻昆山的台资企业已达 100 多家，其中不乏世界 500 强企业。在昆山这个不起眼的县级小市，已经建起了一座相当规模的“台湾城”。这中间，最著名的是六丰机械、统一食品、樱花卫厨和捷安特。

有一位台商不得不提，他就是吴礼淦。此人在昆山干部和群众中几乎无人不晓，吴先生在台商中有一个光荣的称号，叫作“昆山市长”。

“我们称吴礼淦先生为‘昆山市长’，是因为今天台商能够在昆山这片土地上生根、发芽、开花、结果，许多事就是在他老人家的帮助下完成的……”我见过许多台商，这样的话不止出自一位台湾人之口。

在我第二次准备赴昆山采访之时，有一天突然看到昆山方面的人给我发来一则消息，说吴礼淦先生去世了。

这消息令昆山人，特别是在昆山的台商非常悲痛，他们尊敬的“昆山市长”从此离大家而去了。

吴先生能被称为“昆山市长”，完全是“民间传说”，人们之所以这样称呼他，甚至有不少昆山领导也这样称呼这位台湾先生，原因就是吴先生为昆山，尤其是在吸引台商到昆山投资发展方面做出了巨大的贡献。

吴礼淦从1991年踏上昆山之地到2024年4月初去世，在这30多年时间里，他基本上没有离开过昆山，除了经营自己的企业，他还帮昆山招商、拉投资。

说起吴礼淦先生，就不得不说在昆山流传的两个非常经典的故事：一个是“18只螃蟹”与吴礼淦的故事，另一个是捷安特落户昆山的故事。

没有见到吴礼淦老先生，对我而言是一件十分遗憾的事，但坐在我面前的两位重要的当事人，又让我感到万分幸运：一位是昆山第一位女市长，当年与吴克铨搭档的郑慧珍；一位是吴礼淦在昆山的沪士电子公司的副总经理李明贵。

我先与李明贵谈起他的老板吴礼淦。“我随吴董于1993年到昆山，后来一直做公司副总经理……”台湾人一般称呼自己的大老板为“张董”“李董”，就是某某董事长的意思。李明贵介绍，他们吴董的父亲是大陆人。1941年吴礼淦出生于上海，1948年随父亲到了台湾。吴礼淦的父亲手上有些钱，所以在吴礼淦大学毕业后，就给了他一笔钱，让其做实业。儿子刚从大学走出来，思想很前卫，独自跑到台北买了一块地，准备“炒”一把，赚个痛快！父亲知道后大怒，责令儿子退地。“我不喜欢‘炒’这‘炒’那，那不是正经生意，我要你认认真真去做实业！”父亲这样对儿子说，而且没有任何商量的余地。吴礼淦就是在父亲的这种经营理念的影响下，开始从事实业。他先做的是纺织，其父在上海时就是湖北商会会长，并且是做纺织起家的。吴礼淦在做纺织生意的过程中认识了一位知音，此人后来成了他的太太。两人一起到香港并结婚生子，后又共同做起熟悉的专业生意——与化学相关的产业。后来吴礼淦又移师台湾，开始从事电子行业，成立吴氏电子公司（后改名为楠梓电子股份有限公司），生意做得风生水起。然而随着世界经济大潮的不断变化，20世纪80年代末，台湾的劳动力成本不断上升，许多企业不堪重负，不得不选择新的办厂地。吴礼淦的企业面临同样的困境，原本就对大陆怀有特殊感情的吴礼淦，终于踏上了大陆。到大陆之后，他便首选在上海落脚。

到上海之后，吴礼淦花了很多时间做调研，最后准备在上海投资。当时他与上海已谈妥，准备一日后签约。中间有一点空闲时间，助手向他提议：“到昆山去看看，听说那边也在搞开发，还蛮热闹……”这一句话打动了吴礼淦，因为小时候他就经常从大人嘴里听到上海边上的“小昆山”，只是没有去过而已。

“走，到小昆山去白相一趟！”吴礼淦的上海话说得绝对标准。

吴礼淦到昆山的消息，很快就被昆山市领导获悉了。主要领导立即找到市长郑慧珍：“你去接待一下，这位台商据说在台湾很有实力，尤其是他从事先进的电子产业，争取把他留在我们昆山！”

“那个时候，我40来岁，正是干事的年龄，所以一听说来的是个台湾大老板，而且还是搞电子产业的，就十分上心。因为在这之前，我们接待过美国的王安先生，他是电子产业界的大佬级人物，又是昆山籍人。第一次接待王安先生，给我留下了深刻印象，当时我们希望王安先生能够看在老家的面子上，在家乡搞些投资。我们就带着王安先生去千灯镇看地，当时一路上尽是沙子地，风尘四起，路边杂草丛生。王安先生毫不客气地对我们说：‘昆山不适合搞先进的电子科技产业。’他的话如同打了我们一闷棍。从此我知道了，要想引进高科技产业，就必须先把自己的环境打造好。尤其是像生产电路板的企业，厂房和车间都是有净化标准的。我们这种土里土气的环境怎么行嘛！作为主抓经济的市长，我就开始注意对拟开发地区的环境和城镇周边进行整治与改造，多多少少要在投资人面前搞得像个样子。但是由于缺钱，许多重要地块其实还是老样子。吴礼淦先生来后，我知道他跟王安先生一样是搞电路板的，猜测他也一定要在环境好的地方建厂区，所以就带他到市政府对面的一片地去看。你知道那地啥样吗？哈哈……现在说出来我自己都要笑出声！”郑慧珍大姐跟我说起这事时，忍不住自个儿先笑了起来，她说她家里还留着当时那块地的老照片。“现在看来，是不堪入目的！”她说。

“那块地杂草丛生，还有不少坟头。当时这样的地在昆山有不少，主要是想开发，又没有钱，所以荒在那里。但这块地位置好，周边的道路不像往千灯镇去的沙子路。我带吴礼淦先生到地头边后，就跟他说：‘这是昆山开发区最好的一块地，你看离市政府多近呀！如果先生要在昆山投资，我可以给你 300 亩地。’吴礼淦一听，眼睛立即亮了起来，转过头，看了看我，问：‘你说 300 亩？！’我点头说：‘是，300 亩！’我知道这数字一定是让吴礼淦先生吃了一惊。过去他在台湾做生意，尽管企业规模也做到了全世界同行的前 7 名，但他的厂区占地面积仍然很小。300 亩地对台商来说，是个很大的概念了！我们昆山不一样呀，过去一直是农业大县，地自然多嘛！到 20 世纪 90 年代初，种粮的任务越来越轻了，地就大量空了出来。当时开发用地完全不成问题，300 亩是区区小事，而且这些地都是列入规划的。那天我跟吴礼淦说给他 300 亩地，他是入心了。但毕竟人家是大老板，而且在上海也已经谈到就要签约的份上了，所以吴先生当天并未表态。这怎么办呢？当时我也不知道如何留住这位财神爷……巧的是，这一天是9月28日，我们阳澄湖今年的大闸蟹‘开捕日’就在这一天，非常热闹。我就带吴先生到了阳澄湖边上，一边看看美丽的湖景，一边跟他介绍今天是今年大闸蟹头天开捕。谁知吴礼淦一听就惊呼起来：‘阳澄湖大闸蟹好啊！它太有名了，小时候我就爱吃，我全家都爱吃！’我一听，马上让人拿来18只鲜活的大闸蟹。吴先生一看到鲜活的蟹，竟然高兴得手舞足蹈起来，连声说着：‘太好了，太好了！’我就对他说：‘这大闸蟹必须吃活的。先生不是住在希尔顿酒店吗？你要马上拿回去让酒店烹饪！’吴先生连连点头说：‘好，好，知道！知道！’就这样，我以为他拿着蟹回了上海。谁知第二天，我给昆山的酒店打电话，问吴先生走了没有，结果酒店告诉我人还住着，没有离开。我一听心想：坏了！是不是遇上骗子了呀？无奈，也只好自己闷着这口气。”郑慧珍大姐说到这儿又笑了起来。

她接着道：“29日，我闷了一天。没想到30日这一天，我收到从香港发来的传真，一看，就几个字：谢谢，大闸蟹只只都活。没抬头，也没署名。我估计吴先生当时连我的名头都没搞清楚，所以发了这样一封奇特的传真。后来我得知，29日，吴先生拎着这18只螃蟹飞到了他在香港的一个公司，同时让在台湾的太太飞到香港，当天他们就吃上了新鲜美味的大闸蟹。席间一家人其乐融融，格外开心，所以也就有了这封奇特的传真。我呢，也收获了这份由18只螃蟹带来的‘情缘’，觉得有可以与吴礼淦先生进一步谈谈在昆山投资的可能，并在与他联系时重申了给他300亩地的基本条件，甚至告诉他这块地的转让费是每平方米22美元，使用期50年，后者是国家规定的。之所以定这个价，是我们市里参考了两年前给另一家台资企业的土地转让价，那次的价格是每平方米70元人民币。两年过去了，这次稍作了点调整。每平方米22美元，对台湾人来说，简直太便宜了！

我跟吴先生的联系，全是通过传真，他来我往，他提一个问题，我回答一段话……”

郑慧珍大姐接着回忆说：“那是1991年，恰逢国庆节。整个假期，我都在跟吴先生来回发传真。我母亲那时正查出得了癌症，疼得在医院里躺着，可我也没有时间陪她，一直忙着跟人在香港的吴礼淦谈项目。后来我赶到妈妈的床头告诉她，我是在跟台湾商人谈投资项目的事。我妈还问我到底拉牢了没有。我连连回她‘拉牢了’。她听后也很高兴。那个时候我们昆山的上上下下只要听说拉到一个有钱人来投资，都会欢欣鼓舞，开心得不得了！”

“18只螃蟹真的把吴礼淦拉牢了？”我笑问。

“拉牢了！”郑慧珍跟我说着家乡话，开心地笑了起来。

她说：“我想最后打动吴先生的大概有几件事：一是大闸蟹实在太好吃了；二是我们土地的转让价格让他感到很意外，且一给他就是300亩，这是可以成就他的企业在大陆发展的基础；三是我告诉他们，到昆山来只要带两样东西——资金和技术，其他的全由我们来帮助他做，比如跑工商、税务、出口审批等。而且我告诉他：‘对于第三个问题，我们政府会专门派一家公司与你对接，专门为你服务，你完全可以放心。’吴先生一听我的‘包票’，连声称道：‘好的，好的！郑市长你是不知道，我们台商到大陆投资最怕的就是那个办证、盖章，有人告诉我说，办成一件事从上到下得盖上百个章，那还能干啥事嘛！’我边听边笑，让他一定放心，这些事在我们昆山完全不用操心。‘好，我就听你的，听你的！’我知道这事应该要成了！心里别提有多高兴了，我顺势向他提出有关土地款的交付方式：签约后的15天内付15%，3个月内付至50%，余下的50%在1年内付清。吴礼淦先生听完后，只说了一句话：‘郑市长，我都听明白了！’他一说听明白了，我反倒有些紧张起来，嘴里嘟囔着问他：‘难不成要反悔了呀？’‘不是的，不是的。’吴先生连忙向我保证,说等国庆假期后他就过来正式与我们签约。这个时候我才松了一口气！这是当时我们昆山历史上得到的数目最大的一笔投资！我们开发区的同志听说后高兴得立马给我打电话说:‘市长啊，你可是救了我们的命呀！你问为啥，因为之前我们搞了几年开发区，实际上穷得很，只能拆了东墙补西墙，许多基础建设根本无法跟进。这回好了，整个开发区的建设就活络了，投资环境可以一下子得到改观……’昆山也从那个时候开始真正地起飞了！”郑慧珍越说越激动。

10 月的江南，秋高气爽。昆山为吴礼淦的投资项目举行了隆重的签约仪式。他第一次投资总额为 2900 万美元，1995 年第一次增资，投资总额增加到 6300 万美元。这在当时的昆山，乃至整个江苏也是最大的台资项目。郑慧珍市长问吴礼淦:“先生你对企业名称和注册地有无要求？比如你的公司可以叫‘苏州’‘江苏’甚至‘中国’什么什么……我们帮助你办。”

吴礼淦摇摇头，坚定道:“我就只要‘昆山’。”

昆山人听后，非常感动。吴先生后来给企业起的名字叫“沪士”。沪，代表他在上海出生，另一个层面，“沪士”在上海话中的发音，与闽南话中他的姓氏“吴氏”相近。

沪士入驻昆山之后，其业绩如同搭上了“复兴号”列车般飞速发展，投产仅半年就实现了 1000 万元的销售额，第二年达 4200 万元，第三年就跨上了亿元的台阶。

“1998 年，受亚洲金融危机影响，台湾等地区和东南亚国家的企业惨遭打击。但我们沪士并未受到太大的影响，原因是我们到昆山之后公司业绩好，在金融危机之前就与英特尔有了业务合作，因此比较顺利地渡过了难关。金融危机结束，恰逢 2000 年千禧年之际，我们的产品在全球一下子热销起来。我是沪士的行政兼财务总监,清楚公司的财务状况。2001 年，沪士赚了整整 2000 万美元！”李明贵先生这样告诉我。

“昆山真的是一块风水宝地啊！”那天，吴礼淦来到阳澄湖边，一边领略湖景，一边若有所思地规划沪士的未来，助手在这个时候给他送来了下一年的订单。

“哇！比今年要翻一番哟！”这是吴礼淦在昆山的第二次振奋，而第一次正是1991年他在大陆投资的项目开工之时。

“明贵你过来一下，明年我们还要扩大生产，注册资金也需要调整……”他向财务总监李明贵指示道。

“好的，董事长，我们马上去组织注资。”李明贵接令。

2002年末，沪士在昆山的注册资金高达6.12亿元人民币。

此时的昆山，在沪士这样的台资“巨无霸”企业的支撑下，工业产值等经济指标，如火箭般升腾，可谓蒸蒸日上！

若能推动台资企业在大陆上市，意义将非同寻常。一方面，对沪士企业本身的发展而言，可以上一个重要的台阶；另一方面，对昆山投资环境的进一步提升也将产生积极影响。因此在2002年底，昆山主要领导便迫不及待地向吴礼淦咨询这个问题。

“好啊，此事正合我意！”吴礼淦会意一笑。

“太好了！我们全力配合您推进此事！”昆山领导当即应诺。

台湾企业要在大陆上市，尤其是像沪士这样的电子企业，当时尚无先例，其难度不言而喻。为了能让沪士上市容易些，有关券商曾询问过吴礼淦：“先生是否愿意在香港上市？”

吴礼淦断然回绝：“要上市，我就选择大陆的A股！”

他的这一声回答又让昆山人感动不已。

上市之路真的不易。从2003年开始，一直到2010年8月，前后历时整整7年。沪士在深交所上市当日，时任昆山市委书记张国华与吴礼淦共同敲响钟声，深交所大厅内一片喜气洋洋，许多台商见证了这一历史时刻。

沪士的上市名称为“沪电股份”。公司上市后，获得净募集资金 12.28 亿元人民币。其中投资项目资金为 9.15 亿元，超募资金 3.13 亿元。

“上市所获得的这些资金，对公司发展起到了关键性作用。”李明贵说，“当时全球的电子产品正逢一波发展大潮，我们沪士赶上了这波发展浪潮，也正值产品的更新换代之际，要立即上马年产高密度互连积层板（HDI）75 万平方米扩建项目、3G 通信高端系统板生产线技改项目，以及研发中心升级改造项目，并在湖北黄石新设全资子公司等，投入的总资金超过 10 亿元人民币。因为昆山帮助我们成功上市了，所以我们公司的上述项目都能顺利进行，丝毫没有被资金不足困扰。”

沪士上市后的第二年即 2011 年，营业额高达 31.37 亿元人民币，企业员工超过 6000 人，而且拥有了一批自主创新的专利，有的还达到了国际先进技术标准。公司先后通过了 ISO9001:2000、ISO/TS16949、AS9001 等权威质量体系认证，连续 10 年位居国内电子产业同行百强的前列，高端多层线路板销售额多年蝉联第一，获得“高新技术企业”“技术密集知识密集型企业”“中华全国总工会模范职工之家”等一系列国家级和省级荣誉。

沪士真正成为昆山热土上的台资“巨无霸”和明星企业。

30 余年的“昆山之旅”，吴礼淦和他的沪士成了台商在大陆成功投资的经典案例。令人遗憾的是，2024 年清明节（4 月 4 日）那天，为昆山经济发展立下汗马之功的吴礼淦先生因病谢世，享年 83 岁。

他的公司在 4 月 7 日发布公告：吴礼淦先生在去世前 10 天，以书面形式向公司递交了辞去董事长一职的辞职书。现在，在昆山执掌沪士公司的是他的夫人和大儿子。

“我跟随吴老董事长在昆山工作 30 年，他一直教育和影响着我们要热爱这片土地。当年跟随他一起到昆山来的许多老员工现在都定居在昆山，甚至不少人已经有了第 3 代。”李明贵自己就是一个例子，他的 3 个子女都是在大陆上的大学，老大是北京大学毕业的，老二和老三分别就读于苏州大学与厦门大学。

“我和我的后代，要沿着吴老董事长开辟的‘沪士昆山之路’，一直走下去，我们会把根留在大陆，留在昆山……”李明贵的话，令我十分感动。采访结束时，我忍不住握紧他的手，说：“我俩年龄相近，名字里都有一个‘明’字，你的‘明’比我的贵！”

他欣慰地笑了，笑得很灿烂。

吴礼淦，他在吴克铨、郑慧珍、宣炳龙等昆山老领导和之后的数任新领导眼里，是一位人品高尚、治企严谨和对昆山有特殊感情的企业家。吴先生出生在上海，加上生意上有诸多接待和业务需要，平日里他住在上海的一家酒店。在上海时，他与台湾及世界各地的不少巨商相熟。

浦东开发开放之后，来到黄浦江边跃跃欲试的商贾们就更多了。吴礼淦每每看到那些犹豫于是否在上海投资的台商和外商时，就热情地跟他们讲：“你们不妨去昆山看看，那里的投资环境很不错，离上海又很近，浦西摆渡到浦东的时间就到了。最主要的是，昆山人做事让你既放心又满意。”

“阁下在昆山有公司？”

“有。已经很多年了！”

“效益如何？”

“赚的钱，口袋有些装不下吧！”

“不是吹牛？”

“可以看上市公司的报表嘛！”

在台商老朋友之间，这种对话就是家常便饭。大家知道吴礼淦是一个特别严谨的人，他能这样抬举昆山，显然是那片土地确实超出他想象的好！

“走！走！你必须亲自陪我去一趟。否则老板快要炒我鱿鱼了！”许多时候，台商们就是在这样请求或者是在吴礼淦主动说了一声“那我陪你去昆山看看”之后，便把钱投到了昆山，从此成为这片热土上的一棵又一棵参天大树……

台湾巨大机械（巨大机械工业股份有限公司）在大陆发展捷安特就经历了这样一个过程。巨大机械和捷安特的原董事长是刘金标。此人今年正好90岁。如此耄耋之年的一位老汉,竟然还能骑着自行车与年轻人赛一赛，可以想象此人多么传奇!

刘金标确实传奇。他在台湾地区的商界、政界，都是有影响力的人物，但他主要的能耐是做生意。

有一篇文章这样描述此君：

“开车太快，走路太慢。只有单车，才能留住人生的美景。”这是世界最大的自行车品牌——捷安特创始人刘金标的名言。

遗憾的是，做了几十年的自行车，他却从没有真正地骑自行车去饱览风光，72岁的刘金标心有不甘。

2006年，刘金标的骑车环岛梦想，喷涌而出。

因患胃癌切掉了大半个胃，呼吸中止、静脉血栓、椎间盘突出……他的身体在用一系列的病痛告诉他：你是个老人，你不适合这场梦。

“做了之后才能知道下一步”，“在我心中这趟旅行已经迟到了30年！”72岁，960公里，15天骑完全程。

而80岁时，刘金标竟然再次挑战，只用了12天。

“没有跌倒过，前面的风景就不属于你。”刘金标回顾自己的千里骑行感慨道。

刘金标在台湾属于“浪荡富二代”，他年轻时就不缺钱，快40岁时，才开始创业。

这之前，他听说养鳗鱼赚钱，就一心投入养鳗鱼中。结果一场台风来袭，把他的美梦化为乌有，他也是侥幸才捡回了一条命。

一个灰头土脸的家伙，那时一点也不显风度。然而他不甘心，失败并没有打倒这位开始“懂些事”的刘金标。

有次在饭局上，一位朋友说，在美国和欧洲，因为石油价格上涨，汽车不热门了，自行车反倒热了起来！“你在台湾弄点二手自行车，我们一起倒一倒？”朋友说。

“这个不难！”刘金标回答。

这是 1972 年的事。他随即和 7 个亲友凑了 400 万元新台币（约合 100 万元人民币）成立了一个公司，专营自行车倒卖生意，当然他最终的目标是自己制造自行车。“那会赚更多的钱。”刘金标对 7 个亲友说。

“为了让我们‘骑行’的理想更远、更大、更高，我想给公司起个伟大的名字。”刘金标生来就喜欢大——小弄弄没劲，要干就干大事。

“啥名嘛？快说来听听。”亲友们问。

“巨大！巨大机械！”

亲友们看着刘金标，个个张大嘴巴，然后哈哈大笑起来，齐声道：“好！巨大！巨大无边——我们跟着金标要发大财啦！赚到无限巨大的财富！”

没想到，亲友们竟然一致叫好。“因为当时大家反正没有啥钱，往大里、高里喊呗！反正吹牛不花钱嘛！”成功之后的刘金标笑言当年他们的豪情。

巨大机械，一个响亮的企业名字从此在宝岛诞生，后来传遍全世界每一个角落。不过实际上巨大机械一开始一点也不巨大，反倒有好几次沦为同行的笑料。

门外汉刘金标，骑自行车还行，造自行车就是彻底的生手。对于零配件、规格，甚至生产线、产品质量等，他一无所知。

脑子还算灵光的他，原以为靠东拼西凑就能搞出些名堂，然而他的巨大机械虽然招了 38 员大将，但一年内竟然连一辆自行车都没有组装出来。

“哈哈……刘巨大！刘巨大自行车研究院诞生啦！”嘲笑他的人在大街上高喊着，刘金标气得嘴都歪了。

这年他 40 岁。

摆在他面前的路有两条：或临阵脱逃，或咬牙前行。他选择了后者。

刘金标开始“金标”起来，开始“巨大”起来——

1973 年，原先由台湾地区供给美国市场的自行车，因品质低劣、零件没有标准化，被美国市场集体拒收。岛内一片哗然。

刘金标则看到了机会：该我出场了！

聪明的他，为了弥补台湾自行车制造业的短板，前往日本“卧底”取经，并带回一本名为“日本工业标准”的“红宝书”。

回岛后，他挨家挨户地游说全台湾的几百家自行车生产工厂：“统一标准，否则死路一条！”

这话，竟然慢慢地被制造自行车的企业主们接受了，最终台湾有了一套自行车生产标准——后来有人称其为“刘金标标准”。

刘金标从此在台湾的自行车界有了些名气，然而“巨大”依然渺小，公司连员工都养不活。好在刘金标有个了不起的姐姐，她孤注一掷地帮弟弟来维持公司的运营。

“那时候的一天，感觉比现在一个月还要久。”吃尽苦头的刘金标后来如此说。

像无头苍蝇四处乱撞之后，刘金标来到美国，直接跟知名自行车制造商美国施文公司面谈，结果还真把人家给说服了。

“那就去一趟台湾看看你们的‘巨大’吧！”老美耸耸肩，双手一摊，笑道，“路费你们出。”

“没问题，没问题！”刘金标“点头哈腰”道。

刘金标从施文公司出来，立即给台湾的“家”里打了一个电话：“你们不是没事干嘛，现在，全体给我听好了，把厂房、机器，包括你们身上穿的，都给我往干净、帅气的方向整！谁要是整不好，整不帅，就给我滚蛋！”

施文公司的“考察组”来到台湾，对刘金标的巨大机械留下了深刻印象。“好！一个有前途的企业！一群有能力的人！”于是施文公司决定给巨大机械一个试验订单。此事轰动了台湾地区，因为台湾人知道，施文公司的自行车从不让其他公司代工生产！这事连日本人都很吃惊。“巨大？谁是巨大？哪儿冒出来的？”

这回刘金标笑了，笑得有些匪气——有人说他就是商界的半个“土匪”！

1977 年，刘金标的巨大机械赶上欧美制造业转移台湾地区的风口，成为施文这个美国知名自行车品牌的代工厂。

“巨大”从此真的巨大了！1979 年，巨大机械的自行车产能达到 35 万辆。这时美国芝加哥出现大罢工，施文公司又给刘金标送来了一笔 60 万辆自行车的大订单！

“哈哈哈，我说过吧，我们‘巨大’，一定能成为行业的老大，无人可比！”

到 1980 年，才用了七八年时间，巨大机械就成为台湾地区规模最大、亚洲规模第二的自行车代工企业，而且产品有赛车、跑车、越野车、童车、女性车、学生休闲车等，种类一应俱全。

此时的刘金标，已是台湾名副其实的“自行车王”。

“匪气”十足的他，干起事来，干脆利索，效率非凡，在刘金标的努力下，巨大机械的生产效率竟然提升到平均每 11 秒就能生产一辆自行车！

但有一件事，令刘金标的心里十分不爽——当施文公司的代工厂，利润薄到不能再薄。有的时候，刘金标气得直骂施文公司“铁公鸡”。可又有什么办法呢？巨大机械 75% 的订单都要依赖施文公司。

自己干！这时刘金标的内心升腾起一个宏大愿景——他生来就是一个不服输的人，何况现在他是台湾的“自行车王”了。他的想法并不复杂，他要做世界的“自行车王”！

“你这想法对头了！想想，哪个地方人最多？”同伴问他。

“自然是我们大陆，10 亿人！”刘金标脱口而出。

“是啊，在大陆那边能买得起汽车的人真没几个，就连自行车现在仍是高档货品，将来有一天人人都买一辆，我们‘巨大’就是真正的大了！”

“说得好！‘巨大’要真正的大，必须瞄准那边——”刘金标指指大陆方向，豪情再起。

捷安特是巨大机械在美国销售的自行车品牌。刘金标与施文公司交涉后，双方商定合资成立一家公司，将捷安特作为合资公司生产的自行车品牌，施文公司分得利润的八成，刘金标分得利润的二成。尽管这已经是让刘金标觉得非常“不平等的条约”了，但没想到施文公司还干了一件让刘金标无法容忍的事：施文公司借中国大陆刚刚改革开放的时机，在深圳建了一家“中华自行车厂”，将代工订单转移到深圳，并且很快就替代了巨大机械。

“既然他们在大陆取得了成功，大陆与我们台湾是一家人，我们为什么不能漂漂亮亮地也干一场？”刘金标的“匪气”再度彰显得淋漓尽致。

干！一边，刘金标继续稳住美国市场；一边，他准备来到大陆。

“靠代工只能苟延残喘，终究是死路一条。如今，趁着外部力量的逼迫，我们狠狠努力一把，没准就能绝处逢生。”刘金标的慷慨激昂，让很多人觉得他被逼疯了。

“做了之后才能知道下一步。”刘金标环岛骑行时说过一句话，“也许会跌倒，但没跌倒过怎么能真正享受前面的风景呢？”

他迅速腾出最好的一条生产线，集合最优秀的工人，开始技术攻关，他们 55% 的零部件都采购自海外有竞争力的工厂，想要达到欧洲自行车的高标准，还是有机会的。

刘金标迅速在荷兰建立欧洲销售公司，誓要将捷安特打进欧洲市场。

他用了短短 5 年的时间大获全胜。捷安特在包括荷兰、德国、英国、法国、意大利、美国、加拿大、澳大利亚、日本等发达国家在内的海外市场设立了 100% 控股的直营公司。在大陆方面，刘金标把目光瞄准了上海凤凰自行车厂——这是当时大陆最大的自行车制造厂，它的招牌金光闪闪。

“我要做‘中国车王’！”这年刘金标 50 多岁。他说，“这个时候，我才真正找到了自己的根。”

根在大陆。

1992 年之初，许多人最看好的是深圳，因为那里是大陆改革开放最早的地方，但刘金标毫不犹豫地说：“我们去上海！”

他清楚，搞自行车，想在大陆站住脚，非找上海凤凰自行车厂不可。

那么派谁去与上海凤凰自行车厂谈判呢？刘金标选择了涂季冰作为首席谈判代表。涂季冰是他的外甥女婿，他熟悉法律，之前是巨大机械新加坡公司的负责人，各方面能力毋庸置疑。

其实在这之前，刘金标本人与上海凤凰自行车厂当时的厂长周金根在日本禧玛诺公司成立 70 周年的庆典宴会上有过一面之交，两人曾相约有机会“合作合作”。“我俩的名字里都有一个‘金’字，说不准一合作，就成金山了！”周厂长当时半真半假地对刘金标说。

刘金标对这句话记忆深刻。此时他也了解到，上海凤凰自行车厂年产销自行车 535 万辆，联营厂产销 300 多万辆，出口 150 万辆，是大陆自行车界的老大，与刘金标的巨大机械可谓门当户对。

第一次到大陆与上海凤凰自行车厂接触，是刘金标亲自带队的，一行

6 人。

参观凤凰厂规模宏大的厂区时，刘金标十分感慨：简直像个联合钢铁公司！

“我想了解下大陆的自行车市场。”刘金标提出。

“好啊，你要看了我们老百姓对自行车的需求，那一定更加信心满满！”凤凰厂人巴不得刘金标深入了解呢！

他们来到南京路上的第一百货大楼，发现现场买凤凰自行车的人排着长长的队伍。

“到商场会议室坐坐？”凤凰厂的人对刘金标一行说。一群人随后来到会议室，继续洽谈合作。

中途，刘金标突然离开会议室。大家以为他上卫生间了，没想到好一会儿他也没有回来，只能跑出去寻他。

“嗨，你们的董事长又跑去看好多人买自行车的现场了！”凤凰厂的人笑了起来。

刘金标自己也笑了起来，说：“车子一会儿就卖光了！”

大家听后哈哈大笑——洽谈气氛更加热烈。

后来也就有了刘金标回到台湾后指派涂季冰为巨大机械的“特使”，与凤凰自行车厂进行正式谈判的事。

然而，接下去的谈判过程以及结果，用涂季冰的话说，是“搁浅在上海滩上”……

事情是这样的：当时大陆方面的开放程度还没有到位，自行车出口面临着诸多问题，机电部对自行车出口数量的配额也有专门规定。而刘金标的捷安特自行车，一半数量是要出口的，所以在谈判时他们十分关心出口配额如何解决的问题。当时巨大机械的首席谈判员涂季冰回忆说：“其实凤凰自行车厂当时也没有出口配额，他们的出口全部是通过政府管理的贸易公司进行的。因此，我们在谈判时有三方参与，即巨大机械、凤凰自行车厂和贸易公司。在谈判时，我们提出巨大机械占合资公司 50%—51% 的股权，凤凰自行车厂占 30% 多的股权，贸易公司占 10%—15% 的股权，投资额为 1200 万—2000 万美元。在这一问题上大家勉强达成了一致。但土地问题就复杂多了：一方面上海本身土地就少，开始说浦东能给块地，但很小，只有七八十亩，而且中间还被一条马路隔开；另一方面，也是最要命的，在请教相关土地政策问题时，我们极难见得到相关领导，而且涉及土地到底是批租还是征用这种关键性问题时，久久不能得到明确的答复。谈判从 1992 年 2 月开始，持续到 7 月，仍然无果。”

“老涂，你真是糊涂啊！干吗在一棵树上吊死呢？”一日，正在酒店里闷闷不乐地喝着咖啡的涂季冰，被一个台湾朋友瞅见了，那朋友对他这么说。

“啥意思？”涂季冰问。

“你知道昆山吗？”对方又说。

“昆山？知道啊，听说离上海不远。”

“不远，不远！跟你从这儿到浦东的车程差不了一二十分钟。关键是，昆山那里，你办厂所要的东西，他们都能帮你搞定，比上海这里简单和方便得多，而且成本很低。”

“真的？”

“我骗你干啥？”

“你跟那边很熟？”

朋友摇摇头，又说：“有个人跟昆山上上下下都很熟，是我们台湾人。”

“谁呀？”

“沪士电子的老板吴礼淦。”

“我知道此君的大名。他在哪？”涂季冰激动起来。

“他就住在离你这儿不远的酒店呀！”朋友说。

“太好了！你能带我见见他吗？”涂季冰迫不及待地说。

“我并不认识他，但我有一个朋友是他手下。”

“你帮忙牵个线，我要尽快见见吴礼淦先生！”

“行，我来打听一下。”朋友爽快地答应了。

“不巧，”吴礼淦先生的手下说，“我们董事长到东北去了，可以请涂先生先与他通个电话。”

吴礼淦在电话里很爽快地答应涂季冰，说他马上与昆山方面联系。

“郑市长，台湾的巨大机械公司有人想到昆山去看看，他们是自行车行业的大亨，你有兴趣吗？”吴礼淦挂掉涂季冰的电话后，立即与昆山市市长郑慧珍联系。

“哎呀，好事，好事。谢谢吴董事长，太谢谢您了！”郑慧珍市长在电话里用清脆悦耳的声音如此回答道。

一个星期天，涂季冰早早地来到吴礼淦住的酒店。他看到吴礼淦先生走出来时，旁边还有位女士。

“这是昆山市市长郑慧珍女士，她专程来接我们的……”吴礼淦将身边的女士介绍给涂季冰。

“哎呀呀，市长您亲自来接我们呀！”涂季冰激动得有些不知所措。

“必须的，必须的。涂先生能到我们昆山去看看，我这个市长就是在这儿等上三天三夜也心甘情愿！”郑慧珍市长热情地握住涂季冰的手说。

一旁的吴礼淦先生说：“昆山的领导都是这样热心真诚，这是我在昆山一年来最深的体会。涂先生，现在你跟郑市长一起到昆山亲自体验一下吧！”

涂季冰连连点头：“好的，好的！昆山真好！”

从上海市区出发到昆山的一路上，涂季冰感慨万千，因为相比之下，他回想这几个月经历的诸多曲折，以及那些烦得不能再烦的事时，不由得对昆山未见而先感动了！

但事情也并非如涂季冰想象中的那么完美，比如那个时候昆山的基础设施还比较落后，许多道路看上去很破旧。“看看再说吧！”涂季冰心里这么想。

投资座谈会开始了。一边是涂季冰，一边是郑慧珍一行7人，他们是昆山市地税、土地、工商等方面的局办负责人。

或许是在另一个地方的谈判遇到的难题太多，涂季冰的开场白并不友好，他说：“你们大陆有的地方有‘衙门’作风，办不成事，把时间都磨在‘转圈’上。”

“涂先生，你这话说得就片面了！也许有些情况不尽如你意，但我可以负责地告诉你，我们昆山办事的效率不会比你们台湾地区低，也不会比发达国家差到哪儿去。你看看，今天我两边坐着的，就是专门处理合资企业和外资企业项目在昆山落地事宜的负责人，今天的座谈会就是要直面今后可能会遇到的一系列问题，我们把这种方法称为‘联合办公’‘集体会诊’，争取一次性解决问题。”郑慧珍市长严肃而诚恳地说道。

“市长说的是真的？”涂季冰有些不敢相信。

“我们说到做到！”郑市长掷地有声地回答道。

“真的啊？”涂季冰惊得嘴巴都张大了。

“自然是真的。而且我们这些局长、主任，你可以随时与他们通话，随叫随到！”郑市长说完，又交代部属们，“你们一会儿把自己的电话留给涂先生。”

局长、主任们立即掏出名片递给涂季冰。

“谢谢！谢谢！”昆山领导如此热情让涂季冰有些感动。

但这还不是根本性问题。作为巨大机械的谈判代表，涂季冰最关心的是两件事：一是昆山能否为巨大机械拿到产品出口配额，二是昆山开发区升格为国家级开发区的“国批”什么时候能下来。

郑市长代表昆山市政府郑重地回答：“开发区‘国批’，预计下个月（1992年8月）可以拿到，目前正在国务院走程序；另外，巨大机械的产品出口配额，可以从省里拿到。”

涂季冰听到这儿，脸上露出了笑容，又试探性地问：“如果我们来建厂，你们能给多少地？”

郑慧珍市长示意坐在一旁的土地局局长：“你把规划图拿出来。”

土地局局长打开一张准备好的昆山开发区规划图，指了指图上已经标好的三块地，对涂季冰说：“听说涂先生今天到昆山来，市长连夜跟我们开会，并且确定了三个地方供你们挑选。”

涂季冰用将信将疑的目光看着对面坐着的郑市长，郑市长朝他点点头，意思是：这就是我们昆山人的诚意。

座谈取得圆满成功。中午，昆山市领导出面招待涂季冰一行，菜品丰富且极具地方特色。虽然8月份不是品尝阳澄湖大闸蟹的最好季节，但毛豆炖蟹也是昆山人招待客人的一道特色菜，加上叫花鸡和奥灶面等美食，涂季冰他们吃得津津有味。

“昆山好！昆山的领导好，美食也好！”涂季冰越来越觉得昆山好，尽管整体环境比不上大城市，但他仍然喜欢昆山，而且从投资与做生意的角度看，他坚信昆山是一块宝地。吴礼淦先生没有说错。

当天下午一回到上海的酒店，涂季冰就立即打电话给在台湾的刘金标，汇报了在昆山谈判的情况。

“什么？你在上海谈了半年，啥结果都没有！这倒好，你还跑到昆仑山了？让我们去沙漠里喝西北风啊？”刘金标并不知道毗邻上海的这个叫昆山的地方，错以为是昆仑山。昆仑山他是知道的，在大西北！所以，他不由得在电话里冲涂季冰大怒道。

“不是的，董事长，是昆山，不是昆仑山。昆山就在上海边上，下虹桥机场到昆山比到上海外滩的车程可能还要短些呢！而且我们所担心的出口配额和土地等问题，昆山方面给出的条件都要大大优于上海呀！”

“噢，如果是这样的话，我们确实可以跟昆山细谈。”刘金标在电话里马上又说，“不过这事暂时不要让凤凰厂知道，否则麻烦大了去了！”

“明白，明白。我已经想过，如果真能跟昆山谈成，也可以跟凤凰厂说，我们一起到昆山投资。如果他们不愿意到昆山去，我们也不用放弃跟凤凰厂的合作，就是谈到最后我们巨大机械占股比例小一点不也成嘛！”

刘金标觉得涂季冰的这个建议倒是可行，便说：“那就这么办。你跟昆山说，我马上过去跟他们正式面谈。”

三天后，巨大机械董事长刘金标一行悄悄抵达上海，他们不敢惊动上海方面。第二天，几个人打了辆出租车直奔昆山。

“其他事情我们都很满意。现在我关心的就是出口配额问题，上海凤凰厂是可以解决的，不知你们昆山能不能解决？”会谈一开始，刘金标便开门见山地问郑慧珍。

“没问题，刘董事长尽可放心。”郑慧珍爽快地回答，接着她解释道，“内销现在不用指标了，外销由省里负责，我们已经跟省轻工厅联系过，他们说会保证的。”

“我希望看到省里的正式批文。”刘金标不愧是个生意场上的高手。

“可以。”郑市长胸有成竹地回答。随即，她吩咐身边的办公室工作人员：“马上给省里起草一个请示文件。”

办公室工作人员立即动手起草文件。

“来来，刘董事长，我们到一边喝杯今年新上市的苏州碧螺春。”郑慧珍市长借机招呼客人。

“苏州碧螺春名扬天下哟！”刘金标说着就站起身。

宾主在一片融洽的气氛中饮茶。这时，郑慧珍悄悄躲到一边，用宾馆的电话给省轻工厅副厅长打电话，她在电话里说：“厅长啊，求你一件事了……请你马上回厅里，我有份传真发给你，务必请你帮助盖个章，我这边跟台商谈合作急用呢！”

“郑市长啊，没问题。是不是又是笔大生意？”对方给出回应。

“没错，大生意！台湾的巨大机械有可能要到昆山投资办厂。”

“噢，这个必须全力支持！”

没多久，江苏省轻工厅发来盖有红色印章的传真文件，告知自行车出口配额问题由省里负责解决。

刘金标笑了，站起身来，紧握郑市长的手：“厉害！郑市长厉害！昆山厉害！”

郑慧珍市长笑笑，解释道：“因为昆山的招商引资和开发工作做得比较靠前，所以省里领导都很关心这边，跟我们也比较熟，对我们也非常支持。”

“那我能不能见见省领导？”刘金标太精明了，他一方面是为了考验昆山人说的是真是假，另一方面也是为了自己的巨大机械未来能在大陆站稳脚跟。郑市长看出对方的真实意图，便点点头。

“好，那我们就去南京吧！”刘金标更来劲了。

“刘董事长等一下，我向南京方面请示一下。”郑市长站起身来，忙去给省领导打电话。

在接受我的采访时，郑慧珍大姐回忆起这个细节，说：“当时已经快下午4点了，我赶紧给省领导去电话。我跟省领导汇报说，巨大机械公司董事长是个大台商，如果您出面接见一下，他的项目肯定就十拿九稳地落户昆山了！”

省领导问：“他们投资多少？”

郑市长回答："一亿美元！"

"好，你们辛苦一下赶过来吧，我们晚上见。"省领导说。

"太谢谢您了！"郑慧珍根本没有想到日理万机的省领导竟然答应得那么爽快。

"行了，刘董事长，我们现在就出发——省领导今晚见我们！"郑慧珍回到会议室，对刘金标说。

"好，好，我们这就准备走！"刘金标吩咐随行人员马上行动，一边嘴里还在嘀咕："大陆这么大的领导真没架子啊！"一边拎起包就往外走。

几个人上车时，郑慧珍拎了一个特别的包裹。刘金标好奇地问："你这是给省领导带的礼物？哎呀呀，应该是我们准备的嘛！"

郑市长笑了，说："不是给省领导送的礼，而是我们准备帮省领导送你的礼。"

这话一出，刘金标连连感叹："你们昆山的干部太会做事了！我如果不在这儿投资，就一定是眼睛瞎了！"

"哈哈，我们欢迎刘董事长的巨大机械落户昆山，我们昆山一定不负您的期待！"郑慧珍市长十分欣慰道。

从昆山到南京，那个时候还没有高速公路，更不用说高铁。昆山市政府派出的小汽车也是市长平时坐的并不高档的车子。

"真不好意思，郑市长，你这么忙，还要陪我赶那么远的路。要是在台湾，我可以叫辆商务车，也好让你坐得舒服一些。"刘金标的情商不低，他一路很君子地关照郑市长。

郑慧珍市长笑笑，说："不瞒刘董事长，这点辛苦不算什么！记得有一次我们到贵州山区去招商，坐的是一辆长途汽车，一路颠簸了六七个小时，骨头都散架了似的。"

刘金标感慨不已，连声道："真不容易！推进改革开放要是多些你们昆山干部这样的，我看用不了多久，我们就能赶上发达国家了！”

郑慧珍开心道：“借刘董事长吉言，我们就是想请您这样的台胞帮助我们一起把昆山的经济搞上去！”

“尽我所能！尽我所能！”刘金标真诚道。

郑慧珍不时地看着手表。刘金标知道她怕省领导在南京等得着急。

“能不能再加点速？”刘金标轻轻对司机说。

司机回应道：“先生你看看，想快也快不起来呀！”

刘金标往车外一看，吓了一跳：“这是哪儿呀？怎么这么多骑自行车的人？”

郑慧珍也忙往外一望，说：“到苏州了，现在正好是下班时间，所以路上会堵车。不过刘董事长您应该高兴，因为这些人都是巨大机械的潜在客户啊！”

“啊？哈哈……对对，大陆骑自行车的人太多太多，几亿人的主要交通工具就是自行车！”刘金标因郑慧珍市长的提醒，大为开心。

南京，省政府招待所包间里，省领导带着各部门的负责人在等候昆山来的刘金标和郑慧珍一行。

“欢迎刘先生到南京来，也欢迎巨大集团到昆山投资！”

“谢谢。谢谢您亲自接见。”刘金标满面春光地紧握住省领导的手。

而后省领导过来与郑慧珍握手，说：“慧珍啊，你这市长了不得呀！你看看，我和几个厅长、主任都在为你和昆山打工哟！”

郑慧珍一边感谢，一边说：“我们一起为祖国打工！”

“说得好！我们一起为伟大的祖国打工！”省领导豪情满怀道。

这话也激发了台商刘金标的豪情，他接话道：“我们台湾同胞也愿意为伟大的中华民族的强盛打工！”

“好，从现在起，让我们与台湾同胞一起携手，共同为祖国的强盛与繁荣努力！”省领导说，“时间不早了，我们边吃边谈事……来来，我们一起预祝巨大集团的刘先生在昆山投资成功！”

刘金标连声说道：“请您放心，我们巨大就定在昆山办厂了！”

这话音刚落，全场响起掌声。

昆山的郑市长更是利索地从包中拿出已经准备好的合同文本，递给刘金标：“董事长，这是合同文本，我们今天在各位领导的见证下，签订巨大集团与我们昆山的合作协议，意义非凡。您看如何？”

刘金标睁大眼睛，看看协议，又看看郑慧珍，再看看省领导，大笑起来，说：“好，我签！我签！”

全场再度响起热烈的掌声。

那天，在从南京回昆山的路上，刘金标无法形容自己有多兴奋，他想象不到作为一个台商能在昆山和南京受到如此高规格的“厚待”，所以在回程的四五个小时里，他跟郑慧珍市长越聊越带劲——

“郑市长，我想现在我们可以放手干了，你估计什么时候能帮忙把营业执照拿下来？”

郑慧珍掐了下手指，说：“现在是8月中旬……10月中旬怎么样？”

刘金标又一回睁大了眼睛，惊喜地看着这位干练的郑市长，连连伸出大拇指，但又有些疑虑：“只有两个月了，能办得下来？”

郑慧珍说：“应该没问题。”

刘金标又加码道：“我可是要‘国字头’的！”

郑慧珍郑重地点点头：“我明白！”

这个时候的刘金标，对郑市长，对昆山已经佩服得五体投地。回到上海，他专门跑到吴礼淦处，深深地表示了感谢。

吴礼淦则提醒他：“昆山方面的事我可以为你‘打包票’，但台湾方面你还是要多动些脑筋。”

“晓得，晓得！”刘金标连连点头。此时，台湾地区对台商到大陆投资有些新的限制政策。刘金标为了确保能在昆山顺利投资，一方面办好了在台湾地区的备案，另一方面他通过巨大集团的新加坡公司设立了一个投资公司，这样拐了道弯，以降低在大陆投资的风险。

就在这时候，昆山方面为刘金标的巨大集团注册捷安特的“国字头”公司忙碌着。按照规定，1 亿美元的投资，需要省级政府批准，而注册“国字头”的企业名称，必须由国家工商行政管理总局核准。

“这个难度是很大的。”昆山工商部门的一位老同志告诉我，当年为了捷安特的注册，市长郑慧珍多次出马，市委书记也没少往苏州市里、江苏省里跑。

“这年国庆节一过，我们就接到了国家工商行政管理总局的通知，说捷安特的营业执照批下来了。我们赶紧向市长汇报，她却说：‘不急，不急，现在你们不要去拿，等到 10 月 8 日去拿。’我们问她原因，郑市长只是笑笑，卖了个关子：‘到那一天再告诉你们。’”昆山工商局的老同志也给我卖了个关子。

最后还是郑慧珍市长在接受我采访时揭开了谜底。她说：“我提前打电话给刘金标董事长，说营业执照已经拿到，10 月 8 日你再过来取。他听后非常高兴，10 月 8 日准时从台湾飞过来。当日，我把刚刚从国家工商行政管理总局领到的捷安特在大陆的营业执照交到他手里，刘金标大喜。我指着那上面的日期，对他说：‘你知道为什么选这个日子吗？’刘金标一时未解。我说，10 月 8 日，就是‘一定要发’的意思！刘金标听后激动得快要跳起来，连声说：‘郑市长，你们昆山人做事太让人感动了！’当日，他在我们的宾馆里摆了 8 大桌，招待亲朋好友。要知道，台湾人一般是不会这么搞的，这说明刘金标董事长确实惊喜于在我们昆山的投资这么顺当，这么合他心意。就像他说的那样——令他意外和万分感动。”

全球自行车第一品牌捷安特项目就这样落地昆山。1994 年 4 月 22 日，这一天是投产日。昆山小城里，又像前年沪士公司成立时那样喜气洋洋，热闹非凡。包括省、市主要领导在内的各界人士数百人到现场祝贺、剪彩。

刘金标最初在大陆的发展计划是在第一个 5 年实现年产 150 万辆自行车的目标，产品内外销并进。哪知道后来内销暴涨，产销量几乎每年都在翻番。至 2006 年，捷安特自行车在大陆的销售量高达 2000 万辆！

“建直销店，在大陆各地建直销店！”刘金标兴奋地挥舞着拳头，在董事会上这样说。

“不要再犹豫和争执了，捷安特总部就设在昆山！没有比这里更好的风水宝地了！”他的第二个决策说得响当当。

“我当时告诉他的是：‘你们捷安特不要仅仅在我们昆山建一个厂，你得建一个自行车城。’刘董事长听了有些不解：‘让我建个自行车城？’我说：‘对啊，我第一期批给你 300 亩地。你没注意，我们其实在你厂区旁边，还留出了 300 亩地。’他连连点头，说他已经注意到了。我又告诉他：‘在这基础上，我们又为你筹划了另外的 300 多亩地，总共为你们捷安特准备了近 1000 亩用地，就是要你建个自行车城！’他又问：‘这城到底怎么个建法？’我说：‘你得把与自行车制造的相关企业都一起招来呀！这样你的原材料、配件什么的就不用再从台湾运来，都由我们昆山本地供应，这样你不是可以大大降低成本，捷安特的竞争优势不又增加了吗？’刘金标董事长听完我的话，连连击掌，说：‘郑市长你这招让我真正要做车王了呀！’”

郑慧珍市长最后开心地告诉我：“后来刘金标真的这么做了，他以巨大集团所积聚的资源，不仅把台湾的、大陆的，还把东南亚地区的许多自行车相关企业都拉到了昆山，来为他的捷安特服务。”

“我们昆山呢，就因为这么一家捷安特，至少引来大大小小百余家台资企业和其他投资企业。”当年的郑市长讲起这段历史神采飞扬，令我频频点头折服。

关于捷安特后来的发展仍有精彩故事，暂且一放。

“在2000年前后最繁忙的那几年，几乎每天都会有一家台商在我们昆山注册。”税务、工商部门的人说。

如此壮观和奇特的现象，是大陆改革开放的一大奇景，也可以说是昆山特有的奇景。谱写在昆山这座小城里的台商投资与落户的故事实在太多，也太精彩。在数千家台资企业和数万名台胞中，几乎每家企业、每个人，都有一段与昆山“结亲”的传奇。这种“滚雪球”与“葡萄串”似的现象，彰显了昆山在招商引资与服务上的独特魅力及可贵精神，台商们在感受昆山魅力与精神之后的自发式“拉亲组团”到昆山办企业、赚钱发家的潮流，同样彰显了台湾同胞对大陆开放的高度认同和对大陆市场的乐观预期。

六丰机械，是又一个落户昆山的汽车产业界的“巨无霸”。从它的注册资料上可以查到其在昆山的发展史：1992年9月19日注册，当时的注册资金是6181.4万美元。这也是当时到昆山投资的又一大台资企业，其首期投资额领先于沪士、捷安特等。

六丰机械的主业是研发与生产汽车轮毂，供货奔驰、奥迪、大众、通用、丰田、福特、本田等国际著名汽车厂家，现在年产量达250万只铝合金轮毂，全年总营收达20亿元，产品质量和产量在同行中难有匹敌。

我见到六丰机械现任总经理宗绪惠时，感觉他一点儿不像一个商业大亨。宗先生谦虚地说，六丰机械主要是由他哥哥在掌管，他只是协助哥哥。但说起六丰机械的家族企业历史时，宗先生便滔滔不绝起来……

“我爷爷是青岛平度人。当时爷爷有三兄弟，一起在青岛搞纺织。1947年厂子搬到台湾后，就开始扩大经营范围，成立了最早的家族公司。爷爷的思路十分清晰，主张就做‘衣食行’的生意，即纺织、食品和汽车。”

宗绪惠说，“六丰”是他父亲一辈的企业品牌。

“父亲兄弟五个，在创办新企业时，五兄弟商量用什么名，本来想选用‘五和’，后来大家说宗家家族要兴旺发达，取‘六’更好吧，于是就有了‘六和’公司。”

宗家人很会做生意，又有五个兄弟合力经营，所以在20世纪七八十年代就已经在台湾汽车配件领域独领风骚。20世纪90年代初，又有机会与日本丰田厂合作，企业又定名为“六丰”（双方原名中各取一字）。

六丰机械在台湾机械制造领域可以算得上“大户”，但在进入20世纪90年代之后，遇到了众多台商都会面临的问题：市场疲软和劳动力资源紧缺。出路在何方？正在六丰机械发愁之际，有台商朋友告诉宗家：“昆山，大陆的昆山是很好的地方，你们不妨试试到那里投资。”

“可以说，在这之前，我们将东南亚和其他能跑的地方都跑遍了，就是没有找到心仪的，就像找对象，感觉有的地方还不错，但就是感觉不到心动。”宗绪惠说，“没想到在朋友的指引下，我们第一次到昆山，与宣炳龙主任见面一谈，竟然怦然心动，就这么一眼便看中了昆山。我们到昆山的运气比谁都好，因为我们昆山六丰机械工业有限公司成立的这一天，正值昆山‘自费开发区’正式被批准进入国家级经济技术开发区行列的日子，也就是昆山人常说的‘国批’，这是多么好的运气嘛！次年10月份，我们的厂子正式投产，这一落地，六丰机械就在昆山经营了30多年……”

宗氏一家回忆起当年的选择，常常感叹：“昆山虽不大，但这块土地，把我们六丰的产业和品牌托到了高高的山巅上。”宗绪惠十分深情地对我说：“从爷爷辈到我父辈，再到现在我和哥哥姐姐这一辈，‘六和’和‘六丰’都秉承‘和为贵’的理念。从产业和生意的角度讲，如果我们一直守在台湾，是很难做到这种‘和为贵’的，因为台湾无法做大汽车产业，全岛一年的汽车生产量也就40万辆左右，它怎么发展都做不大。我们到了大陆就不一样了，市场之巨大让人无法想象。这些年中国大陆的汽车制造与产能全球第一，我们就是跟着这个热潮发展起来的……如果当年不到昆山，六丰或许早就没影子了！”宗绪惠先生坚定地这样认为。

“六丰在昆山的30多年，从小到大，到强，我自己也是在这里度过了从青年到中年的年年岁岁，有三件事最令我欣慰：一是从爷爷辈的公司起步到父辈们创业的六丰，在大陆，在昆山，成长到今天我们自己都想象不到的境地；二是在我们周边还有许许多多同行，因为与我们的合作也跟到了昆山，有的创业者已是三代人在昆山了；三是一批昆山当地人，他们在我们六丰得到锻炼成长，比如过去在我们厂工作的徐金根……”

徐金根何许人也？我一问昆山当地人，人家告诉我：“他现在可是昆山当地一家上市公司的董事长。”我上网一查，暗暗感叹了一下：徐金根，昆山科森科技股份有限公司董事长。科森公司经营范围包括手术器械研发、一类医疗器械及零部件、机电产品及结构件、精密金属结构件等，注册资金55488万元，是2020年苏州民营企业百强之一。

了不得嘛！

昆山还有多少“徐金根”？

很多。昆山人笑眯眯地回答道。

昆山还有多少像六丰、捷安特、沪士这样的来到昆山后又带来另一批台商的企业？又有多少企业带出了一个又一个徐金根这样的企业家？那就数不胜数了！

昆山人骄傲地说。

11. 此处有妈祖，岛人再无求

“灵妃一女子，瓣香起湄洲。”

大海深不可测，风浪无常又无情，渡海之人最害怕狂风巨浪。台湾与大陆一海之隔，传说这片海上有一位生于福建莆田湄洲岛的年轻女子，名叫林默，其出身仕宦之家，有一身好水性，人又善良。她一见海上有人落难，便自愿驾船出海救援，而且只要她出现，所有落难之人总能脱险，其事迹渐渐传遍海峡两岸。有一次海上掀起黑浪飓风，林默情急之下将自己家的房屋点燃，以熊熊燃烧的大火为众人报信，也为海上的船只引航。而在此次海上救援时，她香消玉殒。这一天是农历九月初九。湄洲岛沿海百姓个个悲痛无比，谁都不相信她真的牺牲了，皆认为她已羽化升天，成为海神，并永远保佑他们的平安。

这就是妈祖的传说。福建沿海一带的后人尊称她为“天妃”或“天上圣母”等。

台湾岛拓垦之后，大陆沿海一带的居民，一批批乘船踏浪，渡海而往。起初中途总有船只被海浪吞没，有长者告诉人们，奉妈祖像过海，就会平安。于是往返台湾与大陆的人，都要奉妈祖像随行，这渐渐成了一种风俗。妈祖从此成为海峡两岸共同信奉的保佑平安的女神。台湾居民的祖上多数是闽南人,这种信奉妈祖的文化被一代代传承下来,产生了广泛而深远的影响。

正如习近平总书记所说:“民族文化是一个民族区别于其他民族的独特标识。”妈祖文化既是我国东南沿海地区的一种传统风俗文化，也是海峡两岸人民共同认可、饱含着“两岸一家亲”等重要内容的文化。对台湾百姓来说，出海是他们生存与生活的重要内容，他们出海最希望的是平安。妈祖文化不仅传递着向善劝善的教化思想，更是一种企盼平安、追求社会和谐的共同信仰和风俗文化。

无论生意多大，生活如何起伏，也不管前程路在何方，妈祖都是众多台湾同胞的精神寄托。

台商到大陆经商，多为摆脱岛上自然资源和人力资源不足的困境，让自己的财富更加丰实，同时也能为大陆的繁荣做出些贡献。这是台商们的真实心愿和行动目的。

然而一段时间以来，极少数“台独”顽固分子大肆进行“台独”分裂活动，这让到大陆投资的台商们心存不安。这种不安，其实比渡海时经历一场风浪更让台胞们的内心感到畏惧。绝大多数对祖国大陆充满感情的台胞追求祖国和平统一的愿望极为强烈。由于妈祖文化已经深植于他们的日常生活和文化观念之中，因此在他们中间就有了“一尊妈祖像，万事无所求”的说法。

我之前并不知道昆山有一座供奉妈祖的规模宏大的庙宇，它的全称是“慧聚天后宫”。据说它是华东地区最大的妈祖庙，位于海峡两岸交流基地慧聚广场。慧聚广场由“宝岛又一村”商业街、两岸文化交流中心、慧聚天后宫、天王殿、圆通宝殿、慧聚垒球公园等构成，占地面积约 130 亩，建筑面积超 6 万平方米，总投资超 7 亿元，是华东地区首个“纯闽台风格”的古建筑群。在寸土寸金的昆山，能拿出如此面积的一块风水宝地，本身就是一件让台胞十分感动的事，而占地 6 万平方米的宏大建筑群，投资超

7 亿元人民币，绝非一件小事。昆山在得到上级批准后，毫不犹豫地以“创新突破的思维、海纳百川的胸怀、两岸文化的融合”为理念，建起了这座被台胞视为精神家园的海峡两岸交流基地。因为昆山的真诚和倾情，在妈祖庙的建设过程中，台资企业纷纷出资援建。

慧聚广场工程于 2005 年立项，2008 年正式兴建。2010 年 9 月，恭请台湾鹿港天后宫妈祖分灵从宝岛到达慧聚广场时，昆山凡有台胞居住和办厂的地方，可谓万人空巷，妈祖的信奉者自觉列队迎接他们心中的保佑之神来到身边，其情其景，令人难忘。

慧聚广场的兴建，让在昆山的 10 万台胞从此有了一处精神家园。

“每年农历九月初九，这里人山人海，在昆山工作和生活的许多人都要参加在这里举行的妈祖文化交流活动。不仅我们台湾人参加，昆山当地政府领导和百姓也会一起参加。平时两岸的同胞也成群结队带着家人、亲友来此……”我采访那天，现任昆山市台协会会长孙德聪先生应我之请，带我去慧聚广场参观。

在澳门，我曾去过那里的妈祖庙。这次在昆山，应是我第二次参观妈祖庙。令我印象异常深刻的是，昆山这座妈祖庙气势恢宏，金光万丈。庙宇的每一块巨石、每一根立柱，皆是精心挑选的上等良材。带我参观的孙会长抚摸着一根根巨柱，感叹：建设真乃用心良苦，精益求精呀！而我心想：或许这样的事，只有昆山人才能做到极致。他们知道台胞要什么、想什么，他们会把最好的送到台胞身边，送至其心。

在大陆建这样一座庙宇并非那么容易，更何况是专为台胞而建，其难度、其周折不言而喻。但昆山人做到了，做得让在这里工作和生活的 10 万台胞心满意足，无限感激。这实在是一件到位得不能再到位的事了！听昆山市台办负责人说，市委市政府的领导为了办成这事，“不知跑了多少回南京、北京，比招商、办开发区‘国批’还要费心思！”

“但再难，我们也要把它办成、办好！”昆山人一向如此。在对台胞的事上，更如此。

“昆山有妈祖，台胞再无求。”这也是我在参观妈祖庙时心头一涌而出的一句感叹。

是的，出海的人最惧恶风巨浪，台胞因此信奉妈祖。如今妈祖已在身旁，他们便可踏踏实实、安安心心地在昆山创业、发展，甚至繁衍后代，将所有的希望和心愿留于此地。

这难道不是最好的“无所求”吗？

其实，一个人、一群人，或带着个人的理想，或带着全部身家，带着苦心经营了几十年甚至几代人的家族企业，来到一个全新的地方，这个地方尽管是自己的祖国，但毕竟当时海峡两岸实际上仍缺少接触与交往，在如此前提下，他们心头无疑总有一些困惑和忧愁，难免对自己企业的当下和未来感到迷茫，这再自然不过。对他们这样的“心头病”，如果不认真处理、真心帮助、细致关心，他们一定不会安心于此、发展于此。

昆山人自第一次将台商引至自己的土地起，就已经意识到这一点。随着越来越多台商台胞的到来，尤其是他们为昆山不断创造巨大财富之后，昆山人的这种意识更加强烈起来。

“以前我们昆山什么都没有，只有一件事可以做得比别人好，就是‘服务好’。”这是十几年前我第一次采访吴克铨书记时听他说的话。

昆山的“服务好”体现在亲商、安商和富商等方面。为了做到这种亲、安和富的“服务好”，昆山简直可以用不惜代价来形容，“就是用轿子抬，也要把台商抬到我们昆山”。当时宣炳龙等就是这样干的。在上海滩，在上海虹桥国际机场，多少昆山招商人不分昼夜地守在酒店门口和候机大厅，苦苦等候一个个西装革履的台商或外商的到来。那一幕幕情景，至今仍会被昆山“老开发”们谈起，谈论时他们或大声欢笑，或默默落泪——因为那个时候太不容易了!

投资者签下合同、汇出钞票后要注册公司、办理各种许可证件，你来我往，一个公司办完相关手续，可能需要盖几十个、上百个章。

昆山人说:“我来办，我们办，马上办!”

“马上办”就是昆山人在二三十年前引进台资企业时创造的一个政府行政管理上的发明，而之前我在书写祖国北方的一个国家级新区时，发现他们刚在推行“马上办”，当然也算是不错的了。

“服务好”三个字说起来很容易，但真正做到并且做到人家的心坎里，其实是一件需要万分细致且满怀深情的事。“老开发”宣炳龙有句话说得很到位。他那时是开发区的主任，每天都有接待不完的客人，每天都要出席几个开工仪式和各种会议,但他说:“服务好不好,其实就代表一种投资环境。这个时候政府的工作人员每个人就是一个投资环境，你无意中做好了一件小事，找上门的客人可能就把一个项目送给了昆山。所以任何客商要找我，只要我在，就可以直接进我办公室。我不在，我事先跟秘书讲好，人家来了你负责接待好，客人来了你得泡好一杯茶，再问人家要办什么事。如果一定要我办，就打电话给我。如果你秘书能办的就帮着他办。不能说人家来一看我不在，你就不再理人家了。一杯热茶和一副冷脸，给人的感觉就是天壤之别。其实，服务好他人，最后得到实惠的就是我们昆山人自己。”

昆山领悟了“服务好”的本质。比如说“马上办”的形成，实际上还是台商给热情的昆山人提出的一个建议。捷安特首席谈判员涂季冰在与昆山打交道的过程中，发现昆山人确实很热情，服务也很细致，只是由于缺乏经验，有些技术性的事不能处理得十全十美，效率不算太高。涂季冰提出,企业落地昆山之前,政府可以事先列出一个清单,需要走什么行政流程，企业需要准备哪些材料，谁来投资就给他一份，一次性把相关的要求、待办的事项、相应的材料都在表上讲明白了，这样人家来办事就非常清楚了。

还有比如像到法院、公证处等政府机构办理比较复杂的盖章手续，也可以委托其在开发区管委会下设一个办事处，请他们代为履职。昆山有关部门觉得涂先生的建议非常好，于是就积极协调有关部门，很快推出了真正服务到位、高效率的“走一次就办完”的服务，这也就是现在各地行政部门广泛推行的“一站式”服务。

“马上办”“一站式”等服务，20 多年前就在昆山建立起来了。这些宝贵经验如今已经在各地行政部门和企业管理中被广泛推行。

其实“服务好”是具体且有温度的，更能给昆山带来实实在在的利好。台商能在 30 多年前就心甘情愿地选择昆山这个“无名”的小地方，就是因为昆山人把“服务好”这三个字贴到了台商们的心坎上。

在 20 世纪 90 年代初，政策规定外资和台资企业是不能全资到大陆投资的，必须以合作的形式，成立合资公司。有些台资和外资企业对此是有顾虑的，因为他们认为这样做等于把自己已有的品牌和市场收益“白白送给”他人了，但又无法越过这道坎儿，昆山也必须遵照当时的政策规定。

然而昆山的做法又让台商们感动不已：合作可以，大头仍是你们的，我们象征性地加入比如 5%、10% 的股份。另外我们也真的没有钱，我们就拿软件服务入股吧，你们看行不行？

台商们一听高兴了，这等于还是他们拥有绝对的管理权嘛！“好，好，我们同意。”如此一拍即合，事情成了。

两三年后，台企发展顺利，生意兴隆，财源滚滚而来。昆山人就来找台商商量：“你们是不是可以把合同上我们的那点股份拿回去？”

台商心想：“这正合我意呀！”于是连声说好，“那我们就付钱吧！”

台商准备给昆山政府划钱时，昆山人笑着告诉他们：“钱你们留着，我们不能要的。”

台商惊奇：“为什么？”昆山人说：“我们入的是‘服务股’，原本就是我们应该做的事，不能要你们的钱。”

台商大为感动：“原来是这样啊！天下还有这样不图钱的人和政府？”

昆山人说：“你们已经交了税，这就是对我们昆山最大的贡献了。如果你们一定要‘意思意思’，那我们倒有一件事请你们帮忙。”

“什么事？快说快说！”台商问。

“就是能不能看看，再帮我们拉你的朋友或合伙人到我们昆山来投资，另外就是看看我们还有哪些地方服务不够好、不够全的！”

“这两件事我们都愿意做，都愿意做！”台商连连说。

“谢谢！谢谢你们了！”昆山人紧紧握住台商的手，真诚地感谢对方。

这就是我采访、调研和目睹的昆山能够让台商安心在此创业、发展的那些饱含情感的实实在在的秘诀。

但这仅仅是第一阶段的“服务好”。它主要体现在热情周到、服务到位、提高效率等方面，让台商减少程序步骤与无效时间，让项目早日落地、早日开工和早日盈利。

昆山为台商“服务好”的第二阶段就是规范和提升各种服务机制，把政府建成服务型政府，将“服务无极限”的理念深植于昆山政务文化，深植于整个昆山的社会文化。

比如，2003 年，昆山便成立行政服务中心，把各类审批项目在行政管理层面统归政府设立的行政审批局负责，而这个审批局的执行机构就是设在对社会开放的行政服务中心的一个“铺面”。与此类似，其他部门需要办理审核、发证等手续，也可在同一行政服务中心大厅的专门“铺面”上完成。

数字时代到来之后，昆山迅速将国际惯例吸收内化为昆山的本土惯例，如提供服务指南、电子触摸屏查询、短信告知、网上下载等便民、利民服务。

“昆山的服务工作中有一个做法特别令我难忘。”仁宝电子是昆山电子产品产业的“巨无霸”之一，仁宝电子行政资源管理本部处长魏国和与我有过两次会面，他总谈起最初到昆山时的那一幕:“那个时候，我们的第一个厂区还在建设，厂区周边全是稻田。我晚上因为谈业务要出去一趟，叫一辆出租车过来，需要在路边等很长一段时间。看到那一头灯亮了，就知道车子来了……”魏先生笑着告诉我，那是因为当时周边还没什么工厂，远远就能看到出租车。

“但不到半年时间，这种情况就变了。我再出去，叫一辆车，几分钟就到了跟前。为什么变化这么快？是因为昆山政府为每一个投资规模大的企业都配了个‘专班’,就是专门组建一个负责你项目、服务你项目的团队，像我们仁宝这样比较大的企业，这个专班负责人可能就是市长、副市长。企业有什么需要，下一步还需要什么，这个专班全会帮助解决。我们仁宝在昆山 30 年，现在共有 5 家公司，7 家工厂，22000 多名员工，如此高速而欣欣向荣的发展，如果没有昆山这种‘定制式’‘专班式’的服务机制，几乎是不可能的！”魏国和说。

其实据我所知，昆山不仅对大投资者如此，对中小投资者也同样提供“专班”服务,根据实际情况和企业需要,他们或派出一人,或派出一个团队，或几个人同时负责数个企业，提供“专班”服务。

台商称这种服务是“保姆式”和“上门婿”，因为昆山人的这种服务让他们有了“主人”和“老丈人”的感觉。

在生意场上，有一句话这样说：利益永无止境。从这个角度而言，服务台商，对昆山来说，同样是永无止境的。而在变幻无穷、竞争异常激烈的今天,像昆山这样领跑县域经济的“快车”,其面临的机遇和风险不言而喻。

IT 产业在今天的世界，几乎是国与国之间竞争最激烈的科技前沿和产业领域，决定着强者和追赶者之间的生死命运。台湾人最早在 20 世纪 90 年代中期便嗅到了这股科技产业战场的硝烟味。

第一批受到冲击的正是刚刚落户昆山的沪士电子、汉达精密、彩晶光电科技、富士康等几家著名的台资 IT 企业。

有一日，沪士电子董事长吴礼淦在与昆山开发区领导座谈时，无意间吐露了一句话："唉，昆山啥都好，如果能像台湾那样有个出口加工区就更好了！"

出口加工区？这是什么东西？昆山领导第一次听说这样的名称。

"吴董事长，你什么时候回台湾，是不是可以带我们去学习参观一下那个叫出口加工区的地方？"昆山领导马上提出这样的请求。

"可以啊！"吴礼淦欣然答应，不过他添了一句话，"但这可是比较超前的外贸模式。"

"我们昆山就是要干超前的事！"昆山市委市政府立即派出数批干部，借招商引资的契机，多次去台湾的出口加工区学习考察。

学习考察回来后，昆山就着手申办出口加工区，但在向上级甚至中央部委提出申办时，遇到了令人尴尬的局面。

"想办法把国务院特区办的副主任陈顺恒先生请到昆山来，他对我们开发区的情况比较了解，而且一直很支持昆山。"

"这个办法好。请陈主任来昆山！"

善于在无路可走之时出高招的昆山领导们终于又想出一个新招。

这一年是 1997 年。春节，陈顺恒果真被邀请到了昆山。听完昆山市领导关于建出口加工区的口头请示后，陈顺恒连声道："我听说台湾地区及某些发达国家和地区是有个出口加工区的名堂，你们要搞，是个好主意！"

"有陈主任支持，我们就有希望啦！"昆山人顿时热血沸腾。

"不过啊，我们之前没有办出口加工区的先例，可能要等合适的时机。"陈顺恒突然泼了一盆冷水。

等吧。耐心地等。

但昆山人与众不同的是，即使在感觉无路可走时，他们依然不停地奔跑、寻路——跑省里、跑北京……这个部门不行，就跑另一个部门。如此这般，昆山市委办和政府办的同志告诉我，当时有一项纪录，他们领导为出口加工区一事往省里、往北京共跑了 84 次，申请材料写了几麻袋。

其间都见了谁？“主管副总理和省部级领导不下 30 位。局处级干部至少百人。”市府办的人说。

结果呢？没有任何政策上的松动。

“什么，国务院特区办撤了？那谁来管这类事呀？”时至 1998 年，昆山方面突然获悉中央机构改革中的一件大事：原本专管审批出口加工区一类特区特办等事宜的国务院特区办被撤销了！

中央审批机构都没了，出口加工区的蓝图不等于彻彻底底无法实现了吗？昆山人顿时感觉忙碌了几年的事走到了绝境。

“事在人为，还是要跑！主管部门没了，总还会有临时分管的部门吧？去找他们。”市主要领导决断道。

跑！继续跑！

到北京去。市长亲自跑。

一跑又是几十次……

“秘书，还有希望吗？”在第 39 次还是第 40 次时，市长的声音不仅沙哑，而且明显有些颤抖。

“有！希望就在眼前！”领导的秘书终于这样回复。

“好，好……”这边的市长已经泪流满面。

不久，国务院总理在一次重要会议上正式宣布，中央人民政府正式批准首批 15 个出口加工区，而昆山是唯一设立出口加工区的县级市。这个时间是 2000 年 4 月，昆山从开始谋划到正式提出申请，再到正式设立出口加工区，前后用了大约 5 年时间。

“那 5 年中，我们市里为这事可谓倾尽全力……”老市长回忆起此事时依然忍不住拭泪。

“不过这一切都值得！”老市长说，因为昆山有了这个出口加工区，所以才留住了那么多以台商为主体的IT龙头企业，使这些企业能在今天支撑起昆山经济的“半壁江山”。

为出口加工区这事，后来上海、广州、深圳等地的领导见到昆山干部，也无不感激道：“这是你们昆山给大家努力争取来的大好事！”

为台商、为外商争取这样的好事，昆山到底做了多少？

“有一个数据：近30年来，我们为台商和外商等在昆山投资企业获得的国家级政策支持条文，共有160多项。别人有的，我们必须有；别人没有的，我们会努力争取有。别人不敢碰的，我们也一定会去试试。试是有风险的，但它同样又是成功之母。这是我们昆山做事的理念。”昆山市发改委的相关人员介绍说。

一个政策、一件好事，可能使一个企业实现阶梯式发展，甚至根本性的腾飞。昆山的台商多，昆山的台企发展好，难道没有理由吗？

为了能够采访一位主管经济的昆山领导，我们曾相约数次，他因公务太多，只能一次次推迟见面时间。突然有一日，我在中午就餐时，这位领导出现了，他坐下后把西装一脱，抹抹额上的汗珠，连声说抱歉。原来，他是刚刚参加完一个重要活动。

“是上海浦东国际机场物流专线项目，这个物流平台启用之后，世界各地的货物进出我们昆山又可以省下一半时间、节约一半成本，这是台商和外商们最开心的事。”他说。

看到这位匆匆忙忙、汗如雨下、明显带着疲倦的昆山市领导，我似乎一下子明白了为什么昆山干部一直把“为台商们当好‘店小二’”这句话放在嘴边，那反映出的不就是真真切切、全心全意为台商服务的昆山干部形象吗？

小昆山为什么能变成大昆山，其符合现实的逻辑就在于此。

12. 烙在心坎上的“一家亲”

世人都认为亲情是人间最美好、最牢固和最天然的一种情感，这是毋庸置疑的。然而想要永久保持血缘式的“一家亲”，并不那么容易做到，何况处于长期分隔状态的两个地区的人们，要建立一种真正意义上的“一家亲”更非易事。

两岸同胞都是中国人，同根同源、同文同种，是血浓于水的一家人。这份真挚而深沉的同胞情、民族情，是当代中华民族大家庭最关切和看重的一件事。

是的，我们应该注意“一家亲”这三个字中的“家”字。所谓“家”，古人曰：“居也。”即落户、定居之意，一般是指由男女婚姻组成的，或是与子女间有血缘关系的社会最小的群体，其成员彼此之间有着相互依存的亲情关系，这就是我们平常所说的“一家亲”。而在同一个国家的不同群体之间，也同样有着更高社会层面上的“一家亲”。

大陆与台湾同胞之间，就是这样的“一家亲”。

而在昆山，你能真正体会到什么是大陆与台湾同胞之间的“一家亲”——老实说，几十年间，我走遍了五湖四海，去过 40 多个国家和地区，真难找出比昆山更让我深刻体会到“两岸一家亲”的地方。在昆山，我采访过许多台湾同胞，他们说得最多和最深情的一句话便是：此心安处是吾乡。

一群从宝岛远道而来的同胞，在此之前他们从未踏足昆山，甚至未曾听闻昆山之名，却能把自己的才能奉献于此，甚至举家迁居昆山。日复一日，年复一年……有人扎根昆山已有三四十年，安居三代，子孙满堂，真乃其乐融融。

台胞们言说昆山是“小台北”，你可能想象不到，只有到了昆山，你才会真正感受到这里处处皆是“台湾味”：吃的、喝的、住的、行的……

“男女老少的工作生活，皆与岛上无异，皆如‘吾家’‘吾乡’——本来嘛，我们早已视昆山为家，视自己为新昆山人。”台胞们说这样的话时，脸上绽放的满是骄傲和荣光。

第一天到昆山，主人便拉着我到了“夜昆山·水上夜市台湾街”，那是一个河湾改成的夜市，五颜六色的灯下，人声鼎沸，烟火气浓浓，令人难辨是置身台北还是昆山。

吃、喝、玩、乐，此处应有尽有，且都是台湾风味、岛上风情，船舶上的店面以台湾小吃及东南亚商品居多。走进一家小店，问一声：“老板是台湾人？”对方忙里偷闲，连连点头：“是新北的！”

“来昆山几年了？”

“几年？！”他一愣，然后笑答，“是第二代了！少说也有 20 多年了吧！”

“这儿比你家那边生意好做吗？”

“我家？我家就在这儿呀！”台胞这一回答让我暗吃一惊。

“你在昆山安家了？”

“早安了！我儿子都读中学了。”店主转身指指不远处的一片楼宇，说，“我一家都住那里！”

“你父母呢？还在台湾？”

“他们来这里比我还要早，早就在昆山安家了！我们是三代人在昆山，台湾那边除了远房亲戚，基本没啥亲人了！现在昆山就是我的家，昆山人就是我的亲人！”

起初听到台胞的这些“很昆山”的话，我有些惊诧，后来随着采访的深入和接触的台胞多了以后，发现这种现象在昆山的10万台胞中，非常普遍。

这是为什么？

我终于慢慢地明白：自20世纪90年代起，大批台商来到昆山投资和创业，他们中既有原来在台湾甚至国际上就叱咤风云的大企业家，也有做小本生意在昆山起家发财的人，在昆山的时间一长，伴随着事业的蒸蒸日上，各个方面无忧无虑，幸福感、获得感、安全感满满。于是，一批接一批的台商们在昆山安家落户，紧随他们的就是更多的台胞，他们各自携着家眷和资产，迁移到了昆山。

他们置地办厂、安家落户，将孩子们安排在昆山当地的学校，与大陆的同龄孩子们同学校、同教室读书。之后昆山有了台商子女学校，这些台胞的孩子们可以自由选择就读大陆的学校或是台商子女学校。如此便利，让广大台商在对比权衡之后，毅然选择把家、事业和未来都放在昆山。

昆山市台办的负责人告诉我，今天在昆山的每一处，都可以看到台胞三代同堂在这里生活的场景，他们甚至连昆山的本地话，都说得十分地道。最有趣的是，我在昆山的一些商业区，听到相当多的昆山本地店主，操着一口“台湾腔”，而前来消费的台胞则能熟练地讲一口昆山“土话”。

“来店里的客人以台胞为主，所以时间一长，我的‘台腔’就很浓了！”一位被我认定是台湾人的昆山本地店主，这样解释。

“你的昆山话是自己学的？”问到一位台胞时，他笑着指指站在他身后的太太：“我要不会昆山话，她哪会给我做那么多好吃的嘛！”

哈，原本是这样啊！

“现在呢？”我问。

“现在？”他又笑了，说，“现在是三只指头捏田螺——”

“什么？”

“稳笃定。”

哈，行！这位台胞的昆山“土话”已经非常地道了。

“那你现在肯定是把家安在昆山了？”我又问。

“这秃子头上的虱子——”

“又是啥意思？”

“明摆着嘛！”

我忍不住夸他：“你的昆山话真的是寿星唱曲子……”

这回轮到他请教我：“这句太太没教我呀！啥意思？”

“就是说你的昆山话已经达到‘老腔老调’的水平了！”我说。

“哈哈，何先生也是昆山人？”他惊讶地问。

我回答他：“差不多。”

“自家人！自家人！”

“说得对，我们是自家人。”在我的老家，通常我们不叫老乡，而是称自家人，它的意思显然比老乡的意义还要亲近一些。

自家人相当于“一家亲”。

在昆山一带，无论何时，只要彼此能够被看作“自家人”，大家就亲密无间，任何事情都好商量，不会再计较，甚至你的就是我的，我的你也可以随便拿去使用……这跟亲戚和一家人无异。

台胞能在昆山这片原本陌生的土地上，与当地人、当地政府相互视为自家人，应该说已经形成了一种极其融洽与和睦的亲密关系，这也是我来昆山之前无法想象的。

无论是老一代的吴克铨、宣炳龙等，还是后来任昆山市领导的张国华，抑或是今天的新一任昆山市委书记与市长，他们一脉相承地视台胞为自家人的意识和真诚，丝毫没有减少，这份自家人的情意和为自家人做事、办事的赤诚之心，随着岁月的流逝反而更加浓烈与深厚……

任何事情如果换位思考，就可能做得更周到与妥当。在对待台胞问题上，昆山的做法与经验，就是将对方视作亲人、自家人。“有的时候，我们对台胞真的会比对自己家里人还要上心。常常将心比心，设身处地地为对方想一想，事情就会做得更实在、更到位、更温馨。比如，设立这所台商子女学校就历经千辛万苦，现在看起来好像就是办一所学校的事，其实当初我们领导从想到这件事，到学校正式被批准设立，虽然不能说比登天还难，但也确实堪比攀登珠穆朗玛峰。因为这根本不是昆山层面能说了算的事，你得到苏州去，而苏州市级的部门也没有遇到过这样的事，我们就得再往南京跑，省里的人说他们也没有做过这样的事，于是就不得不往北京跑，在北京走了一大圈之后，发现有关台湾的事务，可不是一个部门、一个领导、一个图章就能解决的呀！它可能需要几个甚至十几个部门之间协调，需要一一去说明。即使你拿到了‘尚方宝剑’，在具体实施的过程中还会冷不丁地冒出十几个、几十个想象不到的问题……这个时候，我们昆山人就要有更多的耐心、更诚恳的态度和更智慧的方法去应对和处理。学校建成、学生入学之后，还会有成百上千件事情需要认真细致地做好。即使上面的这些事全部做好了，你还会发现，除了像政策、时机、人力等客观或主观的因素，还会有许多新问题冒出来，你还得根据具体情况，另辟蹊径地去处理、去完善，直到所有的事情走上正轨、走向成熟为止。有的时候，只有机遇和努力双管齐下时，才有可能把一件难于上青天的事办成。我们办第一所台资学校就经历了这样的过程。”市台办负责人讲述的下面这个故事，就很能说明昆山人为台胞服务的一片赤诚之心。

这所学校的全称是华东台商子女学校。当时在整个华东地区都没有一所台商子女学校，昆山为了解决台商子女读书的问题，便向上级提出办一所这样的学校，但这个申请递上去之后就如石沉大海，杳无音信。国家有明文规定：不允许境外人士作为法人在大陆境内办学校。所以昆山送到省里的关于办台商子女学校的申请，与引进台商投资报告的命运有天壤之别：根本没有得到任何回音。

没有回音就是“不行”呗！

再去磨？磨也没有用。江苏省教育厅的工作人员清清楚楚、明明白白地告诉昆山：其他事都可以帮助你们，但这事不可能！

真的就不行了？

如果行的话还要你们一次次来磨吗？

昆山人感到办学校这个坎儿真的太难迈过去了。

怎么办？放弃是一种办法，等待也是一种办法。千方百计想出办法，则是另一种办法。昆山人选择了最后一种：想办法！想你所没有的，但别人那里又并不把它当回事的那类宝贵资源……

这不，有一回昆山人听说台湾退役将领陈廷宠为回报家乡，有意在上海办一所“台校”。然而陈先生的办学条件达不到上海方面的要求，这事就被搁置了起来。

“上海给出的条件我们昆山都可以给嘛！”昆山人马上意识到这是一条捷径：找陈先生，争取让他的夙愿在昆山实现，这样不是可以一举两得吗？

可以。这个路子对！马上想办法与陈先生取得联系。昆山市领导出面，尝试多种途径，与陈先生接上了线。

“好呀！是昆山啊，那里的台商很多嘛！我愿意尽绵薄之力，我们一起把事情搞成！”陈先生听说昆山想做他一直在做却遇到重重困难的办校之事，欣然答应“帮忙”。

陈先生是江苏盐城人，当昆山人拉着这位江苏老乡去江苏省教育厅再谈办学的事时，相关单位的门似乎敞开了不少，相关负责人脸上的笑容也多了不少。

“我们一定认真研究，再咨询教育部方面的意见……”这话让陈先生和昆山人都看到了一丝希望。

但事情并不那么简单。接下去的时间，依然毫无结果。“等等，再等等吧……”昆山得到的回复基本是这样。

“既然让等等，那证明还是有一线希望的嘛！耐心有时也非常重要，攀登珠峰的运动员们，也是不知努力了多少回才最后取得成功的嘛！我们昆山人做事，一直以来就是不放弃，从不轻易放弃！”昆山人告诉我。

常规道路走不通时，昆山人会另辟蹊径。往北京走，打听一下，来到主管台湾事务的办事机构——国台办。

“领导好，你们是知道的，我们昆山的台胞越来越多，学龄孩子都有三四千人了！没有一所台商子女学校实在不行了呀！”昆山人如实报告道。

“确实，昆山的情况是特殊，我们会向中央反映和建议的。”国台办领导的态度让昆山人顿感暖心，昆山人又一次看到了希望。

之后，又等了一段时间。

“昆山吗？你们派个领导过来，跟我们厅长谈一谈你们想办‘台校’的事。”突然有一天，江苏省教育厅工作人员给昆山打来电话，这样说。

好，我们马上派人去向厅长汇报！

昆山人一到南京，才知新任教育厅厅长是从陈廷宠先生家乡走出来的王荣同志（几年后，王荣出任苏州市委书记，再之后赴任深圳市委书记，在广东省政协主席岗位上退休）。“陈先生有愿望在大陆办‘台校’是件好事，你们昆山的台商又那么多，为什么不考虑办所正规的台校呢？我们一起努力吧！”王荣厅长的话，让摸了几年黑的昆山人无比振奋！

之后的事就异常顺利了。2001 年 9 月，华东台商子女学校在昆山花桥正式招生，迎来了第一批台商子女。

仅昆山人办“台校”一事，便已经让我们深切感受到 30 余年来昆山人在台胞服务方面所做的努力，真可谓不遗余力。也正是这种真诚、不懈的努力与全心全意的服务，将台胞的事看成自己的事，把每一位台胞看作自家人，才成就了今天有“小台北”之称的昆山，才会有 10 万台胞在此安心立业，近 4000 名台湾中小学生在此读书。

昆山是我家
我家在昆山
这里的春天百花鲜
这里的乡音水样甜
这儿的人美心更美
这里的大路通天边
诗情画意　小桥流水
人间天堂　天堂人间
啊——啊——昆山

昆山是我家
我家在昆山
四海宾朋常相聚
美好的生活一年年
这里有着诚信的脸

这里起航理想的船
这里孕育丰收的果
这里升起远航的帆
创业热土　流连忘返
昆山魅力　魅力昆山
啊——啊——昆山
……

这首由台胞创作的歌曲《昆山是我家》，已经在昆山的台胞中传唱了很久。每逢重要节庆或举行重要的仪式，比如婚庆典礼、老人祝寿、乔迁之喜，台胞们都会引吭高歌，用一片片深情与赤诚回馈昆山这片赋予他们美好幸福新生活的大地。

2022 年春，全球新冠疫情十分严重，原来设在上海的港澳台侨联考考点被临时取消，这下可急坏了在昆山的 100 多名台籍学生和他们的家长。

"不能参加考试，就等于失去了前程！"

"我们怎么能让孩子错失上大学的机会啊！"

台胞学生和家长的心声牵动昆山的每一根神经。

"怎么办？"

"特事特办！必须保证每个孩子能够准时参加考试！"这既是决定，也是保证。在一边向上级有关部门请示协调帮助的同时，昆山市委市政府主要领导立即组织专门班子，协调沿海数个省市，最后确定组织这批考生赴厦门和广州参加港澳台侨联考。

"飞往厦门和广州的飞机，由于上海机场关闭已经停飞。"协调人员向市领导汇报。

"那就赶紧联系无锡的机场，这是离我们昆山最近的机场。"

“好的。”

“南京，南京！我是昆山市台办呀！我们有一批台胞学生要到厦门和广州参加考试，现在上海虹桥国际机场和浦东国际机场都不能飞，我们请求将学生送往无锡的苏南硕放国际机场！”

“好的。省政府已经指示过，我们马上协调无锡方面。”各部门迅速行动起来。

在得到苏南硕放国际机场将全力配合的消息后，昆山方面马上启动了闭环式运送在昆山的台湾考生的方案，他们将考生一名接一名地从各自的家中接出，然后送上专用的大巴，直奔无锡的机场。

“放心吧，家长们！孩子们所需要的日用品，我们已经全部准备好了！”启程时，昆山市台办的一个回讯、一通电话，便将忧心孩子的家长们安抚好了。

第一批飞往厦门的考生安全抵达。

“昆山！昆山！考生们已经抵达厦门，一切请放心，我们都已安排妥当！都已安排妥当！”

“谢谢厦门！谢谢厦门！昆山向你们致敬！”

“昆山！昆山！”厦门方面的消息刚刚让昆山方面放下心来，此刻，广州方面突然传来急电。

“广州！广州！我是昆山，我是昆山，请讲！”

“广州白云国际机场发现疫情，机场不得不马上关闭，你们的学生不能进入机场，必须马上改飞新的地址！”广州白云国际机场的消息，令原本已经紧绷着神经的昆山方面犹如天塌。

“这可怎么办？”

“马上联系深圳宝安国际机场！”

“深圳离广州还有好长一段路程呢！”

“总比从我们这儿到广州近吧！”

“那倒是！可以另派车辆把考生们转运到广州。”

“这个方案可行，立即实施！”

“深圳！深圳！我是昆山，我是昆山！”

“我是深圳，请讲！”

“我们有批台胞考生要到广州参加考试，现在只能从无锡苏南硕放国际机场飞往贵机场，请予准许。”

“好的，我们马上请示！”

结果一切如愿。无锡的直航飞机，安全抵达深圳。考生们走出机场，便被专人引上专车，随后全程闭环，一直送达预定的广州考点。

就这样，在上级部门的指导支持下，苏粤闽联动护航，帮助100多名在苏台湾学子克服疫情带来的不利影响，顺利完成了他们人生中的第一次大考。

这是发生在2022年春天的一件事，如今仍然常常被昆山的台胞们热议。尽管我们只选取了几个镜头，却足以看出当时的惊心动魄，凡是经历过那年疫情的人都能体会到在那特殊的时段，要将100多位考生送出昆山，转至无锡，再辗转厦门、深圳，最后到达广州，绝非易事。

“从将考生们一个个从他们的家里接出来，到最后完成考试后安安全全、一个不少地接回来，整个过程前后历时一个多月，我们每天一对一地服务好每位考生的生活、学习，全程关注他们的身体状况，同时还要让他们与家长保持联系。可以说，我们真的是费尽心思、动足脑筋、下足功夫帮助每个考生完成他们人生中的一件大事。”昆山市台办副主任邢琳向我描述了考生们回到昆山的那一刻，“很多家长抱着孩子热泪盈眶，久久不放，连连向我们鞠躬致谢。”

可以想象得出，这样的场景多感人，多震撼！

“昆山对我们的好，是实心实意、始终如一的，这就是我们愿意到昆山投资，愿意把家安在此处，愿意让孩子们留在这里的原因。”在昆山的许多台胞这样说。

古今中外，婚姻都是维系民族与民族之间、人与人之间情感的重要纽带。30多年来，10万台胞在昆山创业的过程中，第一代人，多数是纯粹因投资而逐渐爱上这片土地；第二代人，有一批是子承父业，他们对昆山和大陆的情感，不再单单是生意上的，而是在生意之外多了一层“心意”，即由心生情。这情，自然有对大陆、对昆山的特殊情感，也有他们在做生意或创业过程中遇到的爱情。他们在昆山步入婚姻。姻缘，让两岸情自然而然地转化为真正的“一家亲”。这样的两岸姻缘，在昆山比比皆是，而它又是人们特别乐见的现象，这种婚姻的意义，事实上会胜过任何其他形式的“一家亲”。

我认识一位名叫蔡汉信的台胞，他生于1979年，虽然不是子承父业，但从他到达昆山的时间看，他应当属于“第二代台商”。蔡先生是台湾新竹人，从事半导体行业，早先在浙江湖州工作。后来那里的企业主去世了，他便回到了台湾。2013年，他随一批同龄人来到昆山创业，第三年他注册了一家公司，成为“昆山两岸青年创业园”的首批入驻者。因为蔡先生是“青创园”的元老级人物，而且现在又是成功人士，所以他在台商青年企业家中有“蔡哥”之称。

蔡哥坦言：没有昆山，我不可能成为受人尊敬者。我们一起来听他的“昆山之路”——

“我属于白手起家之辈。在昆山注册公司后入驻‘青创园’，就遇到两件实实在在的贴心事：昆山相关方面，给予我公司两年的房租减免，并给了15万元的装修费。我做的产品是一种应用于电梯的互联网硬件技术，是我们自己研发的。但卖给谁呢？刚开始我们心里没有底。‘青创园’内有个展示厅，他们无偿为我们提供展览产品的空间，这样人们就能了解我们的产品。后来真的有人来找我订购产品，可我却没有资金启动生产呀！昆山政府知道后，给我牵了两条‘救命线’：一个是凯歌创投，融资了300万元；一个是我的企业评上了江苏省高新技术企业，拿到了60万元的政策补贴。我有钱了，就开始正式生产自己的产品。卖出了产品，有了收入，然后把资金投入再生产……如此循环，一直发展到现在，我的产品被称为‘电梯保护神’，销路一直非常好。眼下正在研发第四代产品。在这过程中，昆山市政府一直给予我帮助和支持，可以说，是他们的阳光雨露，滋养了我这棵小树苗的茁壮成长。”

蔡哥最感怀的是他在创业过程中，找到了一位美丽而贤惠的大陆妻子。

“我们结婚已经10多年，孩子也小学毕业了。”蔡哥说起自己的小家，满脸幸福，“我岳父、岳母对我特别好。但一开始双方父母之间并不热络，当我们有了小宝宝后，我带着妻子和女儿一起回到台湾，父母欢喜得不得了！之后我又把父母从岛上接到大陆，与岳父、岳母在昆山见了面。亲家聚在一起，几杯小酒下肚，一番交流后，全家其乐融融，亲得不可分开。”

蔡哥说到此处，乐得合不拢嘴。

“我这个名字——汉信，是叔叔给起的，小时候大人就告诉我：你是汉族人，是中国人，做人要讲究信誉、真诚，我们子子孙孙要热爱中华民族，做一个有诚信的中国人。从小我家里就一直给我灌输这个理念。到昆山之后，我有了自己的事业，又建立了自己的小家，我感到心满意足。”蔡哥坦言，他实际上是家族中到台湾的第四代，现在他又在大陆成家立业，“公司董事长是我太太，我的企业营业执照也是大陆的，所以我从心底里希望两岸早日统一！”

“两岸统一，是我们这些在昆山的台商们最渴望的事。你想啊，我们的小家在大陆，孩子在这里出生，全家的财富又在这边，企业的市场和未来的发展也都在大陆，我们当然就想把根深扎在昆山，深扎在祖国大陆的怀抱里。没有比这份情更深、更真挚的了。他们中很多人跟我有一样的背景，家在昆山，企业在昆山，所期待的未来也在昆山和大陆，盼望‘两岸一家亲’的正是我们这一代人，因为我们是上有老、下有小的一代，我们牵挂在台湾的需要照顾的父母，又要培养好在大陆的儿女，这份亲情是烙在心灵深处的……”

说得多好！

烙在心底里的亲情是最珍贵的。在昆山，10 万台胞对此都有同样的感受。

俗话说：“一家亲”，到底亲不亲，说到底还是要看你有没有一个称心如意的家。台胞能在昆山安心创业，离不开自己的“后院”稳定，离不开拥有一个幸福美满的家庭。家和万事兴的道理也在于此。

“最初几年，半夜里我接到最多的电话，不是来自我们昆山的台商们，而是来自他们的太太。那些海峡对岸的台商太太们对先生在大陆从商一事，疑心重重，一则怕他们遇到绕不开的种种困难，败了家产；二则怕他们赚了钱在外面花心顿起，干对不起家人的事，所以难免有些疑神疑鬼的。”宣炳龙笑言自己就亲自处理过一件事：那会儿昆山刚刚有几个台商来投资，有一天已经过了午夜，电话铃声突然响起，他刚拿起电话，话筒内就传来一个女人哭哭啼啼的声音。

“宣主任啊，你得管管我家的那位……”

“别着急，别着急，慢慢说……”宣炳龙赶紧安慰对方。

那头的女士说，她是某台商的太太。她哽咽着说道：“我们家的那个死东西，他到大陆才半年时间，就已经变心了呀！”

宣炳龙跟这位太太的先生很熟，一想，便回答道：“不会吧？你家先生不太像那种人嘛！他可是一心想把厂子办好，没有那闲心思去干对不起你的事的……”

“你……你主任能管他白天的事，晚上、半夜……就现在，你管得了他吗？你知道他现在在干什么吗？”对方哭诉着。

“现在，他现在应该休息了吧？因为白天我还跟他一起商量建厂的几件事呢！他可能太累了，睡过去了。”宣炳龙琢磨着。

“不可能！平时这个时候他再忙，也会给我来电话的！可这半个月以来，几乎等不到他的电话！我给他住的酒店房间打电话，也没有人接……呜呜……”

女人又哭个不停。“宣主任你要不管，我就……”

“别别，我帮你去找找，你先不要着急，更不要胡思乱想，没你想的那些乱七八糟的事，等我消息。”宣炳龙安慰几句后，放下电话，就寻思着去哪儿找这位台商。

这位台商今天是不是到上海去跟人家谈业务了呢？有可能。如果是那样的话，饭桌上可能多喝了几杯，是不是这才回不来了呢？想到这儿，宣炳龙给对方寻呼机连发了两条信息，但对方没有回复。

怎么办？找！今晚如果找不着，宣炳龙知道那位台商太太一定会整夜不能安宁，那接下去的事儿可能越来越复杂。若是一个好端端的家庭破裂了，这台商到昆山、到大陆的投资也就随之动摇了。昆山市委市政府领导不仅一直坚持要保障台商的投资与创业环境，努力帮助他们取得事业成功，而且还需要让其“后方”稳定美满。

说一千，道一万，关键是要让家属真正放心！想到这里，已经忙碌了一天的宣炳龙顾不得自己的疲劳，叫来司机，便向上海方向疾驶而去。

漫漫长夜，到哪里寻觅一个外乡人呢？

人们都说宣炳龙很神，也不是没有道理的。他琢磨了一下，对司机说：“我们朝嘉定那边开，看看这家伙是不是喝醉了倒在哪条马路边呢！”

得，找吧！司机摇摇头，无奈地转过车头，朝嘉定方向疾驶而去。

哈，这家伙真的喝醉了！不过是倒在自己的车子里。

“我说你现在可以放心了吧！你先生是太辛苦了，今天因为生意上的事，跟人家多喝了几杯，所以没有赶回酒店。你啊，也要多体谅你先生，他们在这边创业、做生意也不容易，是吧？”

“是，是，宣主任我明白、我明白……我把这边的家归置归置，也想到你们昆山去。”

“好啊，这就两全其美了！”宣炳龙一听，连连夸奖她考虑周全。

这位太太后来真的到了昆山，他们又在昆山购置了房子，从此互相关照，先生的生意蒸蒸日上，太太也把昆山的小家安置得温馨又美满，夫妻俩在昆山的日子越过越有滋味，后来又把几个子女一起迁到了阳澄湖畔，成了新昆山人。

这件事给了宣炳龙等昆山领导很大的启发：要让台商们在昆山安心踏实地创业，得把他们太太的工作做好。于是，很快在昆山有了一个“台商太太团”的组织——昆山市台湾同胞投资企业协会下设的一个“妇慈会”。

台商的太太们在打理好自己的小家之余，做着慈善和公益事业，既在台商台属之间相互帮助，又为昆山当地一些需要帮助的家庭和残疾人做善事，甚至解决台商们日常生活中急需却又不那么容易处理的事，比如上完高中后的孩子如何考大学等，“台商太太团”通过自己的努力，把一件件原本棘手的事处理得圆圆满满。

日久天长，如今“台商太太团”在昆山早已成为一道独特而亮丽的风景线，她们的丈夫用智慧和汗水开创昆山事业，而她们则用善良和温情编织了无数鲜艳的花环，让昆山变得更加美丽和时尚。

家是社会的细胞，是城市的血液，它的任何细微变化，都会逐渐化作这个社会的风与云。

昆山人清楚台商们最需要什么，知道他们希望在自己的创业之地，能有一个舒适、安全、自由、宽敞又能拥抱大自然的家。所以在大批引进台商的同时，昆山人还为台商造别墅、建小区。于是，人们很快看到花都艺墅、宝岛花园、吉田国际等空间大、环境美、物业好，健身康养等应有尽有的现代化“台商小区”。与此同时，政府部门还发动共青团、妇联、工商联、侨联等组织进入小区，利用各自的专长和优势，为台商提供各式各样的贴心服务。

在昆山，朋友希望我亲眼看一下这类小区的容貌。

“去花都艺墅？”

“可以。尽管它有点老了，但依然气派和高端。”昆山人十分骄傲地告诉我。

花都艺墅很大，气势更不一般：足有50米宽的大门，给人威风凛凛、气势非凡的感觉。入小区的通道有30米左右宽，举步前行，不远处就是一片清波荡漾的湖面，足有六七千平方米，与此相伴的是50亩生态湿地和绿色公园。环顾小区，既有错落有致的一栋栋别墅，也有高低不等的住宅楼。小区物业负责人说，整个小区住着1090户人家。“他们中大多数是台湾人，其中不少是一家三代都在这里。20岁以下的基本上都是在这里出生和长大的。”他的话和眼前的一草一木、一石一水，都让我强烈感受到台商们已经真真切切地将此作为他们的家园了。

我知道，像花都艺墅这样的台商小区还有好几个。而昆山对台商的关心、关照，何止呈现在宽敞的房屋、整洁的马路、清风荡漾的湖面，还有应有尽有的各种设施，更多的是通过各种贴心周到的服务，搭建起邻里之间、太太们之间、青少年之间等男女老少彼此交流、分享共同志趣的平台。春暖花开时，小区有花卉节、风筝节；夏日晚上，不定期举行“舞林大会”，让台胞们尽显浪漫本色；端午节、中秋节，喜欢美食的台胞们，会纷纷亮出自己的绝活，那些琳琅满目、香气飘溢的美食，叫人直流口水；入冬之后的昆山湖面常有冰冻出现，极少见到冰雪的台胞们，则会兴奋得手舞足蹈……各种运动会、书画赛、才艺班，你既可能是主角，也可能遇见影视剧中的演员！

“哇！”“好棒棒耶！”“太夸张了呀！”……生活在这样小区的台胞们，时常会在不经意间，收获超乎想象的惊喜。这或许就是为何他们一提起昆山，总会发自内心地把这句话挂在嘴边：“此心安处是吾乡。”

昆山有一项特殊的活动，叫“万人大众绿色骑行大会”，已经办过好几届。最初的发起者，就是捷安特的董事长刘金标先生。这位“自行车王”在他事业成功的黄金时刻75岁之时完成了一项壮举：骑着捷安特自行车，从北京鸟巢出发，一路向南，经过上海，最后抵达昆山捷安特总部，全程将近1700公里。5年后，刘金标先生的昆山捷安特生意更上一层楼，80岁的他，再一次创下了用12天时间骑自行车完成环台湾岛的壮举。90岁时，老“车王”竟然再度骑上捷安特，出现在公众面前。

刘金标先生曾说过：“自行车的两个轮子，一个代表大陆，一个代表台湾。我们一起来踩动链条，让两岸关系越来越健康，越来越好。”

正是在刘金标的这种精神和理念的鼓舞下，同时又在总经理郑宝堂等捷安特人的倡导与支持下，昆山“万人大众绿色骑行大会”如今已成为一项众人参与的活动，并多次在海峡两岸以不同形式举办，产生了很大的影响。

什么叫生活？什么是家园？吃穿住行、学习工作、生老病亡……皆是与每一个人息息相关的。对台胞来说，工作和事业之外，还有两件事是他们特别在意的，一是孩子读书，一是能够便捷地看病。台胞子女的读书问题，前文已述，从台胞踏上这片土地起，昆山市委市政府就积极想方设法为他们提供便利。如今昆山全市上百所幼儿园、小学、中学、职业大学等学校，符合条件的台胞子女均可以入读。看病，曾经是台胞遇到的另一个难题，因为大陆的“医保”体系与台湾的医疗体制是不一样的。也就是说，台胞在大陆的医院看病后没法回台湾“报销”，这可不是件小事儿。早些时候，大陆县（市）级公立医院的设备和医师力量相比于台湾，还存在一定的差距。

这对昆山又是一个考验。如何解决这一难题，途径并不多。据说，仅两岸“直航”这一件事，就前后探讨了数年之久。看病及看病所引发的问题，则远比乘坐飞机复杂得多。

“能不能我们出资办所台资医院？”正当昆山医疗卫生部门难觅出路之时，著名台商六丰机械的宗氏兄弟向昆山有关部门提出这样一个建议，而且他们提出资金全由他们企业自筹。

这可是大好事！谁听到这样的消息，都会兴奋。尤其是六丰机械这样的台企，在昆山几乎无人不晓，它是最早到昆山投资的著名台企之一。可贵的是宗氏三代人对大陆充满感恩之心，早在 20 世纪 90 年代他们来到昆山后不久，看到昆山市人民医院连一台透析机都没有，一些重症患者不得不到上海等地的大医院治疗。“我妈妈就自掏腰包买了一台比较先进的透析机，送给了市人民医院。也正是因为这件事，我们家人坐在一起时会经常讨论在昆山办一家台资医院的事情。就在 2002 年，我们向政府提出了申请……”六丰机械现任总经理宗绪惠这样说。

这位学医出身的台商，文质彬彬，我说他骨子里应该是位医生而不是企业家。宗绪惠先生听我这么一说，笑了，频频点头说：“是，是。生意上的事主要是我哥哥在张罗，我当他的助手。”

说到办医院的事，宗先生则滔滔不绝起来：“我爷爷创办公司时，就定下一个理念：和为贵。这也算是我们宗氏家族的为人处世之道。”

宗先生陷入了回忆：“我父母都刚去世，这所如今有 500 个床位的台资医院，就是在他们手上办起来的。”

我查了一下昆山市台协会的历史，看到宗先生曾担任过两届会长，显然他和他们宗氏家族在台商中很有人缘。“会长只能当两届。”他笑言。

“其实在大陆办家台资医院会遇到很多困难，若不是在昆山，甚至难以建成。”宗先生说，当时他们家族提出这个申请后，昆山市政府可没少出力，“可以说，昆山人为此就差没把腿跑断。”

后来听一位主管卫生工作的老市长介绍，当时台企办台资医院，在大陆并无先例。除了看病付费等报销体系不一样外，药源、事故处置、护理方式等，台湾与大陆皆不一样。比如看病排队问题，台湾医院是护理人员陪着病人去看病，且多数是预约制，大陆人看病则习惯于排队挂号，等等。如何统一标准，如何收费，所有这些问题，远比投资办企业要复杂得多、牵涉面更广。

“但是如果不建一个台资医院的话，10 万台胞看病就成了大问题。所以办一所专为台胞看病的台资医院，对昆山而言是一件大事，它关乎台胞们的生命健康，同时也对台商在昆山投资有直接影响。为此，我们真的是千方百计、想尽办法，硬着头皮去跑，一直到跑通为止，这过程前后用了数年。”

数年？到底是几年呢？

“我们是 2002 年提出的申请，一直到 2008 年医院正式开诊，前后 6 年。”宗先生又说，“其实开诊后，仍然有一大堆问题需要昆山市里帮助我们解决。”

“他们最终把我们需要解决的问题，一个个帮着解决了。所以我们台商对昆山的印象基本上都是昆山说话算数，说到做到，任何意见都能听得进去，执行力、推进力特别强，而且对新事物从不抗拒。这就是我们这些台商喜欢昆山，愿意把财富留在这里，让一代又一代人扎根于此的原因。”

宗先生说出了10万台胞的心里话。

鉴于两岸的特殊关系，要办成某些事情，实际难度超乎想象。如今的宗仁卿纪念医院作为二级甲等综合医院，在台商和昆山人的心目中是一家不可或缺的好医院，它带给患者的福音每天都在传扬。那天在车上路过该医院时，我特意让司机师傅开得慢一点，我用注目礼向这座医院的创办者致敬——尽管宗先生的爷爷和父母已经离世，但是他们留在昆山大地上的慈悲情怀，就像这所医院一样，会长久地留在昆山人的心中。

“其实还有比办医院更难的事——台资银行在昆山的建立，也等于救了我们台商半条命。”这是昆山台协会孙会长的话。

我问:“为什么？”

“因为台商要在大陆做生意，就会涉及资金往来。两岸资金不能直接流通，需通过第三方货币如美元来转换，这给台商们增加了很大的成本。而且相当多的台商企业属于中小企业，有贷款的需求，但是在大陆这边没有资产可抵押，在大陆的银行就不太容易贷到款，这样就会影响台商在大陆的扩大发展。”

明白了。

“我们在昆山的台商是幸运的。因为昆山不仅在2010年就有了台资银行的分行，而且该银行也在2013年获得了国家颁发的台资企业人民币业务执照，从此我们台商便可以办理两岸跨境人民币业务。对台商来说，这事太有实际意义了！”孙会长说起这事，其喜悦溢于言表。

台资银行是如何在昆山落地的？昆山市台办负责人仅用一句话就让我明白了:“因为我们昆山在2013年就有了另一块金字招牌——昆山深化两岸产业合作试验区。”

我搜寻了一下该试验区的相关政策条文，原来国家同意昆山这一试验区实施包括台资企业集团内部人民币跨境双向借款业务在内的四项跨境人民币创新业务。这些政策的实施，至少有三方面收益：有利于拓宽在昆山的台资企业的融资渠道，预计平均降低融资成本 1% 左右；有利于简化业务的办理流程，该项业务不占用企业投注差，无需进行外债登记，从签约到回款，只需一天时间；有利于支持台湾地区离岸人民币市场发展，提高台湾地区沉淀人民币资金的使用效率，增加台湾地区人民币资金回流渠道，可直接推动两岸经贸往来。

"想想有这么多好处，不等于救了我们半条命嘛！"台商中的一位企业财务总管告诉我，正是由于昆山有这样好的政策和便利条件，他所在的企业，每年多了几千万元利润。

"谁都喜欢口袋里装得满一点嘛！"他的话说得很实在。

"我们满意昆山至少有一百个理由……"获利的台商们知恩，也感恩。

时间一久，台湾人与昆山人之间的故事比比皆是，他们彼此信任、彼此亲近、彼此相爱、彼此关照……有大亨慷慨解囊，帮助昆山发展经济，有大小老板携手共建昆山文化设施、商业市场、绿地水境等。然而有一个人让我无法忽略——他不是巨商，只是 10 万台胞中做小本生意的一位极不起眼的长者，他叫陈桂祥，早已过了耳顺之年。

陈桂祥 1995 年来到昆山时，与其他台商相比，他的投资就是"小打小闹"，人家搞芯片和 IT 产业，陈先生办的是一家徽章工厂，一年的营业额也就百十来万元，利润微薄。但谁也想不到陈先生在生活稍有些宽裕时——那是 2005 年的事，他就跟家人商量：在昆山设个慈善基金。他第一笔拿出了 10 万元，资助昆山中学和震川高级中学的 10 位家境贫困的学子上大学。

善良者的善举，如同一束温暖的阳光，照亮了那些需要帮助者的希望之路，而陈桂祥也被那些得到资助的大学生们所感动。之后，他又筹集了

200 万元，经江苏省民政厅批准，正式成立了江苏第一家台商设立的非公募慈善基金会——陈李香梅慈善基金会。

“这个慈善基金会是以我太太的名义设立的。我俩商定，要在昆山把企业好好办下去，把赚来的更多钱投到这个慈善基金会。”陈先生的话让我如沐春风。

陈桂祥先生曾被评为 2018 年度“昆山好人”。我知道，他的女儿陈梦君，现在担任昆山台协会妇慈会会长，继续沿着父母的慈善之路在为昆山做贡献。2022 年，陈梦君向昆山博物馆捐献了一件价值连城的新石器时代的石斧，被昆山百姓传为佳话。

台商们在昆山的故事，多得可以另成一部书。30 多年来他们与当地建立的“两岸一家亲”关系，堪称典范。用台商们自己的话说，如今他们在昆山已经做到了“台一代”扎根、“台二代”深耕、“台三代”生根。是的，扎根为了深耕，深耕为了生根。而生根呢，就是为了永远留在这片土地上，与其同光辉、共命运。

还有比这更“一家亲”的吗？

第四章

合力撑青天，出手即经典

“横空出世，莽昆仑，阅尽人间春色……”这是毛泽东主席《念奴娇·昆仑》的开篇句。伟人一笔挥过，写尽昆仑之壮美！

昆山20年傲立于县域经济之巅峰，尽数风流华章。其实在这块仅占全国陆地总面积约0.01%的土地上，有着如同苍莽巍峨的昆仑山脉般的万仞高峰。也正是这样的巅峰奇迹，奏响了昆山气势磅礴的时代交响曲。

这里将撷选4个企业，它们流光溢彩，是这一交响曲中最动人心弦的乐章——

13.“通力”合作，方能擎天

我每一次来到昆山，总有些时候会在灯光绚丽的夜色下穿越那些四通八达、车水马龙的道路，而就在这样充满奇光异彩的夜景下，我常被一处耸入云霄的如闪电般的巨塔所吸引。昆山朋友告诉我：这是通力电梯有限公司的电梯测试塔……

“这是我们昆山的第一塔！也是通力电梯全球八大测试塔中最高的一座……通力通力，通天之力！这是我们昆山的骄傲！”在昆山人的心目中，“高”是他们的一个定位。

高，是方向。高，是目标。高，更是一种信仰。高，还是一种工作作风。

高，让人仰望，更让人永远有追求。这大概是昆山人内心对“高”的认知。

通力的这座塔竣工于2015年12月，高达235.6米，它包含12个电梯井道，测试井道中的电梯可以不断被重新排列组合。测试塔的长期固定设备中包括一台超高速电梯，该电梯能以每秒10米的速度将乘客送至空中大厅和展厅。这也是世界上第一台配备通力UltraRope碳纤维曳引技术的双层轿厢电梯。通力集团是一家芬兰企业，是全球电梯行业的“巨无霸”，昆山这座高塔落成时，芬兰经济事务部部长雷恩先生曾亲自来现场出席启动仪式。

那天在通力采访，我自然要感受一下乘“天梯”的感觉：可以用一个字来概括——快！

通天的感觉就是“快”。而这个通天的力量，为什么会落定昆山，这便是我所要探究的事——

一座标有“KONE”标识的巨塔耸立在昆山的土地上，这里面的故事一定非同寻常。在昆山，名扬了千年的玉峰山，它的海拔才 80.8 米……

呵，昆山无山，是昆山人感到遗憾的事。但积极参与改革开放的昆山人，将攀登高峰作为一种不懈的追求：要干，就干到最好；要攀，就攀最高的峰！昆山无山却有峰，峰在每个昆山人的心中。这心中的峰，就是我们要在中国共产党的领导下，创造人间奇迹，让昆山真正成为永远屹立于中华民族之林的高峰！

通力集团选择昆山或许正是看中了这一点。将近玉峰山 3 倍高度的通力塔，于昆山是“舶来品”，为何能在这片富足而智慧的土地上生根、长高呢？

原来这其中有个秘密——昆山人内心的秘密。

有人告诉我：昆山人向来对世界上最好、最美、最高的东西抱有一种敬畏和虚心学习的心态，以及赶超他们的伟大理想。

昆山无山，但我们昆山要创造体现人类智慧和财富的高峰——这是昆山人的心性。

这份心性，让他们看上了远在北欧的芬兰。

芬兰真的很小，只有五六百万人口。芬兰虽小，但它有五项顶尖技术，分别是 Linux 操作系统、破冰船制造技术、炼铜技术、癌症早筛与治疗技术，以及电梯技术。据说芬兰的这五项保持“世界纪录”的科技实力，连美国都一直很眼红。

昆山人在20世纪90年代，凭借着伟大祖国巨大市场的吸引力，竟然把芬兰保持的“五大世界纪录”之一的电梯制造技术“弄”到了昆山来!

当昆山工业园区确定自己的职能为“中国制造”之后，昆山人便在世界范围内搜寻“最强”合作对象——芬兰通力集团便成了其首选。

“我喜欢这个名字——通力，通天之力，假如我们与芬兰的这家公司合作，那就可以在昆山这片土地上创造又一座高峰!”昆山有一批宣炳龙式的干部，他们理解的“通力”是直接且明确的，所以他们后来都成了昆山开发的“功臣”。

“我倒是更喜欢奥兰普这人。他青年时在法国学习，崇尚自由、开放，有着极高的艺术追求……昆山确实需要像通力这样充满艺术感的制造高峰!”昆山的历任市委书记基本上都是才华横溢的领导和勤奋务实的精英，他们的开放型、思辨型思维，成就了昆山发展道路上作抉择时的准确与完美。

一旦了解了芬兰人奥兰普的创业故事，你就会对芬兰电梯肃然起敬。

芬兰人奥兰普·赫尔曼斯，1881年出生于赫尔辛基，大学时到法国留学，虽然他读书时的专业是工业设计，但异常喜欢法国的文艺，甚至整天泡在剧场中，与作家们待在一起讨论艺术、诗歌甚至剧本。有人说他应该到剧院当导演，问他为何去学工业设计。奥兰普笑着说:“你们错了!真正的工业设计，它应该是艺术的，超高级的艺术，像你们创造的舞台艺术一样精湛与完美……”奥兰普在朋友面前说出了他一生所追求和奋斗的目标。

大学毕业后，奥兰普与好友霍德曼一起在赫尔辛基创办了通力公司，开始研发和销售电梯——这一年是1910年。奥兰普之所以把自己天才的设计艺术用在电梯制造上，是因为他在法国学习工业设计时，痴迷于诗歌中的“飞天”和“登高”等词语所描绘的飞翔感，而在他上大学前后的那段岁月，正值欧洲第二次工业革命的辉煌时期，高楼大厦拔地而起，电梯在城市中被广泛运用，因为一层层爬楼梯太费力了。“这绝对不是工业和城市现代化的生活。”奥兰普坚定地认为，“只有电梯才是人类走向幸福和现代化的翅膀！”

奥兰普怀揣制造人类的“翅膀”这一浪漫梦想，开始在自己的国家设计和制造电梯。最初他和好友创建的电梯公司是代理瑞典 Graham Brothers 电梯在芬兰的生产和销售。1918 年，通力电梯公司开始自己制造并安装电梯。“一个天才的设计，与芬兰人的精巧技术结合，这就是通力！”芬兰人骄傲地向欧洲朋友们介绍自己国家的通力电梯。几乎在一夜之间，小小芬兰的电梯技术，赶超了好几个欧洲老大哥，通力成为迅速崛起的电梯制造商。毫无疑问，这是奥兰普的功劳。他的设计灵感来源于他对艺术的追求和感知，工业设计领域很少有像他这样拥有极高艺术天赋的设计师。

正是如此，芬兰的通力电梯如日中天，迅速获得整个欧洲的信赖。

然而谁也没有想到，20 世纪初，一场突如其来的经济大萧条让欧洲的大多数企业元气大伤。断裂的资金链让一些企业陷入困境。1924 年，奥兰普的通力公司在无奈之下被海林家族收购。好在奥兰普的技术设计团队仍然保留在其中，他本人继续担任公司的技术工程师，负责电梯产品的研发。这期间，奥兰普仍然显示了他卓越的设计才能和宽容的胸怀，为通力保住了品牌和继续生存的力量。然而好景不长，两年后的 1926 年，奥兰普因为人事关系，与自己创立的通力公司分手，自己独立成立了一家奥兰普电梯贸易公司。两年之后，他推出了以自己名字命名的“奥兰普电梯”。由于奥兰普的天才设计能力和成熟的制造经验，他的奥兰普电梯，以创新、精良的制作工艺，人性化的设计，独特的款式，毋庸置疑的安全性能及优质的服务等被广泛认可，“奥兰普”迅速成为欧洲响当当的电梯品牌，完全超越了通力品牌，甚至在瑞士成立了分公司，彰显出强大的竞争实力。

但奥兰普的命运与他的天才设计形成了强烈的反差——就在这个时

候，第二次世界大战爆发了……

工业化城市建设陷入停滞和绝望之中——在炮弹和飞机的轰炸声中，谁还敢住依靠电梯上下楼的摩天大厦？

电梯业遇到了冰霜期。奥兰普不得不为了生计而去服务于军工生产。二战结束后，奥兰普再也振作不起来了……1952年，这位天才电梯设计师因病与世长辞。

奥兰普的死，让奥兰普电梯岌岌可危，虽然他的儿子继承了公司，但最后仍然因为各方面的原因，其公司于1969年被当时世界最大的工业工程公司收购。然而奥兰普最早成立的通力电梯公司仍然活着。他们沿着奥兰普的理念继续努力，开始了新的奋斗之路。

昆山人认识“通力”是在20世纪90年代中叶的时候，那个时候距离奥兰普去世已经过去40多年了。其实昆山只有很少人知道奥兰普的传奇故事，但大多数人都知道另一个传奇人物，那就是后来执掌通力电梯公司并让其成为世界电梯业传奇的彼卡·海林先生。

我们知道，电梯并不是芬兰人发明的，更不是奥兰普发明的，但奥兰普让工业化的承载物——电梯，成为人类的好伙伴。奥兰普甚至帮助芬兰的很多政治家安装了不少私人住宅电梯，他依着主人们各自不同的情趣设计人性化的电梯，也因此名噪天下。不幸的是，奥兰普一生中运气非常不佳，他创办的通力公司也一直在走下坡路，但1924年海林家族的收购以及之后的苦心经营，反倒是铺就了通力成为世界电梯巨头的金光大道。

彼卡·海林是海林家族的第三代。他父辈在收购通力电梯后，费尽了力气才把这个公司延续了下去。直到彼卡·海林执掌家族企业，这位“通力的君主”，领导通力公司在国际上取得了空前的成就，是他把“通力”的名字嵌在了遍布世界的现代都市大厦的入口。

彼卡这家伙像一头野牛，就连他的儿子都这样形容他。小时候的彼卡在麦田里干活时就如一头野牛，没有人能管得住他。虽然后来去了部队服役，退役后还就读了芬兰最好的商学院，但性格脾气仍然一点没改，打架、醉驾，常常惹点事，甚至被判过刑。

不知是牢房里的岁月让彼卡重新认识了自我还是认识了社会，从监狱出来后，他像是变了个人，开始追求独立的人生价值。后来他与一位姑娘结婚，彻底改变了自己的人生。那时他才22岁，也因为他的岳父与芬兰总统是密友，他的岳父通过与总统的关系，让彼卡有机会收购当时极为先进的瑞典电机公司。

“出于好奇，彼卡竟然对电梯产业产生了兴趣，并在经济和行业环境极其恶劣的情况下，两次以蛇吞大象的方式，战略性并购了两家电梯公司……”他儿子后来这样说。

狂妄和自大是彼卡的性格，这是他当农民时养成的。在进入电梯行业后，或许是因为有岳父的特殊背景在为其撑腰，这位野性十足的冒险企业家在经商时这样狂言：“在这个世界上，最后只有大型企业和小企业，没有中型企业。”他的意思是，要么做老大，要么就老老实实当大企业的“配套链”。

彼卡最大的成功是两次收购，一次是1968年，完成了对瑞典电机的收购。就在前一年，彼卡执掌的通力公司正式上市，他们家族拥有43%的股份，次年就收购了拥有当时世界上最先进技术和设备的制造公司瑞典电机。第二次是1974年，成功收购了西屋电气欧洲电梯公司。这两次收购，是通力走向世界电梯企业巨头的战略性决策，让通力进入了跨国电梯俱乐部，从而真正确立了其在电梯业牢不可破的地位。

彼卡的冒险主义精神和个人对企业建设的理念，让他与电梯设计天才奥兰普走上了完全不同的人生道路。就在彼卡两次成功收购之后，随着快速城市化的世界潮流，世界电梯业的发展如日中天，从20世纪的六七十年代，到后来中国改革开放后的八九十年代，欧洲电梯凭借着品牌和技术上的优势，火遍了全球。海林家族控制的通力电梯此时已经在全球 50 多个国家拥有分公司，公司职员达到数万人，营业额节节攀升。即便如此，通力电梯仍然被东方大国蓬勃发展的强劲势头所吸引，尤其被深圳和浦东那“一天诞生一座摩天大厦”的奇景所吸引，他们开始把目光投向了古老而又充满朝气的东方……

就在这个节骨眼上，昆山人也开始注意到了电梯界的“巨无霸”通力电梯公司。

一位欧洲制造业的老牌巨人，与一位东方经济小巨人之间，会擦出怎样的“爱情火花”呢？

生命就像　一条大河
时而宁静　时而疯狂
现实就像　一把枷锁
把我捆住　无法挣脱
这谜样的生活锋利如刀
一次次将我重伤
我知道我要的那种幸福
就在那片更高的天空
我要飞得更高　飞得更高
狂风一样舞蹈　挣脱怀抱
我要飞得更高　飞得更高
翅膀卷起风暴　心生呼啸
飞得更高
……

这首《飞得更高》曾经风靡一时，至今依然被很多年轻人所喜爱。

“我要飞得更高，飞得更高……”昆山人曾经特别喜欢唱这首歌，是因为通力到来后，昆山人第一次看到了真正的高——比他们的玉峰山还要高的建筑，这就是每天闪闪发光的通力塔……

苏觉明，改革开放初期的昆山“招商王”之一。他在任城北镇农工商副总经理和招商办主任时立下的一个重要功勋，就是将芬兰的通力电梯引进到了昆山。

远在北欧的芬兰通力电梯，其实在20世纪90年代初就开始关注中国的崛起。1994年，他们向中国传递出有意建立制造基地的意向，毕竟中国城市化进程的盘子太大，大到整个欧洲都无法与之相比，电梯产业自然是可以预见的巨大“蛋糕”。

“你们想不想引进通力电梯这样的制造企业？”一天，刚刚完成富士康项目引进的苏觉明在与台商聊天时，对方这样问他。

“通力电梯？！芬兰的？”苏觉明一听就兴奋起来。

“是。就是芬兰的那家公司。它在世界各地已经建立了很多分公司，现在就想到中国来……”

“赶紧想办法把这个关系帮我拉过来！谢谢了！谢谢了！”苏觉明的眼睛都发亮了，尽管他被前一个项目搞得几天几夜没睡个安稳觉，但“通力电梯”4个字瞬间又点燃了他的招商激情。

“那个时候，昆山人都像饿赤佬一样，只要听见有人来投资，就会扑上去！”苏觉明后来笑言道。

“我得帮你找个人，他能与通力搭得上线……”为什么说台商与昆山“一家亲”，这是有道理的，因为许多台商主动为昆山拉项目，这一直以来是台商们的“义务劳动”。这回苏觉明遇到的这位戚姓台商就是这么一个好人。他介绍给苏觉明的另一位台商叫顾为庆，是已经在昆山落地的四海电子的总经理。顾为庆出生在台湾，祖籍江苏盐城。此人在台湾与蒋经国的儿子蒋孝勇是同学，又精通英语，一直想到欧美公司工作。先前与苏觉明说事的戚先生深知顾为庆的心愿，因此跟苏觉明谈引进“通力电梯”，其中也有帮朋友实现理想的想法在。

“好说，事情办成，顾先生愿意在昆山的通力电梯公司工作，那就太好了呀！”苏觉明想，你能把这事办好了，对昆山是件大好事，为什么不成人之美呢?

顾为庆获得了昆山成人之美的保证，立即投入与通力电梯的接洽和联络工作，并富有成效，后来他竟然成为通力电梯公司方面与昆山谈判的首席代表。

“顾先生是个厉害的角色。”此刻，苏觉明对这位帮过昆山大忙的台商另有一番感慨。

最终结果是非常理想的：芬兰通力电梯公司对昆山极为满意，决定在昆山开拓中国这个世界上最大的电梯市场……

通力决定走这条“昆山之路”其实从一开始就是正确的选择，这就是一条让自己的企业和产业通天的道路。昆山能把通力电梯引进到自己的地盘上，实际上完成了两个使命：第一，把世界顶级电梯制造企业把握在自己手中，借助“通天之力”，把中国市场做成全世界最大的电梯产业市场；第二，能让昆山的形象再度拔地而起，使昆山真正有与天试比高的昆仑山般的气度。

这就是昆山人的心思，这份心思彰显的是一种豪气和远见。电梯制造，不像其他制造业那样或波澜壮阔，或激情燃烧，它是一种介于现实与理想之间的艺术。通力的创始人奥兰普先生的天分似乎早已给电梯制造下了定义，而这也是昆山人与通力合作近 30 年来所得到的最大收获，即向高峰攀登或冲刺的过程，需要的是一步步艰辛而扎实的奋斗，以及对智慧和艺术的完美运用。

纵观通力电梯的成长与发展史，我们可以清晰地看出，通力电梯从来没有离开过创始人奥兰普的天才式的艺术创造秉性，又饱含了彼卡的冒险精神，两者的融合，是通力电梯通向世界电梯业顶峰的不败力量和不竭的精神源泉。昆山引入通力电梯之后，一直对其厚爱有加，并且始终将其视为中国制造的一个典范加以不断的创新与提升。而这，也使得一向独行客式的“通力”第一次找到了真正携手同行的合作好伙伴……

通力，是一种勇敢者的志向和精神；合力，则让通力电梯获得了立于不败之地的强大基础。

通力电梯来昆山之前，尽管已经在50多个国家设立了分公司，百年的发展历程也让它在20世纪出尽风头。但通力无论如何也想不到，昆山这个不起眼的中国小城，竟然让其以惊人的速度再度傲立于世界电梯制造业的巅峰。彼卡的儿子恩蒂·海林曾经用这样一句话来形容通力到了中国之后的企业发展远景，他说:“过去人们称我父辈创造了‘通力君主’时代，那么现在我可以说，自通力到了中国之后，我们才真正有了称王的地位和资格。”

恩蒂先生十分看重昆山的通力电梯制造基地，他在好友西蒙先生为其父亲彼卡·海林撰写的《通力的君主》一书出版时接受记者采访，他这样说:“我的父亲是他那个时代至高无上的企业领袖……如果他能活到今天，活到可以去东方亲自看一看在昆山的通力电梯发展景象，那么他会再度疯狂地向世界宣告：通力电梯将会打败世界上所有的对手而高高在上！”

恩蒂说得没错。自1996年通力入驻昆山之后，其业务量节节攀升——

注册后的第4年，通力就在中国市场销售与安装了100万台电梯。“第100万台电梯安装在昆明国际机场的S1卫星厅，当时这一消息传出，震动了国际电梯业。因为任何一个著名电梯制造厂，都不曾创造过新的制造基地成立短短三四年时间里，就实现百万台的制造与安装纪录。我们中国基地的制造能力和中国市场本身的巨大优势，显然特别让其他同行羡慕不已！”昆山市发改委的相关人员如此说。

通力塔象征着今天昆山的高度，自然也吸引了我的目光。那天，我来到通力电梯昆山制造基地，也是通力电梯中国公司的总部。一走进企业的大厅，首先映入眼帘的是大厅内的一台圆形的新式家用电梯样品，它从上到下都很有艺术感，与传统的方形厢式电梯很不一样，它观赏性很强。业务人员介绍说，这款新型家用电梯，最显著的特点是它采用了通力电梯公司自主研发的永磁同步无齿轮碟式马达和 UltraRope 超轻质碳纤维带技术。新技术和新材料，使电梯完全改变了传统的动力形态，运行中的安全性和舒适性达到了人们预期中的理想状态，即快速运行时客户不会感到不舒服，而且几乎听不到电梯运行的声响。

电梯能达到这个境界，还叫电梯吗？我忍不住这样询问。通力公司的工程师笑着回答道：“我们通力成立 100 多年来，就一直在向消费者所期待的目标努力着……现在可以肯定地告诉广大消费者，我们通力电梯在安全性和舒适性方面完全没有问题。”

也就是说，它还是电梯，但不再是那种发出哐当哐当声响的传统电梯了！

“是的，而且我们采用的超轻质碳纤维带技术，使得电梯在运行时，无论速度多快，冲高多少层楼宇，都极其平衡和极具柔性，人在里面跟站在平地上一样……

“这是什么，为什么它有上下两层呢？”我看到了又一个独特的通力电梯，忙问。

“这叫通力双层轿厢电梯，就是上下两层电梯，是通力电梯首创。”工程师这回更骄傲地介绍道。

第一次见！我不禁连连叫好："这种电梯可以在摩天大厦上下班高峰时段运行，非常适用。"

"对的，它就是为了提高楼宇空间的利用率，应对上下班高峰人流量，同时减少了电梯井道数量，降低大楼建筑成本，好处很多。"工程师一边示范一边介绍，令我对新式电梯刮目相看。

"走，去感受一下你们 235.6 米的天梯去！"这是我到通力最想做的事。

"请！"通力人引我上了那座可以一眼望到上海陆家嘴和大东海的通力巨塔……

呵，昆山，我终于可以看到你全貌了：这是一个怎样的城市，在这 235.6 米高的塔下，是一片片起伏有致的森林般的楼宇和成片成片的格子式的厂房，那是昆山创造奇迹的战场，以及准备投入战场所积蓄的新力量源；那阳光下一片片波光粼粼的水面，它们是叫得出名字的阳澄湖、傀儡湖、淀山湖、明镜荡……以及许许多多连本地人都未必唤得出名字的湖泊与池塘，当然，最清晰和最萦绕心头的是那些如经脉般的河道，昆山人常说的母亲河娄江、爱情河吴淞江，以及有着万般风情的急水港、千灯浦、杨林塘、七浦塘、大直港、界浦港、庙泾河、夏驾河、小虞河等密布于昆山全城的河流，看一眼就能叫你心弦顿动。然而，我还是觉得最令人心动的，是那高铁线、城市轨道线、高速路、立交桥、大马路和网状般的街道，因为在那里看得到奔驰而过的"复兴号"和列队朝向机场、上海港或太仓港行进的出口集装箱车队，以及奔忙在这座充满活力的城市中的市民的车辆……

在这高高的塔顶瞭望台上，我们顿然发现昆山之美和昆山之妙：它的土地，被水围绕着，被绿色簇拥着，被阳光一照即透，被风雨一刮即感，平展得就像一张温床那般。如果这样的土地上还不能生长出最好的庄稼，开出最美的花朵，结出最甜的果实，你还能在地球上找到更好的地方吗？你还会发现，昆山之所以拥有一切的可能，是因为它紧靠富足的苏州古城和像“清明上河图”中所描绘的那般繁华的苏州工业园区，当然还有那孕育万物的浩渺太湖。至于昆山的周边，自不用说，寒风来袭时，常熟的虞山、苏州的穹窿山以及大阳山都可以不动声色地为其抵挡凛冽的寒风……

昆山最为得天独厚的优势，还得往东看——

那里是大上海：一览无遗的现代化大都市，宽阔的黄浦江和无边无际的大东海……

这是昆山的福气，是天赐给昆山的财富。

然而昆山最根本的还是自己有志气——敢为天下先，要干就干最好，登高就上巅峰！

当昆山人听说那座总让人仰望的高塔是通力塔，而且知道那是世界一流的电梯公司落地昆山后所建时，这“通力”二字便不再是一个企业名称了，而是昆山与世界接轨、同国际携手的一种姿态和结果，这姿态和结果便是“通力合作”！

是的，通力电梯因为与昆山合作，所以才有了自 2021 年起连续 3 年在全球销售额达 100 亿欧元的业绩（2023 年，通力全球销售额达 118.6 亿欧元），而昆山正是借助与一家世界级品牌企业携手，塑造了一个“中国制造”的神奇巅峰。

这是昆山现代化的一种典型的当代风采。正如通力电梯王国的“新一代君主”恩蒂·海林在 2015 年通力塔落成启用仪式上所言：“中国占据了全球近三分之二的电梯市场份额，毫无疑问是通力在全球最重要的市场。昆山是支撑通力在中国发展的重要支柱，同时也为许多其他在华运营的芬兰企业提供了发展基础，如今通力全球最大的工厂和亚洲研发中心都设立在昆山，我们深感荣幸。”

昆山人听到这样的话时，脸上洋溢着光荣和骄傲的神色，因为这曾经是他们三四十年前的梦想，如今一切都变成了现实。

14. 一个人，一根线，串起世界一片……

过去的上海，在一些场合，难免会有个别瞧不上近邻江浙人并称呼其为“乡下人”的上海人，高高在上的优越感让那些连“上海”二字的来龙去脉都不怎么了解的“阿拉们”，多少有些狂妄自大。当然，这在真正的上海人中间是极少数。但现在的情况有了很大改变，特别是听说“侬是昆山人”时，上海人便会投来羡慕和友好的目光……

“昆山好啊，我们的后花园。”这是上海普通市民常说的话。而在上海的干部特别是市一级领导干部口中，我亲耳听过这样的问话：“为啥我们的几个郊区县区，就一直赶不上昆山呢？都说昆山靠近上海是占了我们上海的便宜，那我们的几个县区不靠上海市区更近吗？为啥被昆山甩得远远的？”

无人回答。上海已经有好几届领导干部问过同样的问题。

其实昆山还是有许多地方无法与上海相比的，但上海也确实有不少地方比不过昆山，这都是事实。

我到昆山采访的第一个企业家，竟然就是上海嘉定人——成三荣。这名字很有意思，为什么是“三荣”？

“我是上海人，这是第一‘荣’；我是在昆山成功创业的上海人，这是第二‘荣’；我是在昆山这片土地上成为习近平总书记说的‘民营企业和民营企业家是我们自己人’的一个代表，这是第三‘荣’……”我见到成三荣先生时，他就把我引到他的“沪光馆”，这位性格爽朗豪放的上海人如此自我介绍道。

哈，这“三荣”啊！

千万别以为成三荣先生是在开玩笑，这还真是由他缔造的当今智能汽车线材王国的真谛——

“跟党一起创业，跟党一起奋斗，跟党一起圆梦。”在沪光馆，我看到的第一块牌子上写的就是这三句话。在庞大的沪光车间里，有一条生产线上有很多工人师傅在操作，车间房顶的高处，有7个大字——“党员先锋生产线”。

这是一家民营企业，如此高调和热烈的氛围，你会感觉既熟悉又有点陌生。但这就是成三荣的沪光……

一听沪光这名字，就想到了它可能是上海来的企业。果不其然，主人是上海人。但当听了成三荣创办沪光的奋斗史后，又感觉这上海人办的企业“太昆山”了。

我有很多上海的朋友，但像成三荣这样在上海之外靠自己一点一滴奋斗，成为行业巨人的，实在不多。上海人在炒股和做房地产方面有与生俱来的优势，但像成三荣这样愿意冒险到乡下吃苦头、冒傻劲的确实不多。

1988年，上海还处在非常痛苦和挣扎的阶段：远看深圳、海南，心有不服，又不甘“随波逐流”；近观长三角周边的江浙乡镇企业，虽心底羡慕，但嘴上也不讨饶……成三荣则有些“偏科”，他原本在外企做采购，舒舒服服，还能照顾家里，可谓一举两得。这是何等美事！成三荣笑言，当年他在上海大众国产化配套的线束产品企业上班，那厂就在他老家嘉定。

"这是许多上海人羡慕的饭碗：在专为中德大众汽车供货的企业做事，有面子，工资还比一般的国企要高……"成三荣说，那个时候的他属于上海年轻人中非常"吃香"的一批。

在这家汽车配件厂，成三荣的工作是跑外勤，汽车厂下面有个线束材料部门，他就专门负责采购桑塔纳车子上的各种线材。"我们过去没有什么汽车制造业，更没有像德国那么先进的汽车制造业，一说造汽车，我们就会想到发动机和轮胎这些重要的零部件，哪知人家外国的汽车厂，把汽车线束当作核心的技术来看待，这让我对现代汽车制造有了一个颠覆性的认知……"成三荣的这一认知，改变了他今后的人生，甚至改变了他整个家族的命运——现在他的儿子是"沪光"汽车线束方面的管理专家和技术工程师。

"别看车子上的一根线，它虽然很不起眼，甚至在一辆豪华汽车上你都感觉不到它的存在，但现在的汽车，特别是先进的智能汽车、新能源汽车，线束极其重要，因为任何一个智能或自动化的功能，都离不开线束，线束的先进程度甚至决定着汽车向越来越高端的技术门槛迈进的速度和能够达到的技术高度。它更是汽车驾驶员和乘客生命安全的保障。线一断，汽车就会像人的心脏瞬间停止跳动一般，其轮子、发动机都将失去功能……它难道不是一根生命线吗？"

哦，原来是这个道理！

我们现在才明白这个道理，然而成三荣在 1988 年就早已了然。于是他做出了一个让身边的人都感到无法理解的事：他辞去了在上海大众国产化配套产品企业的工作。

他做的另一件事更叫人不可思议：到昆山的一个叫张浦的乡下买地、建房……

成三荣成了"成三疯子"！有人在背后嘲笑他。

在外人甚至自己家人的眼里，成三荣确实是疯了：主动丢掉上海“外企”的饭碗，这是他第一次发疯，而他又到昆山，而且还不是到昆山县城，而是来到昆山张浦镇下面的一个鸟不拉屎的生产队里，在知青返城后留下的一处荒地上“办厂”！

“他在那地方也能办厂？笑死人了！我敢保证，用不了半年时间，他成三荣，恐怕连短裤、衬衫和解放鞋都会输光，直到逃回上海来……”有一天，一个朋友听说成三荣到昆山办厂，专门跑到“乡下”去“探风”，结果看到实际情况后，差点笑掉大牙。

成三荣回忆起当年的情景，有些自嘲道：“不能怪谁，因为当时的昆山穷，我更穷，身上总共800元钱，就靠这么点钱一个人跑到昆山来搞厂，我哪敢在县城找地方租厂房嘛！800元能做啥？租厂房都不够，如何办厂呢？”

好在昆山人热情，当时正值吴克铨他们开始与上海“热络”起来，所以凡听说是上海人来办企业，那个热情别提有多高。一句话：“只要是上海人想来昆山办厂的，我们昆山就是把心肝掏出来亮给你看也愿意。说吧，你需要我们提供啥帮助？”

成三荣苦笑道：“我是自己出来干的，又没有钱，所以你最好别收我房租。”

昆山人说：“我们不收厂房租金，就是厂房稍稍偏远了一点，在张浦那边你愿不愿意？”

成三荣忙说：“愿意，愿意！”

于是昆山人把他引到昆山张浦的一个叫“白米村”的生产队，指指一片荒废的地，说：“这里原来是几位插队知青住的地方，他们走后，房子就闲置在这儿了。你用吧。我们不收租金。”

“好的，好的。”成三荣一听说“不收钱”，就赶紧答应下来。他第一次走进那破落的房子，看到里面放着两台拖拉机，堆着几包化肥，空气极其污浊……“我是来吃白米饭的？这、这……”成三荣看着面前一堆破破烂烂、周边满是泥巴和积水的“未来厂房”，顿时心头涌起各种滋味。唉，你没有钱，还想要什么呢？有“白米饭”吃就很不错了！成三荣不得不自嘲起来。

可毕竟口袋里只有800元，怎么创业呀？这是我特别关心的。难以想象，今天的沪光不仅是个上市公司，而且在张浦有好几个厂区，一个厂区的厂房，就是几十万平方米……这还仅仅是昆山地盘上的沪光，还有全国各地数个沪光和沪光的子公司呢！

“这得感谢昆山。”成三荣的脸上即刻升腾起一片敬意，“我向张浦的干部坦承自己手头没有创业的资金，他们马上说提供给我一万元无息贷款。也就是说，我是靠着这笔钱和这几间他们提供的房子，开始了我的线束事业……”成三荣说，那个时候他从嘉定的家里到昆山张浦的办厂地，需要换乘好几趟车：出家门时先坐公交车，再换长途汽车，然后到昆山县城，再换车到张浦镇，最后还得靠双腿跑到“厂里”。

“第一次来张浦，我早上从家里出发，一直到日落西山才算到了白米村。后来路熟了，但路上也得花六七个小时，这来回跑也不是事啊！不然时间没了，钱也没了！所以刚建厂的一段时间，我就住在那知青住过的老房子里，既是厂房，又是宿舍，打个电话联系业务，都得跑到镇上的邮局。几个月下来，再回家时，有熟人见到我，就问：‘你三荣老兄怎么又去上山下乡了呀？’我苦笑地摇摇头，说：‘我这不是上山下乡，我现在就是一个乡下人……’开始几年，除了从事的是工业生产，整个人，就是地地道道的昆山乡下农民！绝对的。”成三荣自嘲道，“那个时候，乡镇企业家蛮吃得开的，我呢，就被上海朋友讥讽为‘昆山来的乡镇企业家’。”

成三荣的成长，与现在上海城里的那些本土企业家和成功人士相比，完全不是一个模式，他走的路，就是昆山之路，再说白一点：他确确实实就是那种“走过千山万水”“吃尽千辛万苦”之人，是典型的中国乡镇企业家。

“那个时候，真没有钱，一整卷线都买不起，只能跟人家商量能不能分几米一段，零碎地卖给我！”成三荣说，他的“三荣”还有许多解释，“一是出差不住宾馆，睡桥洞、水泥管，这叫‘艰苦光荣’；再是吃饭从不敢进酒店，通常短途自己带点干粮，长途出行时就在小摊上买一碗最便宜的面填填肚子，这叫‘勤俭光荣’；还有坐火车不买卧铺票，只买硬座票，经常一坐就是十几个小时，这叫‘锻炼身体光荣’。”

成三荣像是一位幽默大师似的向我描述他的过往。其实这一切都是他当年经历过的事。“一个字：苦。啥苦都吃过！而且创业初期，你也不知道前途是什么，十分迷茫，但再难再苦，都没有改变我想干出名堂、不被人笑话的信念。正因为如此，我走的每一步，都是眼泪串起来的，是泪珠子串成了今天金链子一样的人生……今天沪光能跟我一起亮起来，我自然要说是昆山这片土地有恩于我。”成三荣说他这辈子感恩昆山。

“现在我经常教育儿子，要他也要感恩昆山，是昆山给了我力量和创业的沃土，若不是昆山的支持，我成三荣连回上海的脸都没有……”成三荣心中对昆山有一份发自肺腑的真挚情感。

“有时静下来想一想，连自己都感到不可思议！”成三荣感慨道，“我从开始就做一根线，从最简单的一根铜线，做到现在全世界数一数二的汽车企业所需要的各种最先进、最复杂的配套线束……就是因为这片土地是创业者的天堂和福地！”

“轰隆——！”突然，我们都感觉一阵雷声在头顶响起。

采访成三荣的这一天是 3 月 25 日，这绝对是春雷呵！

惊诧之余，我对成三荣说：“你看，老天都在表扬你的成功呢！”

“哈哈……是啊，感谢老天！感谢昆山！”成三荣开怀大笑。

在张浦的乡下办厂之后，成三荣一方面用其上海人开阔的目光注视着中国汽车业甚至是世界汽车业的潮流与趋势，另一方面利用昆山的独特优势，不断学习周边乡镇企业家们艰苦创业的精神和敏锐的市场意识，不断琢磨自己的那根线……

“汽车上的线，好比人的经络一样，不能出半点儿问题。线一出问题，汽车就不听指挥，所以看起来我是在做一根简单的线，其实是在为汽车做神经……神经是不能有问题的呀！”成三荣用通俗易懂的比喻解释了他的“线”的重要性和产业的特点。

他的这根“线”越做越长。“因为我是吃尽千辛万苦之后才换来这一根根线的，所以格外注重它的质量和客商对它的评价和要求……”看上去很豪爽的成三荣，其实在做事方面又是一个特别严谨的人。我们算是年龄相仿的一代，什么苦都吃过，我也懂得他为什么会这样对待工作和自己的事业。我能想象他独自一人从上海来到一个被田地包围的杂草丛生的陌生之地只为大汽车厂制线的艰难，也能想象当他躺在他乡的大桥洞内度过漫长黑夜时的心境，他一定在想着有一天企业能成长起来，自己也能实现理想……

这种酸甜苦辣，只有成三荣这样的创业者才会体味到。

“最初的时候，一年只能做十几万元的生意。第一个 80 万元，用了整整 5 年……”成三荣说创业之初的他，就像在坡上拉车，常常气喘吁吁。

“冲 100 万元时，我感觉快不行了。在快支撑不住时，昆山的领导来到我厂里，鼓励我，支持我，甚至帮助我联系大汽车厂家，但当时所有的汽车厂都是国有大单位，他们对货源的要求非常严。像我这样不成气候的民营小企业的产品，质量是不是有保证，人家会有顾虑，所以人家大汽车厂对我完全是爱答不理的。在这种情况下，昆山市领导出面为我们打包票，情况就很不一样了！在我的印象中，这几十年来，凡是我的企业有困难时，昆山市委市政府及各个部门都会伸出热情之手来帮助。这是我们企业能够成功的最坚强的后盾。”

成三荣的沪光，其企业名字有着浓浓的上海味道。“昆山领导们很欣赏我的企业名。一是说明你是上海人，能在昆山办成好的企业是上海人的光荣；二是你生产的汽车线束，对接的最大客户就是上海的汽车制造厂，而上海的汽车厂是我们中国汽车制造业的排头兵，所以沪光代表了两层含义。其实呢，我起这个厂名是有我的一眼眼小心思的：阿拉毕竟是上海人，来到昆山做企业，不能丢了上海人的脸面，用沪光这块金光闪闪的牌子，也是时刻激励自己要把所有事做好，把产品做到最好。这样才是名副其实的‘沪光’……”原来，沪光的名字大有讲究哩！

昆山地盘不大，引入的外资企业却特别多，尤其是台资企业，几乎一度把国内的企业包围了。被浓浓台企氛围包围的成三荣的沪光自然也在相当长的一段时间里感觉比不过台资企业，因为台企投资大、数量多，产业广泛又前沿，这让成三荣的沪光连喘气都感到有压力。

“但昆山的领导就是有水平。也就在这个时候，昆山召开了‘民企万人大会’，市委书记亲自作报告，给我们民营企业鼓劲，而且组织政府各部门，帮助民企解决在实际经营中遇到的困难，也让我们感受到在昆山这个地方，不管你是外资企业还是内资企业，是国有企业还是民营企业，政府都一视同仁，享有平等的权利和义务。我在昆山几十年做一根线，从来没有改变过，就是因为这里有温暖，能让我全心全意做事……”成三荣说自己的沪光能让一根线，一根中国的线，从田埂走到大上海，然后走向全中国，现在走向全世界，成为汽车等工程机械线束产品的“龙头”企业，完全得益于昆山的创业环境。

“让你暖心，让你安心，随后你也会更加有雄心……”他说。

成三荣的沪光之路，最初是用意志和毅力铺就的；沪光的这根线，是汗水与泪水拧成的。这样的“线”在另一片土地上，或许就不会发光，然而在昆山，它获得了生命成长所需的阳光与雨露，如在苗圃中被精心呵护的树苗，所以它最终顽强地扎下了根，长成了大树，成为一条有着自己光芒的“线”……

之后的沪光，在无声而激烈的“线”路竞争中，凭着领头人成三荣的智慧和勇气，挟昆山敢作敢为的雄风，屡屡在蓬勃发展的中国汽车产业大潮中占据上风，成为线束产业的弄潮儿，攀登行业高峰，用成三荣的话说：“终于我也被人称为‘成老板’了！”

要知道，造汽车者，非小儿科，均是巨人企业。而能成为其某一零部件的固定供应商，也就说明你已经进入了强者的行列。

近 10 年来沪光已不再是一个仅仅与汽车巨头们有“线”可接的普通线束供应商，而成了世界诸多大牌汽车企业的固定供应商。供应商与固定供应商，就差两个字，其地位完全不同。而成三荣如今的沪光线束，已是诸如奔驰、特斯拉等名企和很多智能汽车企业的金牌供应商，也就是说，现在的世界汽车制造领域，已经很难离开沪光的产品了……

“我靠着一根‘线’创业，然后把一根根‘线’卖到了全世界，如今把这根‘线’做成了行业的最强、最好、最多。这就是沪光的光，让我自己，让昆山，让上海人都有脸面的那种光！”成三荣在带我参观他的智能化车间时，一边介绍产品，一边对我说，“现在和未来最顶尖的汽车，都是智能化的，线束变得越来越重要，几乎就是车子的生命线。我们沪光如今在昆山已经有三个厂区了，每个厂区都有几十万平方米的车间和仓库。因为沪光的产品越做越大，同时也带动了昆山几十家为我们沪光服务的其他供应商……”

成三荣的沪光之“线”，已经延伸出很远很远了……在这过程中有多少艰辛与曲折，也许故事太多，他反而没跟我说。但从他的自信言语中可以感觉到，他在同世界“连线”时似乎从没畏惧过，甚至一直充满了接受挑战的兴奋和激情，这我能理解，因为比起他第一次来到昆山张浦那块水稻田边的知青老房子的那一刻，其他所有的挑战对他而言，根本不在话下。

他是谁嘛？他是沪光，他是昆山的沪光！他还用怕竞争不过谁嘛！

成三荣其实是个很谦虚的人，一说到让他讲讲“创业光荣史”，他就有意把话题转开，转到他的产品上，甚至说到那些无关紧要的边缘事情上。

但他越如此，越表明他心藏许多不为人知的秘密。这些秘密想必饱含苦涩与泪水……他是好汉，身边又有一个好儿子，成三荣不会把自己的“苦事”老放在嘴边。他现在每天要做的就是分析全世界汽车制造行业瞬息万变的潮流与形势。作为线束行业的领头雁，他必须时刻关注整个汽车产业的发展趋势。这是他目前最放在心上的事。

“线”放多长，沪光的光就能照耀多远——这是他的理念，且是始终不变的理念。

“像沪光这样由小变大，由弱变强，到成为世界同行中数一数二的企业，是我们昆山最希望看到的。本土成长起来的世界之最、国际之强，才是昆山的骄傲！应该说，这是昆山一个显著的经济现象。”昆山市领导介绍说。

“没想过把沪光搬到其他地方去？”我很关心这样的问题，所以问成三荣。

“没有。”成三荣一听，立即摇头，并郑重其事地重复道，“我自己从来没有想过！倒是有不少地方的人来找我，而且给出了许多高得吓人的优惠条件，但我和沪光不可能离开这里……”

“为什么？”

“因为我是做线的，我这‘线’就像一棵树的根须。有道是人生如树，春生吐绿，夏日正茂，秋来落叶，冬化春泥，终归根须，根须是不能随便松动的。我们沪光靠着昆山这片土地成长到今天，来之不易，我十分珍惜这种缘分，只愿把企业的根须深植于此……”成三荣指指他所站立的脚下，深情道，“我现在站着的这块土地，就是当年来张浦办厂的地方。30 多年过去了，沪光从几间知青遗弃的破房子，变成了今天这么壮观的现代化厂区，成为供货给全世界知名汽车厂家的线束龙头企业，沪光的主要生产线和企业总部都在这儿，所以我们不会搬，也用不着搬……”成三荣非常明确地给出了自己的理由。

“因为昆山这个地方能让我和沪光发光，而且这光会越发越亮！”成三荣自言自语地说着。

站在他身旁的我，不由自主地审视了这位“线王”一眼：呵，成三荣的脑海里装满了各式各样的“线”，有思想之线、智慧之线，还有情感之线……这也许又是他的“三荣”吧！

“哈哈……”笑毕，成三荣转身指着墙上的三句话，真诚而神圣地告诉我，“虽然我是因为在家里排行老三，父亲给我起名为三荣，但实际上我奋斗了大半辈子，才真正体会出了这个‘三荣’……”

以满怀斗志、全身心投入的奋斗精神为荣。

以齐心协力、劲往一处使的团结精神为荣。

以不停造梦、追梦、圆梦的创新精神为荣。

我与成三荣一起念完这三句话，不由点头道：“这正是你三荣的人生和事业的写照！”

“有奋斗，才会强大。从一根普通的车线起步，做成了全世界最大的汽车线束供应商之一，我感到骄傲。现在中国线束运用的智能技术，可以用‘炉火纯青’来形容，从昆山出去的汽车线束的质量和技术，绝不会输给任何人！”

成三荣的话令人鼓舞！中国不正需要这样的人，需要这样的企业，更需要这样的自信与实力吗？

做一根线，一根不起眼的线，朝着自己认准的方向，不断奋斗，不断创造，不断创新……

最终我们看到的这“线”，以势不可挡的速度，以坚不可摧的质量和技术含量，向他人遥不可及的远方延伸，再延伸……这就是成三荣所缔造的沪光的成功之路。

这，也是奋进中的昆山发展轨迹的一个缩影。

成三荣现在还是坚持每天早上六点从上海的家中出发，开着有自动驾驶功能的智能车，一边在车上思考着新一天的工作和后一天的计划，一边腾出眼睛偶尔观赏道路两旁的美丽风景和日新月异的昆山……

现在，他从上海到昆山张浦的沪光总部，开车只需一个小时，不用再在中途找个路边小摊吃碗奥灶面了，单位食堂的师傅已经为他准备好了丰盛、可口的早餐。

吃过早餐后，成三荣习惯性地走进他的办公室，开始新一天的工作……

此刻，一束霞光，透过窗户，照在他的办公桌上。瞬间，成三荣激动起来，不是诗人的他竟然“诗兴”大发：

办公室里见彩虹，奇幻景象映心中。
凭窗远眺穿云层，七彩桥梁映天空。
忙碌之余稍驻足，欣赏美景心放松。
人生如虹多变化，笑对挑战向前行。

巧了。正在我写沪光篇章的最后一段话时，突然见到成三荣在微信朋友圈发了这首“打油诗”。我立即告诉他：要用在写你文章的最后。

“哎哟哟，这使不得，使不得！我要尴尬的、尴尬的……”他连连回信息表示。

我暗笑：你成三荣先生啥世面没见过！

昆山“沪光”的光芒，不尽照亮在生意上嘛。

15. 童趣也能登峰造极

还没有到昆山采访时，我就知道了“好孩子”和宋郑还。离开家乡后在北京待了几十年，老实说除了昆山这个地名外，昆山有什么著名的企业，我真的不清楚。但“好孩子”名声太大，因为我的孩子用过它的产品，而我如今的孙辈还用着它的产品，30 多年里，“好孩子”几乎就没从我的视野里离开过。

是“好孩子”让中国家长安心地把自己的宝贝托付给了它——这是一种爱和责任的相托，更是一种生命的托付……

“好孩子”承载的这种责任，想起来，都会叫人心生震撼。我们这一代出生的时候，因为国家穷，工业落后，我们基本上是在摇篮里长大的。但“好孩子”婴儿车出现后，我们的孩子和现在的孩子，在他们的成长过程中，很多时候都有“好孩子”这样的可靠伙伴陪伴着。

因此，“好孩子”对孩子的熟悉，就像我们对自己孩子的熟悉一样……

第一次到“好孩子”所在的企业，才知道“她”出身很“平民”，是从昆山小镇——陆家镇上的一家校办厂成长起来的。

在昆山这块土地上，谁要是凭昆山这个小小的地名概念就作出简单的判断，那一定是大错特错，甚至荒谬至极，因为昆山处处藏龙卧虎，“好孩子”是昆山藏得最深的一只虎——它现在这么威风，可以说在全世界婴儿车领域无人可与之匹敌！

在“好孩子”陈列室里，有张照片很吸引我——那是颇为“大场面”的美国国会听证会现场照片，那里坐满了美国政治家，他们正在听取中国“好孩子”公司的美国代表陈述，这次听证会是美国国会为审议对中国“好孩子”的加税事项而专门召开的……听证会的结果我并不知道，中国“好孩子”使我感到自豪的是：“她”竟然因市场份额大而让美国人倍感压力……

还有什么比这样的事更让人自豪的呢？祖国日益强大，小昆山的一个企业就能让美国人如此紧张。

“好孩子”，你真是好样的。

在第一次见到缔造和成就“好孩子”的宋郑还之后，我便折服于这个“好孩子”的创立者——他儒雅，有大格局，品行高尚。

当时我就在想：昆山小镇上为什么会出现这样一个了不起的人呢？

到这个小镇，最先吸引我的是一条路的名字——菉葭路。即使是在江南水乡，也很少会用如此雅致的文字来命名一个地方。“菉葭”是芦苇丛生之地的意思，昆山陆家镇以前就叫“菉葭浜乡”。古时的这里，想必有一片芳草萋萋、芦花摇曳的生机勃勃之景。

有绝色之美的水乡，一定能孕育出万千传奇，也一定能生长出自然的善良柔情之人。后来在与宋郑还先生交流之后，我才知道，“好孩子”之所以能在昆山孕育而生，是因为“她”有一位心如水柔、情如地厚的“菉葭”母亲……

宋郑还在这片水乡之地把“好孩子”培养得独步全球，更证明了一句话：母亲是孕育生命的，什么样的母亲培养什么样的孩子。

宋郑还，这位儒商的名字，总会让陌生人好奇和不解。他自己说：父亲姓宋，入赘郑家。郑家是昆山的名门望族，800年来世代行医。宋郑还的母亲就是当地有名的女郎中。有教养的母亲在生下次子后，郑重其事地将其“赔还”给宋家，孩子跟了丈夫的宋姓，因此有了“宋郑还”这个他人不太容易弄明白意思的名字。

宋郑还的“还”字，饱含了一位伟大女性的爱与广阔的胸怀……

母亲的慈爱和细腻的言行，造就了儿子的性格和人生。

“好孩子”既是企业名称，又是一个产品商标，然而在我看来，“她”其实是宋氏母亲垦殖的一片阳光普照的满满是爱的大地……

宋郑还从小就是一个好孩子。

刚上学的时候，母亲每天在儿子出门时会提醒他：戴红领巾了没有？这句话让宋郑还从小有两种强烈的意识：我是个好孩子，在外就要有个好样子，不能随随便便；吃亏的时候要忍着，因为是个好孩子，所以宁愿吃点亏也不要跟人家争……

母亲时不时的一句提醒，陶冶了宋郑还一生的品质与修养。

好孩子就是母亲在生活的点滴中培养出来的。

与大名鼎鼎的“好孩子”主人见面后，我的内心便涌动出一种强烈的情绪：把孩子们交给这样的人是能够放心的，因为他本人就是一个“好孩子”，是一个希望天下的孩子都能成为好孩子的人。

善良、细心且有耐心，总在想着未来能尽善尽美，同时又必须是无私的人，才能真正把“孩子的事”做好。

宋郑还被选中了。与其说“好孩子”被他选中，还不如说是“好孩子”选中了他。

在苦难纷乱的年代里，身为医生的母亲为儿子选择了教师这个职业，为的是她心中那高尚而纯粹的“医道”——济世救民之仁心，能够被儿子以另一种形式继承。但好孩子长大后，命运偏偏要他转弯……

这个“弯”转得突然又有些无奈：学化学出身的宋郑还，在任陆家中学教师和副校长时，正值改革开放之初，一股“全民办厂”的风潮，刮到了菉葭岸头。

“一开始效益不错，一年能挣几百元、几千元。后来就想步子迈得大些，招聘了一个厂长和几位技术骨干，做起了模具冲压生意。之后，又有了更大胆的设想：同上海厂合作，做日本夏普公司的微波炉外壳……上海厂来征地，学校要求大家配合，教师们集资 18 万元。当时我拿出了 800 元，其中还有一点是向哥哥借的。校办厂想做大生意，结果产品质量不行，所有投资泡了汤。教师们急了，我也急了，因为大家平时辛辛苦苦积攒的血汗钱转眼间打水漂了，没有一个人不着急、不生气的。厂子垮了，合作单位资金也撤走了，校办厂成了一个烂摊子。当时的校办厂归县文教局管，局长找到我说：三个副校长中，你最年轻，厂长就由你来当吧！当时，领导的话就是命令，我就这样转了行……”宋郑还现在谈起当年的事，很轻松似的，可他说在当年“绝对像喝了一碗变了质的醋，整个胃都不舒服。但你还得咽下去”。

当了厂长后，宋郑还认认真真对待这份职业，像他在课堂上默默教书一样。哪知做生意跟教书完全是两回事，你无法按自己的想法去传授知识、浇灌苗圃，你只能去磕头求人，去找门道。

向谁磕头？又要去哪里找门道？

当时的昆山人，目光都是一致的：向东，东面的大上海……

“事情有的谈，我们原先是军工厂，现在想做民用产品婴儿车。不知宋老师你们感不感兴趣？”上海大场镇的某家军工企业的一位总工程师说，他是宋郑还在当实习老师时班上一位女学生的父亲。一天，这位总工拎了一辆从美国买到的婴儿车，找到了宋郑还。

“你们是校办厂，只要把婴儿车做起来，我们军工厂负责销售……”

这位总工客气地对宋郑还说。

哎呀呀，正愁着如何让校办厂摆脱困境的宋郑还，觉得这事可以好好干一干，因为人家包销，风险不在校方，只要把婴儿车做出来，做得让人家满意，其他事就都成了呗！再说，宋郑还喜爱跟孩子打交道，虽然自己离开了教室，但做婴儿车，也还算没有离开孩子嘛！

“行，我们做！”他向这位总工承诺。

话虽这么说，一个乡村中学的校办厂，既没有资金，又没有任何技术人员，有的只是他这个化学教师出身的“厂长”和几个农民工。美国的那辆婴儿车看上去不复杂，但远不是几个乡下木匠、泥瓦匠出身的工人能做成的，尤其是宋郑还发现，车上用的一根弯成直角的空心管在物理上很有讲究：按理说这样的管子一折弯的话内侧一定是瘪掉的，但这辆美国车的管子并没有瘪。宋郑还开始寻找窍门。明白了！他考察了上海青浦的一家折叠椅生产企业后，发现了其中的玄机，于是他回到自己的校办厂里依葫芦画瓢地干了起来……

哈，成了！这是宋郑还接触“婴儿车”制造后，自己琢磨出的第一项技术，而且竟然成功了！他高兴得有些手舞足蹈。

关键性的技术难关攻克后，婴儿车很快在几个师傅的共同努力下制造出来了。哪想到，婴儿车做出来了，这家军工厂先前承诺的“包销”一事竟然泡汤了！

“这这……”那一刻，宋郑还甚至感觉到“做生意”不是自己能做的事！怎么会这样呢？

他苦闷得连饭都吃不下，一天不知要叹多少回气，回到家里还是叹气不止。

就这样完了？宋郑还觉得从来没有这么“倒霉”过……

“要记住，一个人站得直、能干活，靠的就是 24 根肋骨和 10 根手指。

天底下的人都一样，但为啥有人做成了大事，有人一事无成？就是有的人明白，要做好事情，得靠自己动脑筋、想法子、去努力！”这是母亲的教诲，也是从小到大，母亲对儿子说得最多的话，这些话事实上成了宋郑还人生中医治“不顺”的最好“处方”，遇到任何不顺的时候，宋郑还便用这“处方”，几乎能治“百病”。

他因此一直念念不忘母亲的教诲。

最初几年的校办厂叫“模具厂”，宋郑还做出第一辆婴儿车之后，心里就一直在想：中国的宝宝都是独生子（那年代全国几乎所有家庭都只有一个孩子），宝宝的事，千家万户都重视，舍得花钱，也想要一辆安全、美观的婴儿车，尤其是城里人，一定都期望给自己的宝宝备一辆好的婴儿车。

“我最初的生意经，就是一个理念：做家家户户都想要的东西，把这样东西做到最好……”宋郑还说。

他的从商理念，决定了他的生意能做到多高远、多绚丽。

但做婴儿车生意，不可能只有他宋郑还一个人有这样的想法，中国早就有做这方面生意的企业。只是当时做出来的婴儿车还没有那么吸引人，甚至连美国、欧洲这些发达国家和地区也都还未出现垄断市场的婴儿车企业。这让宋郑还的“童趣梦”越做越有味道，越做越起劲，一直做到世界第一，全球无敌……

是啊，什么样的婴儿车才是父母们最想要的呢？宋郑还开始畅想——一个化学教师展开飞翔的思维翅膀，像诗人一样捕捉每一个可能接近他想象中的婴儿车的模样……

为此，他开始注意和收集这种“接近”之物。孩子坐的“车”，不会是真正意义上的车，它应该有轮子——大人推着；它应该让宝宝坐在上面感到很舒适，像大人们坐在沙发、转椅或摇椅上似的……很长一段时间，他把自己“锁”在学校的图书馆里，翻阅各种书籍，搜集各种椅子的图案。其中有一款摇椅的样式吸引过他，但宋郑还后来觉得既然世界上已经有了这种样式，他就不做了，要做就做世界上没有的。

他琢磨着如何改进并做出不一样的东西来……

在如此思路之下，他的办公室内顿时多了很多各式各样的椅子实物或小模型，尤其是转椅、摇椅一类的模型。

“哎呀，宋校长，你这是从哪儿弄来的呀？它可是一款好婴儿车呀！”一日，厂里的员工小李跑进厂长办公室，进门就冲着一把小摇椅喊了起来。

小李是上海知青，那个时候知青返城政策还没有下来，他是想把昆山作为跳板等待回原籍的。昆山接纳过各式各样想回上海但一时回不去的上海人，所以许多上海人跟昆山的感情非同一般。

宋郑还听了小李的话一激灵，再看看小摇椅：可不，这个模样如果设计成孩子坐的小车，不正是一辆绝好的婴儿车嘛！

“哎呀呀，我们有好产品了！”宋郑还高兴得连连握紧拳头，与小李一道欢呼起来。

说做就做。先把小摇椅做出来，再在下面安上轮子……但如何让婴儿车具备既可推又可摇的功能呢？

轮子是关键！数学和物理功底颇扎实的宋郑还想到了“棘轮机构”，于是一张张图纸铺满了厂长办公室……最终奇迹出现了：既可推又可摇的车子被完美地设计了出来！

于是，一个未来的世界顶级婴儿车设计大师从这里起步了！

这事发生在昆山一间破旧不堪、不足20平方米的校办厂内。

绝大多数人、绝大多数地方没做成或者做不到位的事，昆山做到了，昆山人做成了。它是哲学，又是现实，是平常事，又是最美景。

昆山便是这样普普通通、朴朴实实。

昆山便是如此与众不同。

这是宋郑还孕育“好孩子”时所沐浴的明媚春光和丰富养分。它的核心，是创造与创新，是永不知难、迎难而上的奋斗精神。

分娩是母亲最幸福也最痛苦的时刻。宋郑还就是在这种幸福与痛苦中孕育出了全世界最好的婴儿车——如今享誉全球的“好孩子”。

宋郑还并不是生意人，最初的他还如拿着课本教书的教师一样规规矩矩。但很快他发现，做生意与教书完全是两码事。第一辆婴儿车设计出来走向市场时，为防止被更强大的制造商仿造，就得去申请专利。但当时中国知识产权保护制度并不完善，即使申请了专利仍然不能得到应有的保护。不管怎样，宋郑还的脑子里始终有一个坚定的理念：我的产品才是最重要的。

宋郑还听说位于北京的全国农业展览馆要举办一个妇幼婴童产品博览会，他马上报名参加。在博览会上，他的双功能婴儿车一亮相就引起全场的瞩目，参观者络绎不绝。

“我们竟然得了博览会评出的展品一等奖！我当时高兴得像拿到奥斯卡奖似的……”事情已经过去几十年了，但宋郑还一谈起这事，依然乐得像孩童一般。更让他高兴的是，在这次博览会上，四川内江市的一家童装厂想转型，所以向宋郑还他们订了一批婴儿车。

“这是我们实实在在挖到的第一桶金，这让我感到格外幸福和自豪。”宋郑还说。

但“第一桶金”赚得也不那么容易：5000 元预付款是远远不够的，因为正式制造婴儿车需要模具，需要材料，还需要招兵买马。无奈，宋郑还只能忍痛把第一项专利使用权卖了，卖给了上海浦东的一家镇办企业，换来 4 万元，作为自家婴儿车厂的启动资金。

第一批陆家镇生产的婴儿车开始推向市场。宋郑还特意跑到南京新街口的一家商场，这里有代表着江苏省城水平的大型商场，能在这里出现，就代表商品有着不一般的品质。宋郑还觉得自己设计的婴儿车，应该能在这里闪亮登场。但结果让他有些尴尬——

“宋厂长，要我说实话，如果你想打多功能婴儿车名头的话，那么至少要有三种功能才能算数，你们这两个功能怕是……嘿嘿，这你懂的！”商场的王经理毫不客气地指着宋郑还他们的婴儿车，这样说。

“懂，懂，我懂。谢谢经理！”宋郑还的脸都红了，平时他就是个好面子的人，哪能把一件做得不够完美的事搬出来在公众面前亮相嘛！

这一回脸红，反倒让他鼓足了要做出最好产品的那股勇气，心中也升起了一番豪情。

化学教师出身的宋郑还从商以后在发明创造方面的“化学反应”几乎是裂变式的。不久，具备推、摇、躺和学步四项功能的婴儿车设计成功。

“这回要卖 6 万元！”宋郑还的心理价位立马出来了，他定这价是因为他手头还缺 6 万元办厂的经费。

“我出 8 万！”

“10 万。10 万元你卖给我吧！”

“12 万！”

“我出 13 万元……”

“14 万！”

“15 万！我出 15 万！”

这是当时在深圳举办的专利展览会上的情形。宋郑还的四功能婴儿车成了展览会上的一个热门产品，拍卖现场叫价不断，引起了不小的轰动。

宋郑还激动得紧握拳头，心底里喊了起来：“我们有活路了呀！”

展览会才开幕一天，回到酒店的宋郑还就开始一边收拾行李，一边对一起来的叶工程师说：“撤，我们撤吧！”

“还有两天不参加了？”叶有些愣了。

“不参加了！”宋郑还一甩手，说，“我们回去自己干！你想想：既然我们设计的四功能婴儿车的专利能卖这么高的价，证明这款车是会有好的消费市场的。我们难道不能自己干吗？”

“对啊，我们自己干！”叶工程师也跟着兴奋起来。

宋郑还直直身子，掰着手指，算了一笔账：“上次南京新街口商场的王经理说了，如果我们的多功能车研制成功，他一个月就能卖 500 辆，一年就是 6000 辆。一年下来，你说我们可以赚多少钱嘛！”

“哎呀呀，起码几十万元了呀！”

“对啊，几十万元的收入，我们还不自己动手干？”

“对，对，回去吧！回去就动手开干！”

回到昆山，宋郑还带着三四十个校办厂的员工撸起袖子准备大干一场……

但第一个问题来了：成批生产新产品与生产研发性样车所需要的成本是不一样的。

贷款去。宋郑还第一次想到用贷款这个方法——这得益于昆山的大环境。那个时候，吴克铨等一批昆山领导干部已经在搞“自费开发区”，只要能把工业搞上去，能用的手段都可以用，这几乎是昆山上上下下一致的理念。因此，宋郑还找到了县里的领导，希望贷笔款。

但这有点难，主要是宋郑还他们的校办厂账面上资不抵债。最后还是县经委主任出面，由昆山农业银行贷给了宋郑还他们 5 万元。

这一年是 1989 年，虽说中国的整体经济环境不怎么好，但婴幼儿用品市场依然活跃，全国儿童用品行业正在举办全国订货会。宋郑还听说后，带着自己的“好孩子”婴儿车，亲赴长沙参加订货会。临行前，他带了从朋友那里借的 2 万元，做了 1 万张海报。“这份海报代表着我们‘好孩子’

第一次在市场上亮相，海报是我特意请上海一家知名广告公司做的，他们帮助拍了一个可爱的小男孩的光屁股照，广告以非常醒目的‘1234’为序，来宣传我们的四功能婴儿车。广告语很通俗，但很响亮：‘陪伴宝宝成长，一直用到10岁！’当时没有人这么认真给婴儿车做过广告，我们算是第一家，而且做得比较精致。‘好孩子’品牌也是在长沙订货会上第一次打出去的……”宋郑还说。

“好孩子？没听说过！是哪个厂的？上海？还是苏州的？都不是！？昆山的？国有的？也不是……那你们不能进会场！”到长沙订货会门口，宋郑还被挡在外面，原因是受邀企业名单上没有他们厂。“你是乡镇校办企业，这个不能怪我们不让你进去呀！”主办方不是没有理由，这可把宋郑还急坏了。好在昆山人做事从来不放弃，软磨硬泡，最后拿出“好孩子”的样车给人家看了一下，对方立即放行了——“这车没见过呀！进吧，进吧！”

正式摊位早已被人家订走了，宋郑还和两位同事只能在参加订货会的另外两家婴儿车厂的过道上弄了个临时性摊位，三人分工：一人负责把过往的人拉住，一人举着宣传广告牌，宋郑还负责介绍。“‘好孩子’第一次试水，那1万张宣传海报起了太好的作用：我们三人，除了在订货会现场摆摊外，从会场到酒店的一路上，我们见墙就贴广告，不少厂商和观众看到并记住了‘1234’多功能婴儿车的模样，我们的婴儿车就像变形金刚似的，成了整个订货会最热门的商品，一炮打响！”宋郑还对初战大捷的印象记忆犹新。

这是1989年秋天，昆山“好孩子”——应该说是宋郑还的“好孩子”轰动全国儿童用品市场，成为当时沉闷的中国消费市场上的一声惊雷。

“昆山出了一个婴儿车厂，一辆四功能婴儿车在展会上订货量超过20万辆……”上海玩具协会的一份内参上这样说。长沙、上海和昆山的报纸、广播上的新闻就更多了。

昆山“好孩子”婴儿车，横空出世，威震神州，一时间没有其他厂家可与宋郑还的“好孩子”婴儿车厂相抗衡。

“好孩子？谁家的‘好孩子’？”

“昆山的？一家校办厂做的？哈哈，他们能做我们为啥不能也做？做！”

“有人在偷做‘好孩子’，我们不用偷偷摸摸，我们是国有企业，而且肯定干得过他们乡镇企业嘛！”

宋郑还哪会想到，“好孩子”在长沙订货会上威震神州之后，整个神州大地仿佛一夜之间都开始模仿和赶制类似的“好孩子”婴儿车……

“哎呀呀，厂长，这可咋弄？我们的品牌车，概念和技术全被别人偷了去了，而且生产的数量快要超过我们啦！”销售人员和合作伙伴都来向宋郑还报告、诉苦。

一时间，宋郑还的头脑发胀：自己刚刚拿到大订单，生产设备和原材料也刚备好，市场却出现了崩溃的趋势……甚至有人传言昆山的“好孩子”马上要倒闭了，还说得有模有样，连“那个宋老师宋厂长听说也被调回学校教书”的谣言都四处传开……

“别人怎么说我，大家不要去管它。但我们的‘好孩子’怎么样，这事得好好想想了！”宋郑还很快冷静下来，在认真分析之后，他在厂里开会告诉员工们：“仿制的事，我们一个小小的乡镇校办厂能管得了吗？国家相关部门一天到晚在打假都打不完，我们能咋办？但我想我们‘好孩子’除非自己打倒自己，否则不会垮。只要我们自己不倒，‘好孩子’就永远倒不了！他模仿一代，我已经干第二代了；他追第二代，我们就干第三代、第四代……永远干在别人前面，我们怕啥？最后被市场拖垮的，会是我们吗？我相信绝不会是我们昆山的‘好孩子’！大家有没有信心？”

"有！"

"宋校长带着我们干就有信心！"

"对，有宋老师，我们啥都不怕！"

员工们振臂高呼，豪情满满。

宋郑还当年是昆山的"数学状元"，在计算方面是高手，现在他的心思是如何战胜千百只与他竞争的"狼"。

"每年的 3 月和 9 月，都会举办全国日用百货商品订货会。抓住这两个关键的时间点，及时推出新一代产品，就能把模仿的对手远远地甩在身后，你们说是不是？"在技术设计和生产会议上，宋郑还这样告诉自己的员工们。

"对啊！厂长你怎么说，我们怎么干就是了！"

"'好孩子'就拜托各位了！"

说起来并不复杂，真正做起来却让宋郑还费尽心思：因为他需要不断地创新，培养新的"好孩子"，而每一次新的设计，又使他对自己的"好孩子"多了一份爱，甚至是宠爱……

教师出身的他，学数学教化学的他，被市场竞争所逼，渐渐地成了婴儿车设计大师！

经过两年的自我颠覆、自我革新，"好孩子"的业务越做越好，市场占有率也越来越高，把那些想靠模仿和偷窃技术来"灭"掉"好孩子"的厂家和商家远远地甩到了后面……

1994 年，"好孩子"婴儿车首次成为中国同类产品销售量第一名。

顺便说一句：从 1994 年至 2024 年的今天，"好孩子"婴儿车在国内市场的销量一直稳居第一。这个"第一"是一个绝对的高峰，比昆山市成为全国百强县（市）之首还早出 10 年！

昆山"好孩子"的实力毋庸置疑，昆山的所有企业，甚至那些今天垄断 IT 产品配件的那些“大佬”们，都不敢在宋郑还面前“牛”。他们见了宋郑还，都会毕恭毕敬地称其为“宋老师”。

可以说，宋郑还的“好孩子”是昆山经济的第一枚金牌、第一块里程碑，更是第一个被国际市场认可的“昆山品牌”。

这个话题自然应该从 1994 年说起。1994 年的昆山人，其所有的精力和兴奋点还放在招商、拉台企到自己的土地落户上，唯有宋郑还的“好孩子”一枝独秀，走出国门，代表中国婴儿车的形象走向世界。

走向世界的第一站选哪儿？当然是美国。宋郑还平时看起来是个非常谦逊的教师形象，但投身市场时，他就是位大将军。

这个时候，宋郑还遇到了一位名叫曲南的中国留学生，这个年轻人后来成为他访美的翻译，也从此成为宋郑还的得力干将，为“好孩子”立下了汗马功劳。

第一次访美，宋郑还确实大开眼界。他看到美国的婴儿车市场远比中国市场要大，甚至大出数十倍——当时国内市场的婴儿车需求量也就在 20 万辆左右，而美国是 400 万辆。另一个现象同样令宋郑还吃惊：同一辆“好孩子”婴儿车，在国内卖一二百元，在美国能卖到七八百元，零售价高出四五倍。此外，还有一个现象让宋郑还特别关注：所谓的合作单位，竟然会把同一个订单同时发给中国几个生产厂家，然后看谁价低就订谁的货。这种不讲诚信的行为令宋郑还非常反感！

宋郑还在心里谋划着，“好孩子”该如何在美国这个最大的国际市场打开局面……

“曲南，你到我们‘好孩子’团队来吧！我想让‘好孩子’在美国也闯出一番天地。你了解美国，这个工作你来做最合适。怎么样？”离开美国前，宋郑还认真地问翻译曲南。

“宋老师如果觉得我可以，那我就跟着你干！”曲南说。

“好，跟我一起回昆山……”

就这样，两人一起回到昆山陆家镇，结合美国市场的特点，挑选了14款婴儿车，然后交代生产车间的主管：“尽快把这些样品赶出来，我们要用它试着开拓美国市场。”

一听说自家生产的“好孩子”要到美国去，厂里的员工像是得知自己的孩子被美国著名大学录取一样兴高采烈，说干就干。员工们都是昆山勤劳能干的劳动人民，厂长一声号令，他们便连夜奋战……

“完成了？！”第二天一大早，宋郑还来到厂里，就见一批崭新的婴儿车整整齐齐地放在他面前，这让他欣喜不已。转头，他对即将出发的曲南说：“你都看到了，全厂员工通宵达旦、挑灯夜战，直到现在灯火还未熄，这些灯火是为你而亮着的……”

曲南感动得连连点头，说：“请宋老师放心，学生一定不辜负你和全厂员工的期望。我会牢记宋老师的话——打造我们中国自己的品牌，把‘好孩子’送到美国，送到全世界消费者手上……”

“祝你旗开得胜！”宋郑还拍了拍年轻人的肩膀，然后挥挥手说，“我们等待彼岸的佳音！”宋郑还把无限的希望都寄托在了曲南身上。

然而，“好孩子”走向国际的路，并非像宋郑还和曲南想得那么简单。曲南按照宋郑还的意思，先在纽约注册了一个“好孩子”美国公司（Goodbaby USA, Inc）。可公司开张后，第一步都迈不出去：“好孩子”的工艺与设计理念，在美国市场根本不对路，甚至连进连锁店的机会都没有。

“那就试试能不能找一家当地的华人公司，成立合资公司，然后通过这家公司再向美国市场进发……”宋郑还提出这一建议。

“行。”曲南马上执行。但合资伙伴虽然找到了，也干了一年多，但依然没能使“好孩子”进入美国的正规市场，因为美国对婴儿车一类的儿童用品有着许多严格的法律责任和保险方面的规定。美国的正规市场只进美国品牌的商品，当时美国人根本不相信发展中国家的品牌，外来品牌很难进入他们的主流销售渠道。你进不了他们的销售渠道，半途“插班”行不通。

怎么办？

“必须找一家在美国本土有话语权的企业合作……”曲南聪明，脑筋转得快，他向宋郑还汇报。

“好的，顺着你的思路去寻找合作伙伴。”宋郑还指示道。

机会总是给那些有准备的人的。Cosco——美国婴儿用品行业的三大巨头之一，当时已经有近百年的历史。然而20世纪90年代后，因为销售不理想，Cosco已经计划退出婴儿车市场了。

“他们正想找一家公司收购他们仓库里的婴儿车轮，我想这是个机会……”曲南从大洋彼岸向宋郑还报告了这一消息。

“那就跟他们谈谈，也许对双方而言都是个很好的机会。”宋郑还迅速作出决定。

“宋老师，他们的老板同意见面，但只给15分钟时间，而且是在两个会议之间……”曲南报告道。

“15分钟足够了！”宋郑还信心满满地回答道。

从中国到美国，一次长途飞行需要十五六个小时，而人家只给15分钟……宋郑还坐在飞机上，俯视着太平洋的碧波，心潮起伏：中国人什么时候也能像人家一样，摆出一副“老大”的样子，那个时候我们可能就算是强大了呀！

“好孩子”，快快成长吧！宋郑还抚摸着身边的一辆婴儿车样品，一幕幕奇思妙想在他脑海里飞驰起来……

Cosco的大老板尼克准时来到会议室。他看了一眼从中国远道而来的宋郑还，右手示意：“请讲吧。”

宋郑还点点头，他没有说话，只是“啪嗒”一下随手打开了自己最新设计的一款“好孩子”婴儿车……

“这款叫‘爸爸推、妈妈摇’的婴儿车，是我们厂推出的最新产品，它性能突出，最根本的一点是经得起撞击，能够保证车上婴儿的安全……目前这在全世界的婴儿车中都是领先的……”曲南还没有翻译完，尼克的眼睛早已放光了，只见他从座位上站起身，走到宋郑还跟前，兴致勃勃地摆弄起“爸爸推、妈妈摇”婴儿车来……

“妙！妙不可言！顶级的！”尼克鹰一般的双眼闪闪发光，连声称道。

宋郑还笑了，他知道“好孩子”的机会来了——这是他梦寐以求的机会。

“爸爸推、妈妈摇”这一款婴儿车，积聚了宋郑还的智慧和他对人间亲情的细微体察：有一次他到欧洲考察，坐在街头休息的时候，见一对年轻、看似很富有的夫妇推着一辆豪华婴儿车，但在夫妻俩不注意时，婴儿车在一个斜坡上滑了下去，后来撞到了一堵墙，所幸婴儿没出什么危险，但也真把这对年轻夫妇和周围的人吓了一跳。在一旁观察的宋郑还发现，这款车有一个致命的问题，设计时没有考虑婴儿车遇撞击后的缓冲，这样容易造成车毁人伤的事故。根据这一发现，宋郑还回到厂里后，立即开始设计一款全新的能在撞击条件下保证婴儿安全的婴儿车……这一设计过程十分艰难，既需要奇思妙想，又得考虑力学上的各种因素，最终宋郑还从中国传统的秋千中找到了灵感，设计出了一款既符合力学缓冲原理又充满人性化的“爸爸推、妈妈摇”新型婴儿车。

“OK！ Mr Song！”Cosco 的尼克紧握宋郑还的双手，立即表示愿意合作。

宋郑还自然非常高兴，却并不表现出急切的样子，而是不紧不慢地说：“先生不妨到我昆山的厂里考察一下，然后我们再坐下来认真商洽合作事宜。”

"OK！"尼克马上表示同意。

令宋郑还没想到的是，他从美国回到昆山的第三天，尼克竟也到了昆山。

"很好，我们现在就可以谈谈合作模式了……"参观完后，尼克就有些迫不及待了。

宋郑还是教师出身，他的儒雅和修养，有着纯正的东方气质，他微笑着向尼克请教道："先生对美国婴儿车市场非常熟悉，我们愿意洗耳恭听……"

"OK！"尼克非常坦诚地提出了一个与"好孩子"合作的原始产品研发制造商（Original Product Manufacturer，OPM）模式，即"好孩子"创建国际研发体系，自主研发、制造，联合国际名牌企业，借品牌、借通路。

"我们应该为新合作公司起个好名字！"合作意向确定后，尼克欣喜不已地提议。

"好啊，这正是我所想的……"宋郑还说。

于是，1996 年 3 月，"好孩子"的第一个境外公司在美国成立，推出了联合品牌 Cosco Geoby（Geoby 是"好孩子"在美国注册的商标）。

"我们的第一个计划就是新产品争取在本年度的达拉斯全美少儿婴童用品展览会上亮相——我们共同的新产品！"经验丰富的尼克提出，首次亮相，至少要准备 17 辆新款推车。

"少了，我们准备三倍的展出样车！"宋郑还说。

"51 辆？！宋，你——了不得！"尼克紧紧地拥抱自己的中国合作伙伴。

正如曲南所言："宋老师要做的，就是让'好孩子'在美国这个世界头号市场站稳脚跟，要让人一跨进 Cosco 展厅看到 Cosco 的中国合作伙伴就觉得不一般，要能体现我们的中国气派和中国精神！"

51 辆新款"好孩子"婴儿车在宋郑还的亲自监制下顺利完成，之后打包装运到上海浦东国际机场，一路飞抵美国。

曲南在大洋那边的机场，特意租了好几辆面包车接货，“一路上威风凛凛……”曲南后来这样描述当时的情形。

秋日的达拉斯格外美丽。全美少儿婴童用品展由美国行业联合商会举办，是每年最大的行业盛会，世界各大公司纷纷亮出自己的新产品。昆山的“好孩子集团”首次登场，成为Cosco展厅的五个异常醒目的中文字。而Cosco Geoby一亮相，就成为整个展会的耀眼亮点，美国消费者和经销商纷纷涌至Cosco展厅，将样车围得水泄不通。

“爸爸推、妈妈摇，中国的Geoby来到了我们家门口……”一时间，中国Geoby到来的消息传遍了美利坚合众国的千家万户。

“宋，你厉害！我们Cosco将重放光芒……”这次展会上最得意的就是尼克。他通过“好孩子”品牌，让濒临倒闭的Cosco婴儿车绝处逢生。

自然，宋郑还才是真正的大赢家。这两年多来，宋郑还每天都在为走向国际市场努力，这一次真的成功了！

成功者势不可挡。

很少被市场的“兴旺”激出特别表情的宋郑还，这回也兴高采烈了一把，因为“好孩子”与Cosco合作的第一年就赢得了700多万美元的订单，这与前两年零利润的困境相比，简直是天壤之别！能不高兴吗？关键是，宋郑还看到了自己亲自设计和生产的“好孩子”婴儿车，出现在美国众多大型商超及专业婴童商店……这是很不容易的事。贸易壁垒重重、质量要求极高的美国消费市场，能够认可和喜欢一款来自一个发展中国家的商品，尤其是婴幼儿用品，是极少有的现象。

“Geoby，good!”（“好孩子”，好样的！）之后的日子，宋郑还来到销售“好孩子”婴儿车的美国商场，在那里他常会听到消费者发出这样的赞美声。“我感到由衷的自豪。这种自豪真的叫人热血沸腾……”宋郑还说。

“宋，我们的 Geoby 已经大受市场欢迎，所以我建议，Geoby 不能再漂流在外了，应当回到 Cosco 大本营的怀抱来！我们的小城哥伦布虽然小了一点，但却有适合 Geoby 生长的土壤，Geoby 到这里，一定会开出更美丽的花朵！”第二年，也就是 1997 年，尼克张开双臂，向宋郑还发出邀请，建议把美国好孩子公司迁至他的 Cosco 总部。

“一个很好的建议！”宋郑还欣然接受。

强强合作定双赢。“我吃亏一点，你多赚一点”是宋郑还能够与国际商界巨头合作成功的东方式的儒商的智慧——“这是我母亲从小教我的做人之道，我把它用在经商上，同样起到了事半功倍的作用。”宋郑还的这句话给我留下了深刻的印象。其实这也是昆山人几十年来成功的重要秘诀。

“请你来——让你利——你发财——我高兴……”这一直是昆山与外界交往时遵循的“法则”。世界上有许多“法则”，比如说“丛林法则”，它以“适者生存”“弱肉强食”为原则来决定你我间的生与死、兴与衰。而东方人则不然。改革开放初期的昆山人，遵循的几乎都是宋郑还式的“我吃亏一点，你多赚一点”的法则，这样就使合作更容易成功，昆山的朋友也越来越多。

让利，其实是获胜学问中的一项重要内容，它是东方儒家思想的延伸和丰富。从小就受到母亲优良教育的宋郑还，在做“好孩子”生意的过程中，显现的恰恰是他精神和情怀里的那好孩子般的品质与情操，所以所有跟他合作和交往的商人、友人，甚至是消费者们，都感到舒服、开心、满意……这应该是他最大的成功秘诀。

进入国际市场和在国际市场位居高端行列是两码事。就像在法国戛纳国际电影节上，去现场蹭一下红毯和大明星出场是两回事。宋郑还的“好孩子”打入美国市场后，第一步要做的是站稳脚跟，并赢得消费者的青睐。然而“好孩子”要进入高端市场，则需要购买“执照品牌”。与 Cosco 合营的好处是，它能为“好孩子”适应美国商业的这一类“游戏规则”创造条件。很快，宋郑还他们的“好孩子”在西雅图拿到了进入像沃尔玛这样大商场的户外用品公司的第二大执照（第一大执照用户是老牌的福特汽车）。

第一步跨入高端市场的路是走通了，但需要支付 8% 的“执照费”，这对“好孩子”的利润产生了很大影响。

怎么办？其实，“高端”就是爬坡，既然爬坡就得费力。“数学状元”出身的宋郑还深谙此理：难的题，都是要下功夫的。从商也一样，越高端的市场越难进入。然而“好孩子”必须进入，我们中国的“好孩子”在设计和品质上已经超越了其他高端产品，如果还止步于高端市场的门槛之外是不合理的。宋郑还非常自信，他坚信“好孩子”是可以战胜其他所有同行品牌的——为什么不呢？我们中国的产品不比人家差，对消费者来说这是明摆着的事。难道仅凭一个“规则”就要把“好孩子”排斥在门外吗？

宋郑还虽生性儒雅，但面对强者，他的内心坚强无比。吃点亏可以，但我不能服输。这是他的人生信念。

2001 年，“好孩子”美国公司又收购了美国婴儿车巨头之一的另一个品牌，同时在婴儿车上配置了防滑车把、防汗管套、避震脚踏等增强产品安全舒适性的多个功能。随后又经过一段时间，“好孩子”公司进入了跑步机、儿童拖车及三轮车等领域。这一阶段最重要的一件事是，“好孩子”有了在美国高端市场的定价权。

世纪之交，“好孩子”品牌在国内早已如日中天，被消费者广为接受。而昆山人和陆家镇的人则感觉这时的“宋老师”“宋校长”三天两头地往国外跑。他是不是想移民到美国呀？有人甚至在打听。

“我？移民到美国？！哈哈……放心吧，我们的‘好孩子’和我，永远在昆山待着，永远不会离开这片土地。这里是我的家，也是‘好孩子’

的家。”宋郑还笑眯眯地告诉父老乡亲们。

他又说：“要让‘好孩子’不离开昆山，就得让‘好孩子’到外面去闯荡，去闯出点名堂来才行。我呢，最近到美国去得多了一些，就是为了让‘好孩子’能在国际市场上与那些大品牌比个高低。目的呢，就是要让外国人明白，我们昆山这个地方，也能出世界大品牌，做世界上最好的婴儿车……”

宋郑还的话让昆山人和陆家镇的百姓很提气。

然而在自己的故乡，真正了解宋郑还为何三天两头往国外跑的人并不多，他们似乎也并不清楚诞生于昆山的“好孩子”到底是如何在国际上大受欢迎的。平时在老家的土地上，宋郑还是个绝对低调的人，他唯一觉得要昂着头走路的时候，那就是大步迈在国际大品牌舞台上的时候，这一刻，他昂首阔步、英俊潇洒得无人可及！

现在，他需要与 Cosco 谈一件重要的事：美国婴儿车用户一般带孩子出门时，都会让婴儿坐在汽车后排座椅上，对与汽车后排座椅相配套的安全座椅有专门的要求。昆山的“好孩子”并不生产这种汽车安全座椅。现在是宋郑还他们这边把“好孩子”婴儿车在昆山制造完成后，再运到美国的 Cosco 厂，由 Cosco 配制汽车座装置。这样从产品出货到投放市场得 90 天，成本压力让宋郑还他们感到有点喘不过气来。

“能不能把汽车座组装与婴儿车制造一起放在我们昆山这边？这样既省时间又节省材料和人工成本。”宋郑还与曲南向 Cosco 提出此方案。

“不可以，不可以！我们的核心技术怎么能转移到中国去嘛！”Cosco 公司上下竟然有一片反对声。

决策者无奈，只得向宋郑还耸耸双肩，摊摊双手。

“我们昆山‘好孩子’既然能做世界上最好的婴儿车，我就不信做不出汽车安全座椅！”经历了如此多的磨难与锻炼，宋郑还已经不再畏惧类似车、轮等设计与制造了！他心里想：你“老美”仗着自己是“帝国”，在商业市场上也那么霸道,可我们中国人既然来了,除了遵守你们的“法律”与“法规”，其他人能研发的各种技术，我们也可以搞定嘛!

“这又不是造上天的火箭，大不了多用些心呗！”宋郑还特意加了一句话。

干吧，他们不想给我们技术，那我们就自己创造技术！宋郑还很干脆，号召自己的昆山团队自己动手做车座。而且，他让曲南告诉美国的合作方：“你们可以派技术团队和管理人员到昆山现场来看我们‘好孩子’本部的制造能力。”当然宋郑还对美国合作方也说：“我们也可以派技术团队到你们总部去学习你们的技术……这样的话，如果我们在昆山也能按照你们美国的技术标准把车座制造出来，对合作双方来说是双赢的事。怎么样？”

“好啊。”美国合作方听后大喜。

结果宋郑还团队在昆山很快把车座研发了出来，且毫不含糊地制定了一套完整的“中国制造标准”，这个标准比美国标准高出了20%的安全系数。

看你“老美”还有什么可说的！宋郑还平时看上去笑眯眯的，硬气时钢铁般坚强。

1999年，在昆山陆家镇，中国人生产出了比美国市场上销售的美国品牌质量更好的婴儿汽车座椅。

“Amazing!”当“好孩子”将自己完美设计的高质量婴儿车配套汽车座椅从昆山发到大洋彼岸的美国合作方手上时，对方发出一片惊奇与惊喜的赞叹之声。

宋郑还从此实现了将“好孩子”打入美国高端市场的梦想，总共没用几年，他的“好孩子”婴儿车便在美国婴儿车市场销售榜上名列前茅，并一直保持至今……

今天在大洋彼岸，宋郑还的名字和“昆山好孩子婴儿车”，早已被千千万万个家庭所熟知，而且广大消费者们常常用“incomparable”（无与伦比）来称道它。

拿下美国市场后，宋郑还离开纽约时，回望了一眼那座自由女神像，此时他的心里想到了世界上另一个时尚高地——欧洲。

无论你承认与否，真正高端和时尚的奢侈品仍然在欧洲……

宋郑还的“好孩子”婴儿车在国际市场上就是一款极少有的中国高端儿童用品。既然是高端商品——简单地说，“好孩子”婴儿车是提供给富裕家庭和中产阶级以上人群使用的，这样的主流人群在欧洲。道理很简单，你想成为国际顶级的商品，你的目标就应当是那些高端消费群体。

宋郑还给“好孩子”的国际定位非常明确：世界上最好、最安全甚至最奢侈的婴儿车！一辆豪华的婴儿车可能要几万欧元，而通常这样顶级奢侈品的制造，似乎与中国这样的发展中国家无关。可宋郑还不服，他坚信别人能做到的事，他和“好孩子”也做得到，而且必定可以比世界上任何其他厂家做得都好！

为什么？因为他们没有我好，我是真正的“好孩子”——宋郑还用他的人品、人格铸造的产品，世上无人可及！这是他的品质，当然也就是“好孩子”婴儿车的品质。

真正的好孩子不容易做到，属于真正顶级商品的“好孩子”自然也不是随便什么人都能做出来的。宋郑还自信他能做出来，他能做世界上独一无二的“好孩子”……

就这样，以胜利者的姿态暂时告别美国之后，宋郑还把战略目光投向了欧洲，于是他的脚步便踏上了巴黎与伦敦街头——

浪漫之都巴黎的街头，确实与众不同，到处都散发着独特的魅力，无论在宽阔的大道上还是狭小的巷子里，都有扑面而来的艺术之风。阳光洒落在这样的街头，犹如童话里的精灵在跳跃，在曼舞……

宋郑还已经注意到这一切，他把目光投向了埃菲尔铁塔，轻轻地说了一句："我们的'好孩子'就是冲着你来的，与你比个高低！"

伦敦的街头又是另一种风情，它弥漫的是繁华与绚丽，那高耸入云的摩天大厦与古色古香的教堂建筑融合在一起，展现的是独特的历史和老牌帝国的文化。遮天蔽日的梧桐树下，街头艺人那忘情歌唱的样子，仿佛身体和灵魂都有一种想要飞翔的冲动……宋郑还看着这些，微微一笑，随即他一闪而过，站在了泰晤士河边，举目看着135米高的伦敦地标——"伦敦眼"摩天轮，暗暗地说着一句在巴黎街头说过的话："我们的'好孩子'就是冲着你来的，与你比个高低！"

"做世界一流！"进入欧洲市场之前，宋郑还与助手曲南就一起定下这个目标。不做则已，要做就做别人无法超越的"好孩子"——中国的"好孩子"！

这是我见到的中国企业家极少有的气度与气派。

我见到的昆山企业家中，还没有哪个人可以同宋郑还和他的"好孩子"相提并论，并能在国际市场上喊出这样的豪言壮语！

唯有宋郑还。在我们相谈甚欢时，他的一句话一直撞击着我的心灵："我们要做就做全世界最好的，做引领国际水准的品牌！"

他的"好孩子"做到了。昆山的"好孩子"做到了。

没有哪家中国企业能像宋郑还的"好孩子"那样在欧洲市场打得如此潇洒和漂亮的胜仗——宋郑还把"好孩子"在欧洲的行动称为"响雷行动"，亦称"响雷计划"。

雷已经够惊人的了，而响雷就是惊天动地了！

不错，这回宋郑还和曲南谋划的"欧洲方案"，从一开始就是雷霆出击。

首战，"好孩子"选择了与世界生产汽车座椅的顶级企业荷兰的Maxi-Cosi合作。汽车进入中国，也就百年历史，可在欧洲，汽车的使用比我们早了半个世纪。Maxi-Cosi 的“牛”在于，欧洲人一提起“汽车座椅”，脑海中浮现的就是这家企业的名字。宋郑还和曲南之所以看中 Maxi-Cosi，并把这次合作视为“响雷行动”的第一响，是因为 Maxi-Cosi 曾经收购荷兰著名推车品牌 Quinny，并请了 Quinny 品牌的老板之一来领导 Maxi-Cosi 的儿童推车项目。

宋郑还他们的“响雷行动”，就是为了通过与 Maxi-Cosi 合作，争取 Quinny 原有产品线的订单业务。“响雷行动”的实施，先是由曲南与 Quinny 高层接洽与沟通，同时，宋郑还在昆山大本营组织产品研发设计与生产制造。这一过程用时非常短，当年“好孩子”产品在德国科隆展上大放异彩，如春雷巨响，让整个欧洲高档婴儿车市场震荡不已：中国“好孩子”，Great！

与 Maxi-Cosi 的合作告捷之后，宋郑还和曲南在法国再度出手，收购了法国第一大儿童产品公司 AMPA，该公司的推车业务量是 Maxi-Cosi 的三倍。一开始，法国团队对与中国“好孩子”的合作方式有些水土不服，但经过一年的磨合之后，AMPA 不愧是商界巨舰，一开航就“响雷滚滚”，使中国“好孩子”婴儿车一跃成为欧洲时尚之都的社会名流争相购买与推崇的奢侈品……这有非同寻常的意义。中国能够进入世界奢侈品行列的品牌凤毛麟角，而昆山陆家镇的一名中学教师用了不到 20 年的工夫，就如此这般地将一个“好孩子”婴儿车推到了世界时尚之都的顶级市场，成为欧美奢侈品商场里的抢手货。

至此，宋郑还他们的“响雷行动”并没有结束，接下来的战略布局，是“好孩子”公司开始设立国际分公司。第一个国际分公司设在美国波士顿，其目标是介入合作方的市场研究、产品开发等前端核心业务。随即分别成立了位于美国波士顿、荷兰乌得勒支和日本东京的海外研发中心。后来，中国香港的研发中心也随之成立。

“中国企业的产品打入世界市场的并不多，而在发达国家设立产品研发中心的更是屈指可数。而我们‘好孩子’的研发中心就设在欧美及日本，以及中国香港等发达国家和地区，而且我们聘用的设计师，都是世界顶级水平的，他们代表和引领着全球婴儿车设计的最高水平。后方是我们昆山的‘好孩子’生产制造基地。这种前后方的强强合作与运营，让我们的‘好孩子’迅速占据了全球婴儿车的巅峰地位……”此时的宋郑还已经在婴儿车商战中完成了从一个“士兵”到“将军”的角色过渡。

现在，他开始向成为世界婴儿车商业战场的“元帅”前行——

2010 年，他有两个大手笔：一是整合“好孩子”的全球市场品牌标识，正式启用国际化的统一标识“gb”，与此同时，集团内部将主营产品研发、标准检测与生产制造的业务板块单独划分出来，组建了“好孩子国际控股有限公司”；二是“好孩子国际控股有限公司”在香港挂牌上市。

此时的“好孩子”，恰好走过 20 周年的创业历程，在国内市场已经完美地建起了庞大的分销体系，包括 498 个分销商、1687 个百货公司和卖场，以及下沉到四五级城市的母婴店 5785 家。在海外市场与 32 个国际分销商和 82 个品牌商建立了合作关系……

此时的宋郑还，把曲南和几位开拓海外市场的大将请回昆山，与当年在校办厂一起创业的二三十位“元勋”们坐在一起，他特意从朋友处购得百只最新鲜的阳澄湖大闸蟹，外加数瓶茅台酒，率众将领豪饮了一回，美美地吃了顿丰盛的昆山湖鲜。

席间，宋郑还坚定而豪迈地宣布：“‘好孩子’的第一场国际战役‘响雷行动’已全线告捷。但这只是万里长征迈出的第一步。下一个 10 年，‘好孩子’除了继续通过自己的设计和制造的产品收获市场利益，将主打‘品牌出海’之战！”

“宋董事长的布局体现了我们中国企业和企业家代表中国走向世界的

魄力与自信。长期以来，中国人赚钱主要是靠廉价的劳动，即使有些世界级品牌在我们中国生产，真正大头的利益也还是人家的，我们只能挣整个利润的微末零头。我们‘好孩子’在过去的10多年里，即使商品已经誉满全球，但主要的经营模式还是靠自己的实力、苦力和低成本付出，借他人之船，赚那么三五成而已。董事长说的‘品牌出海’是什么概念？是从现在开始，我们中国的‘好孩子’、昆山的‘好孩子’也要像那些世界著名品牌一样，要赚品牌价值的利润！”这是曲南的话，说到这儿，这位“好孩子”海外战场上功不可没的大将，提高了声调，大声道，“我们的‘好孩子’，现在什么都不缺，我们要去世界大市场的舞台上分最大的‘蛋糕’——”

“哈……说得好！我们昆山的‘好孩子’，从今以后也要像那些大牌商家一样去吃市场利润的‘大蛋糕’！”

“对，我们也要去世界上吃大蛋糕——！”

这豪迈的声音，从昆山的一个小镇上传出，后来久久地回荡在阳澄湖上空，再传到苏州、上海，然后飘荡到更远的地方，回响在地球上每一个大洲的上空……

“品牌之战”的第一仗，是2014年在香港上市的好孩子国际控股有限公司连续收购了两家国际著名的儿童用品公司，首先是以现金偿付3851.1万欧元和发行新股偿付3219.85万欧元全资收购了德国的Cybex；然后，出资1.43亿美元全资收购了美国品牌公司Evenflo。

Evenflo是一家创立于1920年的享誉全球的婴儿护理及儿童耐用品供货商，其产品直接通过沃尔玛、亚马逊等零售业巨头销售。

两次收购后的第二年，“好孩子”零售商的直销业务收入增长174%！在北美，“好孩子”的自有品牌（不含并购业务）营收较前一年增长439.8%！

想一想，“好孩子”这样的手笔够大吧！别忘了，它可是昆山那个无名小镇上由一位中学教师在一家“校办厂”中培育出来啊!

“其实，这些年真正让我从心底里感觉提气的一仗是在日本市场，我们‘好孩子’打出了真正的中国威风！”宋郑还回望他驰骋商界几十年的历程,最为感慨的是他打败日本同行的一役。1992年,宋郑还第一次到日本,他抱着虚心学习的态度,去见一位日本著名的婴儿车巨商。几番托人联系,对方给出的答复是：可以有半小时的会面,绝对不能超时。“只要能见一面,我宋某就深感荣幸！”宋郑还回复道。但是后来的情况出乎所有人的意料,因为日方的这位婴儿车巨商竟然连连向宋郑还鞠躬道谢他能够“远道而来赐赏会面”。为什么？原来是宋郑还讲述了他以“社会责任”为使命，接手了一个负债累累的校办企业的经历。也正是“社会责任”这4个字，让他们从下午一点一直聊到街头空无一人……从日本回国后，背着“社会责任”4个字，宋郑还从此开始了漫长而辉煌的创业、创新之路，最后以强大的实力，打败了行业里所有的对手。

“‘好孩子’在日本市场夺得第一的王位，整整用了10年时间，这是最难的一仗，也是我最为骄傲的一仗……”宋郑还告诉我，他的“好孩子”在日本市场可以说打了一场“败师之战”，因为最初的“社会责任”一课，是在日本上的,他是在日本获得了对“社会责任”更深层次的理解和认识。日本市场对外国品牌的排斥甚至比欧洲还要严重,而这也更激起宋郑还“非赢不可”的战斗豪情。对伟大的斗士而言，战斗越是激烈和残酷，就越能显出英雄本色。宋郑还对日本市场采用了“三步计划”：找头号婴儿车生产商合作，两年之后收购其80%的股份，之后全部收购。

“10年时间虽有点长，但能在日本夺得婴儿车销售之王位，并且牢牢地坐稳，我感到无比兴奋和自豪！”宋郑还说。

面对这样的昆山人，除了赞叹，你还会有什么呢？

写至此处，一股强烈而难以抑制的民族自豪感激荡在我的胸膛，是为宋郑还，为昆山，为改革开放的中国所孕育出的中国企业家和中国品牌“好孩子”而激荡……

今天的“好孩子”早已稳稳地，甚至可以说不可撼动地站在了世界婴儿车系列产品的巅峰之上，威风凛凛，气壮山河！

那天我到昆山陆家镇的“好孩子”大本营，因为时间关系只走进了他们的产品陈列厅，而就在那童话般美丽缤纷的婴儿车和儿童用品世界里，我充分地感受到“国际时尚”“全球顶级”“极品超前”那应有尽有的“gb”的幸福之风和温暖之风……

那一刻，我由衷地以敬佩的目光看着宋郑还，看到的是一位昆山男人谦谦君子、和蔼可亲的模样。是的，就是他，就是这位昆山人，在世界最时尚、最诱人但又竞争最激烈的万千摩天大厦和豪华商场之中，用夺目的“gb”标识，向全世界张扬和诠释着中国的品质与分量、精神与实力！

这个时候，“gb”和中国是紧紧相连的……

昆山的“好孩子”、中国的“好孩子”、世界的“好孩子”，你无与伦比，登峰造极，我必须向你和你的创始人致敬！

16. 本色昆山

到底谁在创造这个世界？毫无疑问是人类。每一个地方的经济与社会发展，最强大和最根本的动力就是当地的人，人是最重要的因素。昆山也不例外。

在我们说了很多、看了很多之后，自然也会发现无论是“面向东看”，还是“台商经济”“引进”或“外贸”，所有这一切，都离不开昆山人自己。没有昆山人的智慧与努力，没有昆山人的勤奋筑巢，凤凰不会飞到玉峰山，甚至连大闸蟹可能也要爬出阳澄湖……

男人不该说累
今夜不醉不归
就让这样的路
陪我从白走到黑

男人不该说痛
痛也只能自己去流泪

就这样吧
反正要面对

生命有几次感动
有你在我就会觉得不同
年复一年何去何从
你都扮演我的本色英雄

兄弟只要一条心
齐力过海浪淘金
世界在变
唯有不变兄弟情
兄弟只要一条心
英雄何处凡人中
只要有你在
一起完成最初的梦
……

《本色英雄》这首歌，不少人都很喜欢。在写“好孩子”宋郑还先生时，我有种强烈的感受：昆山人本身就非常了不起。而与另一位本土著名企业家徐金根的接触，更让我坚定了这样的认识：昆山之所以非同寻常，就是因为这里有一群非同寻常之人。

写昆山，若不写昆山的本色，就一定会失之偏颇。可以这样说，昆山能达到今天这个高度，是昆山人自己把这片天撑起来的。当初要是没有吴克铨那一批老一代改革者和开拓者，昆山怎么可能有今天的无限风光！同样道理，在万千企业蓬勃生长于此、备受世人瞩目的“昆山现象”中，昆山本地人的表现格外耀眼。

这是昆山的底色，更是昆山的本色。

是的，徐金根便是其中的突出代表。前面我曾提到过这人，他与宋郑还的事业和人生轨迹不太一样。宋郑还和他的“好孩子”，可以说与昆山后来所形成的经济形态没有根本性关联，他完全是金鸡独立、笑傲江湖，所以“宋郑还现象”是有些不可思议的天才式的传奇。徐金根则不一样，他是在昆山发展过程中，借势而为，自探道路，最后大放异彩的，他的成功是与整个昆山经济紧密相连的。

与徐金根一见面，我就“八卦”起来：“你生在水乡，怎不叫‘水根’，却叫了‘金根’，难怪你现在发大财了！”

徐金根大笑，说：“原来我叫‘进根’，我们这里的方言‘进’跟‘金’音差不多，有一年人口普查时，登记的工作人员把我名字写成了‘金根’，后来说不好改了，就这样我便成了‘徐金根’。”

听后我赶忙竖起大拇指：“你这一字之改太关键了，‘进’，如果方向搞错了，未必成功；但‘金’与‘根’连在一起，必胜、必发达无疑。瞧你今天。”

哈哈……徐金根乐得合不拢嘴。他说：“我的运气确实很好，这得益于我们昆山的发展，是家乡的发展把我带了起来！”

徐金根的一个“带”字，说到了点子上。昆山的发展是靠国家改革开放的东风“带”起来的，昆山紧靠上海，又善于把握机遇，被大上海“带”了起来，而昆山又依靠自己的独特见识和敢拼敢闯，将自己“带”到了全国县域经济的巅峰……在这过程中，许多昆山人是被家乡这片热土上的强劲之风“带”到了令人羡慕的境地。

徐金根便是其中的代表性人物。

这位昆山人，先天没有特别之处，但有一点或许是遗传：徐金根的母亲尽管是种田人，但有很强的经商意识，在外来工人蜂拥来到昆山时，徐金根的母亲便抓住了“商机”。她利用自己一点做饭炒菜的手艺，给在富士康等企业打工的“外来妹”“小哥仔”做便当盒饭，赚了不少钱。徐金根就更厉害了，他本来学习很好，中学念书时，他发现有个修汽车马达的同学一天能赚几百元！在20世纪80年代末，这可绝对是个大数目！徐金根被这位朋友“带坏”了：他再不愿意去上什么大学了。干脆，走出校门，自己做修马达的生意……

其实这条路开始并不容易，但徐金根“脑子灵光”。那个时候他为了做小生意，经常往北方跑。一次，在去济南的路上，他中途下错了站，半夜两点多找不到旅店，天还下着小雪，无奈之下他裹着棉被、背着行李，在马路上从这根电线杆跑到另一根电线杆，如此来回地跑，一直跑到天亮……“很苦，口袋里又没钱，只能自己熬呗！”就这样，他“熬”出了一个机会：第二天到济南，他看到一位经营汽修配件门市部的师傅按一下某个按钮，就能让汽车的车窗自动开关，这让徐金根很吃惊，心想：“如果把这技术学到手，我回昆山不也可以发财了嘛！”

“师傅，你的这个技术能不能教我，我给你学费。等我也能生产出产品后，送你这儿卖，赚了钱你拿大头……你看可以吗？”徐金根十分真诚地问那汽修店师傅。

对方打量着这位来自昆山的小伙子，然后点点头，说：“行啊，就照你说的！”

“谢谢！谢谢！”徐金根好不兴奋，连忙致谢。之后他又把自己的弟弟叫过来一起学习。

“我们把这技术学会后，就开始在昆山开设了一个汽配经营部，卖防盗报警器，同时还干修理马达、电机等活，一年能赚到几十万元……很了不得呀，那个时候几十万元可是个大数字！”徐金根说这是他人生中赚的“第一桶金”。

属猴的徐金根，有一种非常不安分的性格。在有了“第一桶金”的资本后，他对从商的兴趣激增。于是自个儿走南闯北，到广州，奔义乌，准备干番事业，只是碍于父亲的反对，他才没有移居他乡。不过他依然没有放弃“做生意”的雄心壮志。“那个时候，昆山几个商场的日用品很多是我从义乌小商品市场批发过来的，这段时间我还包租了商场的一些柜台，而且不仅在昆山，苏州、太仓等好几个商场的小商品柜台都是我包租的……”

经历了这一段“闷声发财”的过程后，徐金根便有了“做大生意”的宏伟目标。

但令人想象不到的是，自己干也能一年挣几十万元的他，竟然跑到一家台资企业去打工，从最基层的普通员工做起……

“这是为啥？”有人问徐金根。

他笑笑，不回答，只埋头做人家的“打工仔”。3 年后，更令人不可思议的是，徐金根竟然在这家台资企业做到了副总裁。

“总裁，我现在要辞职了……”突然有一天，徐金根对这家台资企业的老板说。

“怎么？你……嫌待遇低？这个我们可以商量嘛！”对方愣了，以为徐金根嫌收入低。

“不是，不是！到你这儿学到了我该学到的东西，所以现在我想自己出去练练……”徐金根坦诚地向这位台资老板解释道。

原来这样！

“你放心，我不会出去做你现在的产品！”离开时，徐金根保证道。

这个信誉很重要。徐金根说，他到这家台资企业从头做起，只是想学一学管理经验，想补上办企业必修的这一课。“尽管之前我在生意上已经赚了不少钱，但创办一个企业与零敲碎打赚些钱是两个概念，所以当初扔下零售批发生意而去别人厂里从头学起，目标就是为今后自己能够正经地办企业、办大一点企业积累管理经验……”徐金根说。

若干年后，徐金根成为拥有“百亿”资产的大老板后，他曾经工作过的这家台资企业却由于经营不善破产了。这位台商后来回到宝岛，一蹶不振，后又一病不起。徐金根得知后，不仅帮这位台商看病治疗，还每个月发 5 万元“工资”给这位重病的台商。

“你是不是傻了？”有人知道后，这样追问徐金根。

徐金根笑笑，说：“放心，我没傻。我这样做，是为了当年的一份情……”

这个传奇故事，是徐金根的助手在不经意间向我透露的。我们回头再来说当年徐金根离开台企，独自创业的经历吧——

有心又有志者，必定能办成事、办大事。

一切皆已准备完毕，真正的战斗开始了——徐金根自己跟自己的战斗从这一刻拉开了序幕：他要创办像身边的那些世界 500 强那样的大企业……

搞什么呢？自然是与科技相关的制造业，因为昆山数以千计的企业多数是制造业，而且是紧跟世界科技前沿的制造产业。聪明的人都明白：自己企业的产品能连在某一大产业“链”上，一则保险，二则赚钱赚得稳。

那么具体做什么产品呢？“脑子灵光”的徐金根早已通过缜密的观察和研究，选择生产昆山许多制造企业都需要的铆钉。“小小铆钉配件，手机上用得着，电脑上用得着，电视机上更用得着……再看看昆山的企业，几乎十有八九都需要这些看上去不起眼的小铆钉！我就做它！”徐金根当年淘到“第一桶金”和后来搞零售批发小商品的经验告诉他：不怕产品小，只要多，就不怕没钱赚！

做铆钉的道理也在于此。徐金根的眼光不低，看得也特别长远。盯住小小铆钉后，他整个身心像一块巨大的磁石，紧紧地将其吸住、吸牢，让这小小的铆钉与自己前进的步伐同频……

这是一场拼搏之战，也是他对自己一生所下的“赌注”：必须赢，赢得像个昆山人！

昆山人似乎很少有失败者，失败者肯定不能是我徐金根嘛！他这样想。所以他要为自己未来的“大企业”起个具有远大前景的好名字……

叫什么呢？应该与科技沾边。对，“科”字一定要有，应该是科技制造之林中独秀的一枝。科技之林，不就是森林中的一员嘛！对对，再取个“森”字,叫“科森”——在科技森林中一枝独秀,或者在制造业中一枝独秀！

昆山科森科技股份有限公司从此诞生。昆山也因此有了又一个有头有脸的企业。不过最初的科森有些尴尬：连续3年在台企当“学徒工”，徐金根把原来淘的“第一桶金”和当批发商所积蓄的钱用得差不多了，成立科森时的200万元注册资金中，有60万元是借来的。

“那个时候有点可怜。”徐金根在我面前自嘲道。然而徐金根从商的本领在根子上就超人一等，他做铆钉生意有其精明的考量：一是投入少，他用200万元注册资金，从台湾一下子引进了20台制作铆钉的先进设备；二是做铆钉生意很薄利，一般企业不太愿意做，恰恰是由于这个原因，才让徐金根得以集中精力、全力以赴地把这小铆钉做成了大生意。

“你可能不知道，一台铆钉机，一天可以生产出好几万只铆钉。我后来自己来不及做，就分包给附近锦溪镇的乡亲们做，他们就在自己家里做，很简单，只要有一两台机器就行，一年下来能赚十几万、几十万元，跟我干的人最多的一年能赚到一百多万元。后来，我在锦溪搞出了一个铆钉制造产业呢！”说起此事，徐金根颇为得意。

因为自己一个人的生意，带动一批父老乡亲致富，这自然是值得骄傲的事。徐金根说这何乐而不为呢?

“运气好的时候推都推不开呐!”一个偶然的机会，徐金根与日本松下电器公司接上了业务。

日本松下电器在中国无人不晓。这个著名的日本电器品牌几乎伴随着中国人对电器的认知，从最初的 DVD、数码相机到播放机，再到液晶电视、笔记本电脑等等，中国人对松下电器至少有二三十年的“崇拜期”。徐金根的运气就正好赶上松下电器在中国市场风靡的年代——也就是 2005 年前后。

“它们的液晶电视后面有块面板，上面的螺丝很多，而且与手机上的螺丝不一样，一块液晶板上的螺丝大约有 200 多个。我就是接的这活。松下在中国市场的液晶板上的螺丝都是我厂里做的……那个时候一年可以赚几千万元呀!”徐金根说起这阶段的赚钱生意，乐不可支!

一年赚几千万元是个什么概念?反正普通人没法想象那八位数的巨额金钱是什么样，而曾经也是穷小子的徐金根在那些年里，对“几千万元”已是司空见惯。从他的表情看，似乎这也就是一个“概念”而已，因为听不少有钱人说过，钱在他们那里其实也就是一个数字概念，除非你再也不做什么事，那这几千万元可能是很大的金额，如果再生产、再投资，那几千万甚至几亿元，同样就是从这只手“滑”到那只手的一串数字而已。

徐金根就是这么认为的。

赚到大钱后，他就有了做更大生意的冲动和想法。这是昆山人的性格：既为之，就大之；既大之，就登顶。

原来的厂区已经无法满足徐金根大鹏展翅的愿望，徐金根于是选择了千灯镇作为自己第一块产业腾飞之地。2006 年他购得 30 亩地，建起 2 万多平方米的厂房，拉开了“大干一场”的架势，而且由于徐金根的螺丝和铆钉已经在电器界颇有名声，除了松下电器，那些世界著名的电脑、电视和手机生产商都开始与徐金根对接业务，订单如雪片般飞达昆山……

然而谁也没想到，2008 年由大洋彼岸的美国房地产次贷危机所引发的金融危机席卷全球，包括家电产业在内的几乎所有行业都遭受巨大的打击。原本赚大钱的液晶电视等家电产品价格倒挂，作为配件供应商的徐金根，面对风暴式的金融危机，站在刚刚建好不久的那片千灯新厂区，欲哭无泪：天苍苍，地茫茫，“天灾”为何偏偏落到我头上啊？！

徐金根眼里的泪痕，被最关心和心疼他的母亲看到了……她用最简单却最温暖的话对儿子说：“勿要急，慢慢来。云团哪能一直罩住太阳嘛！看准机会，拐个弯，好运不负辛勤人。”

母亲的话让徐金根重燃斗志，他甚至连抹把泪的时间都没有，就开始琢磨产业转型……

干什么呢？徐金根对“商机”有着异常敏锐的判断力。从 2009 年开始，他迅速将企业的产业方向调整为医疗器械制造。

巧了，就在这个时候，美国医疗巨头之一的柯惠医疗（Covidien）来到中国，想寻找一家合适的医疗机械零部件供应商。徐金根的科森在国内成名在先，自然有人向美国柯惠的相关人士推荐。

“可以一见。”柯惠医疗总监杰莫斯表示。

柯惠医疗？当然可以见嘛！而且必须见！正在危难之际的徐金根从朋友那里听说此事后，立马表态。这之前，他对柯惠医疗早有耳闻，只是没有机会接洽相关业务而已。柯惠医疗的前身是泰科医疗，其公司的历史可追溯至 1867 年，是世界上最早的医疗解决方案提供者之一。2007 年，泰科医疗改名为柯惠医疗，独立上市，其品牌名称中的“Co”和“Vi”，来自拉丁语，意思是“共同”和“生命”。选择医疗器械作为自己企业产品开发的新路子之后，徐金根对柯惠医疗就像当年做铆钉时对日本松下那般崇拜。“作为配件供应商，能与世界著名企业和产业巨头合作，就等于把事业做到了天花板！”徐金根心想。

柯惠医疗总监杰莫斯来了，来到了昆山千灯的科森公司。

“这……这就是你们的制造车间？”

“是，就是有点那个……”

“那个什么？”徐金根已经从杰莫斯那惊诧的目光中看到了他自己企业的窘境——真的有点脏乱差……

他在摇头、叹气和尴尬地笑。徐金根看懂了杰莫斯的表情。

徐金根着急了，忙说：“请阁下给我一个机会，我保证按你们的要求，建一个完全符合你们要求的厂房……保证！”

杰莫斯看看徐金根，半信半疑。

“请放心。欢迎阁下过几个月再来……”徐金根郑重地发出邀请。

“OK!”

看似只是一个客套的承诺，但徐金根就是徐金根，他卷起袖子真的干了起来：进口日本医疗器械制造设备20多台，又建起一个最先进的医疗器械制造厂房……一切皆按国际标准。

2009年12月，柯惠医疗总监杰莫斯真的又来到中国，而且到了昆山的科森公司。

徐金根万分高兴，因为这对他来说，也是一着险棋：当时投资上千万元，事先根本没有得到柯惠医疗代表的半句承诺。如果人家不再理会，所有的投入基本就是“泡汤”！

“上帝哪！徐，你是怎么做到的？”杰莫斯跟着徐金根走进科森的医疗器械制造新厂房后，完全被眼前整齐、洁净的现场所惊呆，几个月前那副脏乱差的样子给他留下了太深刻的印象，杰莫斯无论如何也想不到才过短短几个月的时间，这里的环境完全变了，达到了他所期待的柯惠合作伙伴“应有的水平”……

“三选一，就是你的科森了！”杰莫斯当场拍板。

柯惠医疗的中国供应商就这样敲定了。签约之后握手的那一刻，徐金根把激动的情绪强行压在心底……有一句话他强忍着不能说：我赌赢了！

很多时候，做生意就是要靠“赌”，但能赌赢的生意并不是太多。徐金根这回赢得金光灿烂，满天红霞……徐金根合作谈判成功后的第一件事，就是奔跑着回家告诉自己的母亲，是母亲让他在困境中保持定力，所以才有了今天的好运落到自己的头上。

徐金根的“赌”赢在意志上、判断上和真诚上。柯惠医疗给他的业务是当代医疗界十分先进的微创手术刀制造，这种专业而先进的医疗器械零部件制造，促使徐金根的企业进一步创新与创造，企业获得了一个全新的突飞猛进的机遇，这种机遇如同在一片普通的土地中播种下来自太空的特殊种子，种子一旦成长起来，将是飞跃性和革命性的。微创手术刀，本身就是一种高精尖器械，制造它更需要高精尖的技术和设备。而微创手术刀本身，也在不断进化和扩大其用途，随着医疗手术中微创的使用越来越广泛，各式各样的微创手术刀也层出不穷，且越来越先进和精致。实际上这也就一直在倒逼徐金根的科森不断在研发上下苦功，不断调整和提升在人力和物力方面的投入。

“我们巴不得有人在后面赶着走呢！有了紧迫感，才会有前进的动力。”徐金根说。

运气总是对努力的人敞开大门。一年后，位居医疗解决方案提供者第二的柯惠医疗被同行中的老大美敦力公司收购兼并。作为被兼并者的主要供应商，科森公司一下成为全球医疗解决方案“老大”的供货商。

你是全球某产业“老大”的主要供应商，那就意味着你就是这个细分产业的全球“老大”了。徐金根对我的理解表示赞同——现在，他就是微创手术刀等医疗器械制造行业的“老大”。

你看他笑得多灿烂。“我们昆山人要做就做最好、最顶尖的！”他说。

昆山人的气魄和气势有多大，只有你同徐金根和宋郑还这些能够代表昆山企业家的精英们接触后，才会感受到……那是一种气壮山河、排山倒海的力与势，是一种“会当凌绝顶，一览众山小”的气与度。

2012 年，一路登高望远的徐金根又遇“好运”：苹果公司找到这位“铆钉”和“螺丝”王，让他做平板电脑配件，后来还有手机配件……

“你有空来一趟深圳吗？”苹果公司的代表发短信询问徐金根。

“我马上就出发！”徐金根知道又一个好运将掉到自己头上，所以没有半点犹豫，立马动身前往深圳……

“第二天我就回到昆山，开始给苹果公司干了起来……”徐金根又开怀笑了，说，“那个时候，我一年赚两亿元是轻轻松松的事啊！”

两亿元啊！还轻轻松松！我和陪同我的几位昆山文人听得惊诧不已。

2014 年，徐金根的科森迈出了重要的一步：上市。这一标志极为重要，这是昆山“自费开发区”成立 30 余年来第一家本土民营企业上市，这就如在曾经的一片荒芜之地上生长出一棵参天巨松般宝贵……

同年年底，徐金根迈出了重要一步——北上盐城，成立科森东台公司，置地千亩，投资金额达数十亿元，用工最多时拥有 12000 多名员工。

2016 年，徐金根开始在昆山建起科森科技产业园区。这是徐金根埋在心底很长时间的一个梦想：“我是昆山人，看着台商和外商在我们家乡的土地上建起了一个又一个产业园，我也希望能建一个专属我们昆山企业家自己的产业园……”徐金根通过 10 多年的努力，实现了自己的这一宏愿。2018 年，在产业园区竣工那一天，他流下了热泪。

2017 年 5 月，徐金根的第一个海外公司在北美成立。科森开始在世界产业之林中，有了“一席之地”“一树之影”。这回徐金根满脸笑意。他站在高处，深情地向东方望去……

他看到了自己家乡的那座 80.8 米高的玉峰山……

“其实，我们的山并不低呵！”徐金根在心底欣慰地感叹。

一股清爽的北美之风，吹拂在他的脸上。徐金根站在地球另一端的大地上，觉得做一个中国人、做一个昆山人是多么自豪的事。

从 2017 年起，徐金根和他的科森公司，如入“盛唐”风华——

2018 年，他全资收购了昆山元诚电子材料有限公司。“以前只为他人制造产品，而从现在起，我们开始自己做上游产品——原材料”；

还是在 2018 年，科森公司升级为江苏科森医疗器械有限公司；

2019 年，科森科技（新加坡）公司、台湾科森有限公司相继成立；

2021 年和 2022 年,徐金根“甩”出两大手笔：与国内新能源“小巨人”清陶能源联合成立能源科技公司，同时进军“元宇宙”产业，科森云数字科技有限公司宣告成立；

2023 年，科森在越南的工厂开工；

2024 年，科森还在向远方延伸，还在不断打造更茂盛的科技之森……

我要说的是，科森是徐金根的，但它更是昆山的。徐金根是土生土长的昆山人，是本色的昆山人。徐金根的科森，是昆山经济之林中的一棵参天大树，而它的风骨、它的风姿，以及它呈现给这个世界的每一片叶子的光泽与形状，同样是昆山和昆山人的本色——勤劳、坚韧、敏锐、无畏与大度，聪慧、细腻、温情、善良与厚道……

昆山有很多徐金根这样的人。我喜欢他们，甚至敬佩和崇拜他们。

〔第五章〕

玉山有灵，灵如玉……

一匹飞奔的骏马，呼啸而过，我们赞美其优美的雄姿，也赞美它如箭疾飞时的脚力，当然更要赞美它的主人独特而高超的驾驭本领。但以我之见，最根本的，是需要人们深刻而准确地了解这匹骏马与众不同的强大潜质和拥有这种潜质的原因。

现实社会也是如此。

或许很多人已经对昆山的高质量发展与经济实力心生敬仰。然而昆山到底为什么强？强的核心在哪里？恐怕很多局外人并不清楚，甚至有人还会轻飘飘地说一声“人家是靠上海近呗”，云云。

这些话说得不是没有一点道理。但我只能说，其实他们并不真正了解昆山，当然也就不了解怎么干事的昆山人。

昆山的奇迹到底是如何创造的？

答案可以从十个，甚至一百个方面去总结和叙述。然而我感受最深的是，在昆山几十年持续高速发展的过程中，一种可以强烈感受到的与众不同之处，就是其上上下下团结一心，埋头拼搏，从未停止过创造与创新，也从未因自己遥遥领先于他人而有所松懈。相反，一任又一任的领导班子把自己的每一根神经都绷得紧之又紧……可以说，昆山上下始终都处于十分努力且全力以赴的奋斗状态。

在“躺平”现象时有存在的今天，昆山仍保持如此奋斗状态，实在是难能可贵！

如果你与那些年轻的市委市政府班子成员一起行走，你会感觉身边如有风在动，因为他们身上的朝气和奔忙向前的匆匆步履，非一般之力可以阻挡；如果去旁听一次他们正在召开的会议，你就会深深地感受到全体人员的那种全神贯注、摩拳擦掌、激情奔涌的状态；如果有机会了解他们每一天的工作日程，你会骇然惊叹：难道他们真有三头六臂、分身之术？！因为一天参加三五个会议、出席几个现场活动对他们来说是“家常便饭”……

在昆山的公务员队伍中，这样的工作状态是平常事。这也就是为什么我会说，你不在现场，不是昆山之人，你就不可能知道甚至不太会相信昆山会有始终如一的这般干事的劲头和烈焰般燃烧的工作激情！

有一个现实问题其实也一直困扰着昆山人，他们这样对我说：作为一个县级市，昆山的经济体量早已超过部分地级市，更不用说与所有县级行政单位相比；他们还告诉我，昆山面积很小，在改革开放初期全县也只有六七十万人口，但如今在这片土地上工作和生活的有300多万人，相当于一个西藏自治区、半个宁夏回族自治区的人口。然而昆山实际上的行政编制人数仍然是按一个普通县级市标准配置的，自然更无法与自治区这样的行政单位相比。即使与同属苏州市的兄弟县市相比，昆山的行政编制人数也是最少的，昆山作为全苏州行政编制上的“小六子”地位从未改变过。然而当昨天的“小六子”现在“成家立业”、成为巨人之后，为其拉车的“车夫”、驾驶巨轮的“船工”和指挥千军万马的“将军”人数，却还与几十年前的“昆山县”差不多，这般情形，如何打硬仗？如何继续引领昆山经济高质量发展？这是昆山一直面临的现实问题。

为此，昆山的班子成员除了“三头六臂”“手脚并用”“争分夺秒”“拼尽全力”，没有第二种选择！

也正是因为有这般持之以恒的精神和干劲，我们才会看到一座如昆仑般巍峨的县域经济高峰那威风凛凛、气盖神州的雄姿。

一个地区强大和繁荣的标志是什么？在特定的大发展时期，则如习近平总书记指出的那样，它应该是个“高水平社会主义市场经济体制”。

那么，何谓“高水平社会主义市场经济体制”？它的基本形态又是什么？那些水平仍然不高的市场经济体又该向谁学习？这些问题，党的二十大给出了答案和方向。而昆山，毫无疑问是人们学习和仰望的目标与参照物。那些真正想从昆山取得真经的人也会发现：原来，他们无须东张西望、左右环顾，因为昆山的过去和今天，就那样敦敦实实、光彩夺目地耸立在大家的面前，它就是一个生动具体且能学得到经验的榜样。

当学习了它，原本无所适从的你会顿然醒悟……

当你走近它时，会感到长风吹拂，一股热流在胸中激荡和涌动……

你奋力追赶它，或许下一个巅峰就是你自己……

我有这样的感觉。

在写此书的这个时刻—— 2024 年 5 月 5 日当天，我人在北京，却从微信上看到“昆山发布”的一条消息：

拼抢二季度，夺取半年胜！昆山发出动员令！

报道说，5 月 5 日，“五一”假期的最后一天，“拼抢二季度 夺取半年胜”昆山经济工作推进会召开，市委市政府主要领导全部参加，全市各单位、各部门和各区镇主要负责人都到会。市委书记在会上复盘了这一年前四个月的全市经济运行情况，认为实现了“开门稳、开门红、开门好”的总体态势，主要经济指标实现“高开”“高走”。

按理说，上半年已过 4 个月，剩下两个月只要顺势而为，就能有一个好的结果。然而昆山的领导干部们一天也不放松，一刻也不让昆山这部高速向前的“快车”有丝毫的“差不多”的松懈之意。市委书记讲话的口气似乎比年初“争取开门红”的腔调还要高，还要严肃，他炯炯的目光不时扫射到全场每一位干部的身上，用毋庸置疑的神态要求他们：“大家要敢抓敢管、竞相发展，抓实绩、强担当。各分管市领导要加强统筹、科学调度，对重点领域、重要指标深入分析研判，拿出更多破题之策、争先之计。”

注意，重点是“破题之策、争先之计”，而非一般的“抓紧抓好”一类的话语。

对各条线部门，市委书记讲话的意思是：你们要立足本职、主动作为，推出更多“干货”政策，提供更多周到服务。各区镇要自我加压、紧抓快干，全面形成大抓落实、比学赶超、勇争一流的浓厚氛围，为全市稳增长、稳发展多挑担子、多作贡献，形成全市经济高质量发展的最大合力。

同样需要特别注意，要点是你要主动作为，要有“干货”，并且必须落实到位，有比学赶超的劲头，目标是争一流！

这叫什么？这叫工作！

这叫昆山！

常言道，看一个人是不是成功人士，就要看他工作时在不在“状态”。同样道理，看一个地区经济是否在发展，人民生活是否幸福美满，干部和领导的工作“状态”是关键。

昆山长期稳居创造与创新的巅峰，连续20年成为全国百强县（市）之首，是有其道理的，他们的干部和班子成员的工作状态已经给出了答案，自然还有工作方法和内容。那么我们就来剖析一下昆山的“工作方法”和“内容”，从而理解“为什么是昆山”——

17. 精神最贵

一说到昆山的发展，包括昆山人自己在内，都会说是因为“昆山之路”走对了。毫无疑问这个判断和结论并没有错，当我们更深入地剖析“昆山之路”的成因和内核之后，便会发现：昆山之路之所以成形，之所以能够越走越宽广，昆山的经济之所以越来越强大……这其中的根本原因，是昆山人敢闯敢拼、自强不息的精神。

那么昆山这条“路”的具体形态和内容又是什么呢？简单一句话，就是快速且高质量发展。快速很容易理解，昆山在20世纪八九十年代办“自费开发区”前后所形成的“昆山之路”的主要特征便是“快速”。而从20世纪90年代至今的30多年里，昆山的发展速度其实比办“自费开发区”那些年要快得多，体量也已完全不一样。我们把当时杨守松先生写《昆山之路》时的昆山几项主要经济指标同现在的作一下比较，便会一目了然：

1990年，昆山市地区生产总值刚超过20亿元，财政收入1.32亿元，农民人均收入1584元。

2023年，昆山市地区生产总值为5140.6亿元，财政收入（现在的叫法为"一般公共预算收入")456.59 亿元,农民人均收入为 47115 元。

这期间，昆山的辖区面积没有变大，但形成"昆山之路"后的"昆山速度"，完全可以用"前无古人，后无来者"来形容，或许到目前为止，在全世界范围内，都很难找出第二个这样的"昆山速度"。

"昆山之路"上的"昆山速度"，如闪电和彩虹，如佳作和诗篇，将载入中国发展史和世界文明史。

然而我们清楚，如此快速的发展，如果质量上不去，即不能实现高质量发展，也不可能持续如此长的时间—— 30 多年呵，勇往直前，远远奔跑在快速发展的中国现代化建设队伍的前列。除了深圳，还会有哪个地方能与昆山相比？老实说，深圳是特区，特区的政策和国家层面的支持力度无人可比，昆山则不一样，它只是一个普通的县级小市，它所有的条件，很多同等级别的县（市）也都有，故而它所创造的快速与高质量发展水平，我以为其"含金量"更高。

难怪习近平总书记曾经说过这样一段颇有深意的话："昆山的发展现在已经处在一个标杆地位，但是没有停滞不前，还提出这样一些赶超目标，难能可贵。苟日新、日日新，自强不息、止于至善，有这样一种精神，有这样的劲头，我想一定会有一个新的超越。像昆山这样的地方，包括苏州，现代化应该是一个可以去勾画的目标。"

2009 年，距今 15 年。这 15 年间，昆山在党中央和习近平总书记的鼓励和期待下，呈现出一派旗帜招展、风光无限的"苟日新、日日新"景象，而且总书记所寄予希望的新的"赶超目标"，不仅屡屡实现，还迈出了更大的超越步伐……

这般气度，惊天动地，山河壮丽！正乃"苟日新、日日新"！

目标的实现靠什么？靠实干。实干源于昆山人有一种永远朝目标奋进的自强不息、止于至善的精神。

昆山人正是有习近平总书记所说的“这样一种精神”，所以才会“有这样的劲头”。

劲头来自精神催发，精神可以化为劲头。这就是昆山进取的根本。

追溯昆山的发展史，我们可以从最初他们实现“农转工”的阶段便看出昆山人的精神中有一股超人的干事劲头：1978 年，昆山的地区生产总值为 2.42 亿元，其中第一产业为 1.24 亿元，占比高达 51.43%，以工业为代表的第二产业仅占 28.89%。那个时候的昆山人左看右瞅，看到的皆是他们“小六子”的老大哥。“小昆山”的落后窘境不能继续下去了，以吴克铨为代表的一代昆山人心念“昆山老乡”顾炎武的“天下兴亡，匹夫有责”之警句，把拳头攥得紧紧的……眼睛里充满了想干事、寻事干的劲头。

后来机会来了，他们学习深圳，勇敢地冒出了一个想法：搞“自费开发区”！

三五年过去，“自费开发区”竟然成功了。至 1988 年，这个尚未取得国家“许可证”的“自费开发区”在吸引外资企业数量和工业总产值等方面遥遥领先于东部沿海多个国家级开发区。

“江苏‘首富’是谁？——昆山！”这一年，江苏省的一份报纸以这一标题刊出了一篇报道，震动全省，当然也震动了一直叫昆山“小六子”的苏州！

昆山靠一股不服输的劲头，赶上了快速发展的苏州兄弟县，第一次在全省扬眉吐气。

1992 年，邓小平发表南方谈话，其思想如春风吹拂着每个昆山人。这一次，已经干劲十足的昆山人有了更大的奋斗目标：明确由内转外的方向，即抓住“自费开发区”转正为国家级开发区的契机，借浦东开发开放的东风，形成以开发区为龙头带动乡镇企业小开发区的开放格局，把外向型经济作为昆山发展的重大战略和目标。

“那个时候的我们，几乎所有干部和工作人员，都出去找外商、寻机会，不管风吹雨打，不管白天黑夜，不管成与不成，反正联系上一个外商或台商，就比吃一顿喜酒还开心……”这是宣炳龙向我形容他和他带领的一批“开发人”当时干事的情形。

昆山人自己讲：在他们这片土地上，最精彩的故事就是“招商故事”。下面两则小故事是我在张浦饭桌上听到的当年招商时该镇领导遇到的“吃饭的故事”，由此便可一窥昆山人的精神——

故事之一：盐水哪有酒水好

镇党委书记孙忠明常说：外商考察，关注的是你的环境，你的服务，还有人；人投缘了，事情也就好谈得多了。但吃饭也是考察的重要环节。确实，饭桌是谈判的好地方，可增进双方的了解，还可以调节或缓解紧张气氛。所以，款待重要客商，书记、镇长们都要从百忙之中抽空作陪。一次，台湾某大企业老总来到张浦，镇领导在迎宾楼为他接风，孙忠明书记却因重感冒躺在中医院的病床上打点滴，为此，我们向“老总”反复解释，请他谅解。听说孙书记病了，“老总”非常关心，表示翌日一定去医院探访，并建议在座各位斟满酒，祝孙书记早日康复。岂料，大伙儿酒杯还未端起，孙书记就推门而入，直奔“老总”，紧握他的手连称“抱歉”。我们惊讶地问：“孙书记，你不是在挂点滴吗？”孙书记幽默地回答道：“盐水哪有酒水好？”

故事之二：夹着馒头打呼噜

1995 年，张浦开发区的基础设施日趋完善，来镇上考察的客商络绎不绝，经常是一拨接一拨，我们常常是“眼睛一睁，忙到熄灯”。一天，在连续接待了几批外商后，又来了几位国内客商，虽然大家都很疲惫，但只要有“情况”，又都精神抖擞。接待完后，天已大暗。因一位客商急着要回上海，为此，平方镇长便亲自驾驶面包车为客人开道。到了上海，对方很过意不去，执意要留我们吃晚饭，盛情难却，我们应允了。此时肚子的确很饿，一盘刀切馒头成了最好的盘中餐。大家吃着并交谈着，突然，饭桌上传出沉重的“呼噜”声，一看，只见平方镇长一只手拿筷子夹着馒头，另一只手撑在长满络腮胡子的下巴上——他竟然嘴里含着馒头，手上夹着馒头，就打起了“呼噜”……

就是凭着这般“不要命”的干劲，昆山人用了 5 年时间，将小昆山的工业与经济格局完全从内向型开拓成外向型——从 1992 年至 1996 年，昆山的外贸依存度从最初的 18.2%，增加到后来的 101%，彻底实现了“内转外”的根本性转变。昆山台商经济现象也是在这一过程中成形的。

昆山经济从此一发而不可收，走上了真正意义上的快速发展轨道，远远地将其他县（市）甩到了后面，领跑于全国所有县（市）。

1997 年，一场让包括昆山在内的中国绝大多数地区伤筋动骨的亚洲金融危机，自然给身处中国“金融大都市”上海身边且以台资企业为主体的昆山的经济，带来了前所未有的冲击和影响。

昆山怎么办？

“还能有什么办法？下滑绝对不行。张开双手满世界抓项目不行了，那就必须凝聚力量，握紧拳头，在关键赛道上拼尽全力！”睿智而冷静的昆山领导班子迅速发动干部群众，群策群力，调整战略部署，集中精力引进世界科技前沿的 IT 产业。一时间，昆山以引进台资 IT 企业为抓手，快速将原来的散而小的经济产业形态，转向以 IT 产业制造为主导的特色产业经济。让昆山人骄傲了20多年的著名的“拆笔记本电脑，串连起一片产业”的昆山IT产业链,就是在这个时候迅速形成的……如“仁宝系”“纬创系”和富士康等一大批IT龙头企业在昆山形成中国IT中心，于是也就有了后来在IT行业中流行的这样一句话：昆山路上的车子停一步，全球的IT业就会慢三拍。

昆山人敢于在创新机制上“亮剑”，同样用了“拼老命”的干劲，硬是把全国第一个设在县级市的出口加工区给建了起来，而且还是带“国字头”的。

这一高招,让昆山经济完成了从“高速公路”到“高铁”的时代飞跃……

昆山20多年的发展轨迹，是清晰而明确的，那就是经历一个从“农转工”，再从小到大的过程。用他们自己的话说，那便是从“唯实、扬长、奋斗”，到“艰苦创业、勇于创新、争先创优”，再到“敢于争第一、勇于创唯一”，这三句话概括起来就是七个字：奋斗、创业、争第一。

贯穿其中的精神就是：干、实干、拼命干的劲头。

落在行动上就是：敢想、敢试、敢闯、敢为。

昆山人以往的“干”事状态，就像电影中一样，或许我们只能对其抱有一种敬仰之情，在改革开放之初，整个中国大地上处处都是一种同样的“激情燃烧”状态，昆山干事的劲头或许比谁都大。昆山今天的“干”事状态到底怎么样？其实我一直很想体会和感受一下。

机会来了，纯粹是一个偶然的机遇。我事先约过高新区党工委书记孙道寻，因为他还是昆山市委常委，年轻的80后，加之昆山高新区在昆山的经济总量中占比大，所以我特别想见见这位“少帅”。第一次采访没能约上他。第二次采访时，他终于露面了，但因为当日同一时间有个重大工程项目需要他出席和主持，所以我俩匆匆握了手，说了几句，他就被人拉走了。“何老师实在对不起，我一定另找时间向您汇报……”一表人才、英俊高大的孙道寻临走时，无奈地向我表示歉意。我自然很理解，一个管理着几千家企业、七八十万人口的“大管家”，能不忙吗？第三次采访又等了一周多，我一直默默期待对孙道寻当面进行采访，但 7 天中，至少有 3 次已经约好，突然他又有急事不得不推掉。

我第三次到昆山采访的最后一天，当晚采访完另一个对象已经是晚上九点半了，我突然接到高新区办公室的电话：“孙书记正从苏州出发往昆山赶,看何老师过一会儿可不可以进行采访……？”“当然行呀！”我马上答应。送我回酒店的车子立即掉头，径直驶往高新区办公大楼。见我到了，办公室主任将我引进一间小会议室，然后抱歉道：“孙书记还得有半小时左右赶到……”我忙说“没关系”。

近 10 点时，孙道寻出现了。他风尘仆仆，满怀歉意地向我说明为何几次“失约”。“没关系，知道你太忙！”我忙说。

他后来跟我谈了一个多小时，粗略地介绍了高新区这些年的发展情况，听得我热血沸腾，因为他告诉我：近两年，各地的发展都面临种种压力，甚至经济增幅有下滑的迹象。但昆山高新区不仅没下滑，且增幅仍然强劲。“我们靠啥？还是靠一个字‘干’！我们的干，可以用 4 句话概括：埋头苦干，创新实干，争先抢干，说干就干。不是说形势不太好，企业压力大吗？从去年开始，我们就要求管委会的每个领导干部，除了日常工作外，每个人必须对接服务 10 家企业，然后管委会为这些干部建了一个‘群’，让他们相互监督，相互学习，每个月专门组织这个‘群’开个会，列出问题清单。在服务企业方面，我们也有 4 句话：不叫不到（平时不轻易去干扰），随叫随到，服务周到，说到做到……”

论年岁，孙道寻在我眼里还是个“大孩子”，昆山现任的一线干部，差不多都这么年轻。孙道寻的工作和干事状态，令我感叹。而我知道，他的同事们也都跟他一样，干事雷厉风行，虎虎生威，不达目标，决不松劲！

这是我所遇见的昆山干部们。

写到此处，我的脑海里自然而然地蹦出了毛泽东的一句话：“为有牺牲多壮志，敢教日月换新天。”中国共产党人领导中国人民推翻三座大山，建立新中国，靠的就是牺牲精神。

“昆山之路”最初的20年间，昆山从低人一头、贫困落后的“小六子”，一跃成为强省江苏的“首富”县，靠的是敢干、敢拼的劲头。这种精神与毛泽东领导中国人民为建立新中国所倡导的牺牲精神是完全一致的。它也是中华民族精神中最可贵的品质。

在20世纪90年代初，以大胆自建开发区的成功为标志的“昆山之路”轰动一时，而21世纪初的昆山则以强省江苏之“首富”县形象傲立于县域经济峰顶，让人仰望惊叹。也就是这个时候，后来大家熟识的“苏南模式”脱颖而出。而昆山便是“苏南模式”最生动、最出彩、最可学的缩影。

《人民日报》曾以《江苏昆山：以开放打造中国百强县之首》为题，用一个整版，介绍了“江苏省昆山市经济社会发展调查”报告，文中有一句点睛之语，概括了昆山前20年发展的宝贵经验：“昆山永远保持争当第一的激情。争先创优是昆山精神的价值取向。”

2023年5月8日，《经济日报》头版以《践行习近平经济思想调研行——登顶昆山》为题报道昆山高质量发展的生动实践，“敢闯敢试、唯实唯干、奋斗奋进、创新创优”的新时代“昆山之路”精神正成为新的力量源泉，激励昆山始终走在前、做示范。

是的，昆山精神，源于争当第一的激情。而激情，是人创造奇迹的奋斗动力。

鉴于此，我们也才会理解为什么费孝通先生来到昆山时说过这样一句话：“昆山有玉，玉在其人。”

一个显见的事实：昆山之人，才是发展的根本。那些胸怀“天下兴亡，匹夫有责”信念的昆山人，才是创造人间奇迹最重要、最可贵的因素。

万山之祖的昆仑巍峨无敌，其气质在于有名闻天下的昆仑玉；昆山持续高速发展的根本，则在于人。

这里的人，就是昆山最为珍贵的“玉”。此“玉”有灵，因为他们是一大批肩负实现国家和民族繁荣、让百姓过上好日子之责任而“争第一”“求唯一”的实干之人、聪明之人、智慧之人，是敢于担历史重任、创时代首业之人。

“玉在山而草木润,渊生珠而崖不枯。”昆山有如此之宝“玉”,岂能不富、不强也!

18. 意识之光

玉，贵在光泽。光，是精神中的灵性。

在胸怀高远志向者的精神中，蕴含着一种如从浩瀚沙海中淘洗黄金的敏锐目光与坚毅品质，有着洞察世界、把握机遇、立意高远、强国富民的意识——当然这也是中国共产党人、革命干部与代表先进生产力的广大人民群众的思想。

昆山人有创业者、奋斗者的特质：实干，苦干，拼命干，而且还能在别人犹豫不决时先闯着干、试着干……最后可以率先到达理想境界，遥遥领先于他人。

这种与众不同的特质，在精神层面，就是一种意识，一种蕴含智慧和决策力、判断力，并与行动力有机结合的意识。

回顾“昆山之路”发展过程中的一些时间节点，昆山人的这种意识感，令人大为震撼：

早年，昆山人看到深圳的蛇口“画了一个圈”，成立“工业区”，闯出一条快速发展之路后，马上想到“我们为啥不能也弄个工业区呢？”，于是一帮人竟然“异想天开”地搞了个“自费开发区”，结果一往无前，搞成了一个从根本上改变昆山“小六子”面貌的“大块头”。发展至今，这个早已冠上“国字头”的昆山经济技术开发区，2023年的地区生产总值高达2400多亿元，在国家级开发区综合评比中位列第四。这是什么概念？也就是说，这个当年在农田上“长”出来的宝贝疙瘩现在的经济体量，实际上比统计出的2023年全国百强县（市）的第七强还要强不少。这就是“意识的力量”！

20世纪80年代末、90年代初，世界政治局势发生震荡，所有刚刚迈开发展步子的地区犹如受当头一棒。就在举国寻问“出路何在”时，昆山人敏感而快速地引入台企，之后迅速意识到IT产业将会席卷整个世界，他们不惜打开所有“墙院大门”，想台商之所想，急台商之所急，采取各种配套措施和机制，源源不断地将紧跟世界IT产业潮流的众多著名的台资IT企业引入昆山，形成“天下IT，有我昆山”的强大的“中国制造”高地，将整个昆山打造成台商的“暖地”和“旺地”。至今，昆山仍是台商岛外创业创新的第一选择地。2023年昆山5140.6亿元的地区生产总值中，台企的贡献超过30%。

任何国家、任何地区在快速发展过程中，都会受自身和外来的影响而遭遇“瓶颈”。昆山同样不止一次遇到此类境况，然而他们总是能够快速调整，在外界看来似乎从未有过波浪形发展的趋势。这是为什么？因为他们的领航者——历届市委市政府班子在决策之前有强大的意识能力。改革开放之初和中国加入WTO前后，昆山经济依靠众多台商的支撑而呈现“一路领先”之势，但其产业利润，与其他地方一样，处于“微笑曲线的低端”。用句通俗的话说：汗水流了一地，钞票少得可怜。必须“由低转高”！昆山人比其他地区都超前地意识到这条“拐弯之路”早一天走，就能早一天摆脱困境。于是他们举臂握拳、全身发力，在引进外资不松劲的同时，对本地民营经济予以大力扶持，这期间，昔日不起眼的江苏苏杭电子集团异军突起；好孩子集团等“大小本地虎”跃出昆山、走向世界……此外，从“昆山制造”迅速向“昆山创造”转型，提出“自主创新、自创品牌、自我创业”的“三自”战略，政府加大对自主创新企业的财政支持。市、镇和条块相继推出亿元、千万元、百万元的不同层次的科技创新资金支持。“这个辰光（现在），清华、北大以及中科院等著名高校、国家科研单位的专家、院士们纷纷带着项目来到我们昆山，那个阵势不亚于当年台商涌入……”昆山人谈起这一历史时刻，满眼放光，然后给我留下一句很有深意的话：“还是我们的领导有头脑！”

头脑太重要。领导有“头脑”，百姓就能过上好日子。小时候，我老家的大人们，总叮嘱和教育自己的孩子做事要“有头脑。”

昆山的领导和干部“有头脑”是昆山能够崛起的关键。

昆山发展不是没遇到过挫折，甚至也遭受过毁灭性的打击：2014 年“8・2 昆山工厂爆炸事故”震惊中外，犹如给一路高歌猛进的昆山当头一棒……那给昆山带来了一种史无前例的痛苦和压抑。然而昆山人并没有因此倒下，而是迅速调整心态，反省和检讨以往的不足，并清醒意识到：一场事故并不能全盘否定前 20 多年“昆山之路”的发展成就；同样，一场事故揭示了昆山发展过程中存在着亟须改进的产业结构、产业形态，以及需要调整的干事出发点与目标方向等等问题。一句话：从此萎靡不振，将断送“昆山之路”；从失败中爬起来，振作精神“从头越”，才是真正的昆山精神。与此同时，昆山各级干部和部门，迅速行动，全方位、全机制、全结构地瞄准人民群众最需要、最迫切、最关心的问题“补课”“补洞”。转眼间，那些都以为“昆山从此要塌”的人发现：2014 年，昆山经济竟然再创高峰，地区生产总值突破 3000 亿元，再度稳居县域经济和综合实力全国第一！

经过二三十年的改革开放，中国经济的车轮已经全面进入高速轨道，特别是党的十八大以来，国家的发展战略有了根本性的变化，即向全面建成小康社会和高质量发展的方向发力，尤其是习近平总书记将江苏的发展目标定位为“强富美高”。与此同时，南京、苏州、无锡、常州、江阴、武进、镇江和昆山的8个高新技术产业开发区和苏州工业园区，同时被国务院批准列入苏南国家自主创新示范区。也就是说，由于昆山发展和改革闯在前，此时的昆山已经与苏南一批城市被定位在同一条跑道上。此时，昆山怎么办？这是昆山快速发展几十年来所遇到的又一次考验。“昆山能否再突破、再超前，我们所需要的已经不再是简单的‘夺冠’意识，而是需要向‘更高、更快、更强、更优’的目标全面创新转型……”当新的意识产生和确定之后，昆山的新一轮大发展基础实际上已开始夯实。他们借国家批准设立“昆山深化两岸产业合作试验区”的契机，在深化两岸产业合作、投资贸易便利化、金融改革创新、服务业扩大开放、青年就业创业等方面同时发力，为已在昆山发展的企业尤其是台资企业提供了一次转型升级的政策机会。2015年4月，昆山发布了《昆山市“转型升级创新发展六年行动计划”实施意见（2015—2020年）》。这一计划的中心任务与目标是以鲜明而果敢的雄心壮志，突出和围绕经济结构不断优化、质量效益全面提高、创新效力显著增强、绿色发展成效明显等目标全面实施和加大创新驱动。又从2016年开始，每年发布一批与之配套的创新发展项目，给予政策和财政上的支持。“活了！这回我们真的感受到湖水跟江流通了！”万千在昆山发展创新的国有企业、台资企业、本地大中小企业，皆因此欢呼。据有关部门统计，实施上述“行动计划”之后的2015年，昆山市仅发明专利申请量和授权量，分别为4931件和1908件；2017年增长至6096件和1969件，万人发明专利拥有量达51.67件，科研投入经费支出占全市生产总值的3.2%，远超江苏其他几个同时被列入苏南国家自主创新示范区城市的水平。党的十九大召开之后，昆山再次迅速把“高质量发展”理念贯彻在经济发展、改革开放、城市建设、文化建设、生态环境建设和改善人民生活等方面，着力促进产业结构优化升级，增强自主创新能力，实现经济发展方式转变，又一次制定“高质量发展”的三年（2018—2020年）提升工程实施方案。在这一提升工程实施过程中，昆山做大做强光电产业园、机器人产业园、德国工业园、大数据产业园等特色园区，并形成了以夏驾河科创走廊、阳澄湖科技园、花桥国际创新港为主导的“一廊一园一港”科创载体，积极对标上海自贸区，有力推进昆山综保区的转型升级发展。与此同时，建设生态宜居的“美丽昆山”行动也以前所未有的力度在昆山全域推开……

如果不是与昆山人面对面接触，你也许只能从他们的经济数据和城市面貌等方面，感受他们的与众不同。其实在与他们近距离接触与交流之后，就会强烈地感受到昆山干部、昆山人身上的那种追求奋进、追求向上、追求更高、追求更优的意识和精神。

我故意向年轻而睿智的市委书记抛出了“昆山早已奔跑在全国所有县（市）前面，你们现在的前进动力在哪里”这一问题，你听听他怎么回答。

他说：“我们昆山的发展格局不应停留在一个县级市的思维上，我们是把自己放在国际标准的Ⅱ型大城市规模的发展思维之上，要全力成为产业创新和科技创新相融合的创新城市。如果一定要用具体的对象来对标昆山未来的发展，那么我们的目标是在速度、质量和效益上，赶超相关的省会城市和冲在全国前列的地级市。说到下一个目标和再下一个目标，如果单单用经济体量来衡量的话，那就是：三年左右，昆山的地区生产总值将再上一个千亿元台阶。展望到2035年，昆山要成为全国第一个地区生产总值超万亿的县级市，凝心聚力打造中国式现代化的县域示范。与此同时，城市面貌和人民生活水平也要不断提升。”

在我向实干的市长提出“当下国际形势瞬息万变、国内发展同样面临多重考验，昆山如何勇立潮头继续占领巅峰”的问题时，她很自信地告诉我：

“昆山的各级干部，就像驾驶高铁列车的司机，我们每时每刻都在关注和应对来自各方面的变化，对此已经习以为常了。关键是，在遇到各种变化时，意识和反应要快、要准。比如去年年底我们看到字节跳动推出的飞书智能伙伴，上线一个月用户就超过一个亿。又加上最近在与一些大型科技公司交流本年和未来业务时，他们都提到了要重视和加入AI产业。这对我们触动很大，作为政府，我们立即布局全面引进AI创业人才、创业公司，并及时制定并推出扶持这一产业的政策，在很短时间内便初步形成了AI产业的生态环境，现在只是蓄势待发……”

听完昆山党政两位“一把手”的话，我的内心轻轻地感叹了一声：“有这样的舵手和领航者在前，你还用担忧不能抵达理想的彼岸吗？”

那天在采访途中，我在昆山大街上遇见一群欧洲游客，于是我便有了“听听老外怎么评价昆山”的念头。没想到，这群“老外”高兴得争先恐后要跟我说。其中一位这样说：“昆山不仅经济强，城市也美，每个昆山人脸上洋溢着的都是幸福美满和自豪感。我们从上海的浦东，到南京路和外滩，再到昆山，感觉到的都是东方大都市的繁荣与华丽……令人震撼与羡慕！”另一位德国教授站立在那条宽阔的前进路上，久久地凝望着四周高楼林立、车水马龙的“昆山实景”，然后若有所思地说：“在这里，我明白了马克思主义为什么会在你们这儿光芒四射，我记得他曾说过这样一句话：‘意识是能动的，它具有指导实践、改造世界的作用。’也就是我们西方人常说的，我用我的脑，架构自己的理想；我用我的手，成就自己的幸福。昆山人做到了……”

啊，昆山人真的是这样吗？用脑构架理想，用手成就幸福？

是的。理想和幸福皆在他们的意识与创造之中。

看一看昆山的满城春色和遍地生机，谁也不会怀疑这一点。

19. 人民的获得感

在昆山的时间稍微久一些，并对其发展历程作些初步探究之后，就会发现：其实整个“昆山之路”，也可以用“智慧之路”来概括。因为常听昆山人自己讲“敢想、敢试、敢闯、敢为”，这“四敢”精神的内核概括为一点，就是在历史和时代的关键节点上，凭借超凡的勇气和智慧，抓住机遇，全力以赴地出击，拼出一个新天地、新景况……这就是昆山人的行事风格！

不过，作为昆山人的“老邻居”，在我耳闻目睹了许多现象之后，却有另一个深刻印象，那就是：“昆山之路”其实还是一条“温暖之路”——使老百姓有幸福感、获得感和自豪感，这远非一般地方所能及。

一

谁说展翅就要高飞
低处的飞行也是飞行
也有风声如鸟鸣
有车轮如流星

包装上贴着的订单
白纸黑字，急急如律令
是公文也是神符

二

光照到哪里
哪里就明亮
水流经哪里
哪里就潮湿
很多事情被事物决定
也被事物引领
……

这些诗句是一个叫王计兵的新昆山人写的。他是个外卖员，却因为写诗而出名。大家都称他为“外卖诗人”。——今年55岁的他，到昆山已20多年，如今一家人都在昆山做事。已经出了名的王计兵，如今一有空仍然会去“接单”——开着他的那辆小电瓶车，在昆山的大街小巷奔跑。

“还真跑啊？”

“真跑！”

“生活有困难？”

他笑了，说：“现在不困难了。去年诗集出版发行带来的版税收入，加上苏州文联的扶持，经济收入已经是往年送外卖收入的两倍多，接近三倍。”

我惊诧：“那你为啥还跑？”

他还是笑，很自然、很诗意地说：“我愿意。因为自由、放飞……这完全是一种一般作家感受不到的，而且因为我不再是为了生计而拼命去接单，所以那种感觉真的是比干其他事要惬意得多……”

我点点头，似乎能理解一个成为诗人的外卖员的内心。

我常常感叹：王计兵非常不简单，但他又非常幸运，因为像他这样的外卖员全国至少有几百万吧！那些在大城市里闯荡时间比王计兵还要长、干的活比他辛苦得多的大有人在，但到目前为止，在我印象中还很少有人像王计兵这样出名。

那天我特意把王计兵请到身边，与他聊起他的“成名之路”，他用了一串词：老天眷顾，昆山有情，媒体抬爱，领导关怀……

“当年我带着一家人从北方来到昆山，没有钱租房子，只能自己动手在一条河边上搭了一间遮风挡雨的‘水屋’——因为下面就是水，不着地面。我们靠摆个地摊卖些日用百货维系生活。这样的生活全家人过了两三年，后来当地的昆山人很宽容我，于是我把一家人搬到了岸上的房子里。打那以后，我就开始跑外卖，一直干到今天。在当外卖员的过程中，我一边接单，一边骑着电瓶车看人世间的万象，便有了写诗的念头……”王计兵说。

这位为了省钱17年没买过新衣服的苏北汉子，已经把在昆山当外卖员当作一件非常幸福的事来做了。

“边接单，边想着写诗，不会走神呀？”我有些为他的日常安全担心。

“不会。我是用生活写诗……”王计兵解释，他的诗就是生活语言，跟平常说话一样。

他随即用手机发给我几首他写的诗。看后，感觉确实很接地气。

“我将每天骑在车上的感受和看到的风景用我的诗语言写出来。常常一写就是好几首……去年写得最多，一共有三千多首！”他说的这个数字让我吃惊。

王计兵笑着说：“因为专注，生活的感受也多。”

“写着写着，慢慢有了点名气，全家人的生活也渐渐好了起来。”看得出，王计兵是个乐天派。现在他从老家带到昆山的3个孩子都已成人，老大已结婚，并且给他添了两个小孙女。老二也参加了工作，老三在读大二。王计兵感慨道：“在昆山20多年，有两点体会特别深刻：一点是在这个富裕和发展迅猛的地方，人很善良，能接纳和包容所有外来的人；另一点是这片土地能给人提供很多生存的机会，你只要努力，就可以生活得比较好……”

王计兵是老实人，不会说假话。

“我喜欢昆山是因为在我最困难的时候，昆山人和昆山的创业氛围给了我力量与希望。2014年我买了新房，近90平方米，花了76万元。这样我一家人就在昆山扎下了根！”

“诗还会继续写下去吗？没有考虑过干其他事？”

“没有考虑干其他行当，我会继续写诗，一则我刚才讲过写诗加出去讲课等收入比打工赚得多些，二则我当外卖员的过程，能让我一直保持‘低空飞行’的状态，将生活看得更透彻些，所以只要跑得动，我会继续一边接单，一边创作……”王计兵的话，让我感到他是全国作家中最真心贴近生活的一个。令人感动。

在认识王计兵之前，我一直有些疑问，因为通常一些比较富裕和发达的地方，老百姓到底生活得怎样最能说明问题，有时我们看到的结果会令人失望。昆山的实际情况是什么样？这是我采访时一直留在心底的一个抹不去的疑问，现在我需要像剥洋葱似的一层层剥开它的表层，观其本质——

王计兵的话和他的经历与“蜕变”，尤其是他现在的生活状态，给了我第一个很好的印象：昆山不错，能让一个原本生活在底层的人，通过劳动和对理想的追求，在精神和物质方面都过得“比较好”，这是特别令人欣慰的。

昆山的“外地人”太多了，30 多年的“昆山之路”，之所以能够走到今天，且越走越宽广、越走越稳当、越走越美丽，如果没有这些“外地人”，那是根本不可能的事！包括吴克铨在内的历任昆山领导和老昆山人都承认和深刻意识到这一点。

“我们昆山的发展最初是靠‘亲商’‘安商’‘富商’，迈出了快速发展的步伐；后来我们是靠‘便利’‘便捷’‘便当’让所有在昆山的人都能生意做得好、有钱赚、赚足钱；再后来，我们在不断推进经济大发展的同时，努力把城市和环境建设好，让每一个在这里生活、工作和创业的人都把昆山作为可以寄托幸福、理想和生命的美好家园。也就是说，我们尽力把昆山打造成既是赚钱的‘天堂’，更是幸福宜居的‘天堂’。”从走访第一代“昆山之路”的引路人吴克铨、宣炳龙，到采访昆山的现任领导，其间我接触了多达十几个人，他们几乎说着同样的话，这让我感慨不已：一个地方能够勇立潮头、快速而稳健发展，站在巅峰之上并长期保持，绝非易事，唯有绝对卓越方可实现。

在中国，一个县的行政区划是不太容易变动的，也就是说，如果是直辖市或特区，有可能在自己地盘不够用时，获得国家批准而扩展自己的范围，从而赢得更大更好的发展空间。但一个县的发展几乎不可能有这种“天赐”的机会，昆山就是这样，经过 30 余年的发展，它的经济总量翻了好几倍、几十倍、上百倍……但它的辖区面积始终没有增加。而我们知道，昆山的人口在办“自费开发区”的 20 世纪 90 年代初，仅有五六十万，现在在昆山生活和工作的人口达 300 多万。如此多的人口增长，说明了一点：昆山是片创业和成就自我的沃土。但能不能在此赚钱与能不能留住人在此生根，并不是一回事。

尤其是在疫情之后的这两年，世界经济和国内经济形势发生了许多的变化，包括曾经热闹非凡的一线城市的人口和就业机会出现了少有的滑坡现象，昆山的情况到底怎么样？我十分关心。

“我们昆山的形势很好，人口去年又增加了3.5万多！而且大多数是年轻人……”昆山市市长告诉我这消息时比她说起昆山地区生产总值时的表情还要欢畅与兴奋。这让人如沐春风。

留住了年轻人，就留住了希望和未来，就留住了成功与永恒。这也从一个方面证明了昆山依然是充满发展前景和宜居宜业的希望之地。

“我们一接到去昆山的活，就感到兴奋，因为那里的生意好做，进进出出的客人也大方……”这是上海出租车司机们经常对我说的话，我去昆山采访来回多是坐出租车，所以能听到这样话的机会也多。

出租车司机的话其实说明了两点：一是从上海进出昆山的人一直很多；二是进出昆山的乘客出手大方，证明他们中有钱人或者赚到钱的人多。

如此的沃土，谁不愿意留下？

每到一个地方，我总喜欢采访那些不是官方特意安排的对象。有两天早餐之后我在酒店后面的一条街上散步，做做健身活动，发现连续两天在同一条石凳上躺着一位“外卖小哥”，他显然有些疲倦。在第三个早晨我上前与他搭讪，问他为什么躺在露天的石凳上。他说他早上起得早，每天大约4点钟就得起来接单，一直干到7点半左右。“都是上早班的单子……”他说。我问从4点到7点半他一般能接多少单子，他说多时能接三四十单，一般也会有二十几个。“每天这样不是很累吗？你没有想过到其他地方？比如像上海、苏州……”我试探性地问。他笑笑，摇摇头，说：“不去不去！我以前就是在上海和苏州干的，那里没有昆山好赚钱！”是这样啊！“昆山真的那么吸引你啊？”我进一步问。“那当然！”不想他回答得特别肯定。我又问：“那你有永远留在昆山的想法吗？”他突然精神起来，说：“我就是因为有这个想法，才每天起早贪黑的……我的几个兄弟，他们比我早来几年，已经在这里买了房，把老婆孩子都接过来了。我正是向他们学习，奔着他们这样的目标才这么干的。”噢，我若有所思地点点头，然后肯定地告诉他：“你这个想法会实现的！”小伙子突然站起身来，“噌”地跨上电动车，顺手戴上头盔，发动车子，给我留下了一句“肯定会实现的”，便飞快地消失在清晨的车水马龙之中……

那一刻，我的眼前是一片异常绯红的朝霞，它的光芒洒在昆山这座城市的上空，使得整个城市的楼宇及田野上，显现出一种异乎寻常的景象——那是清澈而热腾腾的水汽与雾色，看上去叫人有种“日月入喉”“山河入怀”之酣畅与舒坦！

是的。到底什么是幸福、什么是美满，其实很难用一把尺子来衡量。有人用钱多不多和腰包鼓不鼓来衡量，最后发现也并非能全然衡量，因为一个很有钱的人未必内心真幸福、真美满。一些腰包并不鼓的人，却乐呵呵的满是幸福与美满……老百姓的生活到底达至什么水准时才幸福和美满，同样很难用一两句话说得清。

昆山发展之迅猛、之高水平，经济实力之强大，可以说毫不逊色于我们曾经仰慕的发达国家的城市，而且无论从城市建设还是人均收入等方面看，昆山也不差于哪个发达国家城市。那么昆山人真的幸福和美满吗？

这是我写昆山时一直在思忖和寻觅的……

昆山有钱人太多。昆山的普通百姓基本上没有失业的，昆山的就业机会远远多于一般城市！一般的年轻人在昆山都能找到不错的工作，否则不可能在30多年时间里，城市人口翻了几番，这种现象在全国地级市与县级市里是绝无仅有的。那么昆山为什么能做到这些？因为昆山始终是“创业和旺业的天堂”。

有句话这样说：天使热爱的地方，就是我心中的天堂。而我心中的天堂，一定是我亲爱的故乡。

一个小小的县级城市，在30多年时间里，人口增长了5倍多，其中长期居住着10余万上海人、10余万台商、10万清华北大等团队的科技精英和100多名院士……这就足够说明昆山这方天地就是“天使热爱的地方”。

在上面的篇章中，我已用大量的笔墨讲述了各路创业者和投资者的创业与“旺业”过程。相信这在一定程度上是昆山主要人群的真实写照。但很多人可能并不这么认为，他们可能更想知道生活在昆山的普通百姓和仍然在乡村的农民过得怎么样——这同样是我想知道的。所以看昆山到底发展得如何，我更想了解这些人的现状。

这是一个风和日丽的日子。我来到昆山市民比较喜欢的亭林园，在一个茶室内，见到了4位长者，一问，他们都是退休人员。

我相信，现在最敢说真话的应该就是这个群体了。聊天就在与这4位老昆山人简单问候之后开始了——

起初，老人们有些拘谨，后来听说我也是“本地人”，很快就放松下来了。

名叫钱晓初的大姐先开口——她是东南大学毕业的知识分子，表达能力超强。钱晓初大姐说20世纪70年代她从大学毕业后就在昆山电力单位工作，直到退休。说起昆山的变化，她举了一个例子：1978年时，全昆山当时用电第一次超过1亿千瓦时，当时他们的局长高兴得跳了起来，还领着大家敲锣打鼓庆祝呢！

“到了90年代，我们昆山一年的工业用电量，竟然超过了某些省份！”钱晓初大姐说。

“去年我听单位的人说，全市用电量早已超过了100亿千瓦时！”钱晓初似乎对这样的数字丝毫不感到惊诧了，随口道，“有些地方一个地级市一年的用电量才30亿千瓦时……”

很早时候就听经济学家说：看一个地区经济活不活跃、人民生活水平高不高，不是看地区生产总值或者是银行里的存款有多少，而是要看那里的用电量。因为用电量说明了两个情况：企业的生产活动情况和老百姓的生活消费情况。

钱晓初大姐是这方面的行家，她的话让我从另一个方面认识了昆山。

接下去的话题是关于她本人和家庭的生活水平是不是与昆山的发展“同频共振”。

“怎么说呢？如果单纯从现在全市的生产总值和财政收入的增量来看，与我本人和家庭没有直接的关系。因为我已经退休10来年了，每月拿近10000元的退休金，可以说非常富足了，不用愁啥事。但这些年昆山发展这么快，无形中给我们这些老昆山人带来了巨大的好处，比如我2002年买了300平方米的房子，在亭林这个地方，是一栋山前的联体别墅。当时每平方米4000多元，现在这里的房价每平方米五六万元，估计这个地段的房价是不太容易往下掉的，所以这等于我给儿子他们置了一笔不薄的家产；我儿子在英国读完大学后，现在在上海工作，跟他媳妇和儿子都落户在上海。我做母亲的就来来回回在昆山和上海两头跑……因为昆山到上海有地铁、有高铁，我通常乘高铁，19分钟就到了，跟同城没啥两样！所以我感到在昆山生活非常幸福，也很满意，家门前是风景，出门又方便，啥都不愁！”

钱晓初说着说着，发出一串爽朗的笑声，说明了她的话与内心是一致的。

1944年出生的徐宝芬，是位八旬长者，她虽然一头闪亮的银发，但看上去特别有精神。老人告诉我，她是当年昆山最大的一家国有企业——昆山纺织厂的老员工。“当年我们50个人去江阴纺织厂培训，学习回来后就在自己县里的纺织厂上班。那个时候，厂里只有两台纺纱车。后来又添了织机，开始织布、织毛呢……从1958年进厂，到改革开放前，我们的工资都很低，一个三年内的学徒工一个月拿12块半，后来一个月拿18块半，再后来，升一级工、二级工。三级工拿的工资是一个月33块7毛，我在三级工岗位上拿了18年这样的工资。以前养老养小，靠这点工资过日子好难啊！”老人感慨道。

“现在退休金有多少？”我问。

“一个月5000元多点。”她说。

“够花吗？”

“够了！足够！”徐宝芬老人笑了，说，“现在是自顾自，用不了的！”

“平时生活呢？”我又问。

“我这么大年纪了，家在体育场旁，所以每天就是三点一线：家里——菜市场——体育场……”老人理了理她那银光闪闪的头发，对自己的生活和身体表示满意。我对她表示深深的敬意。

“您以前工作的纺织厂现在还在吗？”我增加了一个问题。

“没了。早没了。”徐宝芬老人说，“昆山发展初期，我们的厂就被更大的厂兼并了……兼并后我们的退休金也跟着涨，所以大家很开心！”

“过去跟现在不能比。过去我们纺织厂在昆山是最大的厂，人多时有1000多名员工。放在现在，只能算一个小小厂！”徐宝芬的脸上再次泛起骄傲的光彩，“现在昆山就像一个大森林，一个厂就像一棵参天大树，我们那时的厂没法跟现在比。昆山能有今天，是我们以前想都不敢想的……”

蒋宝龙，原玉山镇水厂的老职工，1949年出生，当过高炮兵。

蒋先生说他家就住在玉山镇的小西门那边。“昆山的发展我全看在眼里……”这一句话，引出了这位老昆山人眼里几十年的昆山变迁史。

“当兵前，我一直想买辆自行车，飞鸽牌的。为此不知跟母亲说了多少遍。可她总对我说：一辆自行车要很多很多钱，家里怎么能买得起呢？我父亲是在上海南京路开电梯的，就这样我家还是买不起一辆自行车。母亲说，你们有兄弟三个，如果给你买了，两个弟弟再要的话，你不是让老娘我上吊嘛！”

蒋宝龙说他从那以后再也不敢跟母亲提买自行车的事了。

1975年,蒋宝龙退伍回到家乡,进了水厂。“当时的水厂叫‘玉山水厂’，专门负责供应县城用水，其供水能力小得可怜，通常按人数户数供水。我自己是搞水的，但自己家里到1986年才用上自来水……”

“吴克铨书记他们搞了‘自费开发区’后，昆山的发展一日千里，用水量突飞猛进！我记得80年代末的时候,我们水厂刚刚改名为‘昆山水厂’时，日供水能力只有500吨，主要供给单位用水，比如机关食堂、医院和学校等，居民用水供给很少。但之后，全市经济发展后，每日用水量井喷式增长。”说到这儿，蒋先生手舞足蹈起来，“我听单位的人讲，2023年，我们昆山全市的用水量达到3.18亿吨，最多时每天超过100万吨。以前昆山只有一个小水厂，现在全市大大小小的水厂有几十个，且水质跟以前大不一样了，现在所有居民饮用水都是经过特殊工艺处理的。早在2007年，省里的一位领导喝了我们的自来水，当场赞扬说:‘昆山的水全省最干净！’我以一名昆山水厂老职工的名誉保证：这位领导说的是实话！”

这位水厂老职工骄傲地拍着胸脯对我这样说。

“你自己现在的生活怎么样？”轮到我问蒋宝龙了。

“我？哈哈……怎么说呢？用8个字来形容吧，叫作顺风顺水，悠然自得！心情舒畅就行，因为退休了，生活不愁，养好身体就行。昆山这个地方经济发达了，环境又这么好，对我们来说，啥都不求，就求快乐生活，少生病、不生病，而现在我们这里的环境，包括喝的水，都对延年益寿有好处。我呢，就想开开心心活好每一天，也好对得起这么好的昆山呀！”

最后一位叫龚祖民的长者，看上去比其他三位憨厚，似乎不善表达。

但我看走了眼。等龚先生一开口，我就发现他是几位长者中最具畅想能力和最善于诗情表达的一位:“1964年，我高中毕业于昆山中学。因为喜欢建筑，所以后来我就搞建筑设计。1986年，昆山开始发展，我到了城建办工作。最初是搞老城改造，比如现在大家经常走的前进路、马鞍山路等，都是那阶段搞起来的。之后路越修越多，越修越长，从水泥路到柏油路，从甲级路到单向三四车道的路，再从立交桥到高速路……房子也是这样：先前是拆旧房建新楼，后来楼房越建越高、越建越多，从一栋栋到一片片，再到整个小区，一直建到摩天大楼！”

说着说着，龚祖民的神态竟然从兴奋变为激动，再到略带愁容……

问其为何？他苦笑道:“因为后来越建越发觉自己不会建了……”

为啥？

“因为各种建筑，花样越来越多，要求越来越高呀！”

哈，原来这个建筑行业里的“老古董”，已经赶不上昆山现代化发展的步伐了呵！我把感受到的这层意思告诉这位“昆山老建筑”时，不想龚老仰天大笑，说:“是的呀，现在我越来越感觉自己又笨又土，跟不上形势了！”

“但是我现在经常喜欢走出家门去看看那些新建的高楼大厦。你可能不知道，看着这些新楼，就像看到自己养大的孩子一样，它们的模样各不一样，一个比一个标致，常常看得我心花怒放，不想回家呵！”看得出，龚老说的是真心话，因为他的脸庞乐得像花一样。

“能说说你自己现在的生活是啥样吗？”我还是想听到这位老昆山人自己的生活状况和心境。

“我？！当然开心了。你想想，一个人所谓的幸福和美满有底吗？没有的。但我一生搞建筑，昆山改革开放最初的道路和房子，我参与了设计。后来房子和道路越造越多、越建越好，我跟不上形势了……但你看看现在我们的昆山是啥样，跟大上海没多大区别！看到这些，你说我这个老建筑的心里有多高兴啊！你说还有啥比这让我更快乐和长命的呀！”

龚祖民老先生的话没有半点修饰，尽是大白话，然而在我看来，这是我在昆山听到的一段由本地人从心底里唱出的最美最新的“昆曲”。

我们常说人民的幸福感、获得感，像龚祖民、蒋宝龙、徐宝芬、钱晓初他们所道出的真实心境，不就是最生动的诠释吗？卡耐基说过一句话：“能看到每件事情的最好一面，并养成一种习惯，这真是千金不换的珍宝。”从这个意义上讲，幸福感和满足感的获得，本身就是我们对自己所处环境的一种心态，而非状态。从与昆山几位长者的聊天中，我感受到的不仅仅是他们的心态，而且还有昆山不可否定的状态，昆山的现实同样是怡人的，这是不争的事实。能让人在精神层面有好心态，又能让人在物质层面有好状态，不是很好嘛！

对于昆山人民的获得感，我还需要更深入了解，因为昆山毕竟曾是个农业大县——农民的真实感受，才是根本的。

“七一”建党节后的第二天，我来到了曾经被称为“昆山北大荒”的昆山北端的周市镇市北村。

一个“北”字，带出了这个村庄曾经的历史：穷乡僻壤，无人愿在此落根。

市北村的穷与偏僻，是出了名的。这里不仅距离昆山市区远，又是昆山与常熟、太仓相邻之处，自古就是缺乏管辖的一片低洼水潭地。也正是这样一个“三不管”的地理位置,加上过去昆山本身就是苏州的“小六子”，市北村则更如“没人要的孩子”似的，长期被四邻八乡的人所冷落。现在的市北村由原来的老市北村和范潭村、蔡泾村三个自然村组成。其中的蔡泾村是市北村中的“北之北”村，旧时的这里，昆山本地人基本没有在此居住的，这个地方后来慢慢成了逃难者和流浪者的聚居地。改革开放前的蔡泾村有 100 多户人家 500 多口人，清一色的是从外地迁居到此，他们来自18个省的23个县，因此村情特别复杂和混乱……“穷、差、乱”，便成了蔡泾村的代名词。

现在的昆山好了，蔡泾村那边的百姓生活得怎么样，这是我非常想了解的。正是在这种想法的驱使下，今年7月2日，我便一脚踏上了蔡泾河边……

下车的那一瞬，我整个人仿佛被某种特殊的力量一下子吊起了神魂似的，精神和心境像是突然间进入了一个陌生而又熟悉的地方：那迎面扑来的清风，如同电流般涌入我的每一根神经，流入条条血脉，舒缓着全身的所有细胞……呵，太舒爽和惬意了！这风里夹着清爽、甜味，又有些雾气的滋润，让人有种陶醉和迷失之感。

我不由重新站直身子，做了几个深呼吸……“爽！有点无法形容的爽啊！”一起过来的市北村干部们听我这么说不禁笑了，并有些得意地告诉我：“许多外地人一到这儿，都说这里是不用花钱的‘天然氧吧’！”

“言之有理。”我表示赞同。

随即，我忍不住环视起这个叫蔡泾的小村庄：前方，是一片绿地公园，很开阔，这是现在昆山每个村都有的“新农村”标志性场所。蔡泾河上有座小桥，将河两岸的民居联结成一个有机的村庄。小桥的两岸种满了鲜花和青绿色植物，绿地公园的草坪中央有一座亭子，村民们可以在亭子里唠家常、下下棋、喝喝茶。站在亭子内可眺望四周的农田，有点“极目楚天舒”的味道，因为亭子外几丈远的地方有水盈盈的稻田和绿油油的玉米地……七月初，水田里的秧苗和“邻居”青玉米，都泛着嫩嫩的绿色，在微风中随意摇曳着、撒娇着，生机勃勃……

最令人陶醉的是，眼前这条一二十米宽的蔡泾河，缓缓地流动着，显得十分“江南”，其水质清可见底，青青的水草随流而动，如同舞台上那些表演《只此青绿》的舞蹈演员，婀娜多姿地舞动着，偶尔有鱼儿在它们中间穿梭和嬉戏。在水草和鱼儿之间，是蓝天上朵朵白云的倒影。河道两岸近水的地方，是竞相生长着的芦苇与茭白，它们皆青翠欲滴，等待着成熟的一天。河面上时不时地飞来一群叫不出名字的鸟儿，若无其事地玩着它们的把戏……整个蔡泾自然村，就是一幅无须任何修饰的江南天然“水墨画”！

“露卧一丛莲叶畔，芙蓉香细水风凉。枕上是仙乡……”正当我默默吟起宋代词人朱敦儒的《望江南》时，市北村的党委副书记林娟看到一位从水田埂上走过来的村民，便招呼道：“阿伯，你跟何作家聊聊！”

聊家常，这位村民很高兴地接受了。

他说他叫顾成喜，今年61岁，刚退休不久。

“我们昆山的农民基本上都在厂里或其他单位工作，因为这里的企业多，用工量大……”他说得对，我知道昆山本地原籍人口也就几十万，但现在总人口已经达300多万，其中至少有100多万是“新昆山人”，又有100多万是在这里打工和办企业的人。

昆山经济发达，大大小小的企业有数万个，这给昆山当地的农民和普通市民提供了比较好的就业机会，所以像老顾这样家里有一份土地，自己又有一份工作，还有一个盖着别墅的老宅基地……这基本上是昆山农民们的“标配”。

“我现在退休金每月3000多元，老伴还没退休，俩人加起来，每月有七八千元；一份土地流转费一年2万多元。我退休后因为身体还硬朗，又爱参加体育活动，担任了村里的门球队队长，村里每月发给我2000元补贴。蔡泾河有个排涝站，我负责管理，每月村里给我1000元岗位补贴，这样我一个人就有七八千元收入。孩子都有自己的工作，基本上不在家吃住，所以我们把房子的一部分租出去，一年又能赚3万元左右，你算算，一年我跟老伴就有20来万元收入……足够用了！”老顾说他现在非常开心，还给我掰起手指头："城里人有的收入，我也有；城里人住的房子，不如我宽敞，我们这里按照村里统一规划设计、自己建造的原则，家家户户，都有 300 平方米左右的别墅式三层楼房，青瓦白墙。我家就是靠着桥边的那栋……"

老顾指指挨近桥边的那栋新楼。

"后院还有一块菜地啊！"我发现。

"是。是我家的两分自留地……种菜。所以日常里除了买点鱼啊肉啊，基本上不用再买菜了。"老顾频频点头，说。

我突然有些"怀疑"："你们这儿离昆山市区有蛮长一段路，这里的房子能租得出去吗？"

"租得出去！就怕你没有房子呢！"老顾提高嗓门说，"你看我们村的前后，有两条主干道，而且柏油马路通到家家户户门口。公交车四通八达，每家每户基本上都有小汽车，到昆山最远的地方上班，车程也就半个多小时，所以距离上没有啥不便。加上这里空气这么清新，又比城里开阔、干净，吃的又都是带着泥土味的有机新鲜菜……所以说，我们这里的房子，只要空出来，马上就有人来求租！"

"阿伯说的是真的。"一旁的林娟证明道。她说，她小时候昆山发展才刚刚起步，所以像她家乡蔡泾村这样的偏远村庄条件非常不好，"别说到昆山城里，就是上一次镇上，都要绕很多冤枉路，甚至还要摆渡。一到下雨天，就是穿雨靴都走不出村子，尽是烂泥地，难走极了。所以小时候我就有几个梦想：公路通到自己的家门口，每家有一辆小汽车，自己住的房间最好在楼上……现在这些都实现了！不光我家有，家家村民都有！"

"村里有贫困户吗？"我关心这个。

林娟马上回答："有。"她指指与老顾家方向相反的桥另一头的一幢房子，说这一家相对贫困些。"男人得了脑梗，身体偏瘫，生活不能自理，这样他家的经济条件就不如其他人家。但还好，他的这一栋新房租出去了，每年有几万块钱收入，加上村里对他家比较关照，所以日子也过得蛮不错的……”

听林娟一解释，我感觉希望满满。

“我们村还有一个好的情况：全村没有一个得癌症的！”老顾突然插话道。

“噢，这可不简单啊！”我知道，现在许多发达地区，经济情况很好，城乡居民的收入也很不错，但患癌症的却很多，这让人感觉“幸福”的概念弱化了不少。像蔡泾这样环境优美、家家户户日子过得有滋有味，其实才是人们向往的现代化新农村！

尽管如此，蔡泾在市北村的三个自然村中，仍然不是最富裕的。紧挨镇区的老市北及范潭两个自然村的村民，日子更富裕，通过昆山市政府对新农村、新社区的一次次全面建设提升，自然环境都达到了国家文明村的标准，这里村民们的收入不仅仅靠一份稳定的工作和房子出租，还有一份收入是蔡泾那里不容易有的门面摊位费——“一般每户都有一两个门面，或自己经营，或租出去，单这个收入就很可观。”林娟介绍说。

其实市北村所在的周市镇，在整个昆山也并不占地理优势，整体偏北。但市北村现在的经济实力和农民收入水平在全市新农村中名列前茅。

“那是因为我们村有个好书记，他 27 年如一日，全心全意为全村百姓做贡献，谋福利……”林娟说这话时，眼中充满了崇敬之情，“我大学毕业后之所以没留在城里，而是回到村里，也是受了这位书记的感染，钦佩他全心全意要改变家乡面貌的精神。”

林娟的话自然让我更有些迫不及待地想与这位被市北村群众称为“为百姓幸福生活而工作的好书记”——吴根平见上一面。

其实之前我与吴根平有过一两次碰面，当时只知道他是一位优秀的退伍军人、优秀的共产党员，并不知道他就是昆山市的农村致富带头人。

昆山本土出身的吴根平，经历有些传奇：青春年少时，他在西北当兵，其间考军校成绩不错，但因为他想当军医，不愿去学技术，所以后来退伍回了家乡。昆山在改革开放之后,各行各业兴旺起来。吴根平在“昆山之路”初期便显现了过人的经商能力，办过企业，出任过镇政府对外经贸公司经理。当时，市北村的经济基础还是相对薄弱。于是组织决定：选派共产党员吴根平到市北村任村支书。

这是1997年的事。昆山当时正在推进全市农村现代化示范村建设。“北大荒中的北大荒”市北村当时压力很大，最关键的是村委会背上了高达近2000万元的债务。

“你是不是吃错药了？”那些跟吴根平家沾亲带故的人说。也有村民嘲讽吴根平是市北村的“末代皇帝”——意思是这么个穷村，吴根平将是市北村彻底垮下来前的最后一任村支书。

吴根平笑笑，啥都没对人说，只是在自己心里默默地承诺：我是在部队里入党的，为人民服务和让百姓过上好日子，是我的“天职”，其他事都不重要。

农民出身的吴根平，最懂得土地对农民的重要性。市北村之所以穷，其实穷在土地上——那些小潭地、低洼地，到处都是……“能不能变废为宝呢？”吴根平对全村开展了一番实地调研考察，又请农田专家帮助一起论证，结论是：市北村的数百亩低洼地、抛荒地，经过平整和土质改良后，完全可以变成良田。

“改天换地！”吴根平的第一招就取得了超乎想象的成功：全村平整和整合了近2000亩土地。而这时恰逢昆山几个工业园区及镇经济发展走上快速道之际，全市土地用量激增，需要大量土地指标。市北村“多”出来的这近2000亩土地，一下子成了“香饽饽”。

2000 亩地，可比黄金万两还值钱呵！

吴根平借机发力：建市北村第一个别墅和公寓式“新村”，建一个数万平方米的农贸市场……与此同时，他在昆山市领导的支持与帮助下，通过融资，在昆山工业园区的繁华地段，置地建楼，一栋“市北大厦”拔地而起，仅大厦出租这一项，每年就为村里增收 700 多万元。

在此基础上，吴根平再一次整合全村的土地资源，将全村农民手里的优质土地全部收拢，然后统一由种田大户承包，生产特色农产品。所有有能力的村民都可以自由选择进正需要大批劳动力的各种企业。这样，村民们一下子有了两个方面的稳定经济收入来源：土地流转费和上班的工资，这两笔收入远远高于原来农民只依靠种田的单一经济收入。

善经营的吴根平另一个“出手不凡”之处是，他上任后，注重培养村里有能力办企业的人，鼓励他们“乘船出发”创业去。所谓“乘船”就是借昆山快速发展的“大船”，瞄准机会，自办企业。市北村一批有为的中青年，在吴根平手把手教导下，纷纷“下海”……经过三五年的锤炼，市北村就有了第一批经营人才。“现在又过了十几年，村里能数得上的大老板也有好几位了。”她告诉我。她顺路带我到了一位叫祁军良的村民的厂子里去参观，我也见到了这位 1974 年出生的本村企业家。

祁军良的父亲是市北村的老支书。他本人一开始在台资企业上班，后来在吴根平的鼓励和帮助下，自办企业，生意做得相当兴旺。2004 年，时任中共中央总书记胡锦涛还到过祁军良家中，勉励他跟上“昆山之路”的高速发展步伐，为新农村建设贡献力量。

“村上的企业家，不负吴书记的期待。他们在成功和富裕之后，带动村里的另一批有志者办企业，这是我们市北村的又一强村富民特色。”林娟说。

借着昆山全市全域交通建设提级的东风，特别是青阳路等几条昆山交通要道的贯通，市北村一下子有了“近水楼台先得月”的好机会。吴根平再度决策，挥就大手笔：在青阳路等公路沿线建起数十万平方米的商铺房，由村民认购……

“那时的认购价很便宜，一平方米也就一千多元。现在至少可以卖五六千元！”那天到市北村，中饭是在一家靠马路的饭店吃的，店主介绍道。

看样子这一户的门面房有上下两层，加起来应该有二三百平方米，生意不错。我问一年能赚多少钱时，店主笑笑说：“还可以。”

林娟悄悄在我耳边补了一句：“起码小百万！”

现在轮到吴根平自己出场了——一位个头不高，却走路带风的敦实的汉子，头上的一顶草帽非常有代表性。

进村委会大楼——说是大楼一点也不为过，因为村一级单位能有市北村村委会这样规模宏大的“党群服务中心”的并不是太多，即便在昆山，市北村的这栋“党群服务中心”大楼，也数一数二了。

“我们这里比其他村多了两个功能：一是第二层有一个荣誉室和农家书屋；二是这里有个‘昆山乡村振兴支部书记学院’……”吴根平抬头指指楼里墙上的两行大字，说道。原来，每年都会有昆山本地的和到昆山参观学习的村干部到市北村这栋楼里学习进修。

“党群服务中心”大楼前面，是一个很大的村民广场，后面是一片绿荫深深的公园。“全村共有4个公园，这是其中之一。”吴根平踮了踮脚，朝另一个方向指了指，“那边是农民公园，比这还要大！”

果真，大马路对面，一片绿荫下有个写着“市北农民公园”的大牌子，牌子后面是公园大门，左右分别写着“人和”与“法治”。

“每个公园都有自己的主题和特色，比如亲子敬老的，还有创业创新的……”吴根平娓娓道来。

走进“党群服务中心”大厅，各项便民服务台整齐地排列在那里，涉及百姓生活、法律和日常事务的，都设有专门服务台，村民可以通过人工办理或在网上自助办理相关业务。特别之处是，市北村党委书记、行政“一把手”竟然没有办公室，而是在这个村民服务中心大厅专设一个柜台——“这就是我平时办公的地方！”吴根平熟练地坐到他柜台前的椅子上，操作起他日常的业务。

“这么一栋大楼，好像也不是腾不出一个房间，可你堂堂‘一把手’，为何不设一间专门的办公室？”我忍不住问吴根平。

他笑笑，说：“农民习惯在聊天、拉家常中解决事情。再说，真有事的话，也不会在办公室处理，所以我给村委会和党支部的干部定了个规矩：市北村村委会干部和党委领导的办公室，在田间地头，在企业和下属单位的工地或现场……这个规矩定了一二十年，大家并不觉得有啥不便。我们在这个服务大厅设了一个专门的服务台，村干部轮流在这里值班，毕竟也有些事百姓需要当面跟村干部交流，这个服务台就是用于这种情况的。”看我频频点头赞许，吴根平站起身，拉着我走到大厅旁的一个小房子，那门框上写着“草帽间”。

“这是何用？”我问。

这时，吴根平已经推开门，引我进入。

房间内，“丁”字形排列着两排柜子。柜子上方整齐地放置着消防头盔。约十多个柜门上都挂着一顶印有“不忘初心、牢记使命”字样和党员徽章图案的草帽。“‘草帽间’顾名思义就是放草帽这些装备的地方，我们市北村的干部，头戴草帽，脚穿雨鞋，身着工作服，每天要到田间地头开展现场工作……”吴根平顺手打开柜门，里面可谓琳琅满目，雨靴、雨衣、绳子、电筒、作战服等应有尽有！

“这些常用装备，是村里专门为每个干部配备的，一旦有情况，就可以随时打开柜子，穿戴上必要的装备，投入战斗……”吴根平说。

“这全套装备加起来，得上千元吧？”

“不止。你看这个专用的钳子，绝缘的，蛮贵呢！”吴根平放下钳子，又拿起一把多功能手电筒，说，“现在的农村不像以前，只有田间地头那点事。现在家家户户都用电、上网，所以处理有些事故，需要专用工具，我们根据村民生活中经常遇到的一些情况，给干部们配置了这样的装备。村里还有专业消防队等，处理重大事故……”

我看出来了：市北村设立“草帽间”，最主要的是要让干部们能够每天心里装着群众，事事为百姓着想。

“是这个意思。”吴根平听了我解读后，高兴道，“这是我们村的创举，现在昆山全市的每个村委会都设立了‘草帽间’，而且还被苏州市列入‘农村人居环境整治提升典型案例’，正在全苏州推广……”

毫无疑问，我身边的这位村支书，是个充满智慧的能人和实干派。

在村宣传展示栏中，有一块内容格外引起我的注意：“2024 年为民服务 50 件小事计划表”，表上列出了 2024 年村委会要为村民办的 50 件事，那些事虽有大有小，但都是与老百姓生活息息相关的事。“吴书记任村支书后，坚持每年为村民办 50 件事，这一二十年下来，我们市北村的村民受惠了，可以说甜到心头、暖到心坎里……”林娟说。

“可不，每年 50 件事，10 年就是 500 件事，估计天下少有比市北村村民更幸福的人了！”我不由深深地感叹起来。

什么叫幸福感，什么叫获得感，市北村村民大概最有感受。这也恐怕只有昆山才有这样的新农村，因为这里的村集体经济实力强大而雄厚。吴根平说，他们村现在每年的经济净收入大约有 3000 万元。这对一个有 3600 多户籍人口、村级资产近 4 亿元的村庄来说，无疑是一个有力的保障。

令人惊奇的是：市北村在吴根平的带领下，不仅成为经济上的强村，而且各项建设无不在昆山甚至在苏州市和江苏省的村级单位中位列第一。

那天吴根平和林娟带我进村里的荣誉室参观，参观后我着实敬佩不已：一个村庄，20多年时间，获得全国、省市级各种荣誉达700多个，正如吴根平所说，他们村的百姓，现在过上了“收入多元、保障多重、生活多彩”的“三多”幸福生活，而他们村也成了现代化的先进示范村。

在昆山，像市北村这样经济实力强，干部队伍中又有“吴根平”式好干部的村庄，不在少数。

所以，昆山值得赞美！

20. 高山仰止山自说……

人类历史的发展是永无止境的。古代，人们渴望了解未来和地球之外的世界时，便会仰望天空，人们肉眼所能及的只有太阳、月亮和星星，于是有了“后羿射日”“七仙女”和“嫦娥奔月”等故事……

聪明的人类不断创造着物质文明，在科技突飞猛进的今天，过去的神话正一件件变为现实。火星探测器已经源源不断地发回遥远空间的图片，“嫦娥六号”更令人欢欣鼓舞，它把月壤带到了地球，让我们可以详细分析“广寒宫”的乍寒乍暖。人类探索太阳系和整个宇宙的脚步不会停止！

当人类满足自身的生存需要之后，追求美好日子便成了更进一步的追求……百万年来，地球上的人类一直遵循着这样一条定律。

什么才是“好日子”？如何才能过上“好日子”？不同的人、不同的民族和国家，想出了各不相同的办法与路径。为这，也就有了奋斗与开拓、战争与侵略、和平与崛起等词语和实际的形式。

中国是个文明古国。中华民族追求美好生活的方式是靠自身的勤劳与智慧，一直以来都是如此，不曾改变过。

过去，我们很穷，人口又多，所以才有了一次次“道路”的探索……

一代代中国共产党领袖们，为了人民的利益，提出了具体且可实现的奋斗目标。在这些关系到每一个人的切实利益和命运的奋斗目标引领下，一场又一场为了国家强盛、人民过上“好日子”的拼搏奋斗，在神州大地上如火如荼地展开着——“昆山之路”是其中的一个缩影。

毫无疑问，“昆山之路”是一条成功而卓越之路，值得人们去敬之、仰之和学习之……

昆山有山，却小如丘，但昆山又如昆仑巨峦，顶天立地，威风凛凛地挺立在全国数千县（市）前面，成为中国县域经济巅峰。

高山不语，昆山从来没有这样形容过自己。不语的高山，才会让人真正敬仰。中国古人早有这样的话：高山仰止，景行行止。意思便是一座高峰耸立于你面前，它以巍峨的身姿，展示出的就是令人敬仰之态。

在现代化的多媒体时代，自夸自赞、各说各的已成一种惯性。昆山却如一座沉默不语的大山，屹立在神州大地的数千个兄弟县（市）的前面，始终专注于干自己的事，展自己的风采，奔自己的目标，实现自己的理想境界……

这就是峰之威、巅之耀。

以我对昆山近20年的观察和分析，昆山人自己从没有担心被他人所学，他们一直以来几乎只在埋头为国家探索一条现代化发展和强国之路，以及做让自己的百姓过上幸福生活和建设美好昆山之事。除此他们很少去想别的。

专注向前看、向前干、干在前、干成事、干第一……这是昆山人的心思。正是因为有了这份心，他们才有了今天，才成就了许多“中国第一”。

这已经是不争的事实。在县域经济发展的快速道上，昆山长期保持着领先优势，并把不断实现自我超越作为奋斗目标，而且以永不懈怠的姿态，建起一个可以助其标注县域经济发展新高度的强大阶梯，每上一个台阶，皆有坚实的基础与到位的措施。若有谁不信，就请读一下昆山市委书记代表市委市政府在 2024 年 5 月中旬召开的昆山市产业科技创新大会上提出的力争用 3 年时间所要实现的“54321”目标：

“5”是高水平建设特色专业创新园区 50 个，新增园区载体面积 500 万平方米，实现园区总营收超 5000 亿元；“4”是高新技术企业新增 1000 家，总量突破 4000 家；“3”是新引进科技项目超 3000 项；“2”是两年基本实现规上工业企业研发机构全覆盖；“1”是市级以上“专精特新”企业达 1000 家。

在这排山倒海般的目标里，透着一股势不可挡、昂首向上、稳握乾坤的自信！请问，除了昆山，全国 2844 个县级行政区划中，还有谁敢立此目标？

绝对没有。

我所想的是，如果你是一名党政领导，你会从这些数字中品出昆山为什么是县域经济的示范，会理解它为何如同昆仑一样成为令中华民族骄傲的经济巨峰。

如果你是一名经济学家，你会明白昆山为什么能 20 年立于全国百强县（市）之首。

如果你是一个普通人，自然你会想去昆山看一看、走一走，然后你就会理解“为什么是昆山”。昆山之路和其发展速度，证明了中国人依靠改革开放政策和自己的智慧与勤劳，是完全可以让国家成为世界强国，成为真正意义上的现代化国家，而且是个人民当家作主的社会主义现代化国家……

耸立于中国经济万山巅峰的昆山，身在高处而不自夸，只是始终昂首，朝着习近平总书记寄予的“勾画现代化目标”的嘱托方向，默默地埋头拼搏，创造一个又一个新的奋斗奇迹。

“自强不息走在前，止于至善做示范。”昆山市委市政府领导心怀的就是这句话、这个理念，同时不断地谋篇布局、铆足劲头，奋斗在一个中国式现代化的示范地。

都知道“昆山之路”的核心经验是艰苦创业、勇于创新、争先创优，但从历届市委书记、市长口中，还可以听到这样一句话，叫作“从不踩空”。

敢闯、敢干和创新虽然难，但无论怎样都没有“从不踩空”难。

改革开放初期，昆山与其他地方一样，是“摸着石头过河”，那个阶段他们既摸到了“石头”，又过了河；之后他们一直稳居全国县域经济第一的位置，之后的所有工作都在“深水区”，既摸不到“石头”，也看不到彼岸……但他们依然做到了“从不踩空”,步步脚踏实地,一步更比一步快!

这是何等的奇迹!

那么昆山的“功夫”在何处？依靠的又是什么呢？也就是人们常说的“真经”是什么？

对此,理论家们似乎可以总结与归纳出“昆山之路”的一百条“经验”、一百个要义,但我在历届昆山的决策者那里,获得的却是另一种“昆山之路”的成功真谛，它可以用这六个字来概括：目标——路径——发力。

目标。也许在一般人的眼里仅仅是那些闪着耀眼光芒的数字，但在昆山人眼里，它是引领前进方向的那座勇当“第一”的不灭灯塔，它是能量、意志和坚不可摧的精神。有了这样的目标，干部和群众才会齐心协力，甚至前赴后继地去拼搏奋斗，直到抵达理想的彼岸，实现自己所绘制的幸福蓝图。

路径。西方政治家和经济学家为自己民族和国家的进步与发展所设置的“路径”，是飞翔和跳跃式的，甚至是疯狂与野蛮的，比如资本主义国家的发展路径主要靠掠夺和侵略他人。在他们的价值观里，他们不以这样的“路径”为耻，反以之为荣。我们东方大国的“路径”概念，却是一种符合客观规律和自身条件的前行方式，其中包含了东方人的哲学理念与为人之道，讲道德、言规律，同时遵循“天人合一”等传统文化精神。毛泽东和第一代中国共产党人领导下的民族解放“路径”，是推翻三座大山，建立新中国；邓小平领导的社会主义现代化建设“路径”，是改革开放，让一部分人先富起来，最终实现广大人民群众的共同富裕；习近平总书记领导的强国富民“路径”，是全面深化改革、推进中国式现代化……而昆山的发展“路径”，就是从实际出发，抓住每一个发展机遇，迅速作出符合大局和自身条件的布局，抢占制高点，然后在潮头独领风骚。这样的“路径”，有峻与险、有灼与寒，然而它能考验信心、磨炼意志，百倍地积聚智慧和提升能力，所有在这条路上前行的人，都会珍惜跨出的每一步。这样的“路径”，对个人而言，就是他生命的轨迹；对一个班子而言，就是留给他人和后人的一部可以传授和仿效的“棋谱”；对其他区域而言，就是一面镜子，可以让你看到自己的不足，并获得奋起追赶的力量和希望，实现更快、更高质量的发展……

发力。一个心无志向者，即使他是一个力拔千斤、占据优势的巨人，也不可能成就起码的事业，创造点滴辉煌。发力，在昆山人那里，我看到的是对那些志存高远、胸怀大志者的召唤，是一种崇高信仰下发出的冲锋号角，是他们一往无前的拼搏勇气和矢志不渝的奋斗初心。他们心中想得最多的是两件事：能给昆山的发展带来多大的益处，能给昆山的百姓带去多少好处，因而这样的发力，是无私的、坦荡的，是一次次崇高的精神之旅……

呵，我仿佛终于找到了“山不语自高”的真谛。正是昆山人这种“目标——路径——发力”的简而精、简而智、简而高、简而暖的奋斗轨迹，才使我在昆山看到那些干部站得直、行得正、干得欢的勃勃生机；看到企业家们总是充满阳光与希望，总在拥抱更大、更多的成功机会。自然，也看到普通百姓对今天的满足和对未来的期待，看到他们脸上洋溢着的欢乐与幸福……

当然，最出彩、最壮观的，当属昆山连续不败、遥遥领先于他人的发展速度与强大实力。

山，以高低比大小。

国，以强弱排次序。

人，以道德和精神论崇高。

在我看来，今天的昆山和昆山人，已经拥有创业和创新的智慧之高，拥有实力和潜力之强，拥有精神和道德之贵。他们是为中华民族伟大复兴作榜样的“高”“大”“强”者，怎不是吾巍峨大昆仑？

“登昆仑兮四望，心飞扬兮浩荡。”这是2300多年前，伟大诗人屈原的一声感叹。今观时代风云，吾等焉能对这一天下奇景视若无睹？

昆山——昆仑也。

大昆山——大昆仑！

呵，群峰之巅，高山仰止……

于北京、上海、昆山……

2024年春、夏、秋……